Staread
星文文化

唐七———

著

凹幕戏·结

FOUR PLAYS

长江出版社

CHANGJIANGPRESS

图书在版编目（CIP）数据

四幕戏 . 结 / 唐七著 . —武汉：长江出版社，2021.7

ISBN 978-7-5492-7759-9

Ⅰ . ①四… Ⅱ . ①唐… Ⅲ . ①长篇小说—中国—当代 Ⅳ . ① I247.5

中国版本图书馆 CIP 数据核字（2021）第 127784 号

四幕戏 . 结 / 唐七 著

出　　版	长江出版社
	（武汉市解放大道 1863 号）
市场发行	长江出版社发行部
网　　址	http://www.cjpress.com.cn
责任编辑	陈　辉
印　　刷	北京盛通印刷股份有限公司
版　　次	2021 年 7 月第 1 版
印　　次	2021 年 9 月第 1 次印刷
开　　本	700mm×1000mm　1/16
印　　张	23.5
字　　数	360 千字
书　　号	ISBN 978-7-5492-7759-9
定　　价	55.00 元

目录
CONTENTS

第三幕戏

FOUR ·
PLAYS ·

致远行者

01.

开窗时一阵凉意袭来，看到窗外香樟树仿似水洗过的树冠时，徐离菲才知道昨晚下了雨。

这座半山亭园是中式装修，房间里也中式得彻底，瓷器、卷轴画，带着明清古韵的床、榻、座椅，每一样都贵、老派，且看上去冷得不行。

褚秘书帮她办了转院，安排她住来这里。

她不算话多，提了几个必要问题后就没再开口，还是褚秘书问她："我以为徐离小姐不会这么好说话，态度会更抗拒，毕竟之前我们是完全不认识的陌生人。"

她坐在茶座前神游天外，好半天才反应过来褚秘书在和她说话，淡淡道："虽然不知道得了什么病，但应该不是简单的感冒，我查过聂亦的资料，这样一位生物学家愿意帮助我，我没什么拒绝的理由。"她坦诚道，"如果是大病，去普通医院我也支付不了昂贵的医疗费用。"

褚秘书看了她好一会儿，道："我预想过，也许您会觉得我们欺骗你。"

"欺骗？"她笑了笑，"我没什么好值得你们欺骗。"

这是实话，这世上除了她自己外她一无所有。如果谁想要欺骗她，总有什么是对方想从她这里得到的。聂亦想从她身上得到什么？

他们统共也没说上几句话。唯一一件能将她和聂亦联系起来的事，是她长得像聂亦的妻子聂非非。

她的确怀疑过自己是不是聂非非，不过那太荒谬，她仔细回忆了过去二十五年，确定自己没有失忆过，每一分每一秒，她都是作为徐离菲活在这世上，她还有过亲人，虽然他们都不在了。后来她意识到这世上其实存在着没有血缘关系却长相酷似的两个人，或许她和聂非非就是那样。

洗漱后徐离菲靠在窗边喝水，窗台处放了个红木台历，她伸手翻到下一页，日历上写着 2023 年 9 月 30 日，癸卯年、辛酉月、辛卯日，她已经在聂家住了十天。

此前她起得迟，用人定在每天 9 点送早饭到她房间，今天难得起个大早，就随意加了个外套，打算去园子里逛逛。

秋雾很浓，像是自高远天空铺下层层纱帐，亭台水榭隐在缥缈的雾色中，有几分世外仙境的意思。游廊拐角处立了座假山，路过时徐离菲发现假山角落隐约开了朵红色的花，一时好奇，偏离游廊从小路过去站那儿看了一阵：是株孤零零的月季，花株矮小，一半藏在山石后，一半隐在浓雾里。

正打算原路折回，忽然听到说话声由远及近，一个女声，一个童声，她推测是个年轻女人带着个女童沿着游廊过来。除了照顾她的用人和医疗室的医生护士，这座宅子里的人徐离菲基本不认识。她打算在假山旁站一会儿等她们过去后再出去。

雾太大，渐渐能看到一大一小隐在雾中的影子，不知在聊什么，足够近的时候女人的声音传来："既然雨时想和诺诺阿姨一直在一起，那诺诺阿姨有个办法雨时要不要听听？"

小女孩抬头。雨时，聂雨时。这名字徐离菲听过，是聂亦的女儿。

女人轻咳了一声："你看，如果诺诺阿姨变成雨时的新妈妈，不是就可以一直陪着雨时了吗？"

小女童没有说话，沉默两秒后突然挣开了女人的手，扭着小短腿噔噔噔往前跑了好一段。女人反应过来追上去要重新牵她的手，小豆丁却四处闪躲，女人有些着急："雨时怎么调皮起来了？"

小女孩跑出老远。"我，"大概是喘不过气，停下来深呼吸了一口，头偏向一边道，"我才不是调皮，谁想做我的新妈妈，我都不要和她好的。"

女人站住不再追她，试探道："那雨时想要一个人吗，想要爸爸也一个人吗？"循循善诱道："雨时有没有为爸爸考虑过，这样爸爸会有多孤单呢？"

小女孩想了片刻："我有妈妈的，爸爸也有妈妈的。"

女人顿了顿："雨时都没有见过妈妈吧，妈妈也没有照顾过雨时，这样也算是有妈妈吗？"

这样和一个小孩子说话就有点过了，徐离菲将放在手里把玩的打火机揣回去。出乎她意料，小女孩很认真地开了口，没哭也没闹，很平和地和女人讲道理："我小时候见过妈妈的，妈妈也照顾过我的，我算是有妈妈的。"

她停住了脚步。

女人哭笑不得："你才四岁，你现在也很小，现在就是你小时候。"女人走近小女孩两步，耐心诱导，"如果妈妈爱你的话，她现在就应该陪着雨时，可雨时有多久没见过妈妈了？"

一个四岁小孩，怎么能跟上大人的逻辑，小女孩卡在那里说不出话来。

女人继续道："雨时都不记得妈妈长什么样了吧？"

小女孩绞尽脑汁，好半天，想出来一个回答："我记得妈妈长什么样，妈妈是爱我的，她不陪我是因为我现在是大孩子。"小手伸出来比画，"比现在更小一点的时候，妈妈抱过我，还唱歌给我听。"

女人的声音听上去不太赞同："小朋友不能说谎哟，雨时那时候才一岁吧，怎么记得住一岁时候的事情。"

小女孩着急起来，带了哭腔："我记得住的。"可毕竟才四岁，不知道该怎么说服对方，越是着急越是委屈，扁了扁嘴呜呜哭出来，"为什么不相信我呢，我算是有妈妈的……"小女孩抽抽噎噎地重复那句话，"我算是有妈妈的……"

女人似乎才感到事情大条起来，手忙脚乱安慰她："你别哭啊雨时，诺诺阿姨和你闹着玩来着……"

谁能拿这样的事情和一个小孩子闹着玩儿，徐离菲绕过假山，女人吓了一跳："谁？"她有点诧异，其时她正走到一块孤立的山岩跟前，这样近的距离，她能看清她们，但对女人来说其实是个视野盲点。愣神的当口她听到回廊靠水池的一端传来脚步声，两秒后庭园的男主人竟然出现在视野里。徐离菲停住了脚步，重新掏出打火机把玩，想这倒是用不着她这个外人出去帮忙了。

徐离菲是个擅长拍人物的摄影师，看人时会习惯性用拍摄角度。

聂亦站在回廊里，穿深咖色休闲衬衫黑色长裤，肩上搭了件毛衣，衬衫袖子挽起来，手里拿一个杯子，身后是隐约的水榭和茫茫的雾，除了光不够好，构图简直能直接拿来做时装画报。

小女孩揉着眼睛呜呜哭着跑过去叫爸爸，女人的声音听上去有些慌神："我，我和雨时开个玩笑，没想到雨时却当了真……"雾色渐渐淡下来，能看清女人的面容，一头爽利短发，眉眼生得活泼灵秀。

聂亦并没有看她，单手将孩子抱起来，小女孩搂住他的脖子乖巧地伏在他肩上一抽一顿："爸爸，我算是有妈妈的是不是？"

能看到聂亦愣了一下，微微垂头："每个小孩都有妈妈。"

小女孩趴在他肩上，逻辑很清晰地做结论："是吗，每个小孩都有妈妈，所以雨时也是有妈妈的对吗。"得到令自己满意的答案，她停止了抽泣，有点儿高兴起来，抬起头软着嗓子问聂亦，"那妈妈什么时候能回来看雨时呢？"

像是早已准备好答案，他低声回答："等她健康起来。"

可那并不是一个表示确定时间段的词汇，小女孩有点茫然："那妈妈什么时候能健康起来呢？"

聂亦看着小女孩："等你再长大一点。"

小女孩似懂非懂，重新伏到他肩上，软软道："爸爸，我很想妈妈。"

这一次过了很久，徐离菲才听到聂亦开门："我也很想她。"那声音非常安静，却让人感到孤寂和沉郁。

短发女人终于找到机会插话："Yee 我并不是故意……"声音里透出不安，大约是被这不安所驱使，甚至没有勇气将出口的辩解表达完整。

游廊那一处安静了有三秒钟，聂亦道："你回去看看林妈，不用陪着雨时了。"

女人勉强笑了一下："那我以后……"

"以后也不用来这里陪她了。"

女人愣在那儿，直到聂亦抱着聂雨时离开，也没能再开口为自己说上什么话。小女孩童稚的声音渐渐消失在晨雾里："……这个杯子里的牛奶是爸爸要喝的，不是给雨时准备的吧？""啊？是给雨时准备的呀，可爸爸，我不用喝牛奶也能长得高的，褚爷爷说爸爸很高，妈妈也很高，所以雨时将来一定也长得高……"

女人在被遗留下的景色里悄声哭泣，徐离菲在那儿站了很久，直到女人哭够了离开她才离开。回房时路过一个小花园，听到管家张妈吩咐司机："待会儿把言诺送回沐山，她难得从玉琼山回来一趟，该好好回沐山陪陪林婶。"

徐离菲想起来刚才聂亦和女人说话时声音里几乎没什么情绪，听不出一点不满责备，原来平和的表象下，潜藏的是这样不留余地的冷酷和干脆。

这是徐离菲第二次见到聂亦，男人平静淡漠的身影与网络数据中只言片语拼凑出的天才重合，与聂非非录音笔中生长在珠穆朗玛峰顶的高岭之花重合。但录音笔中不过是个故事，徐离菲之前的确是那么觉得的。这个人原本对她来说不过是个遥远的故事中人。

故事中的人出现在面前，让她觉得自己也正在走进一个故事，只是有一点她不太明白，录音笔中暗示聂非非早已沉眠海底，可为什么聂亦会告诉自己的女儿，说聂非非总有一天会回来？

虽然她没有听完录音笔中的故事，但当确定自己不是聂非非时，她也差不多确定，阮奕岑想要寻找的聂非非、聂亦想要带回家的聂非非早已离开人世。只是这件事她不能告诉任何人。

可，难道聂非非还活着？

她的确有可能活着，毕竟谁也不知道她留下那支录音笔后是不是真的已葬身海底。

徐离菲并不知道聂非非是什么样的人，但她知道这世上有很多人希望她平安健康，若她还活着实在是再好不过。

那么，如果聂非非还活着，她又在哪里呢？这件事其实与她无关，却难得地令她好奇起来，也许是录音笔中的故事令她动容。那故事她断断续续听到聂非非嫁给聂亦，越往后越不忍听。她走过很多地方，见过很多苦难，那女孩用着轻松语调讲述的暗恋故事，与她曾经看到过的这世上许多磨折相比，其实算不上什么，可不知为何，却让她感到沉重。

最近几天她甚至有点害怕打开录音笔，听到那女孩的声音，竟本能地惧怕之后会发生什么，胆量这么小简直都不像她，也许正是因为这样，她才对那女孩感到好奇。

所以，她是否还活着呢？徐离菲坐在窗前出神地想了好一阵，觉得头疼，就去睡了个回笼觉。

临近中午时接到卿源电话，邀她下午去参加某慈善拍卖会，说拍品皆是当今摄影名家经典作，很有一看的价值。

卿源家在S城，这事儿徐离菲一直知道，巧的是她刚转院过来没两天，卿源也被父母骗回来相亲。前两天接到他的电话，风流倜傥的卿小爷在电话那头一把鼻涕一把泪，大意是控诉他妈不给他婚姻自由，非要逼他娶一个肤白貌美腰细腿长温柔善良学历高家里又有钱的好姑娘，他宁死不屈，他妈就把他给关了起来。

徐离菲安慰他，如果我是你妈我也把你关起来，我不仅把你关起来我还不给你饭吃，你妈还给你饭吃就说明还是亲妈，你要知足。

卿小爷长叹一声，表示他也不是作，你看，虽然姑娘肤白貌美腰细腿长温柔善良学历高家里又有钱，是个好姑娘，可好姑娘是个香港人，好姑娘普通话不标准，这以后要一起过日子，普通话怎么能不标准呢，怎么能分不清十和四呢？

徐离菲觉得他既作又神经病，就爽快地把他电话给挂了。

今天卿源在电话里的神志还算清醒，约她五点在红叶会馆见，徐离菲斟酌了两秒，问他："约我出去这事儿你家里人知道？你不是被关禁闭，这才关了没几天怎么就能出来了？"

卿源无奈："这不是答应了我妈她老人家继续相亲嘛！"又大叹，"最近相的几个美则美矣，个个整得就跟二维码似的，不扫一扫都辨识不出来谁是谁，害我每见一个姑娘都差点叹一声怎么又是你。"

徐离菲给他点赞："你这比喻真是惊为天人。"

红叶会馆的设计很有意思，一楼大厅右侧是组山岩艺术墙，连着一段风廊，藤萝从廊檐上垂下来，尽头有座小林苑半隐半掩在枫林里边，是此次慈善拍卖会所在地。林苑入口处有棵红豆树，两个旗袍美女站在树下做嘉宾确认。

徐离菲到时正好 5 点，卿源半路上发来短信，说出了点事儿，得迟点过来。她手里没邀请函，就站风廊旁边看立在那儿的几幅拍品简介。

摄影分许多流派，徐离菲崇尚自然主义，精神导师是彼得·亨利·爱默生。简介里有幅作品是小姑娘摇着小木船在莲池里采莲，她看得出神，没留意被两个打闹的小孩撞了一下，球形手包滚到风廊外边的草丛里。小孩子同她卖乖："姐姐对不起。"她笑了笑，翻过木栏去捡手包。

那外边是片草坪，乍看有种不修边幅的意趣，不远处站着几棵老树，树下是长椅。手包捡起来时，徐离菲视线隔着半个草坪定在正中的那张长椅上，那场景极像一部老电影《诺丁山》。浅色衬衫的青年坐长椅上看书，西装外套搭椅靠上，长发女孩头枕在青年腿上，拿草叶正编一个指环模样的东西。女孩调皮地去抓青年的手指，将指环套在他的无名指上，然后吻了吻他的手背，青年将书移开，垂头看着那女孩，女孩就将他的手指放在唇边又吻了吻。

那画面恬美宁静，令人艳羡。

有十多天没再见过阮奕岑了，徐离菲站那儿想，也没听说他老家在S城，怎么这么巧。她对傅声声其实印象寡淡，从没设想过私下里阮奕岑会和她怎么相处，原来，他俩在一起时是那样。也许阮奕岑对每个交往的女孩都是那样，当初他俩在一起，他看书时也会任她躺在腿上，手会抚她的耳发，看到有意思的句子还会读给她听。不，可能她还不如那些其他的女孩子，阮奕岑对其他人温柔时他知道她们是谁，而对她温柔时，不过将她当作一个替身。

再想这些其实没什么意思，她正要收回目光，青年却突然抬起头来，有一瞬间他的目光是怔忪的，躺在她腿上的女孩也感应到什么，转过脸来，表情惊讶，的确是傅声声。

徐离菲大致能猜到阮奕岑将她认作了谁，她今天穿一身礼服裙，在长明岛上她从不这样打扮。眼神这种东西到底能如何伤人？她愣了一会儿，觉得这时候不至于还要上前打个招呼，就错开视线，低头将手包上的草屑拍了拍，转身回风廊了。

正是进场时间，男男女女从她身边来来去去，她只管将视线仍定在那幅采莲图上，脑袋里是空的。偶有陌生人同她致礼："哎这不是聂太太吗？好久不见。"当然全是认错人，她一笑带过。后来头有点疼起来，脑袋里开始慢慢想事，先是想难道聂非非真的还活在世上，所以这些人看到她出现才不觉得离奇？又想卿源是出了什么事，耽搁到现在还没来。最后弯弯绕绕，竟还是定到阮奕岑这个名字上，想爱这东西真是柄双刃剑，能带给人多大的喜悦，就能带给人多大的伤心。

然后她听到阮奕岑在背后叫她的名字："菲菲。"

回头那一瞬她反应过来，他叫的可能不是菲菲，而是非非。

要摆出什么样的表情才算好，没有表情可能才最好。她最擅长这个，就转身挺淡定地看了他两秒钟："我不是聂非非。"

阮奕岑站在她面前三步远的地方，外套搭在手腕上，良久，他问她："你知道她？"

她不置可否地笑了笑。

他微微皱眉："我没有把你认作她。"

她配合地点了点头："这样么，那你过来是想问半月前那套照片的事？"不等他回答，已经揉着太阳穴道，"还在做后期，得再等半个月，拍得不错，傅小姐应该会满意。"后期工作以她现在的情况当然是做不了，交给卿源托给了别的朋友。

他定定看着她："我对那套照片没有兴趣。"

她没有顺势问："那你过来是做什么呢？"只淡淡道，"哦，这样。"

先好奇的人先输，这是他们从前常玩的游戏，大部分时候是她输。她其实好奇心并不盛，但是每当他流露出希望她先开口询问的表情时，她就本能想让他满足，因为如他所愿时他会抿着嘴角笑一笑，难得孩子气的模样让她很喜欢。

但所有的喜欢都该有个尽头。

幽长的风廊中，阮奕岑不再开口，她也没有，气氛一时沉默。

不经意抬眼时，徐离菲看到了傅声声站在拐角处。那儿没什么人，仅有几丛植物，一个服务生走过，被傅声声拦住，不知两人说了什么，她突然取过托盘上的玻璃水瓶直直从胸口浇了下去，浇完了重新将空瓶子还给服务生，还从手包里掏出小费来。

徐离菲收回目光，阮奕岑终于认输开口："你怎么会在这里？"

她抬下巴示意前面办拍卖会的小林苑："过来看看。"

他停顿了两秒："和谁一起？"

她随意敷衍："一个朋友。"

他抬眼看她："朋友？"

她没有回答，傅声声过来了。

10月入秋，天已经凉起来，女孩半条裙子湿透，抱着双臂边走边发抖，模样看着怪可怜。阮奕岑顺着徐离菲的目光看过去，眉毛拧起来："怎么弄成这样？"顺势将手臂上的西装外套搭在女孩肩上。

傅声声靠过去挽住他的手臂："在那边等你的时候不小心撞到了端水的

服务生。"闷闷抬头，"你和徐离小姐聊完了吗？我好冷，拍卖会我们不要去了，我想快点换衣服，你陪我。"

徐离菲终于搞明白刚才傅声声唱的哪一出。

阮奕岑仍皱着眉："你先去前面客房让她们给你重新拿套衣服，"抬手看了看表，"我……"

傅声声打断他的话："你知道我是路痴，这里这么大，万一迷路了怎么办？"

徐离菲了解阮奕岑，这种程度的任性和撒娇绝不会让他感到厌烦，看来傅声声也了解。

他的确没有厌烦，淡淡道："让服务生带你过去。"

傅声声嘟起嘴来："你好讨厌呐。"

阮奕岑没有回答，却转过头来看着徐离菲。

徐离菲才想起来自己站这儿的初衷，她其实没有什么需要和阮奕岑交谈，这人连分手都只给了她薄薄一张纸，现在再像老友见面一样平和聊天未免搞笑。她站这儿原本是为了等卿源。一时觉得自己挺滑稽，也觉得傅声声挺滑稽，这女孩认错了敌人，也示错了威，可她真正的敌人，呵，她真正的敌人该是聂非非。但聂非非其实连阮奕岑都不曾放在心上，更不用说她，聂非非的世界里只有聂亦。

世事的这种错位也算是有意思，徐离菲笑了笑："我还有事，不打扰两位，下次有机会聊吧。"点了点头就算是告别了，身后傅声声小声撒娇："你看徐离小姐都走了，陪我去换衣服啦！"才二十一岁，这么撒娇无论谁听着都觉可爱，但阮奕岑却没有出声。

大概有三秒钟的空白，她已经走出一段，突然听到阮奕岑再次叫了她的名字："菲菲。"就像刚才她在看画时他在背后那么叫她。但这次她没有再回头。

穿过风廊，走到艺术墙那儿，徐离菲停下来，习惯性从手包里取烟和打火机，遍寻不得时才想起来为了治病她已经戒烟。手包里倒是放了帮助戒烟的糖果，她取出一只棒棒糖撕开糖纸。穿堂风吹过，有点冷，有个陌生男人经过，驻足片刻，走过来同她搭话："好久不见。"又是个认错人的，她正要如常带过，男人却带笑地补充了一句："徐离小姐是和聂亦一起来的？"

她怔道："我们认识？"男人身量高，面目硬朗英俊，笑起来挺特别，总像是隐含意味。她没见过这人。

男人想了想："去年11月我们在聂亦家里见过一面，清湖的半山庭园，那时候我不知道你们是姐妹，把你认成了非非。我们只见过那么一面，你不记得我也正常，我是谢仑，聂亦的朋友。"他笑了笑，"你和你姐姐长得实在太像，简直一模一样。"又补充道，"对了，听说非非她现在还在A国疗养，身体怎么样了？"

徐离菲靠着艺术墙，反应了好一会儿才明白过来男人在说什么。今天早上她才想过聂非非是不是还活着，如果还活着她人又在哪里，下午就有人出现为她解惑，简直像天意安排的巧合。可聂非非怎么又成了她的姐姐，她父母先后病逝，跟着爷爷长大，她没有姐姐。事情越来越扑朔迷离，她沉默了两秒钟，问男人："你和聂非非很熟？"

男人道："还可以，我妹妹和她感情更好一些。"说着看了看时间，有些疑惑，"聂亦不是说6点才会过来，他已经来了？"

她抿了抿嘴角："我和另外的朋友一起，不知道聂亦会来。"

男人了悟道："你朋友还没到？"随即笑了，"我正要进去，外面风大，不如一起进去等他们。"

风廊尽头的小林苑别有洞天，曲径深处，南派建筑的楼宇围出一个广阔中庭，中有花木扶疏，主办方倚着花木布置出来一个别致会场，专供今晚的慈善拍卖会使用。

谢仑带着徐离菲在中庭西边的二楼上喝茶。从楼上看下去，楼下已经落座数位客人。

给卿源发过短信后，徐离菲开始坐那儿认真想事情。

其实，刚才谢仑说的很多话都没道理。比如他说他一年前在聂亦家见过她。可去年 11 月整整一个月她都待在长明岛附近的 K 市，且她从前并没来过 S 城。再比如他说她是聂非非的妹妹。退一万步，就算她来过 S 城，谢仑曾见过她，会笃定她是聂非非的妹妹，那必然是聂亦告诉他。可如果她真是聂非非的妹妹，为什么当她问聂亦聂非非是她的谁时，聂亦却没有回答？

这有什么不好回答？

她没意识到自己眉毛皱得厉害。

开阔的茶室里只有他们两人，谢仑十足绅士，看她不喜欢说话，也没怎么开口，自在地坐她对面泡茶。茶室里放了只座钟，钟敲起来时谢仑瞟了眼中庭，声音里透出一点微妙的惊讶："倒是次次抵着时间来，"看向她道，"聂亦到了。"

沉思被打断，目光顺着飘到中庭，果然看到聂亦在贵宾席落座，徐离菲想起录音笔中聂非非说，这人气质太出众，无论站什么地方都能让人一眼就注意到。

的确是那样，更别提今天他怀里还抱了个小女童。

坐在二楼更能看清下面的动向，全场多半的目光都聚在父女俩身上。聂雨时原本就长得可爱，打扮一下更加可爱，卷发齐肩，戴一顶小小的水晶发冠，穿银色的蕾丝蓬蓬裙，像个小天使。小天使被放在聂亦旁边的椅子上，立刻有服务生送上来适合小孩子喝的果汁。小家伙接过果汁，皱眉看半天，鼓着腮帮子深吸一口气，表情悲壮地飞快喝了一口，接着一本正经地将果汁递给聂亦，一副照顾小孩子的模样悄悄和聂亦说了两句什么。

谢仑倚在藤椅里撑着腮笑："你猜雨时在说什么？"

她摇头。

谢仑道："一定是说：'爸爸，我帮你试过了，这个果汁不凉也不烫，你喝刚刚好，要喝完知道不知道？'"眼见聂亦俯身接过玻璃杯，他笑出声，"这孩子一遇到讨厌吃的东西，就会假装给聂亦试毒，然后把那些东西全推给聂亦帮她解决掉，成功率能到百分之五十。"

徐离菲的目光一直落在聂雨时身上。聂亦喝完果汁将空杯子重新递给她，小女孩拿着杯子严肃地上下左右都看一遍，包子脸上露出欣慰表情，看口型似乎说的是："喝得很好哦，爸爸。"

徐离菲忍不住也笑了，随口向谢仑道："这一招成功率只有百分之五十？我不信。谁能舍得拒绝她？"

谢仑抬手帮她添茶："遇到她讨厌吃的东西聂亦正好喜欢，成功率就高，要是不巧聂亦也讨厌，基本上结果就只能是她自己哭着把它们吃完了。"他揶揄道，"你不知道聂亦还挺挑食的吧？"

她自然不知道，沉吟了两秒钟，道："聂亦很宠他女儿。"

谢仑道："和爱的人生的孩子，真正的爱情结晶，怎么宠爱都不为过。"抬眼看到她的表情，失笑道，"我听说过你是去年才回到家里，和他们有些生疏，不过毕竟是你姐姐和姐夫，总不至于你也听信那些莫名传闻，以为他们之间是场为家族利益的商业联姻？"他倒是坦白得很诚恳，"要真是商业联姻，那也轮不上你姐姐。"

谢仑主动将话题挪到这儿让徐离菲愣了愣。聂亦和聂非非，他们最初是因什么才在一起，这世上除了他们俩外可能数她最清楚，那是比商业联姻更坏的开始。而聂亦到底怎么看待聂非非，那支录音笔里没有给出答案，至少在她听过的部分里这个问题无解。

紫砂杯衬得铁观音的碧色更深，徐离菲看着杯子："商业联姻倒不至于，不过，"她淡淡道，"在聂家那晚的派对上，如果聂亦遇到的是另一个人，不是聂非非，也许聂亦也会选择那个人，可能最终还会愿意去喜欢那个人。他因为合适选择了聂非非，事实上要找个合适的人太容易，只是那天晚上他碰巧遇上的是聂非非。他也并不是……非聂非非不可。"

其实话说到这里已经太多，感情这回事如人饮水冷暖自知，只是偶尔，她在听那段故事时会为聂非非感到可惜。两人婚前在热带海岛的那个夜晚，聂亦同聂非非说他愿意尝试着去喜欢她，可当聂非非问他是不是因为习惯了她时，他也没有反驳。

如果一场感情的基础是"谁都行"，理由是"习惯了"，这感情未免太无常也太轻。她不觉得这能算是谢仑口中所谓的"真正的爱情"。

谢仑是聪明的，立刻明白她说的是什么："你的意思是，你觉得聂亦因为适合和巧合才娶了非非？"又问她，"非非不会也这么想吧？"

她没有回答。

谢仑将食指抚上鼻梁："如果非非也这么想那就麻烦了。"良久，他抬头看她，"聂亦是个天才，天才总有不同于常人的地方。如果你认识六年前的聂亦，就能知道他不同于常人的地方是没什么情绪。对他而言，喜欢或者爱上一个人原本其实是很无稽的一件事。"他沉吟了一下，嘴角带一点笑，"我不太和人探讨这类话题，不太有经验，也许你也说得没错，聂亦可能会因为适合和巧合去娶一个人，但要他因为适合和巧合去爱一个人，这就太胡扯了。实际上，在那晚的相亲派对前，他对你姐姐就挺有好感的，"他戏谑，"不然你还真以为，那天晚上谁碰到他他就能娶谁？"

徐离菲放下杯子，有点吃惊："他们之间，难道还有聂非非不知道的前因？"

谢仑重新给她添茶："那场相亲派对之前，三个月前左右吧，我姨母的银婚纪念日上他们见过一次。"

S城的社交圈徐离菲没什么概念，但谢仑的姨母历未来女士她倒是有过耳闻：时尚教母，父母那代人的不老女神。

照谢仑的说法，可能是年纪越大越爱热闹，那晚历女士的庆祝宴会办得很盛大，客人也多，宴后还专门搞了个派对舞会，供年轻人玩闹。

专为玩闹而开的舞会派对，他和聂亦参加得都少，但那天晚上他俩在阳台上谈事情谈过了头，一不小心就留到了派对时间。

大厅里舞曲换到第四支，谢仑留意到傅家的小儿子终于邀请到了舞伴，随口问聂亦："那女孩谁？是不知道傅少宇的德行还是怎么，居然有勇气和他跳舞。"傅氏的小儿子傅少宇脑子有点问题，女孩稍对他好一点就容易被纠缠不清，前一位受害者是谢仑时仟女友的表妹。小表妹被缠得男友飞了订婚黄了，差点患上抑郁症，最后只好远走他乡前往万里之外的 A 国避祸。

聂亦对这事当然全没有兴趣。

正好有位医院的朋友过来和他们寒暄，听谢仑提起傅少宇的舞伴，接话道："那女孩儿么，千字传媒的独生女聂非非，是个海洋摄影师，常年待在外面拍东西，难得出现在今天这种场合。"

谢仑道："怪不得眼生。"

朋友笑道："年纪轻轻，拍的东西倒挺好，《深蓝·蔚蓝》还专为她开了摄影专栏。艺术家心性吧，不太关心圈子里这些传闻，可能是看傅少宇邀舞时连续被三位小姐借口婉拒有点可怜，"朋友感叹，"路见不平拔刀相助是好事，只可惜同情错了人，被傅少宇沾上实在……"

这个话题到此为止，朋友开始和聂亦聊聂氏正在研发的某支疫苗的临床二期实验。专业领域的东西谢仑不太懂，站那儿吹风醒神，顺便浏览舞池。

正巧傅少宇和那女孩滑到舞池边缘，离他们所在的阳台几步之遥。女孩个子高挑，长发微卷，穿一身水蓝色礼服裙，长得挺漂亮，妆容也很精致，眉眼看上去有些冷，倒瞧不出来为人古道热肠。傅少宇舞技欠佳，短短一分钟，踩了女孩三四次，连连道歉。傅少宇脑子正常的时候其实还挺像那么回事。

谢仑觉得这种冷美人，正常反应可能就是打落牙齿和血吞地默默忍了，却没料到女孩开口了，不仅开口了还特别实诚："先生，你别这么紧张，维持最初那种踩我的频率和力度就挺好，我觉得你踩上来之后不需要再碾一碾试一下是不是踩实了真的……"

女孩说这话时聂亦和那位朋友的交谈停下来，谢仑笑着低头喝酒，朋友也笑："看着挺不好亲近，说话倒是有意思，"向聂亦道，"和 Yee 你还挺像的。"聂亦抬头瞟了舞池一眼，他站在阳台的角落里，水晶帘子和半撩起的纱帘将这昏暗一隅同整个大厅隔开。

良久，他开口道："看过她的作品，拍得是不错。"

朋友惊讶："Yee 你也认识她？"

他将喝完的水杯放到一边："第一次看到真人。"

朋友走后他们又喝了一杯才离开，结果在后园的喷泉水池旁等司机时，倒再次遇到聂非非。他们在喷泉此端，她和她朋友在彼端，中间隔了座大理石雕刻的命运三女神。园子里灯光不好，要不是她朋友没控制住教训她的音量，他们也不会注意到两人的存在。

她朋友煞费苦心："非非啊，不是告诉你不要再随便见义勇为了吗，你怎么知道你搭救的是不是一只白眼狼呢？周沛是个例子，这个傅少宇估计又是一个例子，刚才我听 Lilin 讲他纠缠之前那个姑娘的事迹简直听得毛骨悚然，要是他以后也那么缠你可怎么办？"

她倒是挺淡定："那不能因为怕帮错人从此以后就不帮人了吧，我看这事多半是人云亦云，世上哪有那么夸张的人，你别自己吓自己。"

她朋友着急："你心真是太大了，世界之大无奇不有，万一真就这么夸张呢？"

她沉吟："真那么夸张……那还是得教育为主嘛。"

她朋友更着急："那要教育也不起作用呢？"

她叹息："那就惩罚嘛。"

她朋友简直着急得要上火："嗯，惩罚……啊？惩罚？惩罚……什么意思？"

她解释："缠一次打一次嘛。"

她朋友听起来像是捂住了嘴："又，又打？那打也不起作用呢？"

她循循善诱："那就继续打，打到他听话为止嘛。"

她朋友像是激灵了一下，给她做推理："打……可不行，这个傅少宇不太一样，你对他不好，他是会闹自杀的，听说对上一个姑娘他就闹自杀来着，后来是姑娘受不了了精神崩溃差点也自杀，去医院住了半个月才算完。你想你要打了他，他因为你打他而自杀了……"

她温和："那就送个花圈嘛。"

她朋友愣了好半天："……虽然觉得哪里不太对，不过好像是该送个花圈哈。"

一场对话让谢仑乐了足有一分多钟，聂亦也笑了笑，后来车到了，上车时还听到聂非非和她朋友在讨论脚肿了是该喷云南白药还是擦黄道益活络油。

之后听说傅少宇的确去纠缠过聂非非，刚开始聂非非也的确对他还挺有礼貌，结果傅小少爷得寸进尺，纠缠得越来越过分，聂非非说到做到，就真揍了人家两次。傅少宇倒没自杀，不过不久后傅家找理由换掉了聂非非家的千字传媒，另找了别家公司做傅氏的文化项目，自以为给了聂非非教训。但这也算不得对聂家有什么重创，双方各有所失，这事儿也就过去了。

这是聂非非所不知道的她和聂亦的前因。

徐离非靠在藤椅里，茶已经喝完，杯子握在手里，还能感觉到茶水过渡给杯壁的微温。原来在认识之前，这两人都曾经漫不经意地路过了对方的人生。

缘分真是奇妙，在聂非非的故事里，聂亦从她的十二岁里路过，樱花树下的相遇如同伊甸园里开启人类智识的智慧果，令她褪去幼稚懵懂，渴望翩展双翼，破茧成蝶。十二岁的小女孩和十五岁的少年在 4 月的樱花树下相遇，那个午后可能有风，花浪拂起来会像一片海，那画面一定很美。在那样巨大的美好面前，十二岁的聂非非感觉到了自己的普通。聂非非想要变得很好。后来之所以能变得那么好，是因她想要以自己满意的姿态重新站到聂亦面前。而多年以后，竟真的有了这样的机缘，让追逐着聂亦的背影终于破茧成蝶的聂非非，能从容地自聂亦的二十六岁里路过。

那天晚上，当聂亦站在阳台的角落里认真打量舞池中的聂非非时，他一定不知道这个光芒四射的女孩子是他所成就。

那时候他是怎么看她的？又是怎么想的呢？

这问题的答案连谢仑也不知道。

面前这壶茶他们已经喝得够久，谢仑取了茶罐重新换茶叶，中途想起来什么，给那场回忆又补充了一个结局："说那件事就那么过去了不太妥当，实际上傅家后来还在生意场上给你们家找了不少麻烦，是聂亦出手帮了你们，他从不多管闲事，倒帮了你姐姐。"

徐离菲道："聂非非说他正直明智，理性客观。"

谢仑笑道："那不是原因，我问过他怎么突然管起闲事来，他说有些人善良却不能自立，有些人自立却不能为善，"谢仑顿了一顿，"那是说你姐姐难得，是欣赏你姐姐。"

徐离菲将空掉的杯子握在手里良久："聂非非知道的话，不知道会多高兴。"

一楼的拍卖会已经开始一阵，卿源终于到了，她下楼去和他会合，谢仑也随之下楼。

楼下到一半时听到拍卖师介绍她之前看过的那幅采莲图，席上竞价激烈，几轮竞价后被聂亦以一个高价收入囊中。

将目光投向聂亦时，她看到聂雨时规规矩矩地坐在椅子里一顿一顿地打瞌睡；聂亦单手扶着她，以免她从椅子上栽下去。那时候她才注意到聂雨时的旁边还空了一个座位。

大概是她的目光太过直接，让谢仑注意到，同她解释："那是留给非非的座位，留了三年她倒是一次也没来，"随口问她，"明年能在那个位置上看到她吧？"

她当然是不知道，模棱两可地回答了一句："可能吧。"说话时目光落在那把空荡荡的椅子上。

正好另一幅拍品被呈上来，为了使台后的三维投影效果更好，中庭的灯光被调暗。

灯光暗下来那一瞬间，徐离菲觉得自己似乎看到了聂非非的影子。那女孩穿着水蓝色的晚礼服裙，就像谢仑描述的那样，个子高挑长发微卷，坐在专为她空出的椅子上，修长手指搭住聂雨时幼小的肩膀，偏头时可见精致的眉眼含着笑。聂雨时仍在打瞌睡，打着打着就趴到聂亦的手臂上，像个树懒宝宝，双手都抱住聂亦的胳膊，恨不得糊他一袖子口水。聂亦转过头来，右手试着将聂雨时的头抬起来靠进他怀中。聂非非打量父女俩一阵，抬手覆住了聂亦的手背，脸上表情温柔。

徐离菲撑住楼梯扶手，那到底是幻觉还是什么？

灯光重新亮起来，幻影顿然消散，那把椅子依旧空荡荡。

谢仑担心她："你怎么了？"她力持镇静地摇了摇头。

晚上又开始下雨。

睡前小赵护士拿来今天的药，徐离菲不经意问了句："我去年是不是来过这儿？"

小赵护士天真道："我今年年初才过来这里，不知道呀。"

她就换了个话题："这家的女主人现在是在 A 国疗养吗？"

小赵护士给她倒好水："听说是那样的。"

徐离菲很晚才睡着，第二天打了个电话给褚秘书，借口老家有事需要回去一趟。褚秘书细心，帮她定好航班、安排好司机，还让小赵护士陪着以备不时之需。

下午飞机就在 K 市落地。

下飞机的那一刻，徐离菲突然觉得这两天她可能是太敏感了，被谢仑那么一说，自己竟然也开始怀疑，明明记忆里去年 11 月她是在 K 市，自己的记忆怎么会骗自己？结果倒还专程飞过来想要求证。

求证什么呢？

说不定那时候谢仑在聂家看到的就是聂非非本人，不过是聂亦和他开了个玩笑。既然褚秘书说她爷爷从前就是聂亦的好友，那聂氏夫妇知道她的存在，拿她来开一个无伤大雅的玩笑，也不是不合逻辑。

她在酒店里坐了一阵，觉得自己是太闲了，的确没什么好求证。她不是聂非非的妹妹，和聂非非没什么关系，聂非非还活着，现在在 A 国疗养。想完了她定下心来，一看离回去的航班还早，决定出去走走。小赵护士要同她一起，被她婉拒了。

只是没想到随便走走也能走出问题。

半个下午而已，令人惶惑乃至惶恐的事一件一件发生，彻底颠覆了她在酒店里做出的所有结论。

先是在老家胡同口偶遇她曾驻唱过的一家酒吧的老板。她同老板打招呼，共事了两年的老板看着她一脸茫然，问她是谁，她说她是徐离菲，在他那儿唱过歌的徐离菲，老板的目光像是看神经病："我不认识你，你也没在我那儿唱过歌呀。"模样不像是装的。

然后是帮他们卖掉老房子的中介。中介的店就在胡同口，路上听说老房子那片有可能拆掉，她顺便去问问。结果年轻的小姑娘回忆半天，说记得她爷爷，但当初房子办手续全是跟她爷爷和一个小伙子打交道，从没见过她。她怔在那儿："可合同是我签的，当着你的面。"小姑娘调出档案来，却见上面是她爷爷的名字和笔迹。

失魂落魄是个什么词，她那时候才有体会，茫然间走去老房子，倒是有邻居认出她来。可邻居却斩钉截铁她是 12 月底才回到 K 市："你爷爷病重了，好不了了，年底 12 月你从外面赶回来陪了他最后一程，带他回了长明岛归根，你爷爷苦，你也是难得。"

徐离菲失眠了一夜。

第二天一大早她去找了她爷爷的主治医生。脑子里那些记忆还可不可信她已经不太确定，但她的确记得，去年 10 月初爷爷查出肺癌，是她将爷爷送去医院，确诊后是她和主治医师共同探讨爷爷的治疗方案，手术期间也是她一直照应在爷爷病床前。

她在老医生病房外等了两个小时，老医生接待完病人，听清她来意，看了她一阵，又将眼镜取下来仔细打量了她一会儿："我记得你，之前是一个年轻小伙子照顾你爷爷，说是你爷爷的侄孙，后来那小伙子走了，你来了，我想想，应该是 12 月底，整好那时候你爷爷说想要出院，回老家归根。"

下午他们回 S 城，小赵护士很担心她："你脸色很糟糕，不然我们再留一天吧，你好好休息一下，明天我们再回去。"

好半天她才反应过来小赵护士是和她说话，她一边点头却一边拒绝："不用了，就走今天的航班。"

小赵护士更加担忧。

她突然问小赵护士："完全重设一个人的记忆，医学上现在能达到这样的水平吗？"

小赵护士表示不太理解她说的是什么意思。

她解释："就像电脑一样，将一个人原本的记忆格式化，然后重设另一套记忆，将新的记忆数据通过一些技术和手段输入到……"她颓然，"这简直像是科幻故事，"停了一会儿，又道，"可现在已经是 2023 年。"她顿住了没再说话，像是自己被自己的想象吓到。

小赵护士沉吟半天，表示自己只是一介护士，其实对医学前沿并不是特别的了解。

在飞机上时徐离菲想起了一部老电影，几个月前她才看过，叫《楚门的世界》。

电影讲被电视制作公司愚弄的小伙子楚门近三十年都生活在一个巨大的摄影棚里，父母妻子朋友同事全是电视公司所安排，除了他在傻乎乎地过生活，身边的每个人都在演戏，他以为真实的人生，不过是他人眼中一场超大型纪实真人秀而已，除了他自己是真实的，其他所有的一切都是精心建构的虚伪。她很同情那样的楚门。

而如今，她倚在靠窗的座椅里只觉得全身都在发冷。她难道不是另一个楚门？电影里那个楚门真实地活在一个虚假的世界，而她却虚假地活在一个真实的世界。也许他们俩的情况正好相反，可当真相即将揭穿时，楚门的恐惧和她的恐惧又有什么不同？

她尽量让自己冷静。

如果关于过去的所有记忆都是虚假，那意味着什么？

那意味着她也许并没有一对因病离世的父母，也没有一个爷爷，她从没有在记忆中的那些学校里上过学，没有过解出复杂几何题的喜悦，没有过第一次编出七彩绳的兴奋；她没有在课间操时偷偷看过隔壁的男生，没有过因那个男孩微笑而动心的刹那，没有过朋友，也没有过敌人，没有过因不懂事而被耽误的前途和青春。

她也许根本就不是她，不是徐离菲。

她从前没有考虑过什么是记忆，至少没有像现在这样，硬生生将自己剖成两半，血淋淋直视眼前的骨骼皮肉和骨骼皮肉下面叫作记忆的东西。

记忆本该是什么？它应该是存在于过往时间中的受想行识，决定着一个人未来的受想行识。它应该是连缀成篇的真实经历，在变成依附于旧时光的过去的同时，也成为开智新时光的前导和先驱。它应该是同整个世界的联系，是一个人所有好的坏的实在的自己。

记忆就是这么重要的东西。

可如果她脑海里的记忆全都是虚假，那建立在这份虚假记忆上的自己，又算是什么？在这虚假记忆编织而成的虚假身份背后，她本该是谁，又本该是怎么样的？

多么轻而易举，一个人就能变成另外一个人。

她抬手紧紧撑住额头。

回到S城后，徐离菲第一件事是去找聂亦，却在观景平台那儿碰到褚秘书。

正是晚饭时分，有些起雾，园灯亮起来，灯光被雾色一笼，倒有几分素墨染过淡笺的朦胧美。

褚秘书站在木栏旁喂鱼，和善地跟她打招呼，寒暄一阵后看她目光落向工作室，脸上保持着温和的笑："Yee出差了，这两天可能没办法联系到他，您有什么疑问，也许我也可以帮上忙。"

褚秘书不常在这个时候还留在聂家，况且聂亦还不在。

她愣了一下，反应过来："您是专程等我？"立刻就明白了，"……你们什么都知道？"

褚秘书斟酌道："您为什么突然要去 K 市，您一直在怀疑什么，Yee 其实清楚，但他没有阻拦您。您想要做什么，想要走到什么程度，他都随您。"他停了一下，"最初那么做到底是对还是错，我个人持保留意见……"他模糊地将这句话带过，"不过那之后对您做的一切并不是为了欺骗您，是为了让您更好地融入普通人的生活。"

观景台上的灯略明亮了些，能看到池子里鱼群攒动着头抢食。

"那之后对我做的一切……"她重复。褚秘书很诚恳，什么都没有否认。这诚恳让她的脑子空白了足有二十秒，二十秒之后才感觉到整个人都被铺天盖地的倒塌感包围住，她开口："所以的确是那样，是你们将我变成了另外一个人，"她哑声，"怎么做到的？"

褚秘书沉默了片刻："全球脑科学心理科学的权威 J.N. 洛伦兹教授是 Yee 的忘年友。"

她咬住嘴唇，感觉疼痛了才松开，也不知道说出那些话是为了再次确认还是怎么："所以我的出生、我的家人、我的所有经历，一直到去年 12 月份，我的所有的一切全都是假的是吗？"声音沙哑得连她自己都觉难听。

褚秘书道："恐怕是的。"

她扶住木栏："所以我不是徐离菲。"即便有了心理准备，被确认的震惊还是几乎将她整个人都压碎。

她不自禁地咳嗽："我不是徐离菲，"她并不常感情用事，但那一瞬间却抑制不住汹涌而来的愤怒，"可你们有什么权利把我变成徐离菲？这是疯子才会做的事情……"褚秘书递给她水杯，她没有伸手接，只是牢牢按住了太阳穴，"所以我原本是谁？你们是出于什么目的才会对我做这样的事？是出于科学家对这个世界的好奇，想看看科学的尽头和极限在哪里还是……"

褚秘书面含愧疚："你说得对，没有人有权利对你做这样的事。"他垂眼，"实际上，你去 K 市前我问过 Yee，为什么不阻止你去探知这件事，如果你一辈子都不知道也许会活得更好，但他说如果你想要知道真相，你有这个权利。"他叹了口气，"我其实并不赞同将刚才那些事告诉你，原本的你……"他说得模棱两可，"我不认为你能理解并且承受所有的事实，在我看来，你仍然以徐离菲的身份生活下去那才是最好，如果你需要我可以……"

独居生活让徐离菲学会了如何快速冷静，在褚秘书开口回答她时她已经竭力平静下来。愤怒毫无作用。她观察他的神情，观察他说话的方式，观察他的每个停顿。从前她认为她绝无可能是聂非非，是因为她相信自己的记忆，可既然论证的基石已经坍塌，基于此的所有假设和认定又如何成立？她打断了他的话："我就是聂非非，对不对？"

褚秘书看上去很惊讶，但却再次回避了这个问题。

他沉默了一会儿，问她："你现在应该很恨 Yee 对你做了这些事，不管他是出于什么原因，你都觉得他是个疯子，对吧？"

她直直看着他："任何正常人遇到这样的事都会这么想。"

褚秘书再次沉默，许久，道："我不知道你对聂非非了解多少。如果所有人都和你的想法相同，那么聂非非……她可能是世上唯一一个不会那么想的人。就算全世界对 Yee 都误解苛责，她也会毫不犹豫站在他身边，选择无条件地接纳和包容，她是这样一个人。"顿了顿，他道，"就算 Yee 真的因为什么缘故而变得疯狂，成了你口中所说的疯子，要是她知道的话，更多可能会是心疼，而不是鄙夷惧怕。"说完这些话后，他很认真地看着她，"所以我想……你恐怕不是非非。"

徐离菲记不太清楚和褚秘书的谈话是怎么结束的。

将近四十个小时不眠不休，她是筋疲力尽了。即便整个人生都被颠覆掉，又能怎么样？人总还是要睡觉的。

入睡前她开始咽痛发热，小赵护士端来水和药片，其中有一片是助眠药。

医嘱说空腹吃这些药不好，所以吃药前她喝了半碗粥。

小赵护士很照顾她的精神，关灯前帮她点了个安神的熏香。

窗帘没拉严实，有一点园灯的暖光透进来，她头脑空白地看着那一丝暖光，无知无觉中，安神香缓缓燃起来。

轻烟如水，流过莲花造型的香炉，流过床帐，流到枕前，有点像几月前她去西部朝圣，在寺庙里闻到的那种带一点佛韵的清淡气味。

那可能是她脑海里为数不多的真实记忆了。

三千七百米的海拔高度，空气稀薄，天很蓝，远处有雪山，身后的寺庙里传来僧人的唱诵，旁边立着一只巨大的转经筒。

停了那么久，她的脑子终于开始转起来。

褚秘书说她恐怕不是聂非非，那不是一个绝对否定。

而毫无疑问，不管她原本是谁，聂亦是剥夺了她从前的人生。

她是否也有父母、有亲人、有朋友？他们失去她时会有多痛？

聂亦呢？如果她是聂非非，那就是聂亦亲手将她抹杀掉，让她变成了另一个人。

可要是如谢仑所说聂亦爱着她，如他自己所说他很想念她，当她再次站到他的面前，却再不认得他……他难道不痛？

她回忆起半月前他们的那次见面，他站在她的病床前，话很少，大部分时候目光都落在她身上，模样沉静，当她抬头时，他的神色里有掠过一闪即逝的悲伤。

那悲伤在她脑海里定格，助眠药和安神香的效力终于发作，很快她就睡着了。

徐离菲做了个梦，场景像是重回到那天的拍卖会，突然调暗的灯光下她再次看到了聂非非。

同那天下午的幻觉像又不像。那女孩穿着水蓝色长裙出现在中庭门口，就像盛装的仙度瑞拉误闯入王子的舞会。

　　她们的确长得一模一样，但女孩的妆容更精致，神色间有她没有的闲适无忧。

　　在女孩闯入的一瞬间，梦里的时光骤然停下来，除了聂亦和聂雨时，中庭里所有人物都变成静默剪影，唯有庭中的花树还保持着鲜活的色彩。

　　右上角的钢琴突然响起来，聂非非提着裙子穿过琴声来到聂亦身边。所有的人物都退成古早的黑白色，聂亦却像是无所察觉，低头自然地照顾着身边打瞌睡的聂雨时。

　　徐离菲觉得自己像是个过客，站在楼梯角看一部荒诞派风格的电影。

　　她听到聂非非问聂亦："这是为我留下的座位吗？"

　　聂亦没有抬头。

　　她看见聂非非毫不在意地坐下来，一只手搭上聂雨时的肩，声音轻柔："你长得这么大了呀小宝贝。"聂雨时轻轻耸了耸肩膀，没有睁开眼睛。聂亦抬手将睡着的聂雨时抱进怀里。

　　她看见聂非非坐过去靠近聂亦，伸手握住聂亦的右手，有一刹那她像是握住了。她低头要吻他的手指，但聂亦却突然抬手整理聂雨时的额发。他的手从她的怀中穿了过去，穿过她倾下来的发丝，穿过丝制的水蓝色长裙，穿过她的身体。

　　徐离菲捂住了嘴，以免自己叫出声。

　　她看到聂非非低头愣愣瞧自己的手指，突然笑了笑，放弃了同聂亦牵手的想法，侧身小心地亲了亲聂雨时。

　　角度问题，她没看到那个亲吻是否成功，但聂非非似乎很满足地站起来。钢琴声仍在继续，却进入忧伤的章节，她的目光停在聂亦身上，良久，蓦然俯下身，嘴唇离聂亦的额头很近。她并没有将嘴唇覆上他的额头，就在那个距离做出了一个虚无的亲吻姿势。

　　聂亦当然没有看到，也不可能察觉，他在闭目养神。

　　她看见她又亲了亲他的脸颊，最后是嘴唇，一直是有一段距离的亲吻。

　　那画面孤独哀伤，她的眼角却一直含着一点笑意。

醒来时徐离菲愣了很久，恍然间看到床头的电子钟，离天亮还早。

这是一个很标准的梦，具有任何一个梦境必备的无解和无逻辑。像这样的梦，本该醒来时就忘记，她却记得其中的每个细节。最令人印象深刻的是聂非非的笑，像是深呼吸之后含在嘴角，有一种破釜沉舟的利落。

她们长得一模一样，但那不是她的笑。

可她怎么知道那不是她的笑？关于她自己她又了解多少？截止到去年12月，她的所有记忆甚至都不是她的。

也许她曾经也那么笑过，只是她忘了。

她突然想起来聂非非给她留下了什么。傍晚时褚秘书告诉她，如果她有更多的东西想要知道，需要等聂亦回来。睡前她的确是太累了，忘了她其实不用等聂亦回来。那支录音笔里还有半段故事她没有听完，很可能那里边就有她想要的答案。

院子里刮起狂风，窗户没有关好，敲击窗框的声音有点可怖。

她在床上坐了一阵，抬手打开台灯，从抽屉里取出录音笔，戴上耳机，按开银色的按钮。

风更大，窗户猛烈拍击窗框，闪电斜划过天空，瞬间的白光将整个房间映得敞亮。她起身去关窗户，左耳里塞了耳塞。

录音笔外风雨大作，录音笔里的世界却宁静平和，女孩的声音响起来，带着海波的柔软意味："……我有没有说过，我妈写诗虽然秉承新月派遗风，但她的男神其实是叶芝？叶芝的长诗短诗她都熟悉。只可惜这爱好没能熏陶到我，这么多年我也只知道叶芝的一句诗，"她停了一会儿，"'这个世界哭声太多，你不会懂得。'[1]"窗外有雷声轰然响过，她轻声叹息，"多伤感啊。"感伤的叹息后，那女孩停顿了足有十秒钟，才道："但是这个世界原本就是有这么多的悲伤，这片陆地和海洋每天都要上演这么多的离别和死亡……我不知道怎样才能让你释然，我只是希望就像诗里那样，聂亦，这些

---

[1] 引自爱尔兰诗人叶芝的诗歌《被偷走的孩子》。

哭声和悲痛你都不会懂得。"录音笔里有很长一段时间静默，就像突然屏住呼吸，或者突然屏住哭泣。好一会儿，女孩的声音再次响起来："你教我人生不能往后看，可有时候我会想，如果三年前我没有参加老宅的那场派对，没有从你的人生里走过，可能现在你会更好。像三年前那样，对这个世界没什么情绪的你才能让我放心。可这是一个悖论。一直以来我都希望你能明白普通人感情世界的丰富，希望这种丰富能让你更加幸福，但当你真正领会了它们时，却要承受这种领会带来的痛苦，我该怎么办呢？那句话是谁说的来着，说人生有两大悲剧，一是想要得到的得不到，一是想要得到的得到了。说得真好，是不是？我不能想得知我离开后，是不是会有那样的瞬间，你想起我，"那声音哽咽起来，"你会想我是有多狠心才要给你和雨时这样的悲剧，可聂亦，我不能不。我最怕看到你难过，如果可以我希望你的人生……"似乎终于不能再说下去，有很长一段时间，大概一分钟，只能听到海潮的起伏，良久，听到女孩低叹："好啦，还是让我们来说些开心的事吧。"决定要说开心的事，似乎她就真的开心起来，就像刚才那些悲痛都未曾发生，那女孩喃喃："那些开心的事，哎，聂亦，我讲到哪儿了？对了，我们婚后……"

02.

婚礼定在 10 月 7 号，黄道吉日，天气也好。

观礼人只邀了两家至亲好友。感谢我妈和聂太太，整个婚礼安排出了一种她们处女座特有的严谨肃穆。

但我感冒这事实在恕她们无力掌控。

我妈忧心忡忡："如果交换戒指时你突然流鼻涕怎么办？要那样你说聂亦他不会当场悔婚吧？"

我边抽纸巾擤鼻涕边给聂亦发短信："不知道，我问问他哈。"

过了五秒钟，我妈催我："聂亦怎么说？"

我给我妈念短信："他说没事，他给我带包纸巾。"

我妈拧眉："他鼓励你在神前擤鼻涕？神前擤鼻涕这像话吗？给你拍的结婚纪念册，聂亦给你戴戒指时你在擤鼻涕，这样的画面你能接受？"

我想象了一下，说："并不能，可，能怎么办呢？"

我妈神色严峻，好半天，道："要美，要忍着。"

我考虑了一下，说："可我要忍不住怎么办？"

我妈表情精彩，不知道想到了什么，摆手沉重道："那就实在太丢人了，以后我们就别往来了吧啊。"

我充满敬意地跟我妈说："我真是您亲生的啊。"说完又打了个喷嚏。

化妆师第 N 次给我补完妆后，脸上洋溢出一种春满人间的仁慈笑容，柔声和我建议："聂小姐，擤鼻涕时不用那么大幅度，来，我教您怎么既能擤好鼻涕又不伤害鼻子这部分的妆容。"

能记得的是虽然感冒了，但那天一切都好，我妈想象中我当着所有客人的面擤鼻涕这事儿也没发生。可能因为心比较大，一想到结婚证已经拿到手，就算仪式上出糗也没大妨碍，我就紧张不起来。走仪式前康素萝吓唬我，说婚礼当天最易出事，近年概率最高的是抢婚和新郎落跑，让我提前有个心理准备。我准备了一下，竟然觉得这些事都没什么大不了，有人来抢婚那就和她打一架，至于聂亦落跑，聂亦应该不会落跑。

那天我整个人就是这么乐观积极又无畏。

幸好面对聂亦时还是谨慎的。仪式结束时偷瞄他一眼都含着小心。其实照当时我的无畏劲儿，应该想这时候就算盯着他看十分钟，他又能怎么样我呢，他还能打我一顿不成？

并不能吧。

缘分到底能奇妙到什么地步？十一年前和聂亦怎样初见我一直记得，那之后的十一年，我没想过会和他发生什么。可十一年后我们居然结婚了。是我和他的婚礼，是我和他即将要组建一个家庭，是我和他要共同走过今后的人生。是当年我在樱花树下遇到的这个人。

也许潜意识里还想更谨慎一些，但今天毕竟特殊，终归还是没留意，让十一年这三个字从嘴里蹦了出来。

聂亦偏头看我："什么？"发型师今天格外偏爱他，不知道设计了多久才定下来这个最衬他的发型，将额头全露出来，透出一种极为打眼的清新和精致。

今天的确太特殊，即使被抓包我也没惶恐，只觉得一切都会是好的，不是好的也都会变成好的。

那时我们正避过所有人坐在后园的石廊旁边，我抬头看天，笑笑说没什么。

十一年，这个人到底怎样改变了我的人生，这件事不能说出来。怎么能让他知道我对他的企图心有那么久远？那样会吓坏他，他好不容易下定决心准备试着接受我，这事儿不能被我搞砸了。

他显然不太认可我给的答案，道："我听到你说十一年。"

我继续看天，胡扯道："没有听过那首歌吗，《十一年》，十一年之前，我不认识你，你不属于我……"说着说着我就哼了起来，哼的过程中依然看着天："怀抱既然不能逗留，何不在离开的时候什么什么的。"

我认真哼歌，连忘词的部分都哼哼得很负责，直到我哼完他才重新开口："这首歌好像叫《十年》，不叫《十一年》。"又说："不过，十一年前……十一年前你十二岁。"

我点头："对啊，十二岁，刚读初中一年级。"

他问我："你十二岁时什么样？"

我还看天，想都没想说："可萌了，那时候我。"

他停了一下："聂非非，你那么昂着头不会觉得脖子酸吗？"

这种时候，什么样的话听起来会像是假话？

真话听起来就会像是假话。

我笑笑："聂先生，因为你今天打扮得太好看，对我太有杀伤力，我怕多看你一眼就立刻……"

多看你一眼我就会立刻说错话，把所有的事情都搞砸。

他好奇："立刻怎么样？"

我笑起来："你不会想知道。"

他说："我想知道。"

我转头看他："真的？"

他没再说话，就那么看着我，那意思是等我完成下文。

我一只手搭上他的肩，轻佻地跟他说："honey①，我会立刻同你热情表白，然后把你扑倒就地办了。"

他的目光落在我手上，我讪讪将它收回来，说："看，吓到了吧。"说着就要站起来，他握住了我的手，我就又坐了回去。

"为什么不试试看？"他说。

我有点没反应过来："试什么？"

他没什么表情地开口："同我热情表白，然后把我扑倒就地办了。"

说这话时他还握着我的手，我愣了足有五秒钟，才慢动作地抬起另一只手捂住嘴，我说："哎你怎么能说这种话，多不好意思啊……"

他云淡风轻："聂非非，你再演。"

我立刻坐正说："好吧这话是我说的，我就是开个玩笑。"

他勾起嘴角："是不敢吗？"

那是个笑。

聂亦最好看的表情就是冷淡神色里突然浮上来一点揶揄笑意，今天他打扮成这样，还这样笑，简直让人没法忍，可我居然忍住了，我说："我敢，但我就是开个玩笑。"

他说："哦，是不敢。"

我说："我真的敢，我也真的就是开个玩笑。"

---

① 亲爱的。

他突然靠近，风吹过长廊，那是个能感知彼此气息的距离。风带来他身上极淡的香，我知道这款香水，中调是冷杉和鼠尾草，后调是檀香和天竺薄荷。

他低声："不是说敢，为什么后退？"

我实在佩服自己的急智，屏着气跟他说："今天妆太重，靠太近可能会把你吓到，而且我觉得我脸上还出油了，你等等啊我去找 Vivian 老师给我处理处理……"说着备感自然地就要再次起身。

腰却被他握住，我跌在他身上，赶紧爬起来，但那个姿势不好过分移动，最后我跪坐在了他身旁。我还在絮叨着要去找化妆师，他握着我的腰低声："知道你什么时候会话多吗？"

我立刻住嘴。紧张的时候我会重复同一个动作，害怕的时候我就会话多。

他收紧手臂，要不是撑着他的肩我能又跌一次。我们再次贴近，我心跳得厉害。

他笑："害怕？"声音几乎落在我唇畔，"刚才是谁说自己敢？"

我力持镇定："谁会害怕，谁不敢。"

他垂眼："你说呢。"那姿势就像是要亲上来。我们已经有过好几次这样的吻，不同的是此前他亲上来都毫无征兆，我根本来不及反应，更来不及紧张。其实我完全不知道每次聂亦主动亲我都是为什么，他说过他愿意尝试着喜欢我，或许那就是他所说的尝试。

心跳愈发激烈。他说得没错，我紧张极了。等待是世间最令人焦灼的一件事，如果是我主动亲他，我不会紧张成这个样子。如果对象不是他，我也不会紧张成这个样子。但如果对象不是他，我会怎么样呢？说不定我一拳就招呼上去了。

当近得稍一偏头就能嘴唇相触时，他却停在了那儿，保持着那样的距离，他更稳地搂住我的腰，垂头看着我，没有吻过来，也没有离开，没有更进一步的动作。

那姿势并不舒服，我小声和他讲，我说："聂亦，我难受。"

他停顿了一下，松开手，我得以攀住他的脖子跪直身体，这样我的身量就能比他高一些。垂眼看着他时恍然有一种自己拿到主动权的错觉，终于没那么紧张，我深吸了一口气，动了动发麻的手指。

聂亦微微仰头看我，我跪在他身边，双手撑住他的肩，也低头看着他，我们保持着这样的姿势对视了好一会儿，我绷不住问他："我们这样子，是要做什么呢？"

有风吹过，他眨了下眼睛，那模样有一种我从未见过的纯真。纯真这词语掠过脑海时我蒙了一下，没忍住手就挨上了他的脸。他偏了偏头，那样他的侧脸就能更好地贴住我的掌心。脑子突如其来就空白了一下，但本能地还记得要半真半假，我笑看他说："我禁不起诱惑的聂博士，你这样子……"

他说："等你吻我。"

我说："什么？"

他抬眼："你问我在做什么。"他停了一下，"聂非非，我在等你吻我。"

我说："……风太大我没听清。"

他说："我在……"

我吻了上去。

吻上去时我看到了聂亦眼睛里我自己的倒影。我说过我禁不起诱惑，每一次同他开玩笑，那些看似的玩笑话其实都是我的真心。

聂亦为什么会主动要求一个吻，我没细想过。或者如他当时允诺，他会尽力和我开始一段正常的婚姻；或者他只是开个玩笑，打趣我罢了。如果只是个玩笑……算了，我捧着他的脸，想吻都吻了，如果下一秒他就推开我，那台阶也是现成的，我可以继续半真半假告诉他，是他挑衅在先，怪不得我认真在后。

我认真起来就是会这么吓人的。

我知道自己嘴唇冰凉，还有点颤抖。捧着他脸的双手也有点颤抖。但这一次我没有松开。我眼睛睁得老大，力图捕捉他的每一个神情，推测他每一个可能的动向。内心深处我觉得他早晚会推开我。但那距离太近了，我只能看到他闭着的双眼，和那黑色的睫毛每一次的颤动。不知道什么时候开始，他扶着我的头回吻过来，慌愣中我咬了他的下唇，那时候他闭着的眼睛弯出来一点笑意。我们鼻尖亲昵地相触，他的嘴唇稍微离开我，他说话的声音很轻，也很低，他说："安分点。"

我说："我没有不……"

他再次吻上来。日影从我们头顶移过。

天很蓝，阳光澄澈，云朵像是被谁一枚一枚种在纯色的天空中；石柱在地上投下清晰倒影，一直延伸到前面的草坪里，将一排像是满天星的小白花温柔地揽进阴影中。

我圈住聂亦的脖子，尽我所能地拥住他，想着，是了，不是打趣，也不是玩笑，这就是他主动要求的一个吻。他希望这样。他在习惯我。

无论如何，他愿意主动同我亲密，我求之不得。其实我怎么样都好，能嫁给他已经是赚到。淳于唯和我普及过那些有关爱情的浪漫句子，有一个句子说爱一个人时会觉得他就是世间一切。我爱聂亦，我从小崇拜他，他对我来说比世间一切还要更多。

后来康素萝问过我类似问题："聂亦在你心里到底是个什么分量？"那大概是十天后，我俩在 S 市城市宣传项目会上碰头。

S 市城市宣传资料四年一更新，每次都会邀请籍贯在本城的艺术家共襄盛举。听说今次宣传部部长突发奇想，除了形象片和正常人文风景海报，还想拍一套水下城市海报，于是找上了我。而康素萝从他们学校被临时借调过来，则是因康二兴趣广泛，除了研究文学还研究民俗学，不仅脚本功力深厚，还把 S 城犄角旮旯都摸得透熟，实属顾问良才。

康顾问见到我时一脸震惊："你不是去法国度蜜月去了吗？古堡，酒庄，落日，欧洲小民谣，彩色马卡龙，随风摇曳的棕榈树，还有蓝色的 La Baie des Anges[①]！"

我说："没有马卡龙也没有 La Baie des Anges，蜜月取消了，聂博士出公

---

① 天使湾，位于法国尼斯，是世界三大海湾之一。

差了。"

"取消？出差？"康素萝一拳砸桌子上，"刚结婚就出差，聂亦他把你当什么了！"会议桌尽头的许书然抬眼看过来。同为 S 城人的许书然此次被邀过来担纲项目总导演，旁边还坐了几个人，是他带来的团队，有两人上次岛上拍片时见过。

康素萝做了个 A 国军礼的手势跟对面道歉，翻出手机压低声音："我认识个很靠谱的专打离婚官司的女律师，我找找她电话号码介绍你们认识认识……"

我也压低声音："离妹啊离婚，不告诉你了聂亦是出公差吗？"

"公差？"她反应了两秒钟，"哦……哦，我爸那个系统的？顶上面的命令？"立刻收回手机同情聂亦，"那的确是不讲情面非去不可的，唉唉，当个被军事级安保系统供起来的科学家也怪不容易，"又替我控诉，"可你们是新婚蜜月啊，上面也不通融一下，上面就不懂蜜月和包包对女人的重要性吗？"

我说："上面也挺难的，毕竟恐怖主义还没有被消灭，世界还没有和平，暂时操心不到大家的包包问题和蜜月问题也是有的。"

康素萝频频点头："那也是。"喝了半杯子水，又道，"可要是我，上面的命令归上面的命令，闹一闹归闹一闹，蜜月啊！一辈子一次的蜜月！总要让他知道你不开心的。"她一只手捂住嘴，"你……该不是怕聂亦为难吧？啊啊，聂亦在你心里到底是个什么分量，你就这么怕他难做？聂非非你完了！"

我说："你应该问我国家在我心里是个什么分量，我们这不都是为了国家么，没有国哪有家？牺牲小我成全大我，中学课本不都这么教的吗？要爱国啊康同志。"

康素萝有点蒙："我觉得我们好像是在讨论个人的小情小爱来着，怎么一下子就上升到爱国情怀了，我有点跟不上，我刚问你什么来着……"

我说："你问我爱国还是爱家，废话，先爱国后爱家么。"

她继续蒙："我问的是这个？"

我说："是。"

她右手捂额头："我感觉不是，你等我想想啊。"

我想她反应过来就该打我了，赶紧坦白说："没有，我们其实在说度蜜月。"

她打了个响指说："哦对，我们说的是这个。"气得拿手指我，"聂非非你惯会带人歪楼，你怎么不去学催眠呢你？"

我小心将她手指挪到一边去，说："康二。"

她说："你才康二你全家都康二。"

我说："萝儿。"

她打了个冷战。

我煽情说："萝儿你觉得我不开心，我哪有不开心，聂亦对我来说比世上一切都要多，我都嫁给他了，多不容易，蜜月不蜜月的还有什么打紧。"

萝儿抬下巴："好哇，他居然比世上一切还要多。"大着胆子给了我脑门一下，"世上一切也包括你爹妈吗？也包括我吗？"

我说："不，当然不。"

萝儿欣慰笑。

我说："不包括我爹妈，但是包括萝儿你。"

萝儿立刻决定和我绝交了。

但绝交不到半小时又颠颠跑来问我和聂亦有没有什么新进展。我知道她问的是什么，新婚夜我感冒重得呼气都困难，聂亦被我传染，也好不到哪里去，此种情况下实在很难有什么进展。康素萝万分失望，连连追问，那第二天呢？

第二天聂亦就走了。

S 城规矩是新婚次日回门。聂亦在回门当天下午就被 P 城的专机接去了不知道什么地方。就记得那天下午有很好的夕阳，我一路送他去机场，司机很体贴，车开得很慢，风景从车窗外清晰掠过，入眼的每一帧画面色彩都很饱和。

机场临别时好几位工作人员随行，我落在后面和其中一个穿中山装的娃娃脸聊天。

聊了一会儿见聂亦在前面等我，就止了话头快走两步到他旁边。

他问我："在聊什么？"

我含糊说："就聊聊天气。"

但紧跟过来的娃娃脸立刻把我给卖了，一脸正直同聂亦道："秘书小姐在和我聊聂博士您的饮食习惯，说您口味清淡，爱芟白虾仁、清蒸刀鱼、素秋葵、西湖银鱼羹、西芹百合，请我们多照顾您，因为饭菜不合口味您也不会说出来，但会吃得很少。"聂亦看了我一眼。娃娃脸继续一脸正直，"其实秘书小姐不说我们也会很注意聂博士您的健康，但秘书小姐给的菜谱也帮我们省了很多力，很感谢秘书小姐。"

能感觉聂亦的目光一直落在我身上，我低头看鞋子假装没注意到，就听到他开口："哦？你都是这么和人介绍自己的？我秘书？"

我腼腆道："这不是怕人嫉妒你嘛，能娶这么贤惠一媳妇儿多不容易多大福气啊，要别人知道了因为这个恨上你那多不好啊。"

聂亦笑了笑："你倒是敢说。"

娃娃脸一脸迷茫地插话进来："……难道不是秘书？"又向聂亦道，"可这位小姐很了解您生活起居的……"

聂亦道："她是我太太，喜欢胡说八道，不用理她。"

娃娃脸一脸震惊："您太太？"看他一眼又看我一眼，连连道歉，"啊是我先误以为聂太太是您的生活秘书来着，聂太太只是没纠正我。实在是对不起，主要是还没见过能将先生的生活起居问题了解得如此详尽、叙述得如此专业的太太，自然就想到了生活秘书……"

聂亦的目光重回到我身上，问题却是向着娃娃脸："她和你说了什么你这么夸她？"

我跟娃娃脸使劲使眼色，暗示他他已经说得够多了，可以闭嘴了，但娃娃脸显然没能理解我的良苦用心，跟个小学生似的踊跃道："我没有夸呀，是句句属实哇，您太太真的很了解您也很关心您……"

聂亦的目光再次瞟到我身上来。

我的手在内心里沉重地抚上了额头，趁着场面还不至于太尴尬，赶紧亲自上阵打着哈哈补救："您看您还说没夸，您这简直就是过誉，其实我也没有多了解，就是平常……"

哪知道这时候娃娃脸倒是认了真，不甘落后地打断我的话，一边翻看手里的备忘录一边教育我："关心就是关心，您谦虚做什么？您看刚刚我们的谈话我都做了记录，"又向聂亦道，"您看，我这上面记录得清清楚楚，都是您太太嘱咐的，您太太说您喝茶但不喝红茶；注意维生素摄入但不吃猕猴桃和芒果，如果您想吃甜食就让我们给您做香蕉牛油果和牛奶打成的奶昔；还说您习惯中餐，但是不能在菜里给您放香菜和胡椒，说您连香菜的味道都不要闻到的；对了，还要少给您做拿鸡蛋当食材的菜肴因为您有些鸡蛋不耐受，还有……"

我拦住他："够了吧我应该没说这么多……"

可娃娃脸丝毫没有闭嘴的意思，毫无眼色地继续哗啦哗啦翻小本儿："您说了呀，都是您说的呀，不然我怎么能误认您是生活秘书呢？"又跟聂亦说，"聂博士您真是娶了个好太太哇。"

聂亦没回话，站在那儿一脸沉思。我呼了一口气，跟娃娃脸说："你话怎么那么多啊，你一个公职人员你能不能专业点啊，你是红娘吗你是？"

娃娃脸愣了一下，受惊地看着我后知后觉道："我是……说错什么了吗？"

我正要开口说你是啊，聂亦却突然道："没事，她害羞时就是这样。"

我噎了噎。娃娃脸一脸恍然说："哦哦。"

依然难以从面上看出聂亦心里到底在想什么，我尽量云淡风轻跟他俩说："哦什么哦，哪有那么多害羞，我记性好而已，不只聂亦你，家里其他人的饮食生活习惯我全都背下来了，大家庭的媳妇儿嘛，就是要这样的，干一行就要爱一行嘛，要有职业道德的。"

娃娃脸又一脸恍然说："哦哦，"天真地对我表示敬佩，"那聂太太您真是很厉害的，也挺不容易的。"

我谦虚说这没什么，正逢不远处娃娃脸的同事招呼他，他和我们暂时告辞去应付同事，留我和聂亦两人站那儿。

我们静了一会儿，我不太确定是不是真的已经糊弄过去，想说点什么又不知道从何说起。

倒是聂亦先开口："真是那样？"

我心里毛了一下，说："是哪样？"

他淡淡道："家里人的生活习惯你全背下来了？"

我心里咯噔了一下。

他果然道："那你把我妈的背给我听听。"

实证主义的科学家的确不是那么好糊弄，我停了足有五秒钟，才道："婆婆她……不吃榴梿？"

他沉默了一下："继续。"

我一看竟然蒙对了，有点镇定下来，继续试探："还……还不吃香菜？"

他又沉默了一下："还有呢？"

我一看竟然又蒙对了，整个人完全放松下来，但再掰下去就该露馅儿了，我咳了一声问他："这是通关游戏么？答完一题还有一题？"一脸谴责地看向他，"聂亦你不能这么不信任我，你这样我得多伤心啊？"

他换了只手搭外套，半晌对我说："都是蒙的吧？"

我说："不，不是。"有个词叫兵不厌诈。

他笑："是吗？"

我一看他笑了，立刻松了口气，果然全蒙对了。

这时候就是糊弄过关的好时机了，我捂住胸口跟他说："军座，我也是很关心婆婆的，你却那样看我，太让人痛心了，我觉得我心都碎了。"

他挑眉："再演。"

我逼真地继续捂胸口，说："真的，心绞痛得，要碎了。"

他嘴角浮上来一点笑，我还没反应过来，额头却被他抬手弹了一下。

我退后一步捂着脑门狐疑看他："聂亦你干吗家暴我？"

他淡淡道："为了听到你的话会心碎而死的你婆婆。"

我反应了下我婆婆是谁，说："哦，是咱妈，咱妈怎么了？"

他道："她最喜欢的水果就是榴梿，最喜欢的调味料是香菜和葱。"

我沉默了两秒钟，哈哈说："……啊蒙错了么……那婆婆还真是挺不挑食的哈。"

他看着我，目光有些难以言说，好一会儿，他开口道："家里人的习惯你只知道我的。"那是个陈述句。

我就哈不出来了。

他没再继续说话，就近在一张凳子上坐下来，抬眼看我木在那儿，食指点了点旁边的座位，示意我在他身边坐下。

机场人来人往，喧闹却只在远处，我们这一隅倒是安静得像个不存于世的平行空间，要是用对比镜头拍出来，一定能文艺得就像是那部 20 世纪 90 年代的老电影，那电影叫什么来着，是了，《重庆森林》。

聂亦一身休闲衬衫休闲长裤，姿态从容地坐那儿微微垂着眼，不知在想什么。

我也跟着他安静了一会儿，然后从外套口袋里掏出来支香烟形状的棒棒糖，深吸了口气拆开糖纸，有点破罐子破摔地想：他知道了。

我不是什么模范儿媳，他们家人的习惯我只知道他的，我只在乎他，我的心就是这样小。

他知道了。

这可怎么办呢？

我两手撑在后面望着高高的玻璃顶，起码有十秒钟，听到他说："所以我是特别的？"

他所问过的所有这些出其不意的问题，这些模棱两可的问题，这些不知是刻意还是随意的问题，没有一题能让人轻松作答。什么样的答案才合他心意，我不知道。他的确说过让我们试着开始一段正常的、能爱上彼此的婚姻，可怎么样爱上他才是合适的速度，我不知道。

但那一瞬间我有点想破釜沉舟，我说："如果我说你从来……"

他看过来。

那个被他拒绝的夜晚突然浮现在眼前，我立刻截住话头。

言语是罪证，若我坦白，却不是他想要的答案，会是什么结果？我太想要他，赌不起也输不起。

他问："我从来怎样？"

我将棒棒糖含在嘴角，含笑半真半假道："从来特别啊，这世上我也就指望着你给我买潜水器了，你当然最特别。对你好点儿，想着我的好，你才能多投资我的艺术人生不是？"

他静了好一会儿，抬眼道："就因为这个？"

我说："不然呢？"

他看着远处匆忙来去的人流，良久，很平静地说："我希望我是特别的。"

棒棒糖掉下来，我呛在那儿，咳着说你等等……

但他已经再次开口："你说过你会试着喜欢我。"

我卡了壳，结巴着说："我，我说过？"

正巧有工作人员走近来提醒时间，他将搭在椅靠上的外套拿起来，就要起身随工作人员入登机通道，我手搭在太阳穴上说你等等你让我想想。他已经走了两步，又折回来站我跟前，我抬头望着他，他垂眼看了我一阵，突然笑了一下，一只手搭住我的肩微微俯身："你是该想想。"顿了一下，靠近我耳边，"结婚前你答应过我的话，聂非非，你都好好想想。"

03.

聂亦离开时留下的那番话，工作之余我想了很久，得有一个月，但还是没能想得十分明白，逼不得已打了个电话给我妈。

我问我妈，要是有人跟你说，什么事你是该想想，还得好好想想时，您觉得这人是想表达个什么？我妈刚从一个近代诗歌沙龙上回来，思忖了两秒钟说，从诗歌的角度来看，得想想还得好好想想，这是重炼句，爱好炼句炼意炼道理的只能是他们哲理诗派了，所以这人要么是个哲理诗人要么爱哲理诗人，跑不了。

我就感觉我这事儿无论如何和他们诗人是聊不下去了。

康素萝看出我的烦恼，主动来找我谈心，那时候工作前期筹备告一段落，我俩正好休整。

这次城市宣传资料更新项目许书然总牵头，城市海报方面我负责水下这一块儿，成名多年的风光摄影师郎悦负责人文风景这一块儿。第一周许书然就过了我们的提案，接着大家伙儿领着美术和摄影开始马不停蹄看景，今天他们宣传片的美术概念图终于定稿，让我和郎悦有了个总体项目审美的大方向把握，下周差不多就能各自圈地开拍了。

因市里找了聂氏和谢氏赞助，资金实在充足，因此大家住得也好，红叶会馆前园整个顶层都被包下来以做项目组安榻之用。故而是夜，我和康素萝得以在康二一向心仪的红叶会馆森雨林吧促膝长谈。

森雨林是会员制，除了会员只向顶层住客开放，一向人少，是个密谈的好地方。

我喝着闷酒跟康二说："其实有两种解释，一种是我小心过头，目前可能表现得像是喜欢他的钱多过喜欢他，违背了之前我说过的要开始跟他培养感情的诺言，让他不太高兴。可这诺言……这诺言我也有点记不清，我感觉那时候是他说的来着？但就算我真是爱他的钱还没进入新婚状态，他能在乎这个？他不像是会在乎这个的人。可如果真是这意思……你看他这是不是在邀请我……其实可以更进一步？是说我能名正言顺地关心他，适度地表现出对他的喜欢，还能更大胆地揩他油吃他豆腐？"

康素萝一脸迷茫，但是频频点头。

我继续喝着闷酒说："第二种解释，那就是我说错了什么或者做错了什么，所以他让我好好反思反思。说起来……他是让我想想婚前答应过他什么，可婚前我答应过他什么了？我答应过不对他出手吗？开玩笑，"我大手一挥，"这绝对没有的，那时候我还特意提醒过他，我是个本能生物，说不准什么时候就会对他这样那样，让他想清楚了再决定这婚结不结。"

康素萝目瞪口呆地看着我："你这么和聂少说了？"向我比大拇指，"非非你好样的。"

我谦虚了一下说这没什么，我们今天重点是要讨论聂亦他是个什么意思，不要随便歪楼。

康素萝点头称是，陪着我一起思索，不多会儿就提出了一个崭新的论点："也许就是因为你说过你是个本能生物，但是又一直不对聂亦本能，让他很失望，所以他才让你好好想想呢。"

我看着她。

康素萝立刻哈哈道："当我没说，我只是看气氛太严肃所以开个玩笑。"

我沉吟说："其实你说的未尝没有道理……"

康素萝倒抽气按住我的手："你不是当真的吧你。"

我一口气将整瓶啤酒都灌下去，哲理地跟她总结："什么该当真，什么不该当真？既然这几种推测都有可能，那就选个我最想要的解释来当真嘛，做人最重要的是乐观，管它的，就当他是邀我更进一步好了，我又不吃亏。"

康素萝难得谨慎一回："可要是你会错意，那多丢脸啊非非。"

我说也是，所以得从现在就开始学习不要脸，毕竟不要脸才能不丢脸。

康素萝看了我老半天，摇着头叹息："一步一步算，还得一步一步演，还得学会不要脸，你谈个恋爱怎么这么费劲。"

一听她这么说我就感觉自己给人传道授业解惑的教师魂被点燃了，勾了勾手指示意她坐近，我说："来，萝儿，让我们来搞搞清楚跟我结婚的是谁。你看，是我十二岁就开始崇拜的男神，生物学界不世出的天才，被军事级安保系统供在珠穆朗玛峰顶上的高岭之花。万千崇拜他的少女跟他说句话都艰难，但他居然跟我结婚了，我何德何能啊？他不难搞点对得起他高岭之花的这个设定吗？”

康素萝立刻就被折服了，还表示既然我这么难，且是命中注定这么难，今晚就让她买单。

我一看她这么豪爽，立刻招呼 waiter[1]：“那啤酒就不要了，帮我换两瓶罗曼尼康帝，年份看着来，我不讲究。”

康素萝哭着跟我说：“非非，我爸是清官，我这个月也还没发工资！”

酒喝得差不多，正打算离开时看到了宣传片女主角雍可和她经纪人。我和康素萝站在转角处，两人大概没注意到我们，走近了仍在絮絮交谈。雍可经纪人 Ada 说：“依我看他是忘不了你，不然怎会你一回国就来剧组探你，私产都借出来让剧组拍摄，这可是前所未有的事。”

俩人在谈隐私，大概是以为吧里没人。这时候我和康素萝反而不好出去了。

Ada 继续道：“因为有你在，所以他才会借，他那样的人，示好也示得含蓄，你不要再不领情，不是我说你，你是一贯太倔……”

雍可打断 Ada 的话：“听说他已经结婚了，”顿了顿道，“我不想和一个已婚男人有什么瓜葛。”

Ada 停了一会儿，笑笑：“你心里真这么想？”

雍可没说话。

Ada 道：“他结婚那事儿我也知道，听说是被他家老太太逼着胡乱找了一个，订婚前两人都不认识。他是什么样的人你又不是不清楚，搞不好只是一纸协议婚姻，怎么可能会有感情？”

雍可还是没说话。

Ada 的语声里透出几分恨铁不成钢：“年少时非要赌气错过彼此，完了又后悔，后悔了还憋着一口气不愿意低头。真爱不是靠赌气赌回来的，蹉跎这些年已经是教训，你还真想跟他错过一辈子？”

她俩终于绕到里边一张桌子落座，我和康素萝蹑手蹑脚走出酒吧。

———————————
① 服务员。

康素萝站走廊上琢磨着问我："你说我要把雍可这个八卦消息卖给小报能把今晚的酒钱赚回来吗？"

我说你最好别，下周她还得拍我的片子，大多是水下镜头，我盼着她身心都健康稳定。

正说着碰上许书然，他上下打量我："你又没带手机？下午聂亦来过。你助理到处找你。"

我脚下生风地朝顶层会客室去，许书然叫住我："他等了你半小时，已经走了。"看了下表补充，"走了蛮久了。"

我一拍旁边的装饰花瓶："才等半小时。"结果把花瓶里的瘦梅枝给带歪了，又停下来给人家正回来。许书然抄着手站旁边，看了一眼我们身后不远的酒吧，道："还没吃晚饭？我要去餐厅，你，"又看了康素萝一眼，"你们一道过来，谈谈下周的拍摄计划。"

康素萝赶紧摆手："您吃完饭再聊不迟，"视线回到我身上，嘴角扯出个笑来，"非非得生好一会儿气，这时候怕是没心思谈工作。"

许书然顿了顿，向我道："聂亦他应该不是故意不等你。"

一听这话就知道他误会了，我说："别听康素萝胡说，我没生气，聂亦他多半还有事才没等到我就走了，我又不是十八九小姑娘，为这个和他生气。"说着往餐厅去，"一块儿吧，怎么着也得吃饭不是。"

康素萝两步跟上我，摇头："你们可是一个月没见了，你这么懂事，虐恋情深还怎么虐得起来。"

我就给了她脑袋一下："好意思说，我找童桐要手机的时候是谁拖着我就往酒吧跑的？"

康素萝捂着脑袋委屈："那我怎么知道聂亦会突然回来给你惊喜嘛。"

我一时心软，帮她揉脑袋："是我不对，才喝了你的酒不该这么对你，乖啊，不疼不疼。"

许书然突然笑道："你一点没变。"

我就想起这人还一直记得我大学时把设计学院系花揍进医院的事，恍然道："许导您这是批评我脾气大爱动手啊。"

他道："不用那么生疏，叫我许书然就行。"又道，"不是批评。"

我叹气说："能怎样呢，不都被逼的么，这年头做摄影师不容易，不厉害点东家欺负你，模特欺负你，"看了康素萝一眼，"连顾问都欺负你。"

康素萝就给我比拳头了，我忙说："康顾问你冷静，冷静，不是说你。"

他们刚在餐厅坐下，我借口上洗手间出来，拿餐厅电话拨通了聂亦手机。电话很快被接起来，餐厅里正在放普罗科菲耶夫的交响童话《彼得与狼》，明快的乐声里聂亦的声音从听筒里传过来，像是被刻意压低了："非非？"

我立刻明白过来："在开会？那我待会儿打给你。"

"不用。你等一下。"他像是捂住了话筒，过了一会儿，声量恢复正常问我，"还在？"

我问他："会呢？"

他淡淡："他们先开着。"声音听上去有点疲惫。

我教训他："刚下飞机就好好回去休息，开什么会啊。"

他似乎换了一边听电话："在飞机上睡了一觉，不太累，过来了解下几个项目的情况，从明天开始能休息挺长一段时间。"

我沉默了会儿，说："可我得工作，怎么办，我休息时你工作，你休息时我又得工作，怎么能这样。"

他没接我的话，反而道："听说你把沐山的泳池给我重新装修了？"

我心虚了两秒钟，说："哦，这事。"

水下这块儿的城市海报不同于普通人文风景海报，虽然也能走自然主义路线，但那太局限也难有代表性，走超现实主义的路子会好很多。只不过我把常用在后期图片拼接修饰上的超现实主义用在了前期设计上，计划先搞一套两千年变迁的城市风物照，等比例放大贴覆在足够敞阔的水池壁上，然后池子灌满水，让模特着不同朝代的服饰，以贴在池壁上被淹没的城市做背景跳水中舞，我来抓拍。

看景时全市的水池都被我看遍了，最后发现还是聂家在沐山的游泳池最敞阔。那原本就是个三面环山的天然水湾，后来邻着别墅将水湾封起来建成了个露天泳池。要生造一座穿越千年的水下城，这地儿再合适不过。

我讪讪说："背景画我都全给贴池壁上了，要换地儿我可损失大了，也赶不上工期，"我跟他保证，"等片子拍完，以前泳池什么样我保证原封不动还给你好不好？"

他说："还给我？"是个反问句。

我就急了："不好吗？我也是联系不上你才没和你说，可我问过公公了，公公说沐山是你的地儿还得问你的意见，我又去问褚秘书，褚秘书说这事他做不了主，与其他做主不如我自己做主。"

他停了两秒钟，道："我们结婚了，非非。"

我没太听明白，但本能说："是啊。"

他缓声："所以没有什么你的我的，也没有什么还给我不还给我的说法。你和我才是最亲近的人，以后这些事不需要问他们，也不需要问我，你想怎么做就怎么做。"

我捂住胸口，静了有三秒钟，才说："可这样的话，我岂不是占了你的便宜？"

这回像是他没听明白，在电话那边问我："什么？"

我说："因为你有很多东西，我好像什么都没有，也不知道可以给你什么。"

过了一会儿他才说："非非，你想给我什么？"

我说："我想给你的，可能你会觉得没什么打紧。"屏住呼吸说，"你留给我的家庭作业，那个问题我好好想了，你……其实是在说培养感情对不对？我觉得……"

他却打断我的话："不急，那件事，"他顿了一下："我们慢慢来。"

我心里一咯噔，拿电话的手肘一不小心就撞上了吧台，我忍着疼追问他："你这是要反悔吗聂亦？说了什么就是什么，落子无悔你听说过吧，我们一个月才能通上一次电话，这已经够慢了吧，还慢慢来，快点来也是可以的啊！"吼完我才意识到自己都说了什么。

果然电话那边安静了，好一会儿，他说："想我了？"

我木着脸说："没有。"

他没有回应。我问他："聂亦，你还在吗？"

他"嗯"了一声。

我试探着说："其实吧，有时候呢，我可能也会……"

他说："我想你。"

电话差点被我掰断，我强自克制着剧烈的心跳，说："聂亦。"

他说："我在。"

我说："你不是开玩笑，没有逗我玩？"

他问："你呢，是在逗我玩吗？"

我结巴着说："我，我也很想你来着，但我不知道你是不是希望我想你，你希望我想你吗？"

他似乎在笑："这是什么理论？"

我一时内心激动，不知道怎么就脱口而出："我现在回来找你好不好？"

餐厅里的乐声正好在那一刻停下来，空白中能听到电话彼端清浅的呼吸声，聂亦没立刻回答我。

握着电话的手心有点出汗，我试探着问："不好吗？"

他低声："我在清湖，离你很远。"

从红叶会馆开车到清湖，即便交通畅达也得至少两小时。

我喃喃说："那真是挺远的，开车得两小时呢。"还叹了口气。

他在那边问："两小时就嫌远？不是说想我了？"

我一想也觉得是，还说想人家，结果两小时就嫌远，实在不应该，又一想，我说："不对啊聂亦，是你先说远的呀，那你到底是让不让我回吧，你给个准话。"

就听到电话那边笑了一声，声音很沉，通过无线电波传过来，像是刻意压在耳边，他道："这边会要开到很晚，你这么晚过来不太安全，明天再回来。"

我耳朵发热，但突然想起来明天的安排，哭丧着脸说："明天上午要和许导去看看女主角的水中舞集训成果，下午得把所有的服化道都查一遍，后天就要开拍，所以要回来还得是晚上。"

电话那边静了一下，他突然问："要一直和许书然一起工作？"

他还能记得许书然我也挺惊讶的，合计了下说："主要是前期，都差不多了，正式开拍就不用麻烦他了，到时候分三个组，我们各拍各的。按理说前期也不用怎么麻烦他，但许导做事认真嘛，回回我这边有个什么事儿他都会跟过来看看，也是辛苦他。"

也不知道他怎么抓的重点，半晌问我："你和……整个剧组都住在红叶？"

我愣了一下，实话实说："你和谢仑钱给得大方嘛，不住红叶就亏了。"

他问："开拍之后也一起住那儿？"

我说："对啊。"

他道："你回来住。"

我说："啊？"

他又重复了一遍："回家来住。"

我说："这不好搞特殊吧，再说好好的为什么……"

他就给了个解释："你要在沐山拍摄，就让你的组都住到沐山来，那样更方便。"停顿了一下，又低声补充，"我休息半个月，可以在这边陪你。"

挂掉电话时我整个人都是蒙圈的，康素萝过来时我一把握住她的手，靠在她肩膀上。康二吓得半死，连连追问："非非你怎么了你这是心绞痛吗？"

我撑着她的肩："老康，我觉得我万里长征快走到一半了。"

但康素萝理解错了方向，叹气道："拍摄开始才能算万里长征走一半，现在还不知道雍可水下到底能不能行，市里钦点的人，要不行还不能换，这些破事儿真替你头疼。"

谈话瞬间就被她带偏了方向，我靠在吧台那儿安慰她："头疼有什么用，那句诗怎么说的来着，'静静地安坐吧我的心，让世界自己寻路向你走来。'"

研究文学的康素萝一脸惊奇："非非我没想到你居然这么纤细，还读泰戈尔的《飞鸟集》。"

我说："我确实不纤细，不管是腾格尔还是泰戈尔我都不读，但架不住我们家有个泰戈尔的铁杆粉丝。"

康素萝立刻皱眉问我："你说的这个腾格尔又是哪国诗人，我搞文学研究这么多年为什么完全没有听说过？"

我说："……因为人家是个内蒙古草原歌手。"

次日天阴，到泳馆时 7 点 20，偌大的水池里只两三个工作人员。我和宁致远先下水去测光。

早上 6 点半，宁致远就跑来敲我房门，后面还跟了个哈欠连连的淳于唯。两人刚从尼斯飞过来，撂下行李水都没来得及喝一口就来敲门找我领工作，据说知道此次拍摄行程紧张，早在飞机上已倒好了时差，十足敬业。

敬业的淳于唯此时正靠在池子边上搭讪雍可的水下舞蹈老师，我问宁致远："你去尼斯看你爸妈我知道，唯少在尼斯干吗？这次我就在泳池里拍个片，实地这一块儿用不着他，他怎么也过来了？"

宁致远道："他看上了我姐，一路追到尼斯来，但我姐结婚了。我看他这次像是挺真心的，天天嚷着什么不可能的恋爱太磨人，要沉沦买醉，挺可怜的，我就邀他回来散心。"

旁边帮我们打下手的童桐一脸不可思议，比出一根手指颤抖道："就唯少，他还能有真真真真真心？"

宁致远挺惊讶："他为了我姐整整空窗了一个星期没交女朋友，这还不够真？"

我客观评价："对他来说是够真的了……"

我和宁致远又聊了点别的，中间迎来了康素萝，说是今天没什么事，过来瞧瞧热闹。难得淳于唯即便正和舞蹈老师聊得火热，也没忘回头和康素萝寒暄几句。

童桐凑过来给我看表："约定的 8 点，现在已经 8 点半了，大家都就位了，就雍可还没到。"

我说那你打个电话给她助理。童桐正拨手机，雍可和许书然一前一后进来，后面跟着经纪人 Ada 和两个小助理。

淳于唯和宁致远许书然都没见过，我简单介绍了下，留他们寒暄，回头问雍可："早上是有什么其他事？"

她看了我一眼，又看了眼场地："你们不是也刚布置好？"

我说："已经布置好了一阵。"

她抬手看表，冷冷道："那时间也还早。"

童桐是和我提过那么一句，说雍可的脾气不太好。因为我脾气也不太好，所以当时没把童桐说人家的小话放在心上，现在一看，沟通是有点困难。

我脾气不好，沟通一出现困难就会没耐性，然后就会忍不住开始简单粗暴。于是我就简单粗暴但心平气和地和她说了："时间早不早不是你说了算也不是我说了算，是时间表说了算。"

她终于转过头来，但明显不耐烦："这是个多大的事？"

我站那儿掏出一根棒棒糖："进我的组得守我的规矩，我的规矩就是这样。"

她一时没反应过来，有点愣住。

在一旁的 Ada 见势开口："昨晚 Coco 睡得不好，身体不适，迟到半小时这也是可以理解的，贝叶老师您这样说话却有点不留余地了，大家今后还要合作的。"又笑了一声，意有所指道，"贝叶老师工作室里全是青年才俊，我们虽然迟到了一会儿，但我看您和他们……也挺开心的，何必非要为这一时半刻为难我们 Coco？"

我身边就一个童桐一个康素萝，连她俩这种脑筋缺根弦的都听出来这话里的恶意，我也就听出来了。但她俩都不擅长吵架，估计是觉着不撂一句特别掷地有声的又不敢开口，在一旁憋得眼睛都红了。

这种一进组先要确定谁能压谁一头的风气令人生厌，攻击人动不动就往私生活上面带的娱乐圈作风也令人厌烦。我撕开棒棒糖的糖纸说："要求你们守时甚至早到，是要就着自然光。我等得起，光等不起。我拍东西没什么其他坏习惯，就是爱跟作品较真，你们要是配合不了我，"我把棒棒糖塞嘴里说，"要么我换掉你们，要么你们换掉我。"

她们静了起码五秒钟，Ada 不自然地笑了一声："我们也对作品很认真，要是您早点告诉我们是用光问题，Coco 身体再不舒服也不会迟到。"

助理簇拥着雍可去做下水准备，康素萝说："我看雍可刚才都有点蒙，估计她出道这么多年就没碰上几个人敢跟你似的那么和她说话。"

我说："废话，要不卑不亢么。"

童桐忍不住控诉："早些年非非姐还没有现在这资历，合作伙伴也跟雍可他们似的，动不动就要耍大牌，要是不狂帅酷霸拽一点，我们早被玩儿死了！"

康素萝惊讶看我："我以为你一直都只拍海洋生物啊。"

我点头说："动物们虽然好相处，但让你不顾体面想撸袖子揍他一顿的杂志主编也是有的。"

康素萝唏嘘："怪不得你那句'要么我换掉你们，要么你们换掉我'威胁得特别行云流水，架势撑得特别足。"

童桐张大嘴看着康素萝："你以为非非姐是在唬他们吗，并不是啊，我们是真的换过啊，这么多年被我们换过的合作伙伴不少，"看我一眼摸了摸鼻子，"换过我们的虽然不多，但是也有。"

康素萝一时不知该说什么好："你还来真的啊？"

我说："废话，都影响拍摄了，不换能怎样？对待艺术要纯粹要虔诚知道不知道？"

童桐一边认真点头一边把眉毛拧到一块儿："不过这两人可真讨厌，要大牌就耍大牌，还就数她们对，什么都是她们的理由，就算是从前，我们也没有遇到过这么讨厌的合作对象。"

我教育她："工作期间对合作对象抱有这么大负面情绪这专业吗？"

童桐小声顶嘴："可她们就是讨厌呀，你刚才也教训她们了呀。"

我说我那怎么能算是教训，我那是必要的沟通磨合，都是为了工作。

康素萝突然想起什么似的靠近："哎哎，插播一个八卦，我昨晚去查了雍可的资料，她居然是我们学姐你知道吗，说在 Y 校读书的时候入的行，第一部片子就是好莱坞大制作，虽然只演了个小配角，但表现相当出彩，那之后就一路星途顺畅，畅得跟高速公路似的。哦，还有，她老爸在本城卖电子产品，家里怪有钱。"总结说，"长得漂亮智商高家底厚事业还好，到哪儿都被捧着，估计是颐指气使惯了，连带经纪人也颐指气使惯了。"

童桐刚才还被我训得蔫头耷脑，一听到八卦精神倒是足了："家里卖电子产品的？卖电子产品的家底能厚到什么地步啊？"

我说："在你素萝姐眼里，聂亦他们家也就是个卖药的，你感受感受。"

童桐哑了一阵，不服气说："可她还是讨厌，人家谢明天也长得漂亮家里还有钱，人家就不讨厌。"

我说："谢明天只是不跟我这儿讨厌，别人说不定也觉着她蛮讨厌。"

童桐说："那你，你也不讨厌啊非非姐，你也长得漂亮还有才华还有钱。"

我说："哟，指望这个月我给你加工资呢。我也是不跟你们讨厌而已，在雍可那儿我不也挺讨厌的？性格这东西哪有什么绝对的好还是不好，只有对不对你胃口罢了。"

康素萝叹气说："人啊，就是这样的。"文艺女青年魂发作，又补充，"人啊，真是没意思。"突然道，"对了，你们家聂亦说不定还教过她。聂亦不是在 Y 校留校了一年吗？那年雍可还在读本科，她本科是生物工程。"

我琢磨了两秒钟说："还真是有可能哈。"

康素萝说雍可星途坦荡是难得的运气，一个小时后，我觉得那也的确是雍可有实力——没几个从没有潜水经验的演员能在半个月时间内集训得这么好，就算我给她找了前花泳运动员当教练。

许书然看了一半先走了，工作人员收拾器材那会儿我已经快整理完，准备赶去查服装和道具。雍可披着毛巾过来，她身边的 Ada 还在讲："我的大小姐你不要再耍小姐脾气，他什么时候会哄人，邀剧组不就是邀你？你也要主动一点让他有个盼头，不然就你俩这性格，最后能成什么事？虽然说有你做他初恋他也不太可能再看上别人，但……"看到我站在拐角擦头发，蓦然闭了嘴，表情有点不自然，半晌说："贝叶老师，你也在这里。"雍可也冷冷淡淡看了我一眼。

我边擦头发边说："今天跳得蛮好，好好休息，正式开拍就照这个发挥。"

04.

昨天电话里和聂亦说我晚上才能到家，结果因为午饭都没来得及吃地赶工，下午 5 点车就开到了沐山。康素萝的车跟在我后面，说是帮他爸去顾隐那儿拿份资料。顾隐就是沐山上聂亦隔壁住的那位围棋九段。

康素萝第一次到沐山，我诚邀她先去家里坐坐，康二从善如流。

我和康素萝一边聊最近一个熟人办的画展一边输开门密码，结果发现门虚掩着没关。推门时我还在和康素萝闲扯："他和 DC 做的那个动画我在 DC 那儿看过，那动画比这次他放在主展区那几幅插画的水平高多了。"康素萝问："那他为什么不拿出来展？是版权问题？没和 DC 谈好？哎非非你怎么了？"我没怎么，就是入眼处客厅尽头坐的一大票人让我有点发蒙，愣了一下说："我去走错门了。"退回来把门关上看了一眼，干脆走到院子里又仔仔细细研究了下整个别墅。我挠头说："没走错啊。"就又准备去推门。

推门前我问康素萝："你说是这儿吧？"

康素萝被我搞得有点紧张，说："我是第一次来啊我怎么知道。"又说，"说不定两栋房子建得一样？要么我们再去隔壁看看？"

我沉吟了下说："刚我没看清里面都是谁我就出来了，还是再进去确认一下？"

这种时候康素萝一般是没什么主见的，立刻点头："嗯，都听你的。"我就又去推门了。

门推开，玄关看过去，会客区那儿的确坐了一票人，认真一看居然大多都认识。

谢明天抱着手靠在谢仑的椅子旁边，笑得直在那儿擦眼泪："还我去走错门了，聂非非你太逗了。"

我条件反射："你也在这儿啊？你在这儿干吗呢？"

她一脸委屈："唉唉，才几天不见你就嫌弃我了。"

我和谢明天隔着大老远呛声，落地窗那儿起了个桥牌牌局，聂亦一身家居打扮靠窗坐着，目光从牌局上抬起来："我以为你还要去敲顾隐家的门。"

牌局上有人笑，那儿除了谢仑还坐着许书然和一个不认识的青年，观战的是许书然的副导。我一看都是挺熟的熟人，也没什么好忌讳，就实话实说道："要不是去他们家还得走一段我就真去敲了。"

谢仑边出牌边笑说："不至于吧。"

聂亦淡淡道："她做得出来。"

我说："军座，给我面子也是给你面子，让别人知道你太太不够智慧对你有什么好处？"

聂亦一只手撑着头："是没什么好处，但也没什么不好的。"

我不满说："你怎么这么贫。"跟打牌的诸位道歉说，"不好意思我们家聂亦这么贫让你们见笑了啊。"

谢仑在那儿忍笑。

聂亦开口问他："很好笑？"

谢仑懒洋洋说："以前我就想你得找个什么样的才能把你治住。"

聂亦缓缓道："聂非非，你才说给我面子就是给你面子。"

我立刻说："谢仑你怎么说话的，我们家一直都是聂亦当家，是聂亦治我。"

谢仑点着桌子："你俩这默契真是……"

许书然突然道："还不知道你们已经结婚了。"

我说："我们就随便办了个，没怎么和外面说。"

康素萝在我身边叹气："聂非非，我要是聂亦我就得打你了，随便办个跟低调办个不是一回事好不好。"

牌局上那不太认识的青年笑起来，谢仑也笑起来，聂亦也道："看来是该打一顿了。"

许书然倒是没笑："大约是平时没看到非非她戴戒指，所以误会了。"

聂亦一边看牌一边道："她经常下水，怕掉，就给她做了条项链，让她系在脖子上。"又看我，"换完鞋自己去厨房里找吃的，你助理说你中午没怎么吃午饭。"

我嘀咕："童桐怎么什么都和你说。"

他嘴角挑了挑："大概因为我们家是我当家，和我说才有用。"

一直在一旁喝茶的谢明天长吁短叹："看来找个合适的人结个婚也不错啊。"

坐谢仑上手的陌生青年笑着摇头："你若想结婚明天就能去民政局，我二弟对你一直青睐有加初心未变。"

谢仑屈起手指敲了敲桌子："顾隐，别只顾着逗我妹好玩，该你出牌了。"

我和康素萝正蹲在门口换鞋，我愣了一下提醒康素萝："那就是你要找的顾隐。"

康素萝刚换完一只鞋，闻言立刻金鸡独立站那儿一副惊喜样："哎顾隐？你就是顾隐？太好了，我康素萝，我爸让我找你拿套棋谱！"

青年含笑看过来，辨不太出年纪，面目有种女相的好看："老师和我打过招呼了。"从容打量了康素萝一眼，语声温和道，"康小姐，先把鞋换上吧，不急。"

康素萝大大咧咧"哦"了一声，重新低头跟我蹲一块儿换鞋，我问她："萝儿，换鞋换一半你跟人那么搭话你都不觉得不礼貌吗？被那么提醒不觉得丢脸啊？"

康素萝神叨叨跟我说："其实来找他拿棋谱是我爸安排给我的相亲，可他不是我喜欢的型啊，长得太漂亮了，懂？"

我惊讶说："你不一直是看脸星人嘛？"

康素萝叹气："那也不能找个比我还漂亮的，懂？"

这两个"懂"实在掷地有声，不想懂也必须懂了。康素萝完全不想在这问题上跟我深入探讨，转移话题问我："我看你一路车开得都要飞起来，还以为你一回家看到聂亦就要扑上去，怎么突然这么矜持。"

我笑说："要没外人在你当我不敢吗？"

康素萝还真想了想，特别真诚地跟我说："我觉得你是敢的。"

落地窗外面是个挺大的花园，种着许多热带和暖温带观赏植物，除了客厅的落地窗外，拐过连着会客区的走廊，尽头有扇小门也能通向花园。

进客厅时瞟到茶几上几个没收拾的茶杯，还想着除了桥牌牌局上这几位，多半还有其他客人，结果我和康素萝刚从厨房吃了点东西出来，就听到走廊里传来轻微的说话声。

没多会儿，几道高挑倩影就从和我们相反的方向进入客厅，看来是刚逛过花园。

走在最前面的长发美女看到我有些惊讶："非非？"后面居然跟着雍可和她经纪人 Ada，还有郎悦和她的助理摄影师。

一看这阵势，我大概明白过来，应该是今天摄制组刚搬来，考虑到用的住的都是聂亦提供，出于礼貌，由许书然领着项目主创们前来登门致谢。

至于打头的芮敏为什么出现在这儿，大概就真是个巧合了。

　　二十多天前她是给我来过一个电话，说他们实验室近期可能会和聂氏合作，到时候她回国我们表姐妹能再聚一下，又说刚知道她妈和她妹都干了什么，替她们向我道歉。

　　芮敏她妈就是我表姨妈冯韵芳女士，她妹就是芮静。

　　那之后褚秘书还来电向我打听过，问我芮敏这人怎么样。可见褚秘书实在很不喜欢芮静母女。那时候我同褚秘书说，芮敏很聪明，为人通情达理，和芮静以及表姨妈都不一样。

　　的确是那样，芮敏念初中时，表姨妈和表姨父就一纸离婚协议从此各奔东西，此后芮敏一直跟着表姨父生活。虽然同表姨妈也是血亲，但芮敏更像表姨父，我刚去国外留学时还得过她照顾。

　　我边倒水边和芮敏寒暄："敏姐什么时候回来的？"

　　芮敏笑道："谈完合作就和聂亦一起回国了，原本要告诉你，但听说你在工作。"就看到雍可瞟了芮敏一眼，眼神像是有点嫉恨又有点轻蔑。

　　我正在那儿奇怪，听 Ada 突然开口问："贝叶老师是芮小姐的？"

　　芮敏偏头："非非吗？非非是我表妹。"

　　Ada 就笑了一声，意味深长道："哦，怪不得。"

　　我一时没搞清楚她说怪不得是怪不得什么。

　　郎悦倒是和和气气："看来大家都认识，那挺好。"

　　男士们打桥牌，女士们坐在会客区聊天，郎悦和我聊了会儿摄影，又和康素萝聊了会儿民俗学，就转去看男士们打桥牌。我原本想和芮敏说两句，无奈芮敏被雍可缠住。两人正在聊生物学领域的前沿课题，雍可难得话多，言谈间有些较真，两人之间的气氛不是很友好。

　　我有心帮芮敏一把，无奈她们正谈论的密集微阵列基因型分析方法与应用，我连照着念一遍都念不太利口，实在难施援手，就又在那儿和康素萝说了半天有的没的。但眼看芮敏脸上的笑已经越来越挂不住，连康素萝这种大神经都注意到，我就懒得管自然不自然了，拎了个杯子站起来招呼芮敏："敏姐你不是说有事要和我谈？我去花园里走走，你去吗？"

芮敏已经被烦得没辙，闻言赶紧站起来同雍可道失陪。我俩一路走到花园，随意聊了聊彼此近况。芮敏突然欲言又止，道："非非，那张照片你不要往心里去，不过是有心人……"她像是有点尴尬，又道，"今天是急着上手工作，但聂亦却休假，在研究院碰不到他我才来这里，听说你晚上会回来，想见你一面所以留到现在，我们已经有三年未见，上次见还是我结婚。"

我知道她回国前才刚办完离婚，不好再触动她想伤心事，就截住了她的话头，又想起她刚才说照片，我说："什么照片？"

她有些吃惊："你不知道？"讷讷道，"啊那也没有什么，不是什么重要的东西。"

我点点头说："说起来雍可怎么老针对你，你是得罪她了？"

她也有点茫然，勉强笑了笑："不知道，她倒是挺厉害，一边做明星一边对我们专业领域的东西还了解得这么深，我是自愧不如。不过，我想不起来是从前我见过她或是哪里惹她不高兴了，要不然她是看我不顺眼才来给我难堪？"

正聊着又看到雍可向这边来，芮敏大概是真的怕了她："我去看男士们打桥牌，她总不至于跑到那儿去为难我。"

我一想也是，让她赶紧走。

雍可倒是没再折回去找芮敏，却踱到我身边来。

午后下过一点雨，花木气息芬芳。大家也没什么话聊，我就开门见山跟她说："要是芮敏哪儿招你了我代她向你道个歉，你别老追着她跑，她不禁吓。"

雍可脾气不好，但不绕圈子，这点比她的经纪人 Ada 好太多。

她哼了一声："你表姐并不怎么样。"

我喝着水说："你没必要用你的天才去挑衅打击她，你是个天才，她不是，但她在他们实验室还是很优秀的。"

她颇为冷淡："那种程度也算优秀？"眼角微微上挑，"就算她长得有点像我……她永远也没办法赶上我，任何方面。"

我回忆了一下，芮敏侧面倒还真有点像雍可，突然就明白过来，我说："你这有点霸道，还不允许个把人长得和你有点像了么……"

她打断我，话题突然就开始神展开："既然她有勇气嫁一个不相称的人，就应该做好准备今后都会遇到什么，"又轻蔑看我，"你呢？也是因为有这么一个表姐夫，所以早上才敢说要换掉我？"

我刚才还觉得我明白了，这下又不明白了，我顿了一下，说："我表姐夫……"

她再次打断我的话，嘴角抿出一个弧度，带点嘲讽意味："你表姐配不上他，永远也配不上。"目光淡淡扫过我，"你也不怎么样，要是你觉得他会换掉我，你就试试看。"

我脑子里糊涂得跟糨糊有一拼了，我说："配不配的暂且不说，我表姐和表姐夫他们都……"她没理我，转身就走了。

但我在那儿硬是把那句话补充完整了，我说："他们都离婚了啊。"可她已经走出十好几步远，估计也没听见。

我捧着水杯站那儿把和雍可的整个对话又过了一遍，想起童桐说据传闻雍可有时候会有点神经质，我把一整杯水都喝光，想这哪里是神经质，简直是神经病。

回到客厅时，看到康素萝居然也上了牌桌，和坐她对面的聂亦搭档。原本坐在那位置上的顾隐正悠闲地倚在她椅子旁，康素萝仰头望着他一脸挣扎："我打不好，真的我只会一点点，叫牌我都不太会叫，还是你来合适。"

顾隐笑得和和气气："没事，多打几次就好了，正好让他们陪你练一练。"

谢仑也表示欢迎："我早对这样的分队很不满意，他们一个搞生物工程一个搞围棋，思维密实得就像金刚钻，早该把顾隐换下去让康小姐你上场来拖拖聂亦的后腿。"

康素萝一脸哀怨："谢先生你真是宅心仁厚，说话特别客气。"眼看我进客厅，眼睛一亮道，"非非你来你来……"

我赶紧摆手："对不住，我对桥牌一窍不通，这会儿就想在牌桌底下安静地做个美少女。"说着在聂亦侧后方挨着芮敏坐下来。

康素萝撇嘴。

芮敏笑道："怎么还是这么贫。"

谢明天颇有兴致，探身过来问："表姐，她小时候也这样？"

芮敏含笑说："你自己问她。"

我揉了下鼻子说："哦，小时候么，小时候我可守规矩了。"

谢明天明显不相信："怎么可能……"

我就退让了半步说："那至少总守了有一半。"

谢明天继续探身问芮敏："表姐，是真的吗？"

聂亦目光落在牌面上开口："守的是你自己给自己定的那一半，不守的是大人给你定的那一半吧？"

我说："……咦？"

谢仑敲着桌子向聂亦道："你还有空去加入他们女人的话题。"

康素萝立刻道："那说明我打得不差啊，"又回头跟顾隐说，"当然主要是顾老师你指导得好。"

顾隐就和气地回了一声："是你有悟性。"

我说："你们就不能学学许导安静打牌吗？"

许书然闻言抬头，倒是也笑了一下："因为谢少今天总分心，所以我负担比较重，抱歉不能陪你们多聊天。"

谢仑那样子像是怔了一下，却反常地没有出言反驳，谢明天突然看了雍可一眼，雍可正低头喝茶。客厅里莫名出现几秒钟寂静，静寂里响起短信声，聂亦偏头说："去书房帮我拿一下文件，待会儿褚秘书过来取。"

芮敏愣道"文件？"

聂亦似乎有点惊讶，目光看向我，我立刻反应过来了这句话应该是他和我说，只因为事关工作，我和芮敏又坐一块儿，让芮敏误以为是在和她说话。芮敏像是也反应过来，脸立刻红了。

我说："没事，我知道在哪，我去拿。"

明明我们说话的声音不算高，坐沙发上一直在听 Ada 和郎悦聊天的雍可却先我一步站了起来："我去拿。"我一时有点愣，低头时撞上芮敏吃惊的眼神。雍可耸了耸肩："反正我没事，你们又正聊天到兴头上。"转头很自然地问聂亦："还是放在书桌上？用文件袋封好的就是要交给别人的？"芮敏用茶杯半挡着嘴唇，侧着脸不动声色和我做口型："他们认识？"

我也不知道雍可竟然和聂亦认识，看样子还挺熟，正在惊讶中，就听到聂亦开口："不好麻烦你。"

礼节上讲的确不好麻烦客人，我就站起来边向楼梯口走边同雍可道："没事，我去就行，我们也没聊什么重要……"却被她打断。雍可没看我，目光直视着聂亦，声音听不出是什么情绪："不好麻烦我却好麻烦她？"这个"她"指的是我，话撂地也没等聂亦回答，转身就上了楼梯。

我站那儿有点莫名，还没想好要不要跟上去，就听到 Ada 开口打圆场："Coco 从高中到现在就一直没变过，聂少您和她认识这么长时间，了解她一向想什么说什么，有口无心的。您多包涵她。"

聂亦还没说话，谢仑却开了口："这么多年没变啊？"又笑，"不变不一定是什么好事，她小时候可不怎么讨人喜欢。"像是句调侃，口吻却没什么温度。

Ada 八面玲珑，立刻与谢仑玩笑："谢少，这话由您说出来可太没公信力。"眉眼弯弯似嗔怪道，"高中大学那时候您可是追过我们 Coco 的。"

这话一出来，康素萝牌都拿不稳了，立刻问："真的吗？"可能是突然想起礼貌问题，没有再补充问一遍真的是真的吗。

Ada 抿嘴笑，避重就轻："谢少追过 Coco 有那么稀奇？ Coco 在四中当了四年校花，那时候全校男生都喜欢她。"

谢明天在一旁凉凉道："我哥追过的女生没一千也有八百了，都是逗小女生玩儿的，谁还把他的追求当个真啊。"

谢仑笑骂她："有你这么说自己亲哥哥的？"

谢明天腻到她哥旁边哇哇叫："你不就是这样吗，搞得现在虽然从良了，但连嫂子都已经不把你的甜言蜜语当个真了。"

谢仑就摸鼻子："家丑不可外扬。"

Ada 笑僵在脸上，脸色有点不太好看。

康素萝一向不是个会看气氛的人，大概觉得既然谢明天都这么随便，八卦点也无所谓了，索性彻底放开加入到她们中去，这局牌基本就已经没什么好打。类似话题男人们都不太感兴趣，就连谢仑也只是时不时被问到才搭个话，聂亦闲坐在玻璃窗前简直有点神游天外。我听着也觉得没什么意思，正好林妈送果汁过来，就去餐桌那边帮她分果汁。

林妈轻声和我说话："入冬了，天冷干燥，新鲜果汁很好，我请童小姐每天都给你准备，她有没有忘记？"我说童桐每天逼我喝，原来是您亲自吩咐，怪不得逼我逼得还挺有底气。林妈摇头："你和少爷工作都忙，所以才要格外注意身体。"又道沐山这边不怎么招待客人，客厅里餐桌坐起来或许会拥挤。我想想说那就让秋声园送晚餐时再带一套他们饭店的桌椅，就餐场地要么就安排在花房，那是个玻璃屋，地方宽敞，抬头还能看星星。

晚餐的事决定好，我们又聊了两句别的，才知道谢仑今天过来是找聂亦谈事，谢明天听说我要回来也就待这儿了，我回来前没多久许书然他们才到，留客打牌的是谢仑。

端果汁过去时看到康素萝已经被顾隐替下，彻底离开了牌局转向八卦场，正在不辞劳苦地想从谢仑口中套出雍可和他们的关系："……这么说谢先生你、聂亦还有雍小姐你们那时候都在 Y 校念书？哎，我和非非之后也在 Y 校念书来着，虽然我们去的那一年聂亦已经回国了，但你还没回啊，说不定那时候我们在学校里还可能擦肩而过呢。"

谢仑轻佻道："如果曾擦肩碰到过，康小姐这么漂亮，我不可能没印象。"

顾隐敲了敲桌子，谢仑抬右手比了个投降的姿势。

康素萝皱着眉头一本正经："谢先生你那时候审美没有现在这么好也是有的。"

谢仑噎了一下，挑眉看向顾隐。顾隐和声道："你看我做什么，康小姐说得很有道理。"

谢仑一脸懒得再理他们，转而问聂亦："聂非非原来还是你学妹？"

就听聂亦开口："你是说中学还是大学？中学我毕业两年后她才入学，大学她入学时我正好回国，没有机会碰上。"顿了顿，"但她倒的确一直是我学妹。"

我吃惊道："你居然知道。"

他一边算牌一边回我："没道理不知道吧？"

谢仑摇头："就这样你们也没遇上过，你们这缘分真是……"

聂亦漫不经心："关缘分什么事，是她腿短走太慢。"

Ada 有些犹疑地插话进来："贝叶老师是……"

淹没在康素萝克制的惊呼声中："非非，你听到没有，聂亦说你腿短。"

那时候我刚趁着他们聊天把聂亦放桌角的果汁和我的换过来。林妈给我拿了个大号杯子装了整整一杯，目测比他们正常量多一半。

我捧着调换过来的玻璃杯，有点紧张地回答康素萝："哦，没事，跟他比我腿是有点短。"

康素萝委屈："那我说你个什么你动不动就要打死我的，聂亦说你个什么你都一点不计较的。"

我说："那不一样的，我打不过他但是打得过你的。"

谢仑调侃："这都文明社会多少年了，聂家的家规还是以暴制暴啊？"

聂亦正好在喝果汁，没搭理谢仑，倒是叫了我的名字："聂非非。"

我心虚说："恩？"

他挑眉示意："你手里那杯果汁给我。"

我还是心虚，但假装不在意说："都是一样的这又不存在别人家的孩子才是好孩子别人家的果汁才是好果汁，干吗非要喝我的。"

他已经自动自发地从我手里拿过杯子喝了一口，头也没抬说："这杯是我的，"又点了点他刚才搁在桌上的大杯子，"这杯才是你的。"

我傻了，心说靠喝的这也能喝出来？但还是死撑着说："小杯的是我的，大杯的是你的，林妈就是这么分给我们的。"

他想了想："那就是林妈拿错了，这杯大的才是你的。"

眼看我们俩已经就这个问题争执了三个来回，康素萝看不下去道："聂亦你都不让让非非的哦，那我们非非听话你也不能这么欺负她的哦，没事儿非非我跟你换。"说着就要把她的果汁递给我。

聂亦皱眉拦住康素萝："小杯里应该都加了菠萝，她胡闹你别也跟着纵容。"

我傻眼了，说："我不知道小杯子里都有菠萝汁啊。"

许书然不解："菠萝，菠萝有什么典故？"

我正要解释，聂亦已经先一步开口："她菠萝过敏。"

我小声说："那吃少点也不会有事嘛。"

聂亦淡淡看我一眼："听起来好像你知道吃少点是个什么概念？那为什么每次都会吃到过敏？脸上身上大片起红疹，那样很舒服？"

我绷着脸说："情不自禁。"

他点头："倒是坦诚，所以以后对这些易过敏食物，你沾都别想沾。"

看他表情不像是开玩笑，我思考了两秒钟，爽快说："好吧，反正我也不是特别喜欢吃菠萝。"

康素萝张大嘴："聂非非同学你的反抗精神呢？就算不喜欢，你不是最爱和人对着干啊？"

我说康素萝你别捣乱，我什么时候爱和人对着干了，愁眉苦脸地去看眼前大杯子里装的无菠萝特制果汁，跟聂亦说："可这，喝不了啊。"又想起他刚才那么严肃，赶紧补充，"不过我争取喝完它。"

他偏头看我："怎么突然这么好说话？"

我立刻说："因为我们家你当家嘛。"

大概是我的识时务取悦到他，他笑了笑："喝不了就剩下来。"

我纠结说："那我是觉得不能拂了林妈的意，她准备这个很用心的。"

他捏了捏我的手："那就剩给我好了。"

谢仑叩着桌沿提醒聂亦："喂喂，你们两个，分清主次，现在还在牌局中。"

谢明天敲他哥的肩膀："你刚才和康小姐聊天那么久人家聂少也没提醒你分清主次。"

我给谢明天比了个手势："好姐妹。"

我们正聊着，沙发处却突然传来响动，几位女士先看过去，才发现是雍可不小心打翻了杯子。骨瓷杯歪在茶几上，几面全是水，旁边的几本杂志也遭了殃，朗悦和她助理正帮忙收拾，倒是雍可一脸木然地站那儿动也没动，脸上的表情有点空茫。我问了句怎么了，她也没答话，还是郎悦回我："没事，茶杯翻了而已。嗨贝叶你不用过来，已经收拾完了。"

这期间林妈拿来了清扫工具。Ada 反常地没过去帮忙，却看向我，神色有点复杂："所以，聂太太是……"话到这儿莫名断了。

我愣了一下，回她说："怎么突然客气起来，你这样叫我我反而不自在，大家叫我婆婆也是叫聂太太。"

Ada 一脸震惊："真的是……"但立刻就住了嘴。

她的表情和台词让我莫名其妙，好半天，我终于少根筋地反应过来，哭笑不得问她："结果你们来我家做客做了半天，到现在才知道我是女主人啊？我这还给你们端茶倒水忙活了一下午。"

Ada 勉强挤出一个笑，却隔了两秒钟才道："之前没有听您提起过。"

谢明天懒洋洋："今天留客的是我哥，组织牌局的是我哥，连晚餐定哪处饭店送过来都是我哥和林妈商量，估计大家都把我哥当女主人了。"

谢仑伸手就要打谢明天，谢明天哇哇叫着跑开了。兄妹相残的戏码将客厅里半数人的注意力都吸引过去。我坐下来悄声问聂亦："人家谢仑这么费心费力，那你在家都干吗来着？"

他喝着果汁也低声说："没什么需要我做的。"

我教育他："你是男主人，通常来说，靠谱的男主人这时候还是有事情要做的，你就想不出来一件事是必须由你亲自去完成的吗？"

他抬眼看我："通常来说，遇到这种情况，靠谱的男人都会等女人回家主持大局。"

我说："……"

他倚在藤椅里理所当然："所以我在等你回来。"

我被他的歪理邪说打败，挣扎着说："那我没回来之前你也要帮忙一下人家谢仑啊，再怎么说人家也是客人。"

他摇着杯子："我看他挺自得其乐。"

一开始拍东西，我就要忍不住变得粗犷，没忍住打了他一下："再自得其乐，那人家谢仑也是客人。"

他揉着手臂："不错，聂非非，学会家暴了。"

我看他的模样，突然就有点想笑，握住他的手也捏了捏："那以后你要改正，我以后也再不打你了。"

他说："听你这么说，是还想有下次？谁刚才说打不过我的？"

我说："那我就是仗着你不会真的揍我嘛是不是？"

他突然手指伸过来抬起我的下巴，挑骡子似的看了一阵，道："瘦了。"

那时候我们被牌桌挡着，靠坐在落地窗旁。窗外天已经暗下来，但并不十分暗，能看到近冬的暮色。因客厅的挑梁极高，从窗玻璃望出去，景色也极远，山间有云烟氤氲，庭院里树叶晃动，能看到风。

我也伸手要去挑他的下巴，却被他往后让了让躲开，我抿着嘴："凭什么只能你挑骡子似的审查我啊，也让我看看嘛。"

他很果断地摇头："非非，人的下颌骨很脆弱的，我感觉你要对我行凶。"

我跟他保证："不会，真的不会，乖，让我看看。"

他笑了，微微偏头看着我："那你过来。"

没有人注意我们，芮敏和郎悦站在过道旁说着什么；许书然大概是去了卫生间；牌桌那头顾隐和康素萝凑在一起，顾隐正教康素萝算分；谢仑靠在楼梯口教育谢明天。

我就咳了一声，靠近了他一些，他将下颌微微抬起，脸那么侧着，我伸手过去，他含笑看着我："瘦了吗？"声音很低。

窗户角落里有个雕刻典雅的花梨木花架，上面放了瓶瓶插的天香台阁。花香突然浓郁起来。

我收回像被烫到的指尖，轻声说："怎么没有瘦？明明每次出差都会瘦。"

他说："因为这次被照顾得很好。"低头间抿起嘴角，"你不是威胁了他们？"

我眯起眼："那个娃娃脸还跟你说什么了？"

他想了想，看着我："他说你告诉他，如果这次回来发现我瘦了，以后他们就别想再带我走了。"

我一回忆，还真是说过这话，我还说了以后你们再这样又要剥削我们聂博士又不给他好好吃饭，就是天王老子来我也不会再给人了。

我脸腾地就红了，坐那儿一时不知道该说什么话。他也没说话，从容地看着我。

半晌，我强作镇定地挽了下头发："那就是开个玩笑，他们要还是对你不好，下次再要带你走我也没办法呀，我还能把国家机器怎么着？当然他们都是想对你好的，他们只是不知道你的习惯而已。"又强作镇定教训他，"你也是，怎么会有那么挑食的人，挑食就算了，什么会吃什么不会吃还不和别人讲。"

他突然倾身过来："头发乱了。"

客厅里的灯亮起来，聂亦已经重新坐回去，耳畔和肩膀还留着他手指的触感。谢仑的声音突然在近处响起："你们俩躲在这角落里做什么？"口吻戏谑。

我一秒钟坐正，抬了抬下巴："还能干吗，我们新婚久别，我正在调戏他。"

谢仑上下打量聂亦："所以你现在正跟只小绵羊似的，乖乖坐这儿任你媳妇儿调戏？不行啊 Yee，你得拿出点男人的气势来。"

我说："一米八八的小绵羊，谢少你也太看得起当今的小绵羊。"

聂亦扔了只火柴盒过去："牌局已经散了，你离我们远点。"谢仑接住火柴盒又扔了回去。

雍可的声音就在这时候响起来，因为客厅里气氛太过平和，那声音听上去竟然有点尖锐，但尖锐也是冷淡的尖锐。她隔着老远距离向站在入口处的许书然道："导演，我不太舒服，能不能先回去休息？"Ada 立刻起身走到她身边，一迭声："Coco 你怎么了，是哪里不舒服？"

许书然愣了一下，没多问，很利落地点头应她："身体最重要。"又问我："非非，你那边是明天就要开拍？"

我从角落里抽身出来，建议雍可和 Ada："既然身体不舒服就别回去了，你们住的那边和这儿还隔着半小时，先去客房休息一阵吧，"然后转头招呼林妈："林妈麻烦您请陈医生来一趟。"又想起许书然刚才问我的话，回他说："看陈医生怎么讲吧，如果下不了水就只能调一下日程，让他们都等一等。"

雍可紧紧盯着我，僵硬道："不用叫医生。"眼睛里没什么温度，"你不用担心我拖你后腿聂非非，明天我会准时。"而后目光游移到我右后方停了一停。顺着那个方向瞥过去——瞧见聂亦正皱眉看着雍可，大概是感觉到我的视线，他的目光转回来落到我身上。我来不及假装没看他，视线就那么和他对上，他平静地打量了我两秒钟："怎么这么看着我，我是食物？"我文不对题地答他："我觉得还是叫医生来看一看比较保险，客房……"大门忽然"砰"的一声被甩上，我被吓得坐了回去，本能地抓住聂亦的胳膊。

看到空落落的沙发区，才反应过来刚才那关门声是谁制造，我问聂亦："她真不舒服？这力度不像是身体不舒服啊，不过也有可能是 Ada 关的门，那还是让陈医生过去看看好？"

他看着自己的右胳膊："我觉得我手臂要被你抓出瘀青了。"

我扯着他胳膊上下摇了摇："哪有那么脆弱。"继续问他，"要不要让陈医生过去看看？"

他随口道："你决定就好。"

谢仑靠在聂亦的椅子旁边接话："不用理她，她只是在发脾气，不分场合地胡乱任性，还当自己年纪小，谁都应该体谅她。"

我对谢仑了解不多，但也知道谢大少对女人一向风度好。听他这么评价雍可，我有点吃惊，半天不知道接什么话。良久，我说："这性格其实很难得，纯真直率。"

他意味不明地笑了一下，不置可否地点了点头："纯真直率。"

05.

沐山占地数百公顷，是聂家的私产。说是聂亦的爷爷在世时就将沐山买来种茶了，因此在旅游业如火如荼的 21 世纪初，这里难得没有被染指，原生自然形态依然保存得相当完好，好到一进山就能让人感觉整个世界文明史起码倒退了一千年。

我坐在沐山的园子里看夜景。谢明天坐在我旁边打喷嚏。晚饭后许书然一行告辞，顾隐送康素萝回城里，顺带捎上了芮敏，唯留下谢明天等谢仑——晚餐刚开始谢仑就不知道消失去了哪里。

谢明天一边打喷嚏一边敬业地跟我总结："……就是这么回事，刚开始雍可以为聂少娶的是你表姐，所以才铆足了劲儿刁难她，后来发现刁难半天居然搞错了人，你才是正牌大房，她就傻了。"她跟说相声似的，"她太自负了，可能之前她都没查聂少到底娶的是谁，估计就这两天看了眼八卦媒体炒得火热的那张照片，就认定了娶的是你表姐。哦，看你这样，你还不知道是什么照片吧？"她翻出手机摆弄了一会儿，骂了声靠："这破网速，照片导不出，反正就是你表姐和聂少一起回国，出机场时被媒体拍到了，可能那时候聂少跟你表姐说话的态度比较友善，媒体就看图说话觉得那应该是你。"

我突然想起芮敏下午和我说什么照片，应该指的就是这个，恍然说哦。又问她："你是个明星，一天怎么那么闲，你还关注我先生的八卦。"

谢明天一副难受样："我只是看报纸关注我自己的八卦时不小心看到有张照片居然比我的大，出于愤怒瞄了眼，没想到是聂少啊！"她跟我愤然，"你说我含辛茹苦做明星，和人闹个绯闻，照片出来了居然还没有一个搞科研的篇幅大，这科学吗？我容易吗？"

我说："……这不科学。你不容易。"

她点头说："是不容易啊，不过说真的，你表姐长得还真有点雍可的调调。"补充道，"说不定雍可见着你表姐时心里还瞧不起聂少呢，觉得聂少是忘不了她，娶不了她也要娶个她的替身，别怀疑她就是这种人，我觉得我就够自恋了，遇上她我也真是甘拜下风。"说着又打了个喷嚏。

我琢磨了一会儿，我说："你是说，聂亦……喜欢过雍可？这不可能吧？"

她哑住了，好一会儿，挠着头道："不知道啊。"

我说："哦，你注意气质，别挠头还吸鼻涕，你是个明星。"

她立刻反驳："我没吸鼻涕。"又撇嘴，"就算我吸鼻涕，就你们家这鬼地方狗仔要能找来，我今天都不用我哥带，我直接脸朝地走回城里你信不信？"

我谨慎地评价说："这个动作难度系数还是有点大，我不太信，要么你现在先试一个？"

她恼怒说："聂非非，你还想不想听八卦啦？"

我说："不想。"

她突然安静下来，过了好一会儿，有些无措道："我本来想着告诉你我知道的，你面对雍可的时候心里能有个数，别的那些觊觎聂少的阿三阿四，我压根不为你担心，可雍可不一样。我就是没想到其实你不想知道，我让你难受了，对不起啊非非。"

我说："你哪儿看出来我难受了。"转身递给她一张纸巾，考虑了两秒钟，我说，"好吧你说得也对，你说说看吧他们怎么回事？"

她看我表情："你真的不难受？"

我叹气说："趁着我还不难受你先说说看，我看我能承受多少吧。"

她握着纸巾回忆："其实我也不是特别清楚，就是那时候雍可和我哥一个高中，他们经常一块玩儿。我哥和聂少好嘛，她和我哥一块玩儿，自然就认识了聂少。那时候聂少已经在 A 国念大学，也不知道怎么回事，后来就听说雍可转去了 A 国念高中。再后来聂少去了 Y 校读博士，就听说雍可也去了 Y 校，然后我哥也去了 Y 校，那时候他们三人关系应该不错，我看到过他们一起拍的照片。但大四时雍可突然就休学了，然后聂少就回国了，我哥两年后也回国了。回国之后我哥没再提过雍可，整天游戏花丛，但和聂少还是好得跟什么似的。我哥是真喜欢过雍可，我都想过，要是聂少也喜欢雍可，我哥不得和他反目成仇？可要是聂少不喜欢，但雍可喜欢聂少啊，我哥都退出了，聂少也没给雍可幸福，还让她远走他乡，我哥不得把聂少揍一顿啊？"

我跟她一起陷入了思考之中。

我说："最合理的解释，似乎应该是你哥后来爱上了聂亦，聂亦……也挺爱你哥的，雍可发现这事儿就一气之下休学远走他乡做明星了。"

谢明天左手握拳砸在右手手心："是吧我也是这么想的！不然没道理啊！可前几天我哥得知雍可回来，又说了句他从前以为如果有一天聂少要结婚，一定是和雍可。你说这又是什么意思？"

我感觉一口气提不上来，我说："明天，咱们先打住，反正不管聂亦喜欢男的还是喜欢女的，这里边都没我这个正牌大房什么事儿对吧？"我撑着椅子站起来说，"我感觉我差不多要承受不住了，八卦我们就暂时讲到这里吧。"

谢明天似乎才反应过来刚才无意中插了我多少刀，慌忙补救："哎非非你别伤心啊，我，我觉得吧我哥之所以那么说，是因为聂少的人生里就没几个女的能和他说上几句话啊。"她咬了咬牙，"譬如说我吧，我应该是最有条件接近聂少的吧？结果他可能嫌弃我智商低，见那么多次，他都很难跟我说几句话的。所以我个人倾向他们是没有什么的，我个人觉得吧，要说他们三人关系，说聂少和我哥在一起过也比说聂少和雍可在一起过要令人信服吧！"

我说："……你真是个坚定不移的亦仑 CP 党啊。"

谢明天受不住外面的温度，搋着鼻涕回了花房。我从口袋里摸出晚饭前自牌桌上顺走的火柴，擦燃一根，用手拢着等它燃灭，又擦燃一根，拢着等它再燃灭。其实吃晚饭时我就反应过来雍可下午为什么会针对芮敏，又想起雍可在我面前评价芮敏的那些话，恍然她是什么意思。我不知道她和聂亦是不是有过从前，如果有那又是什么样的从前，知道的只是到现在，雍可看上去依然喜欢聂亦。听谢明天的意思，聂亦从前至少挺愿意和雍可说话。

在香居塔重逢聂亦的那个午后，他在茶香中同我求婚，我百无禁忌地问他："聂先生，你是不是有什么难言之隐，比如性取向之类的问题？或者你其实有一个深爱的女性，因为种种原因不能在一起，但你家里人又逼你结婚，你不得已要找一个代替品？"

他回答说："我没有那些问题。"

聂亦从不说谎，所以当然他性取向没问题，我也不是代替品。但那句话的意思，并不是说他过往的二十六年，生命里没有过女人。说聂亦不会爱人，只是旁观者们擅自定义，他本人从来没有这么说过。而在 V 岛时，我们第一次那么深入地谈到感情问题，他也只是平静地告诉我，他没有见过什么好的爱情。

火柴梗烧到手指，我后知后觉地扔掉，将食指放在嘴里吮了一会儿，跟自己说："聂非非，你做人公平点，人聂亦还不能有点过去了？就连你都还有个阮奕岑。人聂亦就必须得过去一片空白静候二十六年直等到你去临幸？"越说越气，我继续深入批评自己，"你当初怎么教育人简兮的？不能聂亦现在给了你三分颜色你就开染坊了，就这也不够那也不够了，做人不能这么双重标准是不是，也不能这么不讲信用是不是？知足常乐啊聂非非，知足常乐，不能郑女士几天没提醒你，你就把家训都给忘了。"

自言自语了一阵之后心情畅快很多，就又点燃了一根火柴，火光亮起来时我忍不住感慨："不过聂非非你这是什么运气，眼看着万里长征走一半了，又从什么鬼地方冒出来个雍可，这还有完没完了？算了，见招拆招吧。"想了想，又给自己打气："昨天你和康素萝怎么说的来着？"我木着脸给自己做心理建设，"多占便宜就对了，如果聂亦曾经真对她有什么，你又能做什么呢聂非非，这时候你多占他便宜就对了。要是根本没什么，你想这么多不是白想了，还是多占他便宜就对了。婚前为什么不多占便宜呢？师出无名嘛，婚后你不占你就太傻了。"

这么一想，我就觉得所有的事情都通了，将地上的火柴梗捡起来正准备回去，却听到笑声，抬头时看到谢仑站我前面几步远，双手揣在风衣口袋里："聂非非，你的心路历程真是挺波澜壮阔的。"他微微垂着眼，"有没有空，我们谈谈？"

今天白天有雨，入夜天倒是格外晴朗。墨色的天幕嵌上群星，园灯亮起来，对面山上的树影和瀑布被星光镀过一层，又被昏黄的灯光滤过一层，就像幅特意做旧的流动水墨画。

11月山里的冬夜，再是晴朗也觉寒冷，安静得能听到北风的声音。

谢仑离我有一段距离。他抽了会儿烟，把烟头拧灭跟我笑了笑："抱歉，今晚有点烦。"

我其实一直在神游，回想我之前到底都自言自语了些什么，他又听到了多少。

谢仑突然道："你知道Yee是个天才，"他沉吟了一下，"不过，聂非非，你真的理解说Yee是天才是什么意思吗？"

我还在思考怎么回答他的问题，他却已经接着道："十四岁读大学，十六岁读博士，十九岁拿到博士学位，回国后做你搞不懂的实验，三天两头被你从未听说过的机密机构请去参加国家级别的机密项目，听上去好像很厉害，但你完全没有实感吧？"

倒是终于给我留了时间让我也能发表意见，我想了想，问他："什么才叫作实感？"

他侧身看着我，良久，道："回头看一眼他，你是不是有时候甚至会错觉你嫁的这个人就是个普通人？"

我就回头看了眼花房，褚秘书半小时前就来了，正站在聂亦面前和他聊着什么。聂亦穿着浅色的家居服，气质温和，正闲闲地靠在菠萝格木做成的小花棚旁边，微微低着头听褚秘书说话，样子非常安静。

那样的聂亦的确就像是个我也可以伸手够到的普通人。

谢仑突然转移话题："记得去年被媒体大肆报道的 Sabrina Gonzalez[①]吗？"

我回忆起来是看过那么一则新闻，问他："是二十二岁申请上哈佛博士，被称为下一个爱因斯坦，十四岁那年利用课余时间给她父亲手工制作了架飞机那女孩？"我赞叹说，"十四岁就自己做出架飞机，飞机还真的飞上了天，太令人震撼，由不得人记不住。"

谢仑笑了一下："这就是实感，你永远不会觉得那女孩是普通人，因为她在十四岁时自己亲手设计制作了一架飞机。"停了一会儿，他问我，"Yee 有没有告诉过你，他十四岁的时候在做什么？"

我其实没太搞懂谢仑为什么突然和我说这个，但还是实话实说："没有，他知道我完全不懂生物，不会主动和我聊这些。"

谢仑安静了几秒钟，之后开口说："他八岁的时候就有了自己的实验室，就是在这座山里，十四岁时在这个实验室里克隆出了一只萨摩犬，正巧，那年 H 国的 Y 实验室也宣布克隆犬类成功。他们集一个实验室之力，而那不过是 Yee 的课外研究，只不过克隆成功晚了那边实验室一个星期。"

我说："……"

他抬头问我："有实感了？还会觉得你嫁的这个人是个普通人？"他无

①　萨布丽娜·冈萨雷斯（美籍古巴天才）。

意义地笑了一下，"他不是普通人，是个真正的天才，是当今世界上克隆相关最优秀的科学家之一。"

我说："……"

谢仑认真看了我一眼："害怕了？"像是有些怀念似的道，"当年雍可知道时也是你这样，不仅害怕，还躲了 Yee 三个月。"他饶有兴味，"你明天呢？会和 Yee 离婚还是离家出走？但想想看，"他通情达理道，"如果一个人有可以操纵生命的可能，能够凌驾于自然法则之上，他看你的眼光也许再也不会是人对人之间的那种平等，在他眼里，你可能和他克隆出来的萨摩犬也没什么两样，那的确挺可怕的。"

我说："其实……"

他云淡风轻道："但这就是科学家的世界。不过我们和他不是同样的人，所以无论是害怕还是逃避都没有什么可指摘。对了你刚才想说什么？"

因为被他连着抢了两次话头，我已经打算沉默了，突然得他允许能够说话，一时都有点蒙，想了三秒钟才想起我要说什么，我说："刚开始是有点被震撼到，毕竟我对生物是真的不了解，只知道 1996 年多利羊被克隆出来，我都不知道十多年前我们居然还能克隆狗了。"

谢仑看我老半天："你这是压根就没想过要害怕？"

我说："……什么？"

他啼笑皆非："我看你没说话，以为你吓到了，还想明天你要真离家出走了，我是不是得到你们家负荆请罪去，Yee 非做了我不可。"

我说："哦，你说怕是吗？"我摆了摆手，"怕的，我是吓到了，你说聂亦是这方面最优秀的科学家之一，一想到万一有一天他心血来潮要和我聊这个，我都没法跟他接话，整个人瞬间就方了。"

谢仑纠正我："慌了。"

我说："嗯，慌了。"我问他，"难道我要实话实说告诉他我都不知道现在这时代居然能克隆狗了吗？这都不是难以启齿的问题了，简直就是……"

谢仑平和地打断我："不只狗，猫、鼠、猪、牛、兔、骡、马都能克隆，连和人类最相近的灵长类猴子，在现在这时代也能被克隆了。"

我说："你看，连你都能跟聂亦在这方面有聊头。"不禁心如死灰，"真的，他一个顶尖的生物学家，竟然娶了一个生物盲，我都不敢相信，那以后他再出席类似科学沙龙，带我参加他不会丢脸吗，不行，这真的不行，"我越说越慌，"我得去补点课。"

谢仑拦住我："你不用补课，要是下次他和你聊这个，你完全可以告诉他你都不知道原来现在人类不仅会克隆羊了还能克隆狗了，相信我，没准他会觉得你可爱极了。"

我严正地跟他说："谢少，请你不要拿我打趣，我现在是真的很'惊方'以前我不知道他这么厉害的时候我没有这么'惊方'的。"

谢仑再次纠正我："惊慌。"又点头，"看你说话都不会断句了，我已经充分感受到你的惊慌了。"他尽力安慰我，"不过你真的没必要惊慌，他要想娶一个能在这方面和他聊天的，就应该娶雍可，你说雍可和你比差什么呢？"

我说："谢少，我觉得你不像在安慰我反而像是在挑衅我。"

谢仑就笑了："但雍可不如你和他有缘分。"

我抬头看他，他却沉默了。沉默间又掏出一支烟来，没有点燃，在指间把玩了两圈，然后放了回去："雍可知道 Yee 的研究背景时逃走了。躲了 Yee 三个月，连带着还躲我。她现在大概觉得，后来 Yee 之所以不接受她，一大原因就是她当初逃走了伤害了 Yee 吧，这是她的心病。"

他停下来看我："之所以和你聊这么多，是因为雍可一定会找你问这件事，她会想看你对这事的态度，我觉得，由我来告诉你总比到时候由她来问你好得多。"

我想了几秒钟，想明白了，我说："她是想看看聂亦在她之后选的人，是不是也会把他当怪物？"我皱眉说，"可能是她也搞生物，所以会比较知道这件事的可怕点在什么地方。但我不搞生物，不知道这有什么可怕，要是说克隆能创造生命这很可怕，因为生命对于会克隆的人来说不再神秘……那我还能生猴子呢，我也能创造生命是不是。"

谢仑呛了下。

我接着说："可会创造生命也不一定就意味着会轻视生命吧，我不知道她是科幻片看多了受那些变态科学家影响太深还是怎么回事，如果她了解聂亦，怎么会觉得聂亦可怕，会觉得聂亦会把她看作阿猫阿狗？聂亦他理性明智，温暖正直，也很善良。我觉得，并不是我和聂亦之间比她和聂亦之间更有缘分，只是我……"

我没说下去。只是我可能比她更爱聂亦，更愿意去发现真正的聂亦是什么样子。

谢仑安静了好一会儿，那期间我也没再开口。院子里再次沉默，唯有风在树间穿梭。回头再次望向花房，聂亦仍靠在花棚旁边，褚秘书坐在藤椅上和他说话，他低头翻看文件，时而回两句什么。我看过很多次聂亦站着褚秘书坐着汇报工作的情形，褚秘书笑说过一次："因为 Yee 体谅我是个老人家。"这样体谅人的聂亦，我想不出为什么会有人觉得他不尊重生命。

终于，谢仑重新开口："说起来，聂非非，你对 Yee 和雍可的事好奇吗？"

我看着远山说："本来和你聊之前还有点好奇，但现在突然觉得，这些都是你们的过去，你们的过去其实和我没什么关系。自己的过去是经历，自己参与过的别人的过去是回忆，自己完全没有参与过的别人的过去，那就只是故事而已，这些故事和我从书上看来的故事又有什么区别呢？"

谢仑安静了一会儿才接我的话："聂非非，是不是你们搞艺术的，都会像这样拿一些奇奇怪怪的观点来遏制自己的好奇心，改变自己的思维方式，扭曲自己的本心？"

我说："扭曲这个词太严重了，说不定是发现自己的本心呢。"话说到这一步蓦然反应过来，我笑道，"这不好，我居然和你一个做生意的探讨到了哲学层面，等一下啊谢少，你等我准备一下回到世俗层面我们再继续聊。"

他抬手制止我，也笑道："没事，你可以继续坐在哲学层面听我说说世俗层面的往事，世俗层面，"他顿了顿，"当年 Yee 和雍可没有在一起过。"

我愣了好一会儿，完了惊讶地看了他一眼。

他把玩手里的烟盒："我那时候一直喜欢雍可，Yee 也知道，不过雍可喜欢 Yee，大四时没忍住和 Yee 摊牌了，但 Yee 没接受她。回来后雍可和我发脾气，问我为什么要喜欢她，知不知道我的喜欢毁了她的幸福。"他笑了一下，"我那时候第一次觉得，喜欢一个人是件既难又痛苦，且无趣无聊的事。"

他目光落在远处，远处是山里孤寂的冬夜。"Yee 那时候到底怎么想雍可，我不知道，为什么没有接受雍可，是因为我还是其他？我也不知道。我们从没有聊过这个问题。"

说到这里他停下来，我觉得他应该是在等我对这件事做出评价。

谢明天说他哥游戏花丛，谢仑说雍可让他知道喜欢一个人既难又痛苦，无聊且无趣。我想也许这就是为什么谢仑对待感情那么敷衍的原因。

我想了一会儿，跟他说："我也脑补不出来你和聂亦聊这种问题是个什么画面，从前我觉得，谢少你一个霸道总裁，恋爱游戏随便玩一玩太正常，哪里会和人讲真爱。你和聂亦又都这么忙，哪里有时间聊女人。"

谢仑这次是真的笑了："你没说错，我就是这样的。聂亦也的确不和我聊女人，"他目光移到我身上，"不过他和我说起过你，"口吻好似怀念，"从以前到现在，他只和我说起过你，所以他和你结婚我倒是一点也不吃惊。"

我怔了一瞬，笑说："我和他今年 5 月才见第一面，之后紧锣密鼓就开始忙结婚，哪里有什么太从前的从前，谢少你太爱开玩笑。"

他挑了挑眉："是吗？"

我还是有点好奇，问他："聂亦他都和你说我什么？"

谢仑道："他说你是他做过的最好的选择。"过了一会儿，他问我，"聂非非，你怎么不说话？听到这个你居然不高兴？"

我说："是啊，你说他对我的情话为什么不和我讲要和你讲呢？"

谢仑惊讶："我觉得这不太算是情话。"又摇头，"看来 Yee 在讲情话这方面真的不怎么样，"他同情我，"聂太太你真辛苦。"

我还在纠结："聂亦不太会说这些，可他觉得我好，他应该和我讲啊。"

谢仑被我感染，也开始和我认真探讨："因为我问了他你怎么样，你没问过是不是？"

我说："谁会那么问。"

他诚恳建议："今晚你试试看，当面问问他这个问题，他不和你讲，一定是因为你没问他，你要是问他，他当然会回答你，男人通常都比女人坦率。"

我摇头："这不行，这就像我主动跟他讨好听话似的，哎不对啊，"我说，"我怎么会和你讨论这种问题，要讨论也该是和谢明天讨论。"

谢仑叹气："你们女人真麻烦。"又笑，"因为我是情圣，你跟我讨教恰好是找对了人。"

送走谢仑和谢明天时，聂亦和褚秘书已经去了书房，我代林妈送茶过去，看到他们正开视频会议，电子屏幕上有谁在陈述工作："……最新一代的噁唑烷酮类药物依然存在给药剂量太大的问题，而且已经有细菌对它具有耐药性……"

聂亦靠在转椅里，褚秘书坐在书桌的另一边，山里风大，树枝时而敲打窗玻璃。

放下茶杯时我顺势悄悄问褚秘书："还要忙多久？"褚秘书还没回答，聂亦已经偏头道，"你先睡，不用等我。"

我看了眼座钟，自个儿在一边嘟囔："不是说从今天开始能休息挺长一段时间？"

就发现聂亦的目光移过来，他撑着头："不用去清湖就算是休息。"

屏幕上研究员仍在做汇报，我小声："嘘，聂院。"

褚秘书笑着说："没关系，他们听不见。"

我就胆大了一点，指着眼睑处和聂亦说："昨晚就没有好好睡吧，今天又这么累，你看，已经有了黑眼圈，做什么这么辛苦？"

他依然撑着头："因为要赚钱养你。"

我木着脸说："怪我咯？"

他将食指放在嘴唇上："嘘，非非，别影响我听报告。"

我顺势做了个鬼脸，转头悄悄问褚秘书："我怎么记得是他先搭话的？"

褚秘书笑着点头："是啊。"促狭道，"不过看在这么晚他还在给你赚钱的分上，你就别和他计较了。"

想了想，我笑着说："您说得是。"

洗完澡，帮聂亦放好热水准备好睡衣，吹干头发我就去了放映室，挑挑拣拣半天选了张碟片，抱着毯子窝进沙发里看电影。

醒来时看到聂亦正站在沙发前用毛巾擦头发，身上穿的是之前给他准备的那套丝质条纹黑睡衣。电影还没放完，看来我睡着的时间不长。

屋子里的光线随着电影画面时明时暗。那是 2015 年的片子，讲的是美洲大陆上一个猎人的荒野求生故事，导演酷爱使用长镜头表述细节，整部片子色调暗沉，气质蛮荒又凌厉。

大概是因为台词太少，才让我看着看着就睡过去。

那时候荧幕上正呈现出一个广角镜头，镜头下是落基山脉的壮丽风光。聂亦擦着头发在沙发上坐下来问我："怎么在这里睡着了？"

我还没有完全清醒，将小腿蜷起来，带鼻音和他说："你坐过来一点，那样坐着不舒服。"说着干脆将腿屈起来，留给他足够空间。

他看了我一眼，坐过来时单手捞住我的小腿，我"咦"了一声，小腿已经被他放到他膝上。我有点清醒过来，本能地要将腿缩回来，嘴里问他："你膝盖不难受吗我这么重？"

他一边用左手梳理半干的头发一边按住我的腿："你这时候是不是就想让我夸一句你不重？"

我瞪他："嫌我重也没用了，我们家是这样的，嫁出去的女儿泼出去的水，概不退货。"

他单手按遥控器调整电影音量："我觉得硬退还是退得了。"

我说："硬退就得分走你一半家产，你可想清楚了。"

他转头看我，仿佛发自真心："你怎么这么贵？"

我说："我哪知道，自从嫁给你就这么贵了。"说完忍不住笑了，看着他，"都怪你吵醒我，怎么办，我现在完全清醒了。"

他将毯子拉下去一点，盖住我脚背："那正好，谢仑刚刚短信过来，忠告我做人要坦率一点，我们可以用这个时间来探讨探讨，你在院子里和谢仑都聊了什么。"

我说："啊……"

他指了指茶几上的两杯冰水："水我都给你倒好了。"

我心里呻吟道谢仑真八婆啊，嘴里却急智道："没啊，就是谈谈你的工作。"

他逻辑严密："我的工作有什么好聊？还扯到了我坦率不坦率的问题？"他跟我确认，"坦率的意思，指的是诚实直率，是吗？"

糊弄一个科学家有多难我早有领教，其实没反应过来我为什么要糊弄他，但大脑已经先行一步给出糊弄他的指令，我说："你从来没告诉我你居然在十四岁就克隆出了一只萨摩耶，我实在是很……"我挑选了个词语来表示内心感受，"实在是很震惊，谢仑和我说这个时我简直觉得自己在听科幻故事，他说你该更坦率一点，可能就是指这个。我也觉得我们应该多了解彼此，你看我的工作你全部了解，可你一个搞克隆的生物学家，你媳妇儿一听克隆这两个字就觉得是在听科幻故事，这合适吗？这不合适啊！"一说到这儿我不禁义愤填膺，但因为还躺着，结尾这个设问平白少了很多气势。

他微微垂着眼，一只手放在我的腿上，像是在认真倾听："你对这个感兴趣？"他问我。

我给他一只手说："你先拉我一把。"

他就拉了我一把。

借着他的手我坐起来，在背后垫上枕头和软垫子摆出长谈架势，我说：

"说兴趣……我大学时虽然念海洋生物，可现在生物知识已经忘得差不离，关于克隆只知道那只叫多利的小山羊……"

他说："绵羊。"

我说："？"

他说："多利是只绵羊，它的基因母亲是只芬兰多赛特白面绵羊，线粒体母亲是只苏格兰黑脸绵羊，生育母亲也是只苏格兰黑脸绵羊。"

我说："……哦。我刚刚说什么来着？"

他思维清晰："你说关于克隆你只知道那只叫多利的绵羊。"

我说："你再帮我倒一倒，我突然忘了我为什么和你说多利了……"我抱着毯子不好意思跟他道歉，"你也知道我是个搞艺术的，我们搞艺术的就是这样的，没有什么逻辑，说话说着说着就容易跑题……"

他毫不吃惊，宽容道："我已经习惯了，说多利之前，你在和我谈兴趣。"

我倒了一会儿才理清，我说："哦对，兴趣，你问我是不是对这个感兴趣才会问你，不是的，"我舔了舔嘴唇，"可能我想得比较远，我就是觉得，要是有一天我招待你的朋友或者同事，你们谈起你们领域的前沿研究，我什么都不懂，你们无论说个什么我都要大惊小怪个半天，那不是让你丢脸吗？"我摊手，"你看，关于克隆的最新知识库还是谢仑帮我升级，他说现代生物技术已经能克隆好多生物，连和人类最相近的灵长类动物猴子都能克隆。"

他递水给我："人也可以。"

我惊讶地握着水杯："什么？"

他说："人也可以被复制。"

我说："人？可以被复制？现在？"

谢仑说得没错，聂亦可能真觉得我这样无知挺可爱的，嘴角浮出笑意："早就可以。"

我愣了三秒钟："……你一直就是在研究这个吗？"一时异想天开，我问他，"或许……还试过？"

他的笑容退了下去，冷静地看着我，半晌，他说："如果我说试过，你会觉得我可怕吗？"

我也看着他。电影已经结束，荧幕定格在最后一帧，房间里的光线并不充足。他靠坐在沙发里，头发半干，身上穿着我为他准备的睡衣，目光平静，右手里握着一只水杯，安静地等待我回答他的问题。

我其实有些莫名，为什么他们都要问我这件事可怕不可怕，难道这件事的确应该害怕？我真正地疑惑起来，坐过去接近他，脚背贴住他的膝弯。

他僵了一下："聂非非，你的脚很冰。"

我凶巴巴说："所以让你帮我暖一暖，不许拿开啊。"凶完我就笑起来，主动握住他的手。他的手指修长，掌心无论什么时候都很温暖。我说："不可怕啊，可能是因为我太愚笨，才不知道这件事有什么好害怕，谢仑也问我害怕不害怕，可为什么要害怕呢？"

"因为，"他回答我，"在他们看来，科学家们喜欢探讨未知，而优秀的科学家们通常只信奉科学的伦理。科学的伦理就是科学本身，科学本身承认科学赋予人类探知极限和尽头的权利。这种权利超越人世伦理，大多时候它也悖于人世伦理。"

我说："……你这么说我也理解不了，我们文科生只有形象思维没有逻辑思维，你得给我举个例子。"

他想了想，不知想到什么，皱眉道："也许有一天我心血来潮重新复制一个你出来，然后把现在的你杀掉，但因为复制出的你基因序列和现在的你完全一致，所以谁也不会发现这件事，就算发现了，现行法律也无法给我定罪量刑，因为很难说新复制的你还是不是原来的你。"他看着我，"现在觉得害怕了吗？"

我说："……你为什么要重新复制一个我出来然后把现在和你说话的这个我杀掉？"

他说："心血来潮。"

我说："怎么可能有人心血来潮就去做这种事？"

他说："不知道，可能他们觉得科学家就该是这样的疯子吧。"

但这还真是激发出了我的好奇心，我问他："那克隆出来的那个我有现在这个我这么好吗？也会关心你，保护你，讲笑话逗你开心，还能比我更年轻貌美？"说到这里我自个儿先愣住了，"等等，年轻貌美？"

他说："这主要取决于细胞的……"

我赶紧说："打住，比我更年轻貌美这绝对不可以，绝对……"

他就反握住了我的手，声音很轻："非非，我没有试过，也不会去试。"

我反应了好半天，才明白过来他说的是没有试过去复制一个人类，也不会去试。我就看着他的手。良久，我说："我第一次见你的时候，在你们家的热带鱼玻璃屋里，那时候你站在散尾葵的阴影里，穿着白衬衫，袖子挽起来，手指点着玻璃壁问我那是什么鱼，我其实连你什么样子都没看清，但心里一直赞叹，这个人的手长得真好看啊。那时候可没想过有一天你会这样握住我的手。"

我抬头笑问他："我又跑题了是不是？我只是想说，聂亦，就算你试过我也不害怕，我不觉得你是个疯子。你做什么都一定会有你的道理。"

好一会儿他没说话，我问他："聂亦？"

他像是才回过神："怎么？"

我抿着嘴问他："怎么不说话？"

他将手里的水杯放回茶几，杯底接触桌面的轻响里，他表情似在思索："所以那天晚上的事，你一直记得？"

我卡了一下："哪天晚上？"瞬间明白过来，我说，"啊，那天晚上。因为难得有人将白衬衫穿得那么好看嘛。"

他弯了弯嘴角："但你穿的黄裙子可不怎么样。"

"那条黄裙子？"我想起来，的确，那天晚上我妈怕我被他们家挑上，特地让我穿了条丑得惊人的土黄色礼服裙。我说："那你还来找我搭话？"

他笑："可能是眼神不好。"

我无奈地看了他一眼，佯作意兴阑珊："今天晚上我一直夸奖你来着，可你就会打击我，已经没有办法继续愉快地聊天了，"说着我就从沙发上站了起来，"就这样吧，我要去睡……"

他打断我，伸出右手递给我："拉我一把。"

我挑剔他："看，打击了我一晚上还有脸和我撒娇。"

其实我才是，所有的抱怨都是撒娇。要是让康素萝知道，不知道要嘲笑我多久，她一定说，聂非非，你那么酷，你居然会撒娇？

可是聂亦他说想我，昨天晚上他在电话里和我那么说。管它是习惯还是什么，他说了那句话，简直让我想立刻送给他我所有的柔软温柔，怎么纵容他都嫌少，如何珍惜他都不够。

他的右手仍停留在半空，袖子挽起来，露出修长的手臂。光线极暗，从那个方向看不太清他脸上的表情，只能感觉他的视线落在我身上没有移开。

我笑着摇头，站那儿伸出左手递给他："来吧，"我说，"怎么跟我撒娇都没关系，这一阵都很累是不是？"

他握住我的手："是啊。"

正要将他拉起来，手却被猛地一拽，那力道太突然，还没反应过来我就跌进了沙发里。跌倒时带倒了矮几上的水杯，"啪"一声响，冰水溅上赤裸的脚背，可能还湿了睡衣裤腿。

惊魂甫定时我看着他的手，又看自己被那大力一拉整个人都趴坐到他腿上的姿势，不可置信问他："……你真的累了？"

光线虽然暗淡，这样近的距离已经足够看清他的表情，似暗潮汹涌又似波澜不惊，他微微仰头问我："你觉得呢？"

我说："我觉得……"

但那其实并不是一个问句，他对我的答案毫无兴趣。腰部在那时候被他揽住，整个人被那手臂的力度逼得紧贴住他。他练跆拳道，玩越野，从来不是文弱书生。

丝绸的面料极薄，全身都被另一个人的温度所包围，我脸腾一下就红了。但大概我从来就想亲近他，还想轻薄他，连象征性的挣扎都没有，反而顺势撤了撑着沙发靠背的左手，一只手圈住他的脖子一只手抚上他的肩背，将整个人都压到了他身上。

然后就感觉到他的嘴唇覆了过来。

我跨坐在他腿上，这姿势虽让我低头就能看到他的发顶，似乎让人稍微镇定，但那一瞬我的大脑其实是空白的，完全没办法游刃有余。只是感到有温柔亲吻缠绵过我的锁骨，停留在下颌，辗转至脖颈。

其实我不知道那算是轻擦还是吻，当我意识到那是聂亦的嘴唇，以及那动作称得上是爱抚时，和他肌肤相触的每一处都激起撩人的轻痒，还有雪化时冷到极致的灼热。令人无从分辨那到底是怎样的一种接触。

睡衣被捞了上去。我们有过很多次亲吻，在亲吻中也有过拥抱，可从没有哪一次像是这样。接下去要发生什么？会发生什么？

房间里温度开得很高，我记得落地窗稍微留了一丝缝隙。山风里似乎夹杂了夜鹭的鸣叫，辗转踱进室内，角几上的书页轻声翻动。这是入冬的山夜，时光柔软安静。我想起来，那时候他问我蜜月想去什么地方，其实我哪里都可以，只要是像这样的地方，只要是我们两个人。

这一切都是我所想象，是我所渴望，可这一切是否也是他所想象，他所渴望？

我听到自己的声音，颤抖里压抑着喘息，我说："聂亦，你想清楚了？"

他的手指握住我的下巴，让我能低头同他接吻，吻也和从前不同，像是场精密定位的风暴，侵略性十足，却温文尔雅地步步为营，在嘴唇暂时离开的间隙，他问我："你说……想什么？"声音极低，他的声音原本就好听，这种时候更是惑人。

我拼命保存着理智把要问的问题问完整："你不是说过，试管婴儿就可以吗？和我，你真的可以？"

他的动作滞了一下，突然停下来，半晌，手也从我的腰际撤出，留我一个人伏在他肩上剧烈喘气。如同将我拉到他腿上时一样，这停止也是猝不及防。我拢着被解开的衣领，平复了起码十秒钟，那期间他一直单手扶着我的腰，却没有再进一步的动作，眼底的神色很难辨认。良久，他问我："我想清楚了，你呢，你想清楚了没有？"

他的表情冷静，声音却有些沙哑，扶着我后腰的手掌温度很高。夜鹭的鸣叫变得遥远，风在林间的呼啸声也变得遥远。

我伸出手，抚上他的脸颊，我衣衫不整，极不像样，他的睡衣居然还穿得整整齐齐。手指顺着他的脖颈滑到他的锁骨，大概是我手掌的温度实在灼人，他的呼吸那一瞬有些不稳。

我靠近他，吐息都是灼热，我说："我不知道什么事需要想清楚，什么事不需要想清楚，聂亦，我早告诉过你，你有很多界限，可我没有。所以这个问题是给你一个人的。"我更贴近他，开口时简直要带上蛊惑了，我问他，"你说你想清楚了，是想清楚了什么呢？"

他低声："你希望我想清楚什么？"

我希望你爱我，赶快爱上我。但我没有说出来。

他看着我："非非，"他说，"我想和你有个孩子。"

我的手一颤，不小心按到沙发靠背上的遥控器。突然从音箱里传出音乐声，就像是应景似的，歌手沙哑吟唱："……there is no turning back."[1]

我头脑发热，逼近他："听到没有，可没有回头路。"

"你不想吗？"他问我，声音随着那歌声也轻起来，低起来。无论是歌手的唱词也好，还是他的话也好，都和旖旎没有半毛钱关系，可房间里的气氛不知道为什么突然就变得颓废性感起来。

想啊，当然想。但我完全忘记了回答。

脑子整个烧起来，我攀住他的肩就吻了上去，吻得凌乱且毫无章法。左手压住他的手臂，不想让他动，当然无论是体力还是体格，我都没法制住他，他保持着右手被我制住的姿态，自由的左手也完全没有动作，我想那纯粹是为了配合我。我没有经验，只是凭着本能亲他，用空余的手指抚摸他，一时也难以顾及这青涩的亲吻和抚摸会不会让他觉得好笑。我居然还曾经和

---

[1] 引自 TEARS FOR FEARS 的 *Everybody Wants To Rule The World*，文中沿用了该歌曲另一个版本——电影《饥饿游戏2：星火燎原》插曲。

他夸海口，说我是什么本能动物。他任由我动作。可就在右手探入他的睡衣抚上他的脊背时，他突然咬住了我的下唇。紧接着是猛烈的回吻。

被他压在沙发上时我才发现，屋顶的遮光板并没有完全合拢。被那么突然压下来我居然没吓到，还撑着身体要去攀他的脖子。那时候他笑了一下，一只手压住我，微微直起上身，另一只手放在自己的睡衣扣子上。我着魔似的看着他，看他背后天幕似墨，布了星光。

女声仍在沙哑吟唱。

闹钟响了好一会儿，我模糊醒过来，闭着眼睛去够手机，三角铁的声音却停住了。勉强睁眼，看到床头处留着一盏极微弱的床灯，我反应了半天，突然清醒过来，许多画面一齐涌进脑海。

我想起来昨晚发生了什么。

我把聂亦给睡了。

然后我的脑袋就空白了。

天花板上有一组枯木灯，隐在暗淡的光线里，似盘踞了一条长蛇。窗户没关好，空气里有冷意，也有清晨山林里特有的新鲜与湿润。鸟叫声攀附着湿润的空气偷偷溜进来。

打破静寂的晨鸟啼鸣，反而令这黎明更加寂静。

身后传来另一个人的体温，腰上环着另一个人的手臂，这种感觉很新奇。

我将整件事快速地总结了一遍，然后在心里跟自己说："赚了啊，聂非非。"

停了两秒钟，发自肺腑地继续跟自己说："居然真睡到了，能干啊聂非非。"

克服了晨起后眼睛里习惯性的涩意，我小心翼翼地转过身面对聂亦，也不知道哪里来的胆量和勇气，完全没觉着紧张娇羞胆怯，手一个没忍住直接摸了上去。床灯被我挡住，投下一小片阴影，阴影下其实不太能看清聂亦的模样，只能感觉到他平缓绵长的呼吸。我靠近他，动作小心地把整个人都贴到他怀里更深处，感觉他身上的热量一点一点渗入与他相贴的每一寸的我的身体。

有谁说过那么一句话，最开始只想要一个拥抱，结果不小心多了一个吻，然后就想要一张床，一套房，一个证……这是爱情的贪心和野心。人生的所有欢愉都可以归结为求到了，人生的所有痛苦都可以归结为求不得，求不得的根源是不知足。我们家家训是知足常乐，每天我都恨不得提醒自己八百遍，红叶会馆的那个吻之后，和聂亦的额外一切，全是上天的恩赐，每一件恩赐都要珍惜，而且要知道这恩赐总有尽头。

聂亦依然睡得很沉。

日程安排需要早起，我贴了他一会儿，下定决心侧身起床。做贼似的穿好衣服，又做贼似的撩开帘子将放映室的窗户关上，回来时将床头小灯也拧上，轻手轻脚地关上门，才折去客房洗漱。

06.

计划中这一天会异常忙碌，拍摄任务将要安排得像九宫格填字游戏，不仅满，且一环扣一环。出门时我已然给自己设定好了战斗模式，就没想过今天不跟工作战斗我还能干点别的什么，以至于几个小时后百无聊赖地窝在康素萝办公室椅子上时，人还有点恍惚。

康素萝很是好奇："怎么你们家游泳池今天突然就要换水？昨天不是说好了今天得准时开拍吗？再说了，那游泳池不是个天然水湾吗？活水来着啊，还要换水？"

实际上一大早在游泳池碰到许书然，我才知道关于换水的事，听说他也是深夜才接到褚秘书电话通知，且他以为我早已经知道。

确认今天拍不了时我立刻就打道回府了，结果听林妈说聂亦半刻前刚出门，估计公司临时有什么急事。

康素萝手指敲桌子提醒我："嘿回神，问你们家换水是怎么回事呢？"

我下巴搁椅子背上回她："哦，可能是净水还是怎么。"

她按住手上的欧洲文献："那你这是……放假了？"

我点头称是。

康二一脸吃惊："咦，放假了你不是该陪……"她截住话头，瞬间大为感动，"非非，你这都结婚了，一有假期还第一时间来找我玩儿，"她面露愧色，"可我昨儿还在怀疑你嫁人以后会不会就重色轻友不爱找我玩儿了，我真是太惭愧了。"

我面无表情地说："好哇小康，没想到你……"

康素萝打断我连连道歉："非非我不是故意那么想你的，我真的太惭愧了我都不知道说什么好，我真是愧对我们的友谊，对了你刚才要说什么？"

我说："……居然是这样聪明的小康。"

康素萝说："啥？"

我安慰她："不用惭愧，小康，你蒙对了，"我诚恳地对她说，"我是挺重色轻友的，因为聂亦上班了我才来找你玩的。"

康素萝表情淡然地看了我两秒钟，顺手抄起手边的复印资料就扔了过来。我笑着避开，边从椅子上起来边问她："哎咱们学校新修给生命科学学院的学术报告厅怎么走的来着啊康老师？"

S大生命科学院搞不好是全中国最爱搞学术讲座的学院，我读本科那会儿，院里每周就至少能弄出三场讲座来。其中以分子生物学方向的系列讲座最负盛名：每学期一个系列，一个系列十二场，每一场坐镇的都是国内外研究他们这个方向的知名教授。

为了凸显被邀来做讲座的教授们的盛名，还有学生给每学期的十二位教授冠了花名叫十二金钗，一来我觉得通过这名字就可以看出他们生命科学院学生的文学水平之低，二来我觉得教授们没把这起绰号的学生给打死也是很有涵养。学生时代我去听过这讲座好几次，一个字也没有听懂，可见金钗们水平之高。

刚才在康素萝那儿突然想起这个，顺道一查，发现一晃五年，生科院居然难能可贵地还继续保持着爱开讲座的院风，而且特别凑巧的是下午 2 点就有一场基因工程的系列讲座，正好能让我去补个课。

由于近年来 S 大校舍改建凶残，为防我迷路，康素萝一路送我到生科院报告厅门口。

探头一看，还不到 1 点半，五百人的大厅里已然座无虚席，这极大地激发了康素萝的好胜心，不惜逃班也要留下来听一听。

时间还早，我俩依在走廊边儿上，康素萝满脸不甘："上次我们学院举办的一个文学普及讲座才来了不到三百人，他们这儿五百人居然坐满了，我就不信了，区区自然科学它还能比塑形并指引整个人类族群精神的文学更具魅力？"

我因为也不是很有文化，没法和她进一步探讨文学，只好肤浅地问她："你们那普及讲座是普什么的来着？"

康素萝一气呵成："从效果美学角度探讨埃德加·爱伦·坡死亡主题作品中的艺术表现架构及其美学理解对法国前期象征主义的启发和影响。"话毕一脸期待地看着我，"你觉得这个主题怎么样？"

我完全没听懂，想半天觉得有且仅有一个疑问："……标题这么长宣传海报居然能放得下？"

康素萝就开始讪讪和我絮叨说他们文学院太穷根本没经费做宣传海报，也就是在校园网上通知一下算完，绕半天话题又回到文学讲座为什么会干不过生物学讲座这一茬上。

我只好劝她想开点，不要因为自己热爱文学就看不起人家自然科学，大家名字里都带了个"学"字，相煎何太急是不是。

康素萝显然不能认同我这歪理，正要辩驳，右前方却突然响起一个声音叫我的名字，尾音里似乎还带了点疑惑，我禁不住抬头去看，康素萝也停了话头略转身。

我俩的目光在距我们五六步远的一个套装丽人身上交汇。

丽人棕发微卷，齐刘海挡住眉毛，一张巴掌小脸妆容精致，走近了看着我笑："果然是你，聂非非。"不等我回答又是甜甜一笑，露出一对惹眼梨涡，"好久不见，居然在这里看到你，这些年你好吗？"

我思索着说："蛮好。"眼前的漂亮姑娘挺眼熟，但一时想不起来哪儿见过，好在这种常规寒暄总是有标准答案。

姑娘却突然变了脸色："蛮好？你居然过得还蛮好，"顿了一秒钟冷笑道，"你有什么资格过得蛮好？"

康素萝站那儿都傻了，而我因为常年遭遇各种神经病，已经锻炼出极强的心理素质和临场反应能力，十分流利地就回答了她这个问题："大概是因为有才华还有美貌？"

康素萝扑哧笑出声，又赶紧捂住嘴。

姑娘的手指用力得能把挎手腕上的小牛皮手包掐出褶子，嘴里蹦出两个字来："烂人。"

这时候我是真好奇她是谁，我俩到底有什么深仇大恨了，正想开口问，倒是又有人迎面走来，老远和我打招呼："嘿，聂非非，真是你，我还以为看错了。"

看到有人过来，棕发姑娘一跺脚转身走了。我正隔着老远辨认和我打招呼的是谁，也没来得及目送她。康素萝低声不解："哎不是说你在这儿就念了一年吗，怎么到处都能碰上熟人？"

我也低声答她，和我同届的同学若是本校考研或保研，正好研究生第二年，且我从前读的就是生命科学学院，故地重游理当遍地熟人。

正说着来人已经走近。

S大读书那会儿，我有一半时间都泡在水下摄影俱乐部，因此和社长很熟，就算她把一头长发绞成了时髦的板寸，我竟然也能毫不含糊地一眼认出她来。而多年后，有八卦小能手之称的水下摄影俱乐部社长展朋朋女士同我寒暄完，问我的第一句话就是："你和伍思竟然还有得聊？你们刚聊什么呢？"真是南朝四百八十寺，八卦之心永不死。

我茫然说："伍思？谁？"

社长诧异说："珠宝设计系的系花啊，你们不刚还聊着吗？她现在在我们学院院办做行政，"又补充了一句，"你总还记得当年你把人家揍进了医院吧？"

我瞬间想起来，恍然道："原来是她，怪不得眼熟。"

而康素萝已经把嘴张成了个 O 形。

社长摇头："聂非非，你真是渣啊，你当年还揍了人家，结果你到现在都不知道人家叫伍思，而且这才几年，你居然还没认出人家来。"

康素萝也摇头："聂非非你真是渣啊。"

我只好配合说："聂非非我真是渣啊。"

康素萝豁然点评："怪不得她刚才问你好不好，又说你没资格过得好。"康二的逻辑终于接上线，奇道，"可当年错的不是她跟那个什么阮什么什么吗？"

我说："阮奕岑。"

社长惊讶说："伍思那么说你了？她倒还好意思说你。"又拍我的肩道，"看来你是真不在意了。"她叹息，"大家都明白你那时候是太爱阮奕岑，而阮奕岑却把你伤透了，所以你才休学又出国。唉，那时候就连咱们同一个社团的都没法联系上你，你得是有多绝望才会整个和外界隔绝断掉联系。花季少女情窦初开，却遭遇这么一个晴天霹雳，会不会就此酗酒吸毒走上歧途，光是想想都吓我们一身冷汗。你还记得你最后一次到学校吗？和你妈妈一起，我老远看到你，你瘦得都脱形了，现在你这样挺好。"她欣慰，"你那时候那么爱阮奕岑，大家都担心你再也走不出来，现在看你这样真的挺好。"

我和康素萝面面相觑。瘦得脱形这一茬我还记得，任谁二十天内背完一万两千个 SAT 单词都得脱形，而且在其后的两个月里还会罹患上一看见生僻单词就要忍不住冲进卫生间抱着马桶吐一吐的后遗症。

我花了五秒钟消化完这个广为流传的花季少女为情所伤远走天涯的故事，试探问社长："你说的大家……是指水下摄影俱乐部的大家？"

社长一脸人间有大爱的表情说："并不是啊，是整个学校，大家觉得你太悲情了，你走了之后还给你成立了一个后援会，一代传一代呢。"

这和印象中"大家"对我的态度太不一样，我疑惑说："我怎么记得自从交上阮奕岑当男朋友，大部分的'大家'就没对我友善过，我不好了大家不该挺高兴才对啊？"

社长理所当然道："因为之前她们觉得你是 lucky girl①嘛，开玩笑，你可是在和阮奕岑交往，你们还要订婚，但后来你就太惨了，"她摇头，"大众就喜欢支持比自己还惨的，你懂的。"

我和康素萝再次面面相觑。

康素萝听完这个故事，很谨慎地问我："转来我们学校的时候你真的还带着很严重的情伤吗？"

我觉得就让这故事如此流传下去也不失为一种美好，昧着良心说："……嗯。"

康素萝说："可那时候我看你成天上树拍鸟下河拍鱼欢脱得不要不要的啊。"

我说："……那只是外在，我脆弱又敏感的内心世界你怎么能懂。"

离讲座还有十五分钟时我们进了报告厅，我入校那会儿社长已经念大三，专业是分子生物学，如今做这个专业辅导员，以权谋私帮我们在她旁边安排了两个座位，结果五个座位开外就看到伍思，她显然也看到我们，又瞪过来一眼。

坐下没多久，感到康素萝在旁边起劲地捏我的手，我目不斜视地说："康

---

① 幸运的女孩。

康，不要这样，我们不能再这样下去了，我不能对不起我老公。"

康素萝还捏，我说："康康，你这样叫我很为难的，你不能仗着世上我最爱你你就……"

然后，顺着康素萝的目光，越过康素萝旁边淳朴女同学朝我们投过来的惊恐视线，我看到了坐在报告厅右侧前排的 Ada。Ada 旁边还坐了个棒球帽黑框眼镜大口罩全副武装的姑娘，不做他想必然是雍可。

我收回目光和康素萝探讨："今天真是邪门，她们怎么也在？"

康素萝苦思冥想了半天，低头翻手机："等等啊，等我查查雍可的业余爱好是不是就是听讲座……"

康素萝开网页那会儿，从前的社长如今的辅导员领着教授从报告厅前门进来，五百人的大厅里掌声顿起，康素萝被吓得一颤，但仍专注地等待着手机页面打开，而我在短暂一愣后已经训练有素地拿起了社长留在座位上的文件袋，并且牢牢将它挡在了自个儿脸跟前。

我跟康素萝说："不用查了，原因来了。"

康素萝恋恋不舍抬头，"咦"了一声，立刻很是责备地看我："你怎么不早说这次开讲座的是你们家聂亦，亏我还纠结那么久一个自然科学讲座何德何能干得过我们文学讲座，原来是刷脸。"

我心里觉得就算不是聂亦开这个讲座，凭她们那标题，有三百人来听就要高赞 S 大学子们孜孜以求的文学心了，但为了保住我和康康友谊的小船，只好忍住，并和她科普："我也不知道来讲座的是聂亦，我读书那时候这系列讲座就不公布教授名字的，因为大多太有名，提前公布了势必导致本院学生得和外院学生在报告厅抢位置，搞生命科学的 geek[1] 们除了抢得过你们搞文学的还能抢得过谁？"

康素萝懵懂点头，两只手指拈着文件袋："可你没必要把自己藏起来啊，

---

[1] 原意为怪咖。随着互联网文化的兴起，这个词含有智力超群和努力的意思，又被用于形容对计算机和网络技术有狂热兴趣并投入大量时间钻研的人。

你在搞什么鬼啊？"

我垂着眼皮说："那不是昨晚睡了聂亦这会儿看他不太好意思么。"

康素萝蓦然停手，转头看她时她正把左拳头往嘴里塞，眼睛里冒绿光，牙齿都抵着指关节了还不忘发声佩服我："这么劲爆的事你居然这么平淡就说出来了，非非你能的！"

我嗯啊了两声，靠坐在座椅里将文件袋拿开一点，看到台上聂亦正低头调电脑，白衬衫外套了件黑毛衣。纯色的毛衣，唯左上臂处间杂了几道白色条纹设计，稳重里透着时髦雅致，格外衬他。那是今早临出门时我选出来放在衣帽间凳子上那件，那时候我就想他穿上一定好看，他真正穿上身还是比我想象中更好看。

我仍躲在文件袋后面看他。课件加载好后他边打开一瓶水边侧身去看身后的投影屏幕，正好这时候一个老头进来，很高兴地过去拍了拍他肩膀。我认出来那是生科院院长，老头子无论什么时候都一副乐呵呵的知心爷爷模样。两人退到台子边缘聊着什么，聂亦微俯着上身配合老人的身高，大部分时候是老人在讲，他说话不多。无论和谁讲话，他一向是善于聆听的角色。聆听最难得。

康素萝还在那儿兀自激动，百忙之中凑过来问我在看什么。

我靠在椅子里，中正地评价说："萝儿，我觉得，这么个芝兰玉树我把他给睡了，我真是挺能的哈。"

康素萝老怀大慰道："可不是……""吗"这个助词甫落地，刚从台上下来的社长已经扶着前排椅背在我身边坐下来，挺有兴趣地和我们介绍主讲人和即将开始的讲座了。我就带着康素萝一起把聂亦那神一样的科研履历再次复习了一遍。

复习期间看到有学生将报告厅前门和后门利落上锁，康素萝问了两句，社长扛了两秒钟，没扛过自个儿熊熊燃烧的八卦魂："这也是不得已。"她尽量让自己看上去没那么兴致勃勃，"去年聂博士已经来我们学院做过一次讲座，结果还没讲到一半，连报告厅的过道里都挤满了人，明星来开演唱会也不过就是那个阵仗了。说是有学生在讲座上拍了聂博士的照片传到学校论坛，所以才一大堆人中途跑过来看。中途过来的学生就没几个是对讲座本身感兴趣的，差不多都是……该怎么形容来着？"

常年负责给外国人出汉语考级试卷习语应用部分的康素萝淡定接口："为色所迷。"

社长频频点头："对，为色所迷。其实到这里这也不是个大事，虽然对聂博士不太尊重，但你想想，这就跟看球赛似的，看球赛的女孩子们有几个是真正爱球赛，也都是爱球星们的脸而已，那没有妨碍到球星，其实也不会有人来管你是不是，听讲座也是一样的。"

我们点头称是。

"但是问题来了，那球赛没有观众提问环节嘛，可讲座都是有学生提问环节的，"社长比出六根手指，"那场讲座学生一共提了六个问题，其中有五个问题都是外系十八九小姑娘提的。"她顿了一顿，"聂博士你有没有女朋友？聂博士你选择女朋友的标准是什么样的？聂博士你选择妻子的标准是什么样的？聂博士你会不会和比你小很多的女孩子结婚？最后一个就更厉害了，一上来就问聂博士你觉得我怎么样？这些问题实在是……很可能让这么一位科学家觉得我们学校很不正经的，这太尴尬了，"虽然嘴里说着尴尬，但估计觉得就算尴尬也不关她的事，社长很是欢乐地摊了摊手，"所以今年请他来，就得采取点措施避免一下类似情况再次发生了。"

康素萝忍不住大笑："那些问题都很有意思嘛哈哈哈哈哈，现在的小姑娘挺棒的啊，还知道选择女朋友和选择妻子不是同一回事啊哈哈哈哈哈。"

社长也忍不住笑。

只有我还能保持沉着，问出关键问题："哎那聂亦当时什么反应来着？

"下一题。"社长道。

我说："什么？"

社长一脸神秘："所有这些和讲座不相关的问题，聂博士从始至终只有三个字——下一题。"一脸敬佩，"小女孩们不屈不挠问了类似问题五次，他就平静地重复了五次'下一题'，整个过程都没什么情绪波动的，让人丝毫不怀疑要是那时候所有学生都提这种问题，他会用这三个字一直回答到讲座时间结束，然后再平静地做个结束语转身就走。那种风度真是，真是……"

理科出身词汇量不是特别丰富的社长再一次没找到合适的词语来形容这事儿。

助人为乐的康素萝再次施以援手，帮助她完成了这个句子："真是举重若轻，令人欲罢不能。"

我说："素萝啊。"

康素萝立刻手抚胸口做逼不得已状："你知道我们搞文学的，太有文化没办法的，动不动就要出口成章的，我们自己也是很烦恼的。"

社长频频摇头表示不太能理解这种烦恼，台上院长开始介绍聂亦，座中时时传来惊叹，我们都住了口。

那些压低的惊叹声似某种催眠音乐，令人莫名恍惚。我就想起来十一年前，也是类似的场景，我坐在 S 中的报告厅里第一次听聂亦做报告，附近有学姐小声讨论报告台上的少年是何等天才，是了，那时候聂亦只有十五岁。

日光懒散，樱花却极盛，白色的报告厅横卧在实验楼深处……那褪色的旧时光一时间似乎离我很近，贴覆住地面、地面上的每一张桌椅、桌椅上空每一盏灭掉的灯具，然后和今日、今时、此刻重合。聂亦的声音在偌大的空间里响起来，惯常的不疾不徐："我们都知道，基因工程是以分子遗传学作为理论基础，以分子生物学和微生物学的现代方法作为手段来进行的研究，所以，既然大家选择来听这堂讲座，那么我会假定各位对分子遗传学、分子生物学和微生物学已经有了基本的掌握……"

和十一年前相比，我的生物学知识压根没多储备多少，以至于一个半小时听下来，被强行输入进大脑的信息还跟完全没解密似的模糊，就只明白过来原来现在这时代克隆技术不仅能复制现存生物，居然还能复制灭绝生物了。看康素萝一脸茫然，估计接收到的有效信息比特数和我大致相当。

其间出去接了个电话，回来时却见雍可站到了报告台上，正就着黑板上新列出的笔记讲解着什么。聂亦站在一旁握着苏打水瓶子有一搭没一搭地看她的笔记。

我猫着腰回到座位上，康素萝尽职同我转述，大致情况是我前脚刚出去，雍可就举手提出了个什么什么假设，陈述了两分钟，可能是不演算出来给大家看她就陈述不下去，于是自个儿跑上台站黑板跟前一边列公式一边解说，一解就是十分钟。

康素萝转述的过程中，聂亦不经意朝我们这边瞟了一眼，目光在我身上停留了大约两秒钟。刚接了淳于唯一个电话帮他参考他的感情问题，此时我只感觉生活如此地接地气，在此乍逢聂亦的不好意思已全然不见踪影，我就挺大方地也回看了他两秒钟，还跟他笑了一下，倒是他先垂了目光，握着苏打水瓶子掩饰般地低头喝水，像是有一点不好意思，那样子竟然有一种很奇妙的青涩与性感。青涩这个词用在聂亦身上多奇怪？可那一瞬间又多合适？我正愣在那儿想这事，就见他又抬起眼来，依然看着我，估计是没想到我一直那么直愣愣盯着他，倒是怔了一怔，又像是觉得挺好笑的，他就很浅地笑了一下，然后若无其事地转开了头。那转瞬即逝的笑容像在我脑子里点着了一个巨大的烟花。烟花刹那盛开，有流丽的色彩，爆炸的声音又是那么清晰，轰隆隆的。

康素萝还在我耳边一径抱怨，思维显然非常混乱："聂亦也不知道在想什么，要说他对雍可的假设感兴趣才给她这么多时间，也不见他有什么点评，要说不感兴趣，他也会鼓励人家：'不错。'"康素萝纠结，"我觉得雍可还是很好懂的，就是想和聂亦多说说话呗，让聂亦看看她有多聪明呗，可你们家聂亦我是真搞不懂了？他能不能别理雍可啊？"

我脑子里还轰隆隆的，简直是在说胡话了，我回康素萝："那——样——很——萌——呀！"

康素萝莫名其妙："哪里萌了？"

我说："哪——里——都——很——萌——呀！"

康素萝沉着脸说："再不好好说话信不信我打你了。"

我就说："哦，我刚才没好好听，你说什么来着康老师？"

康老师声调没有起伏地说："再不好好说话信不信我打你了。"

我说："不是这句，是那句……很长的那句。"

康素萝"哦"了一声，立刻换上一副想掐死我的表情把抱怨聂亦的话又重复了一遍。

我认真听她说完，认真跟她叹气，我说："康老师，学生有想法，老师就鼓励，这有什么搞不懂，教书育人就是这样的嘛，你也是老师，你懂的嘛，你不要对我们聂亦有偏见，雍可在想什么，估计他是不懂的，他都没谈过恋爱，他很单纯的。"

康素萝就真的想打我了，正在摩拳擦掌间，十分钟前去也匆匆的社长猫着腰来也匆匆，手里捧着个话筒外带老大一叠便条纸，利落地将东西摊我腿上交代我俩："你俩帮忙挑四个问题出来，还有这话筒出不了音，看看是不是电池上反了，我还得去把后面几排的问题也收上来。"最后二十分钟是提问时间，大致是去年提问环节搞得太不像样，所以今年所有问题都要严控，由辅导员筛选一遍再提上讲台。而我们因占了她助手的位置，因此需要帮忙做些杂事。

考虑到我和康素萝的生物学素养之低，读问题时连断句都很有难度，因此我俩完全没有浪费时间在通读所有问题上面，直接从便条纸里随便抽取了四张，非常迅速地完成了社长交代给我们的任务。

那时候我和康素萝其实都没觉着一个讲座还能出什么意外。

的确自雍可上台后我们就没再怎么关注这场讲座，一直在絮絮交谈，但我们交谈的声音压得非常低，偶尔的肢体动作也很不动声色。

结果意外还是发生。完整场景是这样的。

台上雍可还在侃侃而谈她的假设，而我们对此实在是没有什么兴趣，康素萝就一边修话筒一边和我聊刚才从便条纸里看来的那些问题，很是客观地点评说："依我看，这些问题还不如去年那些小姑娘们提的有意思，多人文关怀啊去年那些问题。"

刚好淳于唯又有短信进来，我就边回短信边提醒她："今年聂博士已经是有家室的人了，适用不了去年那些问题。"

康素萝完全不在意，话筒放鼻梁跟前偏着头拨弄电池："这你就太没见识，也有很多适合已婚男子的具有人文关怀精神的问题嘛，比如说聂博士你的家庭生活怎么样啊平常都和太太聊什么话题……"然后，意外就在此刻发生了……被话筒放大数倍的女中音突然响起，康素萝戛然收声，整个报告厅也差不多在同一时间安静下来，遗留的静谧中却似乎还能听到康素萝那被话筒放大数倍的后半句调侃："……聂博士你的家庭生活怎么样啊平常都和太太聊什么话题……"

康素萝蒙了五秒钟，拎着烫手山芋似的话筒一脸生无可恋。

我刚帮淳于唯挑选完送给宁致远赔不是的杜隆坦手办模型，也愣了三秒钟。鉴于多年来袒护康二袒护成了习惯，反应过来之前，我已经顺手去夺她手里的话筒救场。

结果我这厢还没来得及把话筒抢过来，台上的雍可已经率先开口落井下石："看来这位同学对基因工程并不是真正感兴趣，"黑框眼镜后的杏仁眼里浮出嘲弄和自矜，"不然怎么能在这样严肃的场合里问出如此肤浅无聊的问题浪费大家时间？"

立刻就有学生赞同，朝我们投来谴责的目光，还有学生窃窃私语："这种风花雪月的问题，多半又是外系的文科生，真是不知道她们脑子里装的都是什么东西。"听闻的学生纷纷附和着吃吃笑。

我坐进椅子里心道，得，不用我帮忙了。

学生们的反应大概让雍可挺满意，眼角浮出一个笑容，轻蔑地看了我们一眼，重新拿起马克笔在手里掂量了一下，就准备继续做她的陈述了。

然后她就被康素萝给拦住了。

刚才还瘫在椅子里生无可恋的康素萝拎着话筒气场十足："哎等等，这位同学刚是不是问了我一个问题？那我觉得出于礼貌我还是需要回答一下这个问题的。关于这个问题，我是这么看的，家事国事天下事，能理家事方能理国事方能理天下事。"康二平生最恨学理的看不起学文的，虽然平时文文静静跟个森系小清新似的，但谁要在她跟前扬理抑文，森系小清新就能一秒钟变霹雳娇娃，还是手拿菜刀砍电线，一路火花带闪电那种霹雳法的霹雳娇娃。

霹雳娇娃扶着前排椅背一脸严谨："我经常跟人说，遇到一个事不要妄断不要妄断，为什么我要这么说呢，因为无知才会妄断嘛，是在劝诫朋友们不要暴露自己的无知啊！"康素萝上课爱走抒情路线，情到深处课堂上能把自己感动得潸然泪下，如今将话说到这里她立刻代入得很深，看着座中诸位都要有点恨其不争的意思了。

座上的学生们泰半不明所以，有心智比较坚定的学生不确定地问旁边的同学："我记得她刚才只是在八卦聂博士的私生活啊是不是？"

旁边的同学也不是很坚定："唔，好像是？"

雍可最初大概只是想顺口奚落一下康素萝。她讨厌我，自然讨厌康素萝，奚落了康素萝也就是奚落了我，哪一样都能让聂亦尴尬。估计她看我跟看芮敏没两样，都是不得体的妻子，配不上聂亦，但没想到康二突然认真起来和她扯什么家国天下。

雍可眼神淬了冰，看向康二烦乱道："你在胡扯什么？这里可不是小丑的杂耍堂。"

从不把科学家这种生物放心上的康二笑看雍可："我知道这是聂博士的讲座，可你能上台一讲就是十来分钟，我问个问题都不行了吗，不能这样子的吧？"还问了一遍聂亦，"不能这样子的哦聂博士？"

雍可被气得够呛，火道："我问的问题是什么，你问的又是什么？"

不知什么时候在我旁边坐下来的社长自顾喃喃："现在的学生也是管不了……这怎么就吵起来了……怎么每年都能出事呢？"

此情此景我也帮不上她什么忙，只好安慰她："有聂博士控场呢。"以我对聂亦的了解，两个女生在他的讲座上原因未明地正面杠上，他是不太会感兴趣的，绝对哪一方都不会偏帮，任她们自生自灭完事，但场子他还是会伸手来控一下的。

果然聂亦已经站到报告台边缘，将整个台子让出来，还看了看表，给她俩的争执定了性："还有时间，你们可以再做十分钟自由讨论。"

康素萝立刻点头："要允许学生在课堂上有不同的声音嘛，开明的教授就是要这样的。"

雍可看着聂亦跟不认识似的："她只是胡说八道而已，她能和我讨论什么？"又转头满含轻蔑地讥讽康素萝，"不要说自显影、密码子，连互补脱氧核糖核酸是什么她可能都不知道吧。"

这话说得十足雍可，她因是个天才，所以最爱从智商上藐视别人，但康素萝显然不吃她这一套。康二一个搞文学的，和我妈倒是很有共同语言，一向觉得搞科学研究的都是大老粗，不细腻、没灵性，没有艺术家们完全被释放的奔放灵魂，所以神叨叨地一直打心底里看不上他们。

这时候康二显然觉得雍可搬出几个基因工程术语就想要打击到她的做法太可笑了："我能和你讨论什么，问得好，"大手一挥，彻底放开，直视着雍可，"我刚才说什么来着？国事天下事对吗？国事天下事是什么，在今天这个情况下，在你我定义的这个语境里，国事天下事是人类的存续是不是？哎哎你不用对我这么审视，我可没给你设套，存在、延续嘛，我已经把你们的讲座主题在精神层面又升华了一层，那就是人类的存续。那我刚才问的问题，家事范畴的这个问题，关于一个家庭你如何组建，如何沟通，这又在探讨什么？在探讨人类的存在嘛。"

康素萝显然把这儿当成了她的文学课，发挥得极其天马行空："人类它是一个泛指是不是？它的存在那必然是由无数家庭的存在构成的，我们能仔细地探讨一个家庭的存在，描绘它，具象它，但要具象人类的存在那是很困难的是不是，所以我借用聂博士的家庭，探讨它，具化它，借以关怀人类此时的存在，因人类此时的存在是人类未来存续的根基，这有什么不可以呢，这不就是今天这个讲座探讨的东西吗？"

我看大家基本上都蒙圈了，很有点不明觉厉的样子，又有点找不着北的样子。霹雳娇娃她妈搞欧洲文学评论多年，至今仍笔战在欧洲文学评论圈最前线，家学渊源，霹雳娇娃本人胡掰起来也一直很有一套，只是轻易不太施展这种神功。

看大家整齐划一的蒙圈样，康素萝很是欣慰地总结："你们看，这个问题就是这样子的，台上这位同学刚才说什么来着，说我肤浅无聊？你看，不能你们从自然科学角度解析这个问题就是厚重是意义重大，我从人文科学角度分析它就是肤浅是无聊了啊，就算大家是学理的，今天是你们理科主场，这么歧视我们学文的，这也不好啊，不利于真理的求索探讨嘛是不是？"

已经有好些学生小鸡啄米似的频频点头，但是点完了似乎又不知道自己为什么要点头，一副很茫然的样子，看上去都有点可怜了。幸好雍可还保持着一定的清醒，没有被彻底绕进去，尖锐地指责她道："你这是胡搅蛮缠，把一个不合理的东西合理化……"

康素萝就不能理解地摇头了："一个不合理的东西要是它在客观上的确是不合理的，那怎么能被合理化啊？能被合理化的东西，那在客观上自然就是合理的啊，我真是搞不懂你说话的逻辑了，你这个人说话怎么颠三倒四的？"说到这里突然有点激动地把话筒扔给我，向着一时间不知道该如何反驳的雍可道，"我不要和你讨论了，你这个人说话都没什么逻辑的，我还和你讨论了老半天，真是浪费时间。"又嘀咕，"一个基本逻辑都没有的人，能和我讨论什么啊？"坐下去赌气不说话了。

雍可"你"了五秒钟，愣没再说出一个字来。我觉得雍可一个好端端的理科天才要被康素萝这么一个文科老油子给气抽过去了。

报告厅里一时没动静，一大半的学生都还陷在刚才那将近十分钟的自由讨论里没回过神来。倒是聂亦又看了看表："自由讨论就到这儿吧。"顺手将PPT调到最后一页，看了眼仍站在台上气得发抖的雍可，淡淡道："你还有两分钟时间和大家分享你的假设。"

雍可却突然将目光钉到我身上，她戴着黑框眼镜、大口罩，情绪仅能从一双眼睛辨别。刚还怒火中烧的一双眼这会儿倒是平静下来，可见是火气有了出口："如果有同学对我的假设感兴趣我们可以下课再切磋，自由讨论时间能延长两分钟么聂博士，我看第三排这位接过话筒的同学似乎还有什么观点需要和大家交流。"

整个报告厅的目光瞬间集中到我身上，我掩口不动声色地问康素萝："我看起来像是个软柿子吗？"

康素萝也不动声色快速回我："天，你当然不像，但她知道你是个生物盲，你还话少。她肯定觉得她说不过我难道她还说不过你么，你肯定讲不出什么像样的观点，支支吾吾的那不就得在聂亦面前丢脸么？她就要高兴死了。"说着拧开一瓶矿泉水。

雍可在台上催促我："这位同学？"那催促声绝不是善意提醒，倒是有一点作恶的淘气，还有一点压迫感。

我想康素萝说得也是，我的确讲不出什么像样的观点，加上我也不是个好面子的人，非要胡诌点什么出来让自己看上去很懂行，我就实话实说了，我说："哦我没有什么观点，我只是帮你们辅导员拿一拿话筒。"

康素萝正在猛灌矿泉水润嗓子，扑哧一声全喷了出来。

估计按照雍可的剧本我现在应该正跟康素萝刚才分析似的支支吾吾，搞得她一时有点茫然，但仍然习惯性嘲讽："没有观点，难道是因为压根儿听不懂？"

我就挺朴实地点头，我说："是啊，其实我是来旁听的，我先生是个生物学家，可我生物却不太好，听说这儿有讲座，就过来补补课，"说着瞟了聂亦一眼，发现他没有看我，正随意地靠在多媒体讲台旁有意无意地翻看一叠资料。我就挺放心地转头面对大部分同学，跟他们总结说，"这个故事告诉我们千万要学好生物，否则以后不小心嫁了生物学家你们也得像我这样，一把年纪了还得这里补补课那里补补课，"说着说着就真的很真情实感了，我添了句，"补了都还听不懂。"

无论如何也没想到聂亦竟然在这时候开口："补了还听不懂？"

我说："啊？……啊，嗯。"

他就抬眼挺温和地问我："有没有考虑过可能问题出在你一开始就来挑战我的高阶课程？"

我："……"

估计所有人都听出这疑问句里的戏谑，报告厅里静了一秒，接着爆发出一阵哄堂大笑，后面好几个女学生咬耳朵："没听错吧聂博士这是在开玩笑？"

讲座的气氛有点活泼起来，加之聂亦完全不做约束，就有小女生大着胆子来给我提建议了："姐姐你可以请你先生帮你补哇，你先生不是个生物学家么，"不好意思地补充，"我男朋友也会帮我补物理，那我就会帮他补外语。"

我那时候有点漫不经心，一边回她说："那可能要回去找我先生商量商量。"一边用眼角余光瞟报告台。就看到聂亦偏头跟仍站那儿的雍可说了句什么，雍可怔怔看了他两秒钟，眼圈突然红了，接着匆匆下了报告台。

大致是报告厅彻底安静下来进入提问环节时，Ada 带着雍可绕过靠墙的过道从后门离开了。临走时雍可还看了我一眼，眼角有些红，眼睛里没什么温度。康素萝显然也注意到，很是不解地问我："她是哭过了？明明都是她一直来挑衅我们，想让你丢脸，让聂亦丢脸，进而刺激聂亦反省自己的择偶眼光，这搞得倒像是我们欺负她了，她这也太可笑了吧。"

我说："你觉得雍可对聂亦的心态是'我喜欢你，这世上除了我没人配得上你，可你居然娶了别人，所以是你犯了错，我要帮助你亲眼看到亲口承认你到底犯了何等严重的错误'，你是这个意思吗？"

康素萝说："我觉得就是这个意思，说真的我也是第一次见到这么任性的人，简直是公主癌晚期嘛，完全不能理解她的作为，我以前还觉得谢明天任性，跟她比起来谢明天简直贤惠得好比刘慧芳了。"又问我，"你知道刘慧芳是谁吗？"

我说："知道，《渴望》的女主角，20 世纪 90 年代风靡一时的电视连续剧。"

康素萝沉默了一下。

然后我俩一齐在那儿反省："这么老的电视剧我们都看过，我俩这品位还怎么融入这万紫千红的新时代呢？"

07.

我记得那句话是聂亦告诉我。

那是婚礼前几天我们从 K 城回国。我仍关心酒店发生的那场事故，不知那对姐妹最终如何，途中絮絮同他唠叨，也许我们不该就那样走掉，是不是还有什么是我们可以做的。

聂亦就从报纸上抬起头来告诉了我那句话："那样的悲剧逃不过两种原因，一种是该相信的时候怀疑了，一种是该怀疑的时候相信了。这是很私人的事情，外人帮不上什么忙的。"

他说得对，人与人之间有了矛盾，起了冲突，酿成了悲剧，大体逃不过这两种原因，要么是该相信的时候怀疑了，要么是该怀疑的时候相信了。

那时候飞机正好升到万米高空，靠近舷窗，能听到冰花凝结的微弱轻响。

之后我再也不曾想起这个场景。

但刚才雍可离开报告厅时的绯红眼角和冰冷眼神，倒是让我蓦然又记起来聂亦的那句话，脑子一时有点转不过来，思维顺着就被带过去：所以雍可是因为曾经该怀疑的时候她相信了还是该相信的时候她怀疑了？她当初到底相信了什么又怀疑了什么？

直到社长拍我肩膀约饭，我才从一连串思索中回过神来，顿时感觉自己无聊。就算并不感兴趣只是随便想想也很无聊。

大概聂亦今天课上开了玩笑，显得比从前容易接近，即便讲座已经结束，还被当作百科全书围在讲台上传道授业解惑。

社长邀我去学校咖啡座喝茶叙旧，康素萝准备同行。

康二边往随身包里装矿泉水边摇头笑："现在的小孩儿还真胆大，聂亦那种常年自带拒人三百公里以外气场的冰山界扛把子，他们说凑上去就敢凑上去。"

我剥开一只口香糖笑骂她："什么冰山界扛把子，明明是高岭之花界一哥好么？"

康素萝立刻来劲儿了，兴致勃勃凑过来："我说这绰号聂亦他……"

我感觉今天和康素萝实在是进行了太多的对话，一时不太想搭理她，作势站起来要往外走，就听到讲台上突然传来聂亦的声音："去哪儿？"

我愣了下停住脚步，前后左右都看了一下，结果发现前后左右都停下了动作望向我们这里，只有康二神经比较大，还在说："……他是知道还是不知……"不过途中也发现异样并及时住了嘴，看左看右，然后莫名和我对视。

聂亦两只手都撑在多媒体讲台旁，四周仍环绕着好些好学好问的理科青少年。投影幕上是一张看不懂的细胞图片，离他最近的一个十八九小少年看看他又顺着他的目光看看我们。

我又朝后面看了一遍，然后回头跟康素萝确认："……这是在问我？"我以为我控制了音量，但可能是因为有点吃惊，结果没控制住。

康素萝还没来得及回答，聂亦已经开口："是在问你，你要去哪儿？"他表情自然平静，就像并不是在一个挺严肃的工作场合穿越人群、穿越差不多十米的空间询问了我这样一个家常问题。

原本想要离开报告厅的学生也停下了脚步，大家似乎都有点呆也有点好奇，但看我没有反应，反而一径看他们，可能自觉尴尬，开始假装交谈，以示他们并没有刻意停下来注意我们。聂亦偏头看我，眼睛里露出探寻，我赶紧回答："去喝茶。"

"那我待会儿去哪里找你？"

报告厅很诡异地安静了一瞬，但又立刻恢复了嗡嗡嗡的交谈声，有站得远的学生假装不经意地将目光投过来，还有大概是坐后排的学生假装不经意走到前面回头看我。这事实在很好理解，人都有好奇心。但因为我的确不知道接下来我们要去哪里喝茶，只好看着社长。社长似乎还在震惊中，完全没有回应，只是目光在我和聂亦身上飘来飘去。我提醒她："学姐，咖啡馆地址。"

社长终于回神："地址，啊地址，学府路二十一号。"又舔了舔嘴唇机械地补充，"出这幢大楼直走，第一个路口右转五百米就是，叫蝶又飞咖啡座。"

聂亦点了点头："那二十分钟后我过来找你们，"又习惯性地告诫我，"别乱跑。"说着在桌面上重新调出一张图片来，算是结束了这场对话，转头和刚才的小少年继续探讨起困惑他的学术问题来。

报告厅里的氛围看上去挺自然，保持了一般讲座刚结束之后会有的那种惯常的有秩序的混乱，只是窃窃私语声可能太多了点，而且话题并不关乎讲座，也不关乎去图书馆占位或去食堂吃饭。

"所以她是……聂博士的太太吗……她刚才也说过她嫁了个生物学家……"

"说不定是秘书呢？聂博士他们公司那么多生物科学家，她嫁的是别的生物学者也有可能吧？"

"可要是秘书的话聂博士就不会说他会去找她了吧？还让她别乱跑？哪里有 boss 找秘书的啊？"

"那说不定他们公司的企业文化就是这样的呢，对员工特别亲切什么的呢……"

"啊小声点她看过来了。"

我问康素萝要了瓶没喝过的小瓶养乐多，插了根管子开始慢慢喝起来。

社长很是纠结，不确定问我："聂博士的意思是，我们不用等他这边结束，可以先去喝茶？可这是不是不太合规矩啊，毕竟他是我们请来的重要教授……"

康素萝推着她往前走："我们已经在这儿坐了两个多小时了，急需出去呼吸一点自由新鲜的空气。"

我跟在康素萝旁边，正好听见身后传来交谈，有男生小心翼翼："博士，所以我们只能再打扰您二十分钟了吗？"

聂亦道："是的，"他说得特别自然，"我还要赶回去给我太太补课。"

学生堆里传出笑声。

我跌了一下，康素萝扶住我，我说："我是想补补生物，但是我没想过以后和聂亦约会都是在狂补生物，我其实没有那么喜欢补课……"

康素萝落在后面善意地安慰我："我猜他应该只是说着玩，你别害怕。"她跟我分析，"别人约会都是花前月下醇酒美食偶尔还有艺术助兴，没道理到你这儿就是月黑风高护眼灯下狂刷生物题吧，我觉得聂亦应该不会对你这么残忍。"想了想，她不是很确定地加了个副词，"大概？"

我说："大概？"

她纠结："学霸的世界我不能懂啊。"

我们忧郁地聊着这个话题出前门，结果迎面碰上等候在旁的伍思，也不知道她从什么时候开始就候在那里，两只手交叉怀抱在胸前，抿着嘴瞪我，气势倒是挺足。但大家都没有要停下来和她说话的意思，绕过她继续各走各的，擦肩而过时听到她的声音有点扭曲："聂非非，你倒是总有好运气。"

我们依然……没有理她，一路聊着往咖啡座去。

走到半路，社长终于彻底清明过来："好样的聂非非，你居然嫁了那个聂亦，据说他是21世纪智商最高的天才之一！"她的思路瞬间变得异常明快，带有一种又简洁又专业的八卦精神，"你们是怎么认识交往然后谈恋爱一路谈到结婚的？你们俩居然走到一块儿了，嘿！"

我也又简洁又专业地回答她，我说："这主要源于我们家一向唾弃自由恋爱，崇尚安全可靠的封建父母包办婚姻。"

事实上聂亦迟到了十分钟，对他来说这倒是不常见。

日光昏昏，社长和康素萝自觉不能打扰我约会，坐下来聊了十分钟便先一步而去，留我一个人坐在露天咖啡座里戴个耳机，边听歌边用根吸管喝铁观音。耳机音量被我开得老大，女声感伤又彷徨："大雨将至满地潮湿记忆眼看在流失，多年以后每段故事从来结尾都相似……"①就有一只手屈起食指在咖啡色的桌面上敲了敲。

我拔掉耳机抬头，亲切地跟他打招呼："嗨，聂先生你迟到了，聂先生你拎着个滑板做什么？"

他垂眼看我："我以为带它来约你比带一束花来约你更有成算，毕竟你刚才盯着它看了足有五分钟。"那是个调侃。

我呛了一下。咖啡座毗邻着一片小树林，林中有条弯弯绕绕的水泥路，和林子不太搭，但铺得很平整。数分钟前有个穿连帽衫的小男孩沿着小路玩滑板，笨手笨脚的很可爱，我的确是看了他很长一段时间，连同他的滑板。

我低头继续喝茶："幸好我妈教我要时刻注意保持完美仪态，怎么能料到我在发呆你在偷看。"

他笑了笑："偷看？我只是好奇你能保持那个姿势多久。"坐下来时顺手抽掉我嘴里的吸管："这样喝茶不是好习惯。"

我伸手去抢："哎哎哎哎还给我，没有吸管不行的，唇妆要被弄花的。"

他面无表情探身过来。就感到嘴唇被他的嘴唇轻且快速地贴覆了一下。过来送点单 iPad 的侍应生呆呆站桌子旁边不知该进该退。他很自然地从侍应生手里接过 iPad 随意滑动，点了杯清咖啡，抬头看了我两秒钟："怎么？"

我还捂着嘴唇震惊地看着他，不知道该说什么，半天憋出来四个字，我说："吸管给我。"

他淡淡道："已经花了，"指了指嘴唇补充，"你的唇妆。"潜台词是用不着吸管了。

我又憋了五秒钟，憋出来两个字，我说："赔我。"

① 引自歌曲《大雨将至》，由田辰明、唐汉霄作词，唐汉霄作曲，徐佳莹演唱。

他很好说话，一边将震动的手机按掉放到旁边，一边问我："怎么赔？"

我喃喃说："怎么赔……"

我看了他老半天，他一直安静等待，他总是很有耐心。老半天后我高深莫测地和他勾了勾手指，他配合地靠近我，正当我要将嘴唇靠过去，侍应生端着咖啡的手蓦然横在我们中间："先生您的咖……"大概是终于反应过来自己打断了什么好事，赶紧收回了手，却因为退得急，咖啡杯猛然撞在藤编的椅背上，我急忙后退，聂亦眼明手快扶住我的椅子，却被溅出来的咖啡弄湿了露出的衬衫袖口。

侍应生边慌忙找餐巾纸帮聂亦揩拭边连连道歉："先生对不起我不是故意……"

聂亦一边将毛衣和衬衫袖子一同挽起来一边道没事。我默默看了眼重新坐回去的聂亦，又默默看了眼侍应生，温温吞吞地跟他说："……你该道歉的是我，"侍应生不解地看我，我说，"你打搅的是我的好事。"

侍应生一副要哭出来的样子又赶紧来和我道歉："小姐对不起我不是故意……"

我叹了口气，重重坐回椅子里，没精打采地跟他挥手说没关系，请他再去泡一杯咖啡。

聂亦像是被我的反应取悦到，脸上浮出一个真正的笑容来。他不习惯大笑，虽然只是嘴角轻微上扬，那笑意却抵达眼底，就像是晨星的光洒落在无风无浪的陆间海里，有些过分好看了。

我盯着他看。

"要重新来过吗？"他突然说。口吻就像某个学生做坏了实验，他好心为这学生提出建议。

刚才的小意外引得数桌客人都转头来看，我看看周围又看看他，不禁心灰意懒，我说："先欠着吧。"想想补充说，"我欠你一次。"想了想，觉得不太对，我说，"应该是你欠我一次，"结果自己也有点搞不清，我问他，"我欠你还是你欠我来着？"

他挑眉："聂非非，这甚至不是一道算术题。"

我立刻自我检讨："是，这甚至不是一道算术题，我居然都没算清楚，幸好我们家不是我当家，不然家产非得被我败光不可。"

他继续挑眉。

我捂脸："不来了，立刻检讨也不行吗？"自暴自弃说，"我欠你，我欠你好啦。"

他的手突然伸过来揉了揉我的头发："是我欠你。"响在耳边的语声温柔圆润，尾音里却含着揶揄笑意。但我才不管他的揶揄，只想着他的手指那样抚过我的头发，我真喜欢他那样。结果还没反应过来我已经伸手去够他的手，但手指只触到我的发丝和他刚好离开的指尖。

我的心怦怦跳，他并没注意到我刚才的动作，目光掠过被放在右座上很久的滑板，突然想起来什么似的问我："想不想试试那个？"

我强抑住怦怦怦的心跳，道："滑板？"老老实实配合他的问题，我说，"我不会滑滑板。"

他似乎觉得有点好笑："是吗？可你刚才看得很专注。"

我立刻摇手指，严肃地说："我只是迷上了滑滑板的小帅哥。"低头看了眼摇晃到一半的手指，又立刻将它收回去。

他抬眼道："所以我应该把那小孩买下来，而不是买他手里的滑板是吗？"

我说："……聂博士你不要犯罪。"

他带笑看我，又重复了一遍最初的那个问题："想不想滑滑看？"

这天下午，我们一起在户外喝了咖啡，去小树林滑了滑板，从东区的荷花塘逛到西区的图书馆，还去探望了西区植物园我从前认养的那棵柳树，最后在我最喜欢去吃早茶的教工餐厅里解决了晚饭。

毕竟当我在这儿念书的那半个大学时代，做梦也没想过有天能和聂亦并肩逛校园，因此整个下午兴致都很高，喋喋不休地跟他唠叨有关这座校园所有我熟知的小事：西区的 A1 教学楼去得再晚也会有自习座位；实验楼旁边的人工山什么时候都很安静是逃课首选；春远湖两岸是情侣们的约会圣地；东区女生楼后面的小书店总是能租到最新的日本动漫。晚饭后路过春远湖时还比着湖边的草地和他指指点点："就是那儿，以前我老躺那儿晒太阳来着，晒着晒着就要跟着 MP3 唱流行歌，搞得经常来那一片谈情说爱的情侣们都特别恨我。"

其时我们正走在春远湖那座造型颇有点后现代主义的大铁桥上。正是学生穿过铁桥去对面教学楼群上自习的时间，自行车三三两两从我们身边经过，聂亦将我挡在人行道里侧，右手揣在长裤裤兜里，左手牵着我的手。他身量高，气质又格外好，在人群里从来出众，引得路过的学生频频回头。

作为一个从小饱受大家目光礼赞的天才，聂博士对这事反应非常平淡，倒是对我为什么这么招情侣们恨表达出极大的兴趣："为什么他们会恨你？我记得你的歌唱得，"他像是经过严肃思考后才选出一个最贴切的形容词，"并不坏。"

我面无表情答他："因为我躺那儿的时候老唱四川方言版的流行歌来着。"说着我就唱了一段《谢谢你的爱》请他点评。

他的点评非常冷酷："他们竟然没有打死你。"

我被他伤透了心，勉强振作说："嗨，谁说他们不想呢，可也要打得过是不是？"

他建议："他们应该团结起来。"

我单手捂住胸口后怕："幸好他们没有你聪明，我只有一个人，而在那儿约会过的情侣简直可以组成一个工会。"

他就笑起来，笑容很浅，我侧抬着头看他，眼角余光里觑见湖对岸草地的斜坡上种了许多常绿树。那种同草地不一样的绿被深秋染上一层暮气，倒是现出一点陌生的神秘。我靠近他一点，我们又走了一段，他忽然道："为什么一个人？"

我一时没反应过来，说："什么？"

他道："你所讲的关于你在这所学校的大学生活，似乎一直都是一个人。"

我恍悟，点头说："是一个人，因为那时候还没碰上康素萝嘛，我和康素萝是我转去 Y 校后才好上的，我在这儿念书的时候不住校，所以和同班的女生都不太熟，比较熟的就你也知道的现任生科院辅导员了，她那时候是我们水下摄影俱乐部的社长。"我叹气，"归根结底还是我太酷，太酷的人都不太社交的，要保持离群索居的孤独感嘛，你懂的。"

这话本意是想要逗笑他，当我想要逗笑他的时候八成我都能成功，但这次不知道他在想什么，他的嘴角并没有如同惯常那样勾勒出一个浅淡又迷人的弧度来。实际上他安静了好一会儿没说话，然后他皱了皱眉："你的男朋友呢，为什么他不陪着你？"

我卡了一下，想起来，真的，那时候我其实是有个男朋友来的，男朋友叫阮奕岑，而我竟然完全把这档子事给忘了。

说起来，我早记不清我和阮奕岑到底在一起了几个月，应该总是有几个月的。但后来我分析过，我和阮奕岑那会儿实在算不上什么男女朋友。

我读大学那个年代，少男少女们谈起恋爱来已经不太单纯，因此学校周围的宾馆总是生意兴隆，我妈还感叹过一次，说连幼儿园小朋友谈恋爱也已经亲亲抱抱不再只是拉小手了，潜台词是很担忧阮奕岑会对我做出点什么。我当时倒是很想得开，并且盲目相信自己的打架水准，只觉得他要想对我怎么样，我们就能很快检验出婚后到底是他能家暴我还是我能家暴他了。成是王败为寇，打出来的结果，就算不情愿，我也服。

但估计阮奕岑也知道我热衷暴力，且空手道二段，一直没有敢对我怎么样过。

那时候我们最常见面的地方要么是课堂要么是食堂，简直就是一对饭搭子。几个月交往下来，肢体接触一直停留在"没有"这个阶段，连手都没有牵过。最亲密的一次接触，是两人一起走在去教学楼的路上。学校里大家骑车都比较风风火火，有辆自行车为了赶上课差点撞到我，然后阮奕岑好心拉了我一把，惯性作用我俩不小心抱了一下。

并不像青春文艺电影演的那样，这事之后我们的关系就会有什么质的进展，唯一的后果是他的后援团因为这事堵了我一次。估计大家也是日本少女漫画看得有点多，依样学样把我堵在了女厕所，拿着储藏间里的拖把和水桶就打算来教训我，这情景被回来拿清洁工具打扫教室的清洁大妈一头撞见，觉得她们将她的储藏间搞得一团糟，然后整个事件以清洁大妈愤怒地拎着个扫帚追了她们三座教学楼告终。

我那时候从来没考虑过我和阮奕岑之间有没有喜欢，抑或有没有爱。我们没有任何肢体接触，但我也并不感到焦虑。如果那时候我不是那么单纯，我想我就该怀疑他是个同性恋。但我记得，我是真心挺喜欢和他一块儿吃饭来着。他对饭菜有绝好品味，点的所有食物我都会喜欢，而且总是他付钱。我想他真是个绝好的饭搭子。但他应该也不喜欢我，将我和他之间的一切捋一捋，感觉相亲后大家只是觉得对方不讨厌所以开始相处，然后因为彼此都欣赏作为饭搭子存在的彼此，而在一起搭着吃饭吃了好几个月。这大概就是我们俩的全部。

聂亦一直没有提醒我，我大概真是沉默了好长一段时间。回神时我说："哦，阮奕岑，我们只是饭搭子，除了一起吃饭，其他时间不怎么一起行动的。"话出口时突然想起来，是我曾经和聂亦说阮奕岑是我前男友。那是他带我去雨林越野，我以为那是我们之间的最后一个约会，因此偶尔说话就跟没过脑子似的大胆。

而显然我不能现在又改口，没有一点前因后果地同他断言说阮奕岑只是我的饭搭子。

我就又卡了两秒钟，然后我斟酌着说："我和阮奕岑，我俩相亲认识，你知道，封建父母包办……相亲，然后……大家觉得一起做饭搭子挺好的，就一起做了几个月饭搭子……没有理由找饭搭子陪我约会是不是？"看他沉默着没有回应我，我也不知道自己在着急什么，又补充了一句，"我大学时代其实严格意义上来说，从没有约过会，真的，你信我。"

他终于露出笑来，却像是有些懊恼："你知道，那并不是个质问。"他露出这个表情，就像是这场对话他终于不能再全力掌控，这实在太难得一见。他停了停，又道："就算是质问，也不是质问你。"

我说我知道我知道，你是在质问阮奕岑，他也没有什么好质问的，他不陪我是因为他只是我的饭搭子。

"不是的，"他的声音有些过分温和了，甚至捏了捏自己的鼻梁，他说，"非非，我也不知道我为什么会突然那样问。"

我就转过头去很懵懂地看他，试探着说："可能你觉得那时候我老是一个人挺可怜的，你就觉得应该有个人陪我约会？这是你人好嘛，其实我根本不可怜的……"

他笑："我大学时候也是一个人，看书做实验写论文，玩儿各种极限运动，我不觉得我自己可怜，我也没想过我应该去和别人约会。"

我说："哦……哦，那我们都比较酷比较喜欢享受孤独感。"

他没有理我，握着我的手却紧了紧，然后他松开，像是不确定，他说："但可能我现在想和你做所有这些事情，所以希望我们能早点遇见。"

"哦……哦……那这是没办法的，你老是跳级我坐火箭也赶不上啊……啊？"我说。

他微微低了头，但并没有看我，像是在思考什么，两秒钟后他问我："你读大学时你的同学们都怎么约会？"

还能继续镇定发声完全是依靠本能了，我回答他："看电影，逛学校，去图书馆自习，还吃……"说到一半聪明地省去了吃饭这一条，中途将它换成了，"去北二教学楼的鬼屋探险。"

他沉吟："我们看过电影，一起逛过你的学校，回家我可以监督你自习生物，"他抬眼看我，严谨道，"看来只剩下去北二教学楼的鬼屋探险这一条，我们需要立刻补上了。"

我脑袋立刻就大了，我说："不补上也是可以的。"

他道："我知道你怕黑，也怕鬼。"

我松了口气："是的所以我们回家吧你看现在天色也不早……"

"你上一次因为怕黑曾经对我投怀送抱，"顿了顿，他好笑地看着我，"我觉得再有这样的机会，我似乎也不该放过。"

他有这样表情的时候就说明他在开玩笑，他知道我真的怕，他不会真的带我去。

但他可能不知道他这个玩笑瞬间点拨了我，令我醍醐灌顶。

他也许并不是真的那么爱我对他投怀送抱，那当然只能是个玩笑，但我却是真的想要有各种各样的机会能够对他投怀送抱。而且去北二教这事还有一个好处：不管我到底有没有被吓到，我都可以假装自己被吓得够呛，今晚一定得把他当个抱枕似的搂着枕着才能睡得着。

他曾经说我们需要培养感情，是的，总是需要一些事情来培养感情。

我听见自己的声音破釜沉舟，但用语上居然还考虑到了衔接他那句玩笑的合理性，我假做较真："你怎么就认定这次我还会吓成那样？也许我精进了也说不定呢。"

他挑眉："哦？"

我走到前面，背对着他抬起右手挥了挥："走吧，我得告诉你，虽然我怕黑又怕鬼，但其实大学时我最想去北二教那里探一探险！"

我心里想着这一套计划是行得通的，结果没料想走到半路时天上突然下起雨来，所以最后我们还是没能去成。

但因这是聂亦答应了的事，纵然因为天意而不能实施，回家的路上他还是被我说服，点头表示承认，他的确算是欠了我一次鬼屋冒险，改天应该找时间补给我。我盘算着，得，这就有下一次约会了。

临睡时我喝了杯牛奶，那时候聂亦正在用浴室，木门后传来水声，我将床头灯调暗总结这一天，觉得为了谈这个恋爱我简直机关算尽，真是很拼。

08.

俗话说开弓没有回头箭。

淳于唯坐在泳池边同雍可的舞蹈老师聊天，言辞低沉温柔："干我们这一行，其实是开工没有回头路。"

童桐在我旁边欲言又止。因为那时候所有准备工作都差不多完成，单等几分钟后雍可定妆，大家可以有一点时间闲聊，我就问了童桐一句，她思考再三，凑过来悄悄道："宁致远的姐姐从法国飞来了，听说是出差到 S 城，昨晚过来看宁少，恰好被我碰到……"

我示意她继续说下去。

她特意往淳于唯处瞟了一眼，声音压得很低，一只手还挡着嘴："你不知道，宁少的姐姐……差不多和宁少长得一模一样。"

我说："？"

童桐着急道："你知道的呀，不是说唯少疯狂迷恋上宁少的姐姐，前一阵天天沉沦买醉吗？既然宁少的姐姐和宁少长得那么像……"

我终于明白，大惊失色，我说："……不至于吧？"

童桐高深莫测说这很难讲。我俩正聊着，刚测完光的宁致远一边顺着湿漉漉的头发一边走过来："你们在聊什么？"

我们赶紧说没有什么。

宁致远又看了不远处的淳于唯一眼，继续扒拉着头发问我们："他在这儿好像也没什么事，用不用我赶他走？天天搭讪我们的女工作人员，这是不是挺影响我们工作的？"

我说："不影响不影响。"又看了童桐一眼，童桐立刻说："唯少他还是能赶一赶雍可的粉丝的，你看他这几天赶粉丝的成果，都挺好的，比安保好用，还是有必要让他待在这里的，他想陪着你……我们，就让他陪着呗。"说完紧张兮兮地向宁致远咧开一个大大的笑。

我拍了拍童桐的肩，宁致远狐疑地看我们两眼，扒拉着头发去拿相机了。

雍可千呼万唤始出来，其时正是早上 7 点半，光线刚出来不久，穿过云层铺满半匹山崖。池水倒映出山的轮廓，同时沾染上晨曦跳跃的金光，显得生动异常。用这样的光在水下三米处拍摄，虽然也需要补光，但出来的片子能相当唯美。

宁致远刚领着工作室新来的助理 Daniel 一同测完光，我们仨全副武装地站在水边聊哪个拍摄位置最好，以及到时候怎么打光补光。这时候最省事是雍可也过来，这样就能省掉再和她沟通拍摄角度的程序。但她在十来步开外左顾右盼好一阵，看上去没有要过来的意思。

开拍已近一个星期，再来一个艳阳天，这边的水下拍摄就能彻底完工了。要是雍可不闹脾气，我们还能更早一点结束。

自聂亦的讲座我俩正面杠上后，短短一个星期，雍小姐花样百出，先是故意错过拍摄时间，让童桐很是抓狂，之后每次拍摄至少提前三小时到处堵人，幸好沐山不大，怎么也能堵出成果。但好不容易将人请到片场穿好衣服化好妆，雍小姐却绝不肯好好配合拍摄，状况出得千奇百怪，这一点令 Ada 都备感惊诧。某次午休偶然听到 Ada 忠告她："聂少也天天在这儿待着，你别让他觉得你要小孩子脾气，这多幼稚，Coco 你以前从来不这样。"雍可的反应很雍可："干吗天天来这儿装出一副和新婚妻子难舍难分的样子，他就是故意气我。"Ada 就叹气："那你也……你也……唉，别忘了这儿还杵着那一位，惯会拿工作当借口拿捏人的，可别让她抓住咱们把柄。"雍可的反应依然很雍可："她还能换掉我？"

童桐那时候和我一块儿，大约是觉得我们工作室的名头就此要砸在雍可的手里，简直要生无可恋。我对这件事的态度还是比较乐观，当晚便致电给曾经花样游泳拿过奖的资方大小姐演艺圈小花旦谢明天，请她务必挪出时间到沐山来让区区不才在下我给她拍一套私人水下写真，因为雍可最近爱上了要大牌，我一天闲得没事干。谢小姐老早就想拍水下写真，简直欣喜若狂，第二天天还没亮就跑来了。因为雍可又迟到，化妆师服装师也闲得没事干，因此都来伺候谢明天。我们拍到一半时雍可姗姗来迟，听说居然在水池边守到我们拍完，而当谢明天从水下出来热情地感谢我又感谢所有工作人员时，Ada 的表情很有些可圈可点。谢明天拨冗来一趟的成果非常显著，第二天我们的工作进度立刻正常了。

此后雍可虽然也会要点小脾气，譬如像今天这样，但能理解她主要是希望我不痛快，基本上不对工作造成什么实质影响，大家看我都忍了，也就忍了。童桐还挺会安慰自己："总比座头鲸好伺候，测好了洄游路线，可等个好几天，说不出现就不出现，雍可她总是每天按时出现是不是？"以被座头鲸折磨过的宁致远为代表的大家觉得她说得相当有道理，纷纷答是。

工作之故，这几天我们的活动空间非常狭窄，基本圈定在别墅后面的天然泳池。沐山的泳池由业内那位极擅长依山造物的年轻建筑师设计。泳池三面环山，依着山壁架设出一条玛雅风浓郁的环形廊道，同别墅花园相连。廊道尽头以巨岩垒出了个临水的宽阔平台，上有丰茂云松，一眼望过去自然有巧趣，但细思极贵。

聂亦没大事时就会从花园过来，到石台上坐一阵看我们拍摄。因最近他休息，没大事的时候居多，因而我在拍摄现场时多半能看到他也在场。我们在下面拍摄，他就在石台子上待着，住隔壁的顾九段偶尔会过来找他下棋，褚秘书也会偶尔出现和他汇报个什么，极偶尔的偶尔还会带来一两个客人或是下属；没人来找时能看到他要么坐那儿看书要么拿张纸写写画画。

康素萝虽然已经彻底完成了她的顾问工作，但没课时也会过来凑热闹。那正好是谢明天受我邀请造访沐山的第二天，康二下午亦来做客，见到聂亦坐在石台那儿老怀大慰："你看，就是得睡，别整那些有的没的，还是靠睡管用，我觉得聂亦现在已经相当迷恋你了，你去哪儿他都跟着，你工作他都得一旁看着。"

我就望了一眼不远处低着头写写画画的聂亦，老实告诉康素萝："不瞒你说康洛克小姐，一开始我也这么想来着，结果去问了林妈，林妈说他每次回沐山住都爱跟那儿待着。"

康洛克沉默五秒钟，安慰我："咱不灰心啊，这不已经睡上了吗？从前咱们可是没考虑到有朝一日还能睡上聂博士，现阶段能睡上就已经很好了嘛。"

我就喃喃说："是啊，顺势再多睡几次才是王道啊。"

康素萝眼睛蓦地睁大："你这么说，那之后你们就没……没……"她认真看了我两眼，"你们就没再睡了啊？"

我说："啊，不然呢。"

康素萝说："那还躺一张床上吗？"

我说："躺啊。"

康素萝说："搂搂抱抱有吗？"

我说："有啊。"

康素萝说："kiss 呢？"

我说："K 啊。"

康素萝说："一般能吻多长时间？有一分钟吗？"

我说："你找死啊？"

康素萝就绯红着脸垂下眼，说："哦，对不起啊，我看你回答得那么爽快，还以为什么都可以问呢。"然后又立刻安慰我，"没事没事，你看你这几天工作这么忙，他没再睡你吧，估计是体恤你呢，"不知想到什么，脸又迅速一白，"不过也有可能……"她胆战心惊地问我，"是不是你那天晚上表现太差了啊？？？"

我噗地喷出一口盐汽水，正好喷在迎过来的宁致远脸上。宁致远没反应过来，挂着一脸的盐汽水问我："雍可说她头有点晕，想再休息二十分钟，非非姐你怎么说？"一起过来的童桐一边母爱泛滥地拿袖子帮宁致远擦脸一边皱眉："我就不明白了，聂少还在这儿待着呢，她难道不想在聂少这儿有个好表现吗，怎么还这么作？！"

康素萝笑道："傲娇大小姐，公主癌晚期患者嘛，我觉得雍可是正经没把你们非非姐放在眼里，在她的世界里可能认为这只是她和聂亦两个人的相爱相杀。"

童桐厌恶地再次皱眉。宁致远抹掉脸上的最后一滴盐汽水。我心不在焉地说："行吧，大家就再继续休息二十分钟。"

趁他俩远去，我们得以继续刚才的成人话题，我说："不至于吧，我记得那天晚上我表现得挺好的啊。"

康素萝八卦兮兮凑上来："哦？你怎么表现的呀？"

我说："你找死啊？"

工作期间我一般不太想事情，这事虽然十分重要，但是和康素萝聊完也就先扔到了一边，专心致志对付起手里的片子来。那之后风风火火又过了两天，就到了即将结束拍摄的倒数第二个工作日，也就是今天。

这次拍摄因只需要清晨的光线，因此在早上10点左右就结束了工作，大家纷纷回去补觉，许书然则带着宣传片的摄制组过来接收场地——难得今天我收工早，且再用不着水里的布景，他们赶过来补几个空镜头。

聂亦其时正和顾隐在石台上下棋。石台后面是个挺深的人工岩窟，配备了更衣室和完备的供水系统。半小时后我换好衣服擦着头发从岩窟里出来，却发现棋台子旁边已换了格局。顾隐不知所终，倒是许书然坐在了顾隐的位置上，旁边还坐了个西装青年，三人正聊着什么。聂亦偏头看到我，皱了皱眉。我立刻明白他这个微表情是为哪般，赶紧道："嗯，头发要吹干。"边说边擦着头发又退回去，他就笑了笑，什么也没说。

许书然和西装青年亦抬头，无意间瞥到西装青年，青年狐疑地看我，神色似有惊奇。我在岩窟里吹着头发想了三秒钟，青年看着二十八九，应该和许书然一般人，眉目清朗，我不记得我认识他或者曾见过他。

吹干头发再出来时依稀听青年懒懒道："……你们一起共事，这次正可以近水楼台先得……"被许书然打断："何瑜你胡说什么？"

许书然是个花花公子，就算已有一个固定交往的女朋友，但又看上了剧组哪一位想来一段主旋律外的小插曲也不稀奇。花花公子的世界总是比常人的要奔放自由一些。

聂亦看着像是对他俩的对话不太感兴趣，低头在那儿喝茶。叫何瑜的青年"唉"了一声，眨了眨眼。

平常聂亦会客一般不用我招待，但我突然记起来得和许书然沟通下明天我们两组的时间安排。难得碰上，又看他们还没开聊正经事，我就直奔许书然去了，同他们赔礼道歉，让许书然跟我去旁边站站。

和许书然聊完，正要退出历史舞台时听到青年叫我："嗨小师妹，不过来坐一坐再走吗？"

我愣了老半天，说："小师妹？谁？"

许书然正坐回藤椅，看我一脸纳闷，解释道："何瑜 S 大医科毕业，是你校友，这次专程飞过来找聂少谈事情，我们正好碰到。"

何瑜笑着踢了他一脚："难道不也是你校友？"转头向我："没想到小师妹你现在和书然共事。"又看了眼聂亦，"更没想到能在聂少的地方见到你俩，真是缘分。"

就算是校友，我依然没想通这个何瑜为什么能一眼认得我。聂亦挑了只新茶杯倒好茶放在他那只杯子的旁边，我就走过去坐他旁边和何瑜寒暄："其实已经是第二次和许导共事。"一边剥果盘里的葡萄。

何瑜笑得很有点高深莫测："听书然说了这次你们只是项目合作，不过，你就没考虑和书然组个搭档？"

我一个海洋摄影师，和一个电影导演能组什么搭档，难道许书然以后都拍《海底总动员》之类的动画片吗，但话不能这么说，我边剥葡萄边继续和他寒暄："怎么敢让许导做我搭档。"

何瑜像是对这话题有浓厚兴趣："这有什么不敢，我们书然从大学时代开始就很欣赏你的作品，还收集了很多你早期的片子呢，让他做你的搭档……"

许书然突然叫他的名字："何瑜。"

聂亦抬头看了他俩一眼。

我觉得这位何先生说话太夸张，许书然读大学时我大概刚出道，那时候许书然已经很有名气，能注意到我才是见鬼了。何瑜却吊儿郎当道："哎哎，小师妹，你怎么说？"

我实在不知道该说什么，就半揶揄了许书然一句，我说："哗，原来许导这么崇拜我？"

许书然瞥了我一眼，淡淡道："没有的事，别听他胡说。"

何瑜立刻道："哎哎，这怎么是我胡说……"两人开始扯一些大学时代的往事。

看他俩聊得挺好，也用不着我再捧场了，我就把一碟剥好皮的葡萄肉放到聂亦面前，悄悄问他："今天怎么这么安静？"平时聂亦和人聊事时话也少，但不会少得像今天这样，而且还皱了好几次眉。聂亦的目光扫过许书然，落回我身上，他说："嗯？"我继续猜测："是累了还是怎么？你昨晚看书到很晚。"他摇了摇头："没事。"看他没怎么动盘子里的葡萄，我问他："不是挺爱吃葡萄吗？怎么？今天我剥得不够好啊？"他笑了笑："没有，剥得很专业。"我狐疑说："是不是挺酸的？"他低声道："我不知道，你尝尝看？"我就尝了一颗，葡萄入口才想起这几天有颗牙齿正过敏，一时间牙根都疼，赶紧找水喝，他像是觉得好笑："真的那么酸？"我苦着脸捂着腮帮摇头又点头，他重新端了杯茶给我："喝我的，你那杯太烫。"我接过来一口气灌掉大半，放下杯子才看到何瑜和许书然一齐看着我们。

何瑜神色有点复杂，道："小师妹……"

我估计他是要问我怎么了，就指了指右腮帮，说："有颗牙齿过敏，过几天就好了，不是什么大事。"想起来转头和聂亦说："葡萄其实不太酸，酸酸甜甜的，是你的口味。"

好一会儿，何瑜笑道："听说聂少前一阵子结婚了，对象不会就是我们小师妹吧？怎么一开始不介绍？害我还以为小师妹至今单身。"

许书然道："是你太聒噪，一开始就没给人家介绍的机会。"

我笑说："我一开始只是想过来和许导说两句工作。"

何瑜奇异地看了许书然一眼，转而大大咧咧向聂亦道："聂少你真是赚大了，你知道我们小师妹当初在学校时多酷吗？S大那几届风云人物榜列出的十来个风云人物里就小师妹一个是女生，暗恋她的小女生小男生不要太多。"

聂亦像是被他说得有点兴趣，看了我一眼道："非非没和我说过。"

我有点儿茫然，还有点儿莫名，我说："S大还有风云人物榜这东西？还有女生暗恋我？"

何瑜笑道："还有男生暗恋你，"意味深长，"我们宿舍就有一个，但那时候你已经有了男朋友。"

我赶紧看了聂亦一眼，聂亦正添茶，看上去没有太大的反应。何瑜假意吃惊："小师妹你这是在紧张？这么酷的小师妹有个前男友这不是挺正常，聂少你不会还吃醋吧？"

聂亦嘴角挑了挑："那倒不至于。"而我无比庆幸早些时候已经和聂亦科普过阮奕岑其实就是个饭搭子这档事。

何瑜继续向聂亦道："那时候小师妹戴个耳机拿个相机走哪儿拍哪儿，谁招呼她都不带搭理的，话特少，酷得走路都带风，结果居然被你骗回家温温柔柔给你剥葡萄，说出去大概都没人信，"他笑了笑，看向许书然，"书然你说是不是？缘分这东西真是……"

许书然突然道："我差不多该下去了，你们慢聊。"

何瑜揉了揉鼻子，似笑非笑，却拖长声音道："那有空再聊啊。"

许书然走后聂亦和何瑜便开始谈正事，我听了几分钟，大体是何瑜父亲的医院和聂氏正合作一个什么临床试验的项目。看我坐那儿剥完葡萄剥橙子，剥完橙子剥葡萄柚，剥无可剥，聂亦打发我先回去和林妈待着。

林妈要做午饭，我帮着打下手，中途听到门铃响。康素萝轻车熟路地边换鞋进来边和我唠叨，大意是他爸让他给顾隐送个什么紧急资料，她车坏了，还是打的一路跑来，结果顾隐不在家，她晚上7点半有堂课，看是不是把资料搁我们家到时候让顾隐自己来拿。

没多会儿聂亦也回来，我望向他身后，纳闷问他："何瑜不和我们一起吃午饭？"

他那时候像是在想事情，轻描淡写回我："没必要让他来打扰我们，秘书室的人会招待好他。"

康素萝就从沙发背后探出个头来，诚惶诚恐道："不好意思非非邀我在这里吃午饭我答应了，我是不是也打扰你们了？我现在就滚还来得及吗？"

我扔了个杯垫过去让她闭嘴。

午饭后我开车送康素萝回S大，聂亦没什么事，和我们一起。将康素萝送到他们系上时已经5点，我和康二在车外唠唠叨叨好一阵。打开车门时看到聂亦已经换到了驾驶座，一只手搭在方向盘上偏头看着窗外，似乎又在想事情。今天他太多次露出这个表情。

我没上车，微微俯身和他打招呼："帅哥，你今天看着挺忧郁啊？工作没谈好？"

他转过头将目光落到我身上，缓声道："还没有什么工作能谈到我这儿还谈不好。"示意我上车，我一想也是。

下午突然降温，外面风刮得厉害，才待了一会儿就觉得手发僵，我一边哈气搓着手一边坐上车，同时还没忘了继续问他："那是怎么回事，你今天情绪看着不太高。"

"我今天情绪不太高？"他问我，像是自己都没有注意到。

我凑过去端详他，五秒钟后下结论，我说："聂博士，你有心事。"

他握住我的手帮我取暖："我能有什么心事？"

我想了两秒钟，跟他胡扯："是不是听说我大学时那么受欢迎，居然还有女生追，危机感顿生，觉得以后不仅要防男人还要防女人，人生太艰难了？"

大概是我表情慎重，他回答得也很审慎："是，人生太艰难，所以……"他停了停。

我偏头问他："所以什么？"

他就笑了："所以你要对我好点。"

我撇嘴："我对你还不够好？你没听何瑜怎么说的，我都给你剥葡萄了。"

不知道这句话提醒了他什么，他嘴角的笑就那么收了起来，突然问我："你喜欢和我在一起吗？"

这问题突如其来，我几乎是本能应答，但因为冲击过大，一时有点结巴，我说："喜，喜，喜欢啊。"

他并没有在意我的结巴："那他呢？"

我莫名其妙："他是谁？"

他停了一会儿才道："你的初恋。"

我脑子里迅速搜索从前我是怎么在他面前形容我的初恋的，并且费力思索为什么他会突然问我这个问题，结果没思索出来。我含糊着说："那已经是很早以前的事了……"

他不置可否地点了点头，有些斟酌："我曾经告诉你有些人不够好，不合适，那么就把他忘掉。"他停了一下，眼神清明地看我，"不过，也许他没有我们想象中那么糟，也许我强迫你做了一个会让你后悔的决定……"说到这儿他停下来，像是等我接话。

我说："我其实听得不是太懂，但我不记得你强迫我做了什么决定……"

他垂眼笑了笑："好吧，不是强迫，"抬眼道，"是诱使，我诱使你嫁给了我。"

他那么一副冷冷淡淡禁欲系的样子，平平静静说出"诱使"这么个被桃色裹覆了个彻底的暧昧动词，我觉得这简直性感得有点让我头晕了，一个没把持住，晕晕乎乎地凑过去亲了亲他的眼睛。

他愣在那儿，好一会儿，开口跟我说："非非，我们正在探讨一些很严肃的问题。"

我心在怦怦跳，却沉稳地回答他："你说的什么严肃问题，我没有太听懂，不过亲你犯规了吗？"我自问自答，"没有犯规嘛，早和你说过我就是这样的，你也知道的嘛。"看他没有说话，我就坐正了点，挺正经地问他，"我们刚才说到哪里了？说到我诱使你嫁给了我是吗？那，你嫁都嫁了，"想想觉得不对，我更正说，"你娶都娶了，还兴反悔吗？"

他看着我的手指，我立刻停止了反复将衬衣衣角的动作。

他的模样像是有点无奈了，握住我的手道："非非，我并不是想让你紧张。"停了两秒钟，他道，"你喜欢和我在一起是不是？"

很难得在一段对话里居然听他两次询问我相同的问题，我其实没太弄懂他的发问规律，但我很用力地点了头。他就伸手抱了抱我："好了，之前我说的那些……都太快了。不用着急探讨。"

我整个人都很茫然，我说："我不知道……我们原本是要探讨什么啊？"

他停了一下回答我："可能总有一天你想让我解决的一些事情。"

他那样回答的一瞬间，蓦地让人感到一阵没来由的恐惧，我不自禁地抱住他的胳膊，像是溺水的人抓住一根浮木。他说的话太难懂，我没有弄懂，所以不知道该答什么。但我直觉地认为应该说点什么亲密的话，像是那样子就果真会让我们更加亲密，我说："我们现在这样挺好的。"话出口后我又定了定，说，"我喜欢我们现在这样子。"

他看着我，眼底有一些很深的东西，良久，语声温和地对我说："是，我们现在这样挺好的。"顺手揉了揉我的头发，再开口时完全转移了话题，"现在才5点半，接下来你想有什么安排？"

我梳理好被他揉乱的头发，实在没搞懂刚才那场对话的意义，但看到聂亦在这场对话后回复了正常，不再若有所思，我也就没再继续思考，转而同他道："我们这是又到 S 大了是不是？你还欠我一次鬼屋探险你记得不记得？"

09.

每个大学都有一些校园怪谈。S 大最出名的校园怪谈是北二教的白衣学姐。

S 大建校日久，校园占地极广，加之 20 世纪末合并了好几所周边大学，拆巴拆巴再修巴修巴，以至东西南北四个方位都坐落了教学楼群。北二教是北区第二教学楼的简称，S 大学生太多，校方又比较抠……比较节俭，因此被传为鬼屋的北二教在白天依然被用来上课，只是晚上不开放自习。

传说中那事发生在很久以前，整个故事和几年前那部女性电影《成长教育》如出一辙。说是基础法学系的某个学姐在校外交了个成熟的男朋友，可能感觉是真爱之类，所以很快为男友怀孕并打算休学结婚，结果办完休学手续才发现男友其实是有妇之夫，学姐打击之下服毒自杀，自杀场地就在北二教。那之后北二教就经常在半夜传出歌声，据说是女声用生涩的粤语慢半拍地唱《似是故人来》，"断肠字点点，风雨声连连，似是故人来"什么的，偶尔还会听到小孩子的笑声。

我和聂亦吃过晚饭，此时就站在入夜的北二教跟前。

这一片原本就荒凉，此时月亮隐入云层，只留下路灯照明。是那种最老式的路灯，光线中的暗沉将所及之物全都染上一层森冷，让老旧的教学楼看上去倒带了一点雨夜才会有的鬼气森森。

聂亦打量一眼教学楼，问我："确定你真的想进去？"

其实我光是站在这儿回忆起白衣学姐的传闻就感觉自己要不行了，但我还是点头，看起来很沉着似的跟他说："嗯。"想和他亲密，可他有他的进度，我特别清醒的时候，觉得自己应该谨慎地配合他的进度，万不能操之过急，不太清醒的时候，会觉得管它什么进度，先占了便宜再说。而大多数的平常时候，我会是现在这样，总想制造点什么机会尽量自然地加快进度，不会吓到他，又能满足我。

他停了一会儿，似在评估："确定不会被吓哭吧？"

我心想要是被吓哭就更好了，嘴里却道："有你在，我还会被吓哭？"

他笑："你体重是多少？"

我狐疑："你是在问我体重？这问题和我们现在的话题有关系吗？"

他打量我："我必须估算一下，如果你晕倒我有没有足够的力气把你打横抱出来。"

我挑高眉毛："很仗义嘛，居然没想直接把我扔里边儿？"

他不置可否："如果太重，就只好把你扔了。"

我说："……重一点你就要把我扔了？俗话不是说一日夫妻百日恩？"

他似好奇："不然呢？"

我屏息了两秒钟说："就算抱不动我，可以背嘛，背也背不动，那就……"

他倒是接得很快："拖？"

我想象了一下，立刻觉得很痛，赶紧摆手，说："那你就应该留下来和我同甘共苦，"又补充，"这就是夫妻，夫妻就是要这样子。"

他垂眼："非非，我读书少，你不要骗我。"

我感觉自己真是个演技派，立刻跟着他进入了角色，告诉他我当然没有欺骗他，并且谆谆教导他夫妻的确就是要这样子，要妇唱夫随；要执子之手，将子抱走；若抱不走，将子背走；若背不走，就生不能同衾但死要同穴什么的。

我在那儿说得逸兴遄飞，偏头就看到他含着谐谑笑意的双眼，我一下子住了嘴。

好吧，害怕的时候我就会变成一个话痨。

　　大概我还保持着一副不知道该对他惊人洞察力说点什么才好的傻样子，而他看上去则有点烦恼："又害怕又想去看看对不对？"他牵着我往楼里走，"那就速战速决吧。"

　　等我搞懂速战速决这个词的含义，我和聂亦已经在十五分钟内将整个北二教一个角落不漏地全逛了一遍。这就不得不提到聂亦的手机，据说这款手机是聂博士某位在 MIT[①] 搞通信工程的朋友的最新作品，因实验动机是为追求爱好去原始森林冒险的约会对象，因此该手机有两大功能最为瞩目：其一是即使在最荒僻的森林旮旯里手机信号也能满格；其二是只要打开手机上的手电功能就完全可以把它当个真正的强光手电筒使用……

　　可以想象，当我们一脚踏进北二教，这和我计划中的鬼屋探险有多不一样。我们拎着这样一个强光源，似乎就算有鬼怪凭空出现，也能立刻将它照得灰飞烟灭；而我身边还从容走着这样一个年轻科学家，感觉要是真有什么我不能理解的灵异事件突然发生，他就要席地而坐顺手给我来一场关于物理学和心理学的科普讲座了。加之，可能是白天依然上课的原因，整幢教学楼虽然从外面看上去有些凄风苦雨，但教室里没有彻底擦干净的黑板以及课桌里学生忘带走的零食却让人备感温馨。而且聂亦还握着我的手。在这样的情况下，实在感觉不到害怕，连装都很难为我。

　　虽然是速战速决，但聂博士倒一直挺闲庭信步："这地方并不像你描述中那么可怕。"

　　我垂头丧气说："是啊，我明明记得当年学校 BBS 上描述这地方是：空气中时刻弥漫着潮意，墙壁上布满大小不一的霉斑，过堂风湿润阴冷，当踏上楼梯，腐朽破落的木质阶梯会发出令人毛骨悚然的吱哑声，营造出不输任何一部日本恐怖电影的恐怖感。"说着我使劲跺了跺脚，唔，水泥楼梯非常结实。我恨恨说："骗子，而且他们居然还敢大言不惭，说如果运气足够差，就能听到白衣学姐的歌声。"托丰富想象力的福，刚说完歌声这个词我就抖

① 麻省理工学院。

了一下，讪讪说："其实那样倒还真的挺可怕的哈。"

他失笑："你到底是希望这地方恐怖一点还是不那么恐怖一点？"我们已经下到二楼，左边是个窗台，而他右手里的光源将右边的整段走廊照得透亮，就像摩西分红海形成了一条圣路，这条路将保护我们最终前往如天堂乐园般的迦南。

我随口说："最好是能让我吓得发抖但不至于吓晕过去，好歹这也该是一个鬼屋探险，今天这探险经历未免太过苍白。"

他想了两秒钟，似笑非笑说："也许我应该让你在这里独自逛一逛。"

我说："那能有什么不同？"

他打量了一下长廊："这是二楼，我先下楼去外边等你，你在这儿待五分钟再自己下来？"

我嘴硬说："这还不容……"话还没说完他手里的光源突然灭掉，只听他在我耳边重复："五分钟。"尾音低沉，还带点笑意，然后他松开了我的手，接着是一阵离开的脚步声。

我先是愣了一会儿，过了大概三十秒那么久，待视线适应了这突如其来的黑暗，凭着窗外的月光能辨出走廊的轮廓时，我感觉自己有点僵住了。

试探着叫了一声："聂亦？"没有听到他的回应。

我又试探着叫了声他的名字，干笑着说："我刚是跟你开玩笑……"一阵冷风从窗户灌进来，吹得我立刻闭上嘴。像是蓦然被谁在颈间后背呵了好大一口凉气，我扶着墙根，觉得自己的腿瞬间软掉了。只感到风的声音越来越大，抖抖索索从外套口袋里摸出手机，可怕的是即便手机上的闪光灯亮起来，气氛也没有好多少。那苍白且覆盖距离有限的光线反而衬得窗边的这个角落更加冷清，而光线难以抵达的走廊尽头就像是隐藏着什么可怕怪物。

不过两分钟而已，这幢教学楼突然就变得像座真正的鬼屋。

我搂紧手机，又试探着叫了一声："聂亦，你还在吧？"明显感觉到话尾发抖了，分神时我简直想打死自己，明明怕黑，刚才到底是作什么死？可安静的教学楼里依然没有听到聂亦的回应。

聂博士一向说一不二，说不定真的已经下楼。意识到这一点时我整个人都有点蒙圈了。又想到他临走时说会在外面等我。我将手机拿远一点，看到对面是个教室，教室门被新漆过，红底白字标号201，而去往一楼的楼梯口就在教室的另一边。201，这个数字倒是有点熟。

"用跑的冲下去吧。"我绝望地想。

正拎着手机打算跑过这段走廊冲到一楼，某个记忆片段突然闯进脑海，刹那间我明白了为什么会觉得201眼熟。BBS传闻白衣学姐当年自杀的教室可不就是201？

然后我就蹲地上起不来了。

恰此时窗台处响起"啪嗒"一声，我听到自己"啊"地叫出来，接着条件反射地就有点喘不上来气。过往所有对黑暗的恐惧，无论是生理上还是心理上的，全在一瞬间沿着脊背爬上来，迅速遍布四肢百骸。窗台处又传来两声轻响，一强一弱，像是谁在有节奏地敲窗户，我根本不敢转头去确认，害怕一转头就会看见一张面无血色的脸或是一截枯槁的手臂。身体一阵一阵发麻，眼前也一阵一阵发黑。

窗户又开始有节奏地响动，我握紧发麻的手指，心脏剧烈跳动的声音震得脑袋都木了……然后……然后似乎过了很长一段时间，又似乎只是一瞬，亮光蓦然充满眼帘，我抬起头来，看到聂亦蹲在我面前。

那时候我脑子里只有一片白光，整个人大汗淋漓，知道聂亦就蹲在我面前，我却看不清他的模样和表情。而他的声音似乎从极遥远的地方传来，攀缘着耳膜和听神经进入我的脑海。

"非非。"他单手搂住我的背将我揽进怀中，另一只手覆在我的额头上。

"没事了。"他的右手安抚地拍覆我的背部，舒缓我僵硬的肩颈，嘴唇贴在我冷汗涔涔的额头上。

待眼睛能够正常视物，整个人也冷静下来一半时，对于自己居然被吓成这副窝囊样，我一时也是惊呆了。估计我把聂亦也吓得够呛，他就那样就着我缩在角落的样子抱住我，让我的头贴住他的肩窝，在我背上的轻拍和抚摸都没有什么章法。

大概他从来没有哄过小孩，想让半崩溃的我镇定下来也只有那么一句台词："没事了。"但我好像还听到他说："乖，没事了。"我缩在他的怀里，竖起耳朵想听清他是不是真的说了那个字，就感到他的嘴唇再次贴住我的发顶，那声音轻得像呢喃："乖，没事了。"

我的眼眶立刻红了，可这原本毫无道理是不是。我并不是被吓成这样，我也不知道为什么突然眼泪就涌上来。我心里说，聂非非，你这样不行啊你这样，被吓得腿软已经够丢脸了，要让聂亦发现你还有要哭的迹象，往后你还怎么做人？关键时刻你控制一下啊行不行？

但他已经将我松开，大概是想观察我有没有冷静下来一点。

我赶紧抬手挡住眼睛。

他轻声道："非非。"

我说："我没事，就是，就是光线有点太亮了。"话出口才发现声音里居然带着哭腔。我立刻闭嘴。这真的是太丢脸了。

他安静了好一会儿，然后握住我空着的手："非非，我不知道你会这么害怕，是我不好。"

我一边觉得自己差不多快要无地自容地晕过去了，一边强撑着飞快地说："我没有哭也没有在怕。"大概是语速够快，声音里终于没了哭腔。

他揽住我，下巴贴着我的头顶，声音温和地重复我的话："好，没有哭，也没有在怕。"是一副柔声哄人的样子。

如果是往常，他这样温存我简直要高兴死了，可如今脑海里唯有一个声音：被小小惊吓一下可以制造情趣，可聂非非你现在真是太可笑了，居然被吓出一身冷汗还呼吸不畅，幼儿园的小朋友都能比你胆子大，你还自诩自己自强独立酷炫有气场，你简直太可笑了。

聂亦扶着我站起来时，窗户那儿又传来响声，我的身体立刻不受控制地颤抖了一下。聂亦大概也察觉到了，他搂住我，嘴唇安抚地贴了贴我的太阳穴："没事的，风太大，是树枝敲打窗台。"

我整个人已经要羞愧而死了，不知道该怎么解释，只能继续苍白无力地重申，我说："我没有怕……"结果没留神踩到了放在地上的手机，一个打晃又扑进了聂亦怀里。那时候我们俩就保持着站在那儿相拥的姿势，我不知道我是什么表情。聂亦微微皱着眉，看上去很担忧，像我是个一碰就碎的瓷器还是别的什么东西。我喃喃说："我真的没有怕……"他叹了口气："好，没有怕。"右手托住我的腰，估计是考虑到我的自尊心，停了一阵子才斟酌地问，"腿是不是还在发软站不稳？"

而无论这句话他问得有多温存，我的自尊心在那一瞬间还是忍不住自爆了，也不知道哪里来的勇气和力气，一下子将他撞到墙壁上。我踮着脚，右手颤抖地拽紧了他胸口的毛衣衣料，咬着牙说："我没有哭，没有怕，也没有腿软，我根本就好得很！"其实那一刻我只是不知道该怎么做才能洗刷今晚被吓得半死的耻辱，也不知道做什么才能掩盖被他看穿的羞愤，就算同他裸裎相对也没有让我这样尴尬过，所以只能虚张声势地强撑，并且再一次重复，"我根本就好得很。"

他被我压在墙壁上，依然伸手托住我的腰，像是担忧我一个腿软会立刻跌倒似的。而大概是他那样微微皱着眉头、有些无奈、却压根没打算反抗我的模样有点过于诱人，鬼使神差我就冒出来一句："好得可以制服你，甚至强吻你！"说着我就真的强吻了上去……

直到很久以后我都不能理解那时候我脑子里到底在想什么。我将这事讲给康素萝听，和她一同分析我的心路历程，我说，那时候我明明先是害怕，然后是羞愧，你说我到底是怎么神来一笔地突然就压上去强吻他了呢？康素萝沉默了好一会儿，然后闪着星星眼激动地跟我说："非非你，你，那种情况下你居然强吻了聂亦，你，你太酷了，真的，没几个人在那种情况下能做得出来那种事，说神来一笔都是轻的，简直就跟神经病似的，你真的太酷了。"我沉着声说："啊，我太酷了。"就不太想和她再说什么了。

但无疑，我的确是太酷了。

那天我穿一双平底靴，和聂亦之间是十六厘米的距离，将他压在墙上时我就发现，即便我踮着脚仰着头，离他的嘴唇也还有一点距离。而聂亦明显是被我搞糊涂了，才让我得以轻易地攀着他的脖子将他的头压下来，然后顺利地啃上他的嘴唇。

这是个鬼屋，聂亦的手机像是个格外明亮的地灯，安静地伏在我们脚边，那一束光就像是打在某个宽阔的舞台上，只是演员们却隐在光束之外。空气里原本都是冰冷气息，而刺柏的香味里，我整个人都有点晕晕乎乎，只是本能地闭着眼睛，感觉聂亦微凉的嘴唇变得温热起来，感到他的齿关松开，让我的舌头得以潜入攻城略地。我含着他的下唇，轻咬他的舌头，听到自己的喘息声里他蓦然也轻喘了一声。那极淡的一声喘息里，我整个人瞬间就更加不对劲了，只感觉到心口火热，手指也火热。我一边追逐着他的舌头和他缠绵一边将手指探进他的毛衣，一路向上。窗户突然"砰"的一声，我惊了一跳。

睁开眼睛时看到聂亦近在咫尺的漆黑双眼，那浓墨似的黑几乎要将人吞没进去。我颤了一下，离开他一些，才发现他的嘴唇被我咬得湿润泛红，衬衣领口也被我扯得不像样，若隐若现露出锁骨来。我艰难地吞咽了一下，他这副模样实在太过性感，秀色可餐。

但总不至于在这里把他给办了。

他就那么看着我，脸上没什么特别的表情，一句话也不说。

我又离开了他一些，说："我啊……"

他沙哑道："又想说你是一时冲动，不小心被迷惑？"

是，我常拿这个当借口。

但吻都吻了，我们又是合法夫妻，我还需要道歉不成？大概这时候我心里是有点邪恶的情绪，因此我只是暧昧地笑了笑，抱住他的后颈吻了吻他的脖子，我说："聂亦，我们这样子像不像吸血鬼的初拥？"手指还在他的后颈上撩了撩。

他没有回我的话。

撩完了我觉得自己冷静多了，手放在他的肩膀上轻轻拍了拍，咳了声说："哎行了我们离开这儿……"

可话还没说完，一股大力袭来，我整个人被掉了个个儿。

这下换我被聂亦压在墙壁上，双手被他一只手握住举在头顶。

窗外是一轮巨大的圆月，11月里枯树的枝丫枝枝杈杈直指向灰黑的天空，暗色的云层沉得像是随时可能掉下来，整个背景看上去神秘、颓败，又冷清，倒真有点像是血族即将出没的样子。

我看看聂亦，又看看被他制住的两只手，我说："你这是……"他突然开始拉扯松松系在衬衫领子下的休闲领带，脸上没什么表情，漆黑的眼中却沾上了一点水雾，看着有点花非花雾非雾似的朦胧。那样子真是好看极了。

他轻描淡写地解下领带绑住我双手，而我则因为看他看呆了，直到双手感觉不适才反应过来自己被绑住，且完全不能明白这到底是什么神展开。他的右手放开我被缚住的双手。领带将双手绑缚得极紧，挣是挣不开的，我也没想过去挣开，但这样子就实在太不方便，要么双手还放在头顶，要么就只能圈住他的脖子。

我正举棋不定，而他偏着头似乎很感兴趣似的拿解放出来的右手指腹轻轻抚过我的颈动脉。他的左手依然握着我的腰，可到现在我才感觉到腰部所承受的力道，那力道很足。

他的手指温热，抚摸颈动脉的力气一点一点加大，我有点难耐地哼了一声。他突然低头，狠狠咬住我露出来的脖颈。我痛哼了一声，叫他名字的声音陡然破碎，我吸着气说："聂，聂亦……"疼痛中全身像是被他点燃了一团火，那团火比刚才我强吻他时烧得还要更快，更加剧烈。

他的嘴唇缓缓扫过我吃痛的肩膀，就像羽毛之类特别轻软的东西轻轻抚过，是抚慰却又带来轻痒，我说："聂，聂亦，别……"他的嘴唇移到我的下巴，声音极低："这才像初拥。"话罢已经来到我的嘴唇，彼此嘴唇相触时，原是轻抚的唇舌突然加大力道，我脑子发蒙，身体紧贴着墙壁，被绑住的双手无力垂下来圈住他的脖子。那姿势就像是我刻意圈住他用尽力气同他缠吻。他微凉的手指抚过我的腰线，我不自禁地颤抖了一下，却将自己更加送进正在进行的火热缠吻中。

只感觉浑身都在发烫，额头也渗出汗来。他的手指由下往上抚上我的肩胛骨，我难耐地轻哼，我说："聂亦，解开我……"他低喘着打断我的话："别想。"我躲避他的嘴唇："为，为什么？"他含住我的下唇："别想再到处煽风点火。"我颤抖着说："可这样，这样不舒服。"他的手指探到我的腹部，嘴唇咬着我的喉咙，我颤得更厉害，微微躲闪，我说："不要这样……"他轻声道："乖。"

我们基本上已经忘了这是个鬼屋，在我差不多觉得聂亦就要在这儿把我给办了的当口，突然听到楼下传来一声尖叫。"啊"的一声，极为高亢，是凄厉的女声。像是天灵盖上陡然被浇下来一盆冷水，所有旖旎欲念一瞬间全没了，我牙齿打战地问聂亦："那，那是什么？"接着又是一声尖叫。聂亦停下来帮我理了理衣服，哑声道："我去看看。"我立刻握住他的手："别，别走。"但他似乎理解错了我的意思，回头很自然地握着我的肩重新吻上我的唇角，我僵在那儿说："我是说，我跟你一起，一起去看看。"

半小时后，聂亦、我、曾经被我揍进医院的珠宝设计系系花伍思同学，我们三人一起坐在 S 大第二食堂的某个角落里喝奶茶。那角落里挂着个屏幕挺大的电视机，聂亦面前的奶茶压根没动，一边玩一只打火机一边有一搭没一搭地看财经新闻。伍思捧着奶茶一边啜饮一边稳定情绪，我则一边看着伍思一边用塑料吸管漫不经心戳杯子里的黑珍珠。

事情是这样，在一楼凄厉惨叫仿若女鬼的正是伍思同学。据伍同学交代，傍晚时分她在荷花塘附近看到我和聂亦同行，被心中一股义愤激励，不禁跟了我们一路，直跟到北二教。迫于北二教威名，她没敢继续跟进来，只在门口辗转等候。但我们进去了实在有一些时候，她没忍住想进来看看我们还在不在，结果刚走进楼道就瞧见一个白衣白裙的女郎孤零零站在卫生间里，因此被吓得大叫。当然后来我们发现，这主要是因为伍同学一进教学楼就不辨方向地向右转到了卫生间门口，而学校的卫生间从来就不会有新颖设计，总是会在男女厕之间的正当面来一块巨大的长镜子。伍同学误入歧途，今天又一身白衣白裙，被镜子里自己的影子吓得尖叫，实属不作不死。

发现伍思时她整个人崩溃得不行，但我在 S 大苦读一年半，对校医院了解甚深，它们除了能治拉肚子以外就再也没有其他任何用处，因此我和聂亦想都没想就将伍思送来离北二教最近的北二食堂，我还买了杯热奶茶帮她压惊。

半刻钟后，伍思终于冷静下来，握住空掉的奶茶杯定定看着桌面。"你过得真的蛮好。"她说，目光在我身上逡巡了一圈又绕回去。

我不是很明白她突然这么开口的目的，戳着珍珠看了她一眼没答话。

大家一起安静了五秒钟，她的目光重新绕回我身上，扯了扯嘴角："聂非非，奕岑和我说起过你一次。"

"？"

她嘴角的纹路更深了一些，那样子像是费力想勾出一个冷笑，但不久前才被惊吓过，估计面部表情不太受控制，看着倒像是有点愣怔："他说你看似热情，风风火火热热闹闹一个人，但其实最冷漠不过，没有心，也不懂爱，可不爱他，却偏要束缚住他，简直不可理喻，你是世上最不讲道理的人。"

我说："……"

她终于成功地做出了一个冷笑："他这么说你，你是不是生气了？"

聂亦依然在看财经新闻，像是并不关心我们的对话，但距离这么近，我们说什么他自然都能听到。我说："谈不上，当年我们其实就是饭搭子，彼此都看不太惯对方，他对我看法不太好也是可以预料的。"

她却冷笑出声："聂非非，你还是这么装模作样，其实你心里特别难受吧？你当年那么爱阮奕岑，你敢说……"

我打断她的话，我说："打住，阮奕岑自己都明白我对他没什么非分之想的，怎么到你这儿就……"

她突然道："他爱你，奕岑那时候其实很爱你。"

聂亦的目光终于移过来。我说："……哈？"

伍思咬了咬嘴唇："聂非非，你是不是至今仍然觉得我是破坏你们感情的第三者？当年的事，你是完全的受害方？而你、我、奕岑，我们之间所有的纠葛，在你出国之后就算是彻底结束了？更甚至，你毫无困扰地将奕岑抛开，因为你认为他不值得？那个一直记得你们从前种种一切的阮奕岑，在你这里只有三个字，'不值得'？"

我觉得她整个这一段话，除了对阮奕岑的人设理解有点问题，往本质里说别的好像还真就是那么回事，我就想了想，然后问她："……不然呢？"

她似不能置信，良久，道："他只是利用我。"

"？"

她轻轻笑了一声："奕岑他只是利用我，他想看看你对他到底有多在乎，可没想到你连认真争取一下他都不愿意，掉头就去了Ａ国。"她抬头看我，"听说那时候你们已经快订婚了。"她打量我，话音里透出一点迷茫，"现在你知道他其实爱着你，并没有背叛你，而你当初如果不是那么急着出国，你们可能不会就那样错失彼此，你遗憾吗？"

我消化了老半天她话里的讯息，又消化了老半天她的问题，实在难以理解她的动机，记得她似乎一直是个很迂回的人，我只好开门见山，和她商量："伍同学，你能跟我讲讲你和我说这些的动机吗？想达成个什么目的，或者想要我做什么，你能表达得更直白一点吗？"

她重复我的话："我想做什么……"一瞬间竟像是有点茫然，好一会儿，她说："奕岑他直到现在也不快乐，我知道他依然想着你，可能还在等你，而你……"她看了聂亦一眼，"你竟然结婚了，看上去毫无烦恼，你怎么能没有烦恼呢，是因为你觉得自己是个受害者？因为你觉得你错过一个不值得的人，错过就错过了？我很好奇，你要是得知了这一切，你还会这么没心没肺毫无烦恼吗，你又会如何自处呢？当年那些事，其实一直没有结束，"说到这儿她似乎终于找到了自己的动机，不禁激动起来，"因为在你这里就没有结束，所以奕岑才会一直被那些事束缚，被你束缚，你问我想要干什么，我要你明白当年是怎么回事，要你清清楚楚明明白白地结束掉当年的事，让奕岑能够走出来，这样我也，我也……"

她"我也"了半天，却一直没有再"也"出什么下文，我将还剩一半的奶茶推到一边，向后坐进椅子里。说阮奕岑怎么怎么喜欢我，现在还在等我，这事我是不太相信的，伍思和阮奕岑之间到底又是怎么回事，我也没太大兴趣。感觉可能是伍思少女情怀总是诗，对阮奕岑脑补太多。而他们俩当年那幕校园偶像剧演到现在竟然还没演出个结局来，也有点令人惊讶，正要开口敷衍两句，却听一直沉默着看新闻的聂博士突然道："这里要打烊了。"

我和伍思齐齐愣了一下，才发现前面的灯果然已经陆续灭掉，坐在那里的学生正三三两两向出口散去。聂亦拿着我的奶茶站起来，我也跟着站起来，伍思有些急切地阻拦我："聂非非，你还没有回答我。"

我一时没搞清楚我应该回答她什么，聂亦倒是垂头看了她一眼，淡淡道："非非已经结婚了，你们的事她不再参与了。"就算是帮我们结束了这场对话。

伍思还想再说什么，看着聂亦，却不敢再开口。

聂博士话少，一向主张凡是有主题的对话一定要能够解决问题。他多半觉得我和伍思的整场交谈既没有逻辑又没有意义，还非常黏腻，且完全没有解决任何问题，能坐在旁边听差不多半小时大概已经是他的极限。

我和聂亦走出食堂，伍思还呆呆坐在那儿。

回头一望，那敞阔的大堂里只剩下最后几盏白炽灯，瞧着陡然冷清，外面的天空倒是有很大的圆月。

我两只手都揣毛衣兜里，慢吞吞一边走一边回忆今晚从鬼屋开始所发生的一切，觉得我和聂亦是不是应该算渐入佳境了，但半路遇上伍思，这可真是神来一笔。伍思解读当年那些事的角度实在太过新颖，令人难以置信。唯一可知的是她的确对阮奕岑情根深种，至今仍有点出不来，也是情长。但要论情长，她对阮奕岑应该还是及不上我对聂亦。

我想着心事，因此步伐缓慢，没留神走在我前面几步的聂亦停下了脚

144

步，他微微侧身看着我："怎么这么慢？"这条路是一段梧桐小道。月下有风，有落叶梧桐，他站在那里长身玉立，身影同我在香居塔撩开珠帘时看到的那个青年重合，同我在聂家的玻璃房里透过一大群热带鱼看到的那个青年重合。世上怎么会有这样的一个人。

大概是我有点太过着迷地望着他，让他有点不明所以，但他并没有说什么，只是微微挑了挑眉，然后伸出手轻声和我道："过来。"

回程聂亦开车，我窝在副驾驶里透过车窗看街上霓虹，那些五颜六色的华彩一闪即逝，令人双眼困倦。我想着伍思这事还是应该再和聂亦说明一次。当年事到底怎么样聂亦是不知道的，而伍思又非要将我和阮奕岑送做堆，难免让聂亦糊涂，阮奕岑在我这里到底算个什么。不要说聂亦，只听她那么一番声情并茂，连我都有点糊涂。但看着聂亦开车的侧脸，困倦中又觉得这不是个谈话的好时机，并且似乎不知从何说起。拖着拖着困意愈浓，不知道什么时候就真的睡着，到家才被聂亦叫醒。

林妈为我们留了门，正是睡眼惺忪时刻，我昏昏茫茫跟着他进客厅，连鞋都忘记换。他没有开灯，径直去吧台倒水。

落地窗外有月光倾斜而入，遍室温凉。我还跟在他身后，一不留神撞到他的背，揉着脑袋"啊"了一声，才想起来要换鞋，就准备退回去，却被他握住了手。我抬头看他，他正端着个威士忌杯仰头喝水。杯子被重放回吧台时他低头看我，停了两秒钟问我："是不是有话想和我说？"

我一下子清醒过来，这事我本来想迂回点同他解释，但心里盘算良久，待话脱口时却直白得连自己都吓一跳，我问他："你有没有在介意刚才的事？"

他愣了一下，手指搭在威士忌杯口。不等他回答我已经靠过去，自顾自道："伍思都是胡说，阮奕岑和我根本就什么都没有，他喜欢我才是有鬼了，我也不喜欢他，你可不能因此误会我啊。"完了我还握着他的手摇晃了一下，我说，"我才觉得这阵子我们都很好，我特别喜欢我们现在这样，你可不能误会我。"这是跟他撒上娇了,我居然都会撒娇了。我一边撒着娇一边暗自佩服自己怎么这么能干。

他怔了怔,顺势握住了我的两只手。吧台前有个凳子,他坐下来,安抚地捏了捏我的手指。"我没有介意,"他终于开口,"但她也许并不是胡说。"他抬头看我,"事实上我不希望看到你的选择多起来,我不希望你有太多选择。"

我瞬间明白过来他说的选择是什么。照伍思的说法,她一心爱着阮奕岑,而阮奕岑一心爱着我,至今仍无法忘怀我。他的意思是我如今还有阮奕岑可供选择。但伍思也说了,我实在要算个无情无义之人,她今晚说了太多,唯有这一点蒙对了,我对旁人的确称得上无情无义。

退一万步,就算阮奕岑真的喜欢过我,又能怎么样呢?

我这么想的居然也就这么说了。聂亦旁边还立着另外一只凳子,我坐下来凝视一片铁灰色的客厅,轻声问他:"就算阮奕岑喜欢我,又能怎么样呢?"

转头对上他的目光,不知怎么的就觉得这事有点好笑,要这么说,阮奕岑对我也算是求而不得了,我对聂亦不也是求而不得?我可从没想过找聂亦帮我解脱,就算我喜欢聂亦,喜欢得因他而自苦,这又关聂亦什么事呢?人和人之间的因缘就是这样了,大家各有各的路,各有各的苦,须懂得自我成全,自我救赎。

偏偏我身在此中还并不想解脱或者得到救赎。

我喜欢上的这个人,他有这样沉稳安静的性子,有这样温暖忠正的人格,我对他高山仰止,崇拜得无以复加,我为什么要解脱?

我继续说:"我妈年轻时拒绝追求者时会写诗,说'赠你一片云,请将它做一柄拂尘,清扫不适的情意'。我没有我妈那么文艺,也说不出那些伤感的话,让追求者一边忧郁一边珍惜。假如真的有谁喜欢我……"我停在了那里。接下去想要说的并不是能当着他的面宣之于口的东西。假如真的有谁喜欢我,我感谢他们对我的欣赏,但我甚至连一片云都没有办法回赠他们,因为我爱着一个人的时候，我就疯狂得只想把我自己、把我拥有的一切东西，甚至只是头上的一片云，全部都送给我爱着的这个人。

我在那儿踌躇了好一阵，想着该怎么把那段话不动声色地补充完整，聂亦已经抬起头来，不好让他久等，我说："假如真的有谁喜欢我，我只能感谢他们抬爱，别的就没有了。"

"那我呢？"他问我。

我愣了一下："什么？"

客厅里一片安静，他背靠着吧台，突然道："我从前想，你开朗、聪明、才华卓著，就算有过初恋和男友也再正常不过，我并不觉得这些事情值得计较。"

我疑惑地看他。

他说："知道我现在在想什么？"

我摇头。

他淡淡道："我希望你从没有过初恋和男友。"

我说："你说什么？"

他安静地重复了一遍："我希望你从没有过初恋和男友，我希望在我之前，你的生命里从没有过其他人。"

月光柔软，覆满客厅，就像是深深的海底，昏沉且安静，就像有似有若无的水压贴覆住皮肤，让整个人如若在水中沉浮，我忘了该怎么呼吸。

他还在问我问题："非非，世人管这叫什么？"

胸口的巨大鼓动终于将我拉回现实，世人管这叫什么？我难以分辨这些细微的感情，这是不是喜欢？这是不是爱？还是这只是占有欲？我有多想告诉他世人管这叫爱，但如果我那么说，没有人比我更清楚，我只是想诱导他说出那个字眼，但其实那并不是真的。他或许只是对我有占有欲。先要有占有欲，然后才是喜欢，再来才会是爱。

我说："世人，世人管这叫占有欲。"

他笑了笑："是么，占有欲。"他依然很沉稳淡定，"我不知道，这些事你懂得比我多。"然后他便不再说话，只是那么看着我，眼神称得上古井无波，但那样安静的眼神背后，却让人感到一些更加深刻的东西，我不懂那些是什么，我只是整个人都有点激动。

因为太激动，说话就开始没有章法，就开始忘了什么能说什么不能说，就问出了那个问题，我问他："聂亦，你是不是有点喜欢我？"直到话出口那一刻我整个人都还是恍惚的。

他沉默了一下："你是不是也要感谢我的抬爱？"

我才想起刚才我对他说了什么。他们要是喜欢我，我只能感谢他们抬爱，别的就没有了。

高脚凳可以转动，我将自己的身体转过去面对他，右手放在他的腿上倾身过去，整个人半跪在他的膝上，他抬头看我，我攀着他的肩，说："你不一样。"心脏怦怦跳，但我没有退缩。我舔了舔嘴唇，重新和他强调了一遍："只有你，你不一样，如果你喜欢我。"话说到这里突然说不下去，聂亦对我到底如何，连他自己都还不确定，需要我来指点他，引导他。说喜欢还是太早，他或许还在探究自己，剖析自己，尝试着理解有了一些不寻常感情的自己。

我抚着他的脸轻声道："我是说如果，如果你喜欢我，我会加倍地喜欢你。"我们靠得那么近，他的眼睛像落了晨星，专注地看着我，气息有一点不稳，我想是不是我把他压疼了，僵在那里没敢再动。

他在一片黑茫仅有月光点缀中的样子实在令人着迷，我定了定心神，说："你现在不懂这个没关系，以后，以后你可能会懂……"看他有些疑惑懵懂的模样，内心简直软成一片，他何尝有过这样的神情，我的语气里几乎要带上一点劝哄了，靠近他不自禁地和他剖白，我说："你要是喜欢我，我也喜欢你，我从来就只有你，只有你一个，你和其他所有人都不一样。"

他闭了闭眼。

我一下子清醒过来，他是喜欢我这样说，还是不喜欢我这样说？我是不是又没控制住自己，表现得太过狂热？我有没有吓到他？

　　跪在他腿上的身体麻痹地僵住，我努力地笑了一下说："就是这样了。"说着力持镇定地放开手要从他身上离开。

　　他却一把握住了我的腰，将我固定住。我早已领教过他的腕部力量，只能继续靠在他身上进退不得，他抬起眼帘，目光和我相对，他说："为什么要假设？"他说的明明不是一个十足完整的句子，我却立刻明白他说的是什么。刚才我一直和他说："如果你喜欢我，要是你喜欢我，假设你喜欢我。"我没有说话。

　　他突然叹了口气，微微皱了皱眉，他说："聂非非，我的确喜欢你，这不是很显而易见的一件事吗？"

　　我茫然地偏了偏头，整个人突然恍惚成了一个肥皂泡沫，我说："什么？"

　　他看着我，认真观察我的表情，然后他问我："非非，我是特别的，只是你随口一说？"

　　我喃喃说："不，当然不是。"

　　但他似乎并没有当一回事，停了一会儿，斟酌道："你答应我我们应该培养感情，现在我告诉你，我喜欢你，你对我呢？"

　　我看着他，不知道自己现在是什么表情，虽然他说过他会试着喜欢我，我也希望他能喜欢我，可在潜意识里，我却从来没有真正觉得这个希望什么时候能够达成。所以，他说的，真的是喜欢我？

　　我自己都不知道自己回答了他什么，迷迷糊糊地似乎自言自语说这是不是太快。

　　这比我的预计实在快太多了。而或许我的预计是这事这一辈子都不可能发生。我不知道。

　　许久后才听到他继续开口："非非，我并不是想束缚你，或者逼迫你，今晚，"他顿了顿，"可能我失言了，你可以当作没有听到，"他揉了一下自己的眉心，"我不该着急，我们慢一点……"

　　我说："已经很慢了。"

这次换他莫名："什……"

我抬手圈住他的脖子就吻了上去，内心里有说不出的丰沛情感，全部化作流连在他唇边的细吻。

我边吻着他边着急地和他表白："你已经很慢了，还要怎么慢，我也喜欢你，我最喜欢你……"我记不得自己是不是还胡言乱语了些别的东西，只记得那时候被紧紧搂住，而聂亦一贯冷清的漂亮眉眼里流露出了温柔。当我跌跌撞撞从他身上下来推着他上楼时，突然听到客厅尽头一声轻响，但我们都没有管那个声音，一边接吻一边胡乱攀着扶梯上了楼。

这一夜月色晴好。

第二天早餐桌上听林妈说雍可昨晚来了，像是有什么事找聂亦，因我们没在家，她一直在客厅等待，问我们有否碰面。聂亦无动于衷地坐那儿帮我调蜂蜜牛奶，而我则立刻想起来昨晚客厅里那声响动，瞬间内心不知做何感想。

林妈道："今晨出门时看到去后山的红土路上有高跟鞋印。雍小姐应该是后半夜才走，没有碰到吗？"林妈柔声解释，"半夜下了雨，土路湿软，才易留下鞋印，那估摸着是半夜后才离开。我是奇怪，要是耽搁得迟，雍小姐住下来就是，客房都是现成的。"

我觉得昨晚我同聂亦在客厅时雍可多半也在客厅了，我同聂亦说了那么多私密话，这可好，多半尽入雍小姐耳中。一时简直要气得发笑，这人真是好教养，就这样好听壁角。我尴尬地拿起杯冰水就开灌。被聂亦顺手取走，将调好的热牛奶递给我，向林妈道："以后我和非非若是不在家，再有外人来，就别让他们进门了。"

林妈愣了一下道："啊，是我考虑不周，越老越糊涂。"

聂亦淡淡道："不是谁的错，从前没这个规矩。"

我思考了两秒钟，沉稳地跟林妈说："康素萝要是过来，还是可以让她在家里等等的。"

10.

　　很快等到一个艳阳天，整个拍摄完美收官，按常规进入后期。许书然顺利接手这边的水下布景。毕竟是拍广告宣传片，设备多，工作人员也多，后院泳池畔整天人来人往。我和聂亦就撤去了红叶。

　　我一想这要同往常一样，一杀入工作室做后期就十天半月不出来，搞不好再出来就得和聂亦离婚了，顿时冷汗如雨下。康素萝给我出主意："红叶会馆从前聂因的套房不是被聂亦改成了个后期处理室，你让宁致远带着后期们都一起驻扎到红叶不就完了？"

　　康素萝的提议是个法子。大家换了地方办公都很新鲜，唯有童桐当天晚上拿了个小本本来找我，指着本本上一个颇为可观的数字愁眉苦脸和我道："市里项目组那边说没听过做后期也得专门去住红叶，所以不给报，这么大笔预算，走我们自己工作室吗？这趟活儿半公益性质，市里统共给的钱还没有这个多呢！"

　　我拎着她的小本本一项一项看，唏嘘："红叶的普通客房都这么贵啊。"

　　童桐肉疼得一抽一抽地道："是啊。"

　　我说："哦，那把我车卖了吧。"

　　聂亦穿着睡衣正好从楼上下来。

　　童桐赶紧提高音量："非非姐，你是说，要卖车吗？"

　　聂亦抬眼："什么卖车？"

　　童桐替我委屈："聂少，非非姐为了陪你，把整个后期团队都开来红叶了，但是这边食宿太贵，市里又不给报，非非姐就打算把她车给卖了。"

　　聂亦说："哦。"

　　童桐眨了眨眼睛："啊？就，就真让非非姐卖车啊？"

聂亦点了下头："显得她不是为了钱才嫁给我。"

童桐愁眉苦脸地看我："那非非姐，你，你把车钥匙给我。"

我笑骂她："给你个头，拿着账单去找褚秘书，我这为了好好伺候皇上，搭上自己还不够，还得搭上我的车？你问问内务府这还有没有天理了？"

童桐喜笑颜开地拎着小本本出去了。

聂亦一边拆一只密封的文件袋一边坐到我身边，问我："怎么坐着不动？"

我捧着睡前牛奶愣了一下："动？动什么？要怎么动？"

他将两条笔直长腿直压到我膝盖上，手上仍在翻他的外文资料："捶腿。"

我说："哈？"

他一只手拿文献另一只手撑在沙发扶臂上，抬了抬下巴："刚才不是说要好好伺候我？"

我一边"哦哦"着应了，一边将手探进他睡裤的裤腿，停了一会儿，抚上小腿，停了一会儿，再抚弄到脚踝，聂亦从已经翻到十多页的资料里抬头眯着眼看我："聂非非。"

按照计划，许书然那边的拍摄要到 12 月底才结束，剪片大约要两个月。而我和郎悦只需保证我们那两套成品不至于在他之后出来，因此后期时间实在是非常充裕。

童桐感叹："从前只要开始后期，非非姐你基本就驻在工作室不出门了，十天半月不见天日才算正常，现在每天只过去后期那边四小时，结了婚真的不一样。"

我被她一提醒，想起来，我说："这么看来后期时间估计得拖长到从前的三倍，成本也至少得翻三倍吧？"

童桐点头如小鸡啄米："是啊。"

我提议说："那多出来的成本咱们是不是找褚秘书给分摊一下啊？"

童桐兴高采烈："好啊好啊。"

聂亦在几步开外握着剪刀剪一盆盆栽，闻言回头看我："聂非非，你现在成天就知道算计褚秘书，真是有出息。"

我给他做了个鬼脸。

说虽然那么说，后期倒并没有拖那么久。因 2 月份将要去一趟澳大利亚，为明年的个人摄影展拍些作品，因此需要尽早交付这一次的成品，好留时间为之后的工作做准备。

近一月天势奇诡，亦暖亦凉，岛上幽且静，颇有点寒暑不知年，只红叶眼看着从金黄过渡到深红，短短二三十天，已将整个湖中岛染成一片酡色，令人忆及深秋日近。

整一月间，因两人都有工作，基本没法走远，幸好岛上什么都有，道场马场之类，无论什么时候都能造访。这基本上是我第一次尝试进入后期阶段生活也能有规律：每天大早被聂亦从床上拖起来陪他跑步，然后俩人一起做早饭，用完了早饭杀去工作室；晴天午后多半是在马场和射箭场度过，若是天阴欲雨，就多半待在道场。

红叶会馆后园由枫林围出一个阔大马场，聂亦在那儿养了两匹荷兰温血马，一黑一灰。聂博士爱好一切危险运动，马术项目中最爱驭马跨越障碍物。这人气质理智又沉静，热衷的运动却一项比一项刺激，也真是一种反差萌。我不会骑马，跟着他半吊子地学了两天，基本上只能做到骑在马上慢慢走不会被晃下来。聂亦对此很是疑惑："你的运动神经不错，怎么一碰马就笨得要死？"我坐在马背上心惊胆战，竟然还能打起精神和他犟嘴："总要有一门运动我特别不拿手，才能显得你特别厉害，好让我特别崇拜你嘛。"聂博士可能觉得好笑："只有一门特别不拿手吗？"我抿着嘴唇不说话，他挑眉，"除了潜水以外，还有哪一门运动你拿得出手了？"我耷拉着眼皮答他："空手道啊。"第二天就被他云淡风轻地邀去道场切磋，然后我的空手道毫无疑问地败在了他的跆拳道之下。但自此后我倒是常找聂亦一起去道场打一打。

康素萝中间来道场找过我一次，听说我屡战屡败还老缠着聂亦切磋的事迹十分惊讶："既然怎么打都打不过他，就算他严重放水你都打不过他，你还老邀他过来打，你是找虐还是怎么着啊？"我眯着眼看聂亦站对面拿条毛巾擦汗，压低声音回康素萝："你不觉得头发汗湿着穿道服的聂博士特别秀色可餐吗？"康素萝诚惶诚恐地回答我："臣，臣妾不敢这么觉得。"我继续压低声音说："最重要的是能跟他有非常暴力的肢体接触，手感可好，这种体验多多益善。"康素萝小眼神转过来定定看我："你，你……"明显不知道该说什么才好了。我倒是颇为镇定地打开手里的矿泉水瓶子很尽兴地喝了一大口。

12 月底聂亦开始忙起来，褚秘书早上将人接走，晚上才能送回来。而我在元旦之后没几天也离开了 S 城，前去佛罗里达基拉戈岛，帮许书然朋友的电影拍一套水下海报。去澳大利亚之前还能插进来这么一笔生意，童桐很高兴，因这趟活儿既不费事，报酬又丰厚。我其实兴致一般，因这种水下电影海报已在两个月前玩票性质地尝试过一次，没有了太多新鲜感，只是想到能顺便去拍一趟那里的蠵龟，感觉可以一去。

雍可大致是在我离开 S 城后的第二个星期出了事。

还是几天后康素萝打来电话，正事之余不经意和我提起："昨天巧遇谢明天，听她将那晚的事情复了下盘，我们觉得雍可有可能是自杀。"

我当时正开着公放一边泡澡一边和康素萝说话，以为沥沥水声里自己听岔了，我说："哈？"

康素萝在太平洋那边惊讶："雍可在你们家泳池醉酒溺水，重度昏迷了三天，昨天傍晚才醒过来，新闻闹得沸沸扬扬，你不知道？"

我不读娱乐新闻不逛社交网站，最近因太忙连微信朋友圈都不怎么看了，哪有可能知道；再说每天和聂亦通话，也并没有听他提过这回事，我沉默了五秒钟，问她："雍可？醉酒溺水？还溺在我们家？"

康素萝给了我十五个字："嗯，溺在你们家，千真万确，我亲眼所见。"

说许书然超期了十来天才结束他那一组的拍摄。

杀青总要庆祝，因最后一组镜头在沐山泳池拍完，于是就地搞了个泳池派对。席终人散时没留神落下了雍可，等到 Ada 折回来找她，却远远撞见她掉入池中，救上来时已经呼吸微弱。

康素萝说她亲眼所见，因那晚我们家没人，Ada 呼救时还是她和顾隐闻声出来帮忙将雍可送去了医院。

康素萝表示，那晚实在太过混乱，这事第二天就被传开一点也不稀奇。雍可的经纪公司及时在媒体发声，只说那时候夜深天色暗，雍可是失足跌进泳池，而因当天拍摄太过疲倦，天然泳池水又太深，因此她虽水性良好也难以避祸。但康素萝却是亲眼看到池边遗落了两三支空酒瓶，旁边还有个打碎的酒杯，推断雍可应是喝醉了所以才无法自救。

康二跟我感叹，她那时候只以为雍可是喝醉失足，但昨天听谢明天讲起那天下午发生过的事，又觉得她可能想错了。

说当天下午谢仑去沐山探了雍可的班。谢明天因没什么事，想着得帮她嫂子看着他哥一点，也就跟着去了。谢仑在片场等了有一会儿，雍可终于有时间过去和他说话，两人说着说着却吵起来。谢明天那时候正和许书然聊天，离他们比其他人近一些，隐约听到两句。两人好像是在说抢什么东西。谢仑气人最有本事，挑眉笑谈："我不认为抢人东西是什么大事，能抢到最好。"雍可回了句什么，谢仑接着道："也不见得每样你想抢的东西，都能抢得到吧。"雍可寒着脸："说什么抢？本来就该是我的。"因拔高了音量，雍可说了那么多句话，仅这句堪堪落入谢明天耳中。大概是有所意识，接下来的谈话两人都降低了音量。而后雍可突然去了趟前园，消失了半小时，回来后脸色不佳。谢仑没再同雍可说过话，皱眉又待了十来分钟，然后带着谢明天也去了一趟前园，同正在书房里开视频会的聂亦告辞，之后他们便离开了沐山。

康素萝问我："我和你讲了这么多，你有没有听出来什么？"

因为信息量太大，我还在消化理解中，我说："你等等我。"

康素萝恨铁不成钢："等什么等，非非你怎么这么不敏感啊？显然雍可是想和你抢人，和谢仑吵完她还去你们家找聂亦了，可能是聂亦说了什么话让她伤了心，她一个想不开，就自杀了。不愧文艺电影演得多，一言不合就自杀，幸好救回来了。"又责备我，"这种节骨眼上，你怎么放心把聂亦一个人扔在国内啊？"

我说："……要赚钱养家。"

想了两秒我提出异议："雍可和谢仑聊的也不一定就是感情问题吧，'抢'后面可跟的名词还是有点多。"

康素萝叹气："你有点危机意识吧！"停了两秒钟，道，"有件事不知道该不该和你讲。"

我说："听起来不像是什么好事。"

她难得没有反驳，又停了两秒钟，才道："雍可入院当天晚上聂亦就来了，虽然面上看不大出来，但我觉得他还是挺关心雍可的。"她试探，"非非，要么你还是回来一趟？十来个小时飞机而已嘛。"

我沉默了一下，说："别，这次这电影和许书然上次那还不一样，女主角是个海洋摄影师，整套海报都要拍成水下的，工作量可大。我这儿已经在琢磨让宁致远把澳大利亚那趟自由拍摄挪挪时间了，哪还能回来。"

康二气得不行："你们这些工作狂怎么不上天呢！聂亦要被抢走了看你怎么哭！"

我说："我们聂亦帅嘛，免不了要被觊觎，我为了这就跑回去，像什么样子。"要是来之前聂亦没说他喜欢我，我可能就真的怕了，说不定真要不顾工作跑回去，干些不成样的事情。最后不仅聂亦要觉得我不懂事，回来可能还要因为耽误工期对人家剧组违约而付大笔违约金，变成一个败家子。聂亦说他喜欢我，我也喜欢他，我们还天天打电话，所有的对话都很亲密，让我觉得很幸福也很甜蜜，实在想不出来为什么我要有后顾之忧。

康素萝又停了会儿，有些不自信地道："那、那确实有点不像样子哈，也不大气，可，可昨天雍可醒过来，听谢明天说聂亦也在她病房里……"

我劝导她："你我要有朋友出事，我们也会这样关心是不是，我们客观点理解这事。"

康二还在犹豫："朋友当然要这样关心，可雍可能算是聂亦的朋友吗？"

我想起来谢明天曾和我说，聂亦、谢仑再加一个雍可，他们三个人的确有一段时间关系很好，而那是我所不了解的关于他们三个人的时光。

我告诉她："算的。"

第二天早上8点，准时等来聂亦电话。阳光晴好，眼前有碧海白沙，身后有青青绿林，侧旁还有棕榈如华盖，空气一派清新透明。我戴着个墨镜坐在个草亭里同聂亦视频。

昨晚康素萝知道我和聂亦每天保持一小时通话，大感欣慰，同时非常好奇我和聂亦都这么酷，我俩居然每天视频一小时，到底都在聊什么。自然不好说我一见聂亦就变话痨，光是汇报自个儿一天二十四小时都干了些什么就能汇报半小时，就敷衍她我每天先跟聂亦聊聊A国的时事新闻他再跟我聊聊国内的时事新闻。

康素萝闻言感叹："这不就是互相播新闻吗？你俩真是好一对神经病啊。"又问我，"你从前可不爱煲电话粥了，聂亦不是也不喜欢吗，手机都成天让褚秘书给拿着。"我言简意赅同她解疑释惑："因为我现在在热恋，而聂博士他在学着谈恋爱。"

服务生送早餐来时我正拿着童桐的手机给聂亦看昨天拍到的一只双冠鸬鹚，是在鸬鹚捕鱼的瞬间抓拍到的，那条鱼足有二十多厘米长。

我絮絮叨叨："听说这种鸟更喜欢海水，真是可惜，明明佛州这边的淡水鱼才真正美味，可叹A国人不懂美食，A国鸟也不懂。昨天中午宁致远做给我一道大茴香鲜味柠檬大嘴鲈鱼，那可真是……"

聂亦靠在办公沙发里，估计将iPad放在膝头，背后是清湖他办公室的背景，点头道："已经感受到了你对这道菜的爱意，这么长的菜名你都能记住。"

我同他卖乖："回家做给你吃啊。"

他淡淡："除了麻婆豆腐，你做的其他东西能吃吗？"

我挠着头说："那可以学嘛。"

他摇了摇头："要真喜欢，让宁致远传份菜谱给我，回家弄给你。"

我一边说这怎么好意思一边忙不迭地给宁致远发了个短信，发完才大惊："哎聂博士你还会做菜啊？"

他撑腮笑："我也很好奇，国外待了这么多年，你到头来只会做个麻婆豆腐。"

我看着他笑的样子就头脑发昏，也撑着腮坐没个坐相地靠近屏幕，我说："你别这么笑，看你这样笑我就好想什么都不管跑回来了。"

他顿了一下："那就回来。"

我严肃："违约要赔钱的。"

他一副昏君架势，眼皮也没抬："那就赔。"

我说："哎哎，好歹是许书然介绍的，总要给他面子负起责任。"

他停了两秒钟没说话。亭子外面突然来了个人，风风火火端着餐盘过来同我搭话："非姐你们昨天新看的那处景怎么样了？"

我"啪"一声将 iPad 扣倒，跟来人比口型："林导，咱半小时后再谈 OK 吗？"

络腮胡子导演愣了一愣，眼神里很有内容，压低了声音调侃我："嘿，他们说你这时间十成十是在和你老公视频我还不相信……"

我两只手比个作揖的姿势请他快走快走，林导端着餐盘笑着站起来，却故意抬高了音量："我说非姐，你老公把你看得忒严了些啊……"

我简直不敢将 iPad 重新翻过来看聂亦的脸色了，赶紧道："是我，是我黏人，不关我先生的事，林导您好走不送。"

将 iPad 再立起来时看到聂亦一脸戏谑，我挠着头转移话题："哎刚才我说到哪儿了来着？"

他好整以暇："我不知道，你自己想。"声音很温柔。褚秘书却在这个时候进了房间，神色有点着急，但还是很稳妥地跟我打了招呼，才附在聂亦耳边说了什么。聂亦的眉毛微微皱起。

我善解人意地将墨镜拨到脑袋上顶着，凑到屏幕跟前和他说再见："来来来，亲一下，有事就跪安吧，我吃完早饭也要上工了。"

他微微抬起下巴，眼睛里有笑意，很认命似的："亲吧。"

我完全没有不好意思地亲了 iPad 屏幕一下，说："凉凉的。"

他就叹了口气："你还要多久回来？"

我咬着嘴唇笑："想我啦？"

他还真点了点头："嗯，想你，"停了一秒钟，又加了句，"特别想。"说完完全没有不好意思地直勾勾看着我。

我顿时就把持不住了，觉得他这个模样说这样的话太勾人，立刻和他许诺："我抓紧时间赶工，一拍完我就回来，再等，"心算了算最快什么时候能搞定，我说，"再等半个月。"

他手指在屏幕上敲了一下，出现在那个位置的大概是我的额头，他道："不要太赶。"

我甜腻腻地凑上去："想赶回来见你呀。"

他弯了眼睛："那也不用太赶。"

这气氛实在太好，我忍不住就开始跟他表白心里话，我说："这趟完了我再也不要接新工作，我就在家里陪你好不好？"

他挑眉："不是接下来立刻要去澳大利亚？"

我不耐烦地挥手："推了推了，把个展往后挪，要不就不办了。"一派严肃地和他补充，"相夫教子最重要。"

他道："教子，"微微挑了眼梢看我，"所以子在哪里？"

这一听就是调戏，但他可能不太懂，所有来自他的调戏，在我这儿都是占便宜，这种事上我基本上不太会有着耻心，立刻一针见血地鼓励他："所以你要努力啊。"

他高深莫测地看我，我立刻改口："不是，我是说，你已经很努力了，是我努力得还很不够，我还需要加倍努力。"话一说完我脸就黑了，这口不择言地都说了些什么。

他笑了笑，十分平静柔和："你说得对，光靠我努力不行，这事得靠我们一起努力。"

我板着个脸说："好啊，一起努力。"

他撑着头，突然道："非非，要看你脸红真是挺难的。"

我立刻破功，脸涨得通红，我说："啊啊啊啊啊换个健康的话题。"一看表，"哎你不是有事要下线了吗，我们怎么又聊了这么久！"

他摇头："没事，让他们先等一会儿，"换了个姿势道，"再陪我说说话，再说二十分钟？"

我面无表情说："知道昏君是怎么样的吗？"

他垂下眼睛："我这样？"

我点头："对，"指指他，"无心政事的昏君，"又指指我自己，"狐媚惑主的奸妃，"兴高采烈地跟他总结，"我们真是太般配了。"

他道："你是皇后。"

我一摆手："不不不，我对自己的定位是很精准的，皇后要贤良淑德母仪天下啊，你不上朝就该一头撞柱子上去劝你去血谏你，哦不对血谏那是御史爱干的，反正就是那么回事吧，但我不想劝你上朝啊，我就想狐媚着你跟我一起醉卧温柔乡啊！"

他在那边听着我胡乱唠叨，眉眼间一直含着笑意，像是我唠叨什么他都觉得很有意思。临结束视频时我想了想，还是开口问他："雍可的事我知道了，她还好？"

他愣了一下，然后皱了皱眉，停顿了一会儿才道："看不出来有什么不好。"

这事他明显不想多说，我也并不是那么关心雍可，也就没再多问。

那是我和聂亦唯——次谈起雍可。

没几天许书然居然出现在了剧组，说是刚拍完的宣传片和之前的那部电影都拿去了 L.A.[①] 做后期，他刚好有空就过来看看我们。L.A. 坐落在 A 国西海岸，我们在东海岸，飞一趟起码五小时。林导很是感动，不怪他差点当场哭出来，要我有这时间我就去做 SPA[②] 了，哪里会千里迢迢赶来探望老友。

许书然待了一天半，那天下午碰上我给主要角色拍人物画报，他闲极无聊，穿上全套潜水服下水帮忙打光做助理。摄影助理我只捎了宁致远，另一个原本是剧组所配，临时换成许书然，因为也不是我付钱，所以我也没反对，只是戴上帽子时跟他开了句玩笑："许导您想拍您早说，这活儿您就接了，您这巴巴跑过来给我当助理，您就不怕折损我？"

许书然难得轻松地同我调侃："我倒是想，技术尚不过关，趁这次机会先偷着师，说不定下次我再拍水下题材，就用不着请你了，省好大一笔钱。"

许书然一偷师就偷了一星期，差不多帮忙把我的工作做了一多半。林导好说话，童桐没大没小和他混得很熟，有天早上神神秘秘问林导："许导这是又看上谁了是不是？在这儿都待七天了也没听说要回 L.A.。"

林导倒是很正儿八经回答了她这个问题："听说刚和女朋友分手，可能心情不太好。"

童桐惊讶："啊？分手？是跟哪个女朋友分手？"

林导没跟上她的节奏，表情有点茫然。

童桐解释："许导那儿不是常年一堆女朋友吗？除了个看似正宫的 Erin，还有一堆流水似的逢场作戏暧昧女朋友……"

眼看林导表情尴尬，我打住童桐："这么八卦你怎么不上天呢。"完了打发她再去帮我端杯橙汁。

林导沉默了好一会儿，点了支烟跟我唏嘘："听说是跟所有女朋友都分了。"

---

① 洛杉矶。
② 水疗，按摩。

我虽然有点被震撼到，但直觉这事不好多评价，只是惊讶 Erin 那么个暴脾气居然没有和许书然同归于尽还放他飞来了 A 国，真是令人难以置信。

许书然大概的确是受了点情伤，眼看着他最近整个人状态都不太稳定，不仅突然表现出对海洋摄影的极大兴趣，听说来年年中我要办展，还试探着问是否可以和我一起办个摄影展。说是转做导演后他就没再办过展览，但这些年私下还是拍摄了一些作品，一直想找个时机展出来。

虽然我觉得这事不太靠谱。

作为摄影师的许书然是个非常典型的超现实主义派，作品调子怎么忧郁怎么来，且全部追求人类和大宇宙的潜意识对话。我这朴实的自然主义派在关乎摄影的问题上没有和他互相吐着口水掐起来，这已经很对不起我的精神导师彼得·亨利·爱默生，更不要说一起办个展。但想到他刚和女朋友分手，不好过多刺激他，话就没说死，只说有机会有好题材那大家能一起办个展览也挺好。

接着就得到聂亦离开 S 城的消息。还是许书然做的传话人。

许导三言两语，说我昨晚掉了手机，正好被他捡到，本打算第二天一早来还我，没想到半夜时聂亦打来电话。

昨晚剧组搞海边烧烤，我被林导灌了酒，被童桐搀回去躺下时很快人事不知，自然不知道忘了拿手机。揉着太阳穴接过手机谢过许书然，想想又问他聂亦有没有说别的什么。

许书然坐我对面拿个小汤匙调着咖啡，答非所问问我："你没有和聂亦说我来这儿了？"

我说："哈？"没太搞懂他问这话是什么意思。

他说："聂亦好像很惊讶我在这里。"

我想想好像是没告诉聂亦许书然在这儿，又觉得这不是什么大事，就随意含糊了一声。

我还记着刚才那问题，一边翻着手机一边再次问许书然："聂亦他，真没再说别的什么？"

他笑了一声，挑了挑眉："他当然不会和我说太多。"

我魂不守舍地跟许书然告别，找了个僻静角落回拨电话给聂亦，那边却已经关机。再打给褚秘书时褚秘书颇为惊讶："Yee 四个小时前就上了飞机，这次他们请人请得很仓促，只听说是某处实验室出了点问题，需要麻烦 Yee 过去看看。几个人突然就到了公司，我们连一点准备都没有。"听褚秘书的描述，这当然不会是聂氏的实验项目，想必又是上面的某个保密实验。人一被他们请上飞机就又要失联好一段时间，并且不知道他什么时候回来。

我万分后悔昨晚怎么就把电话忘在烧烤摊上了，不死心地问褚秘书："他就没有什么话留给我吗？"

褚秘书道："有份新年礼物，Yee 已经准备了一阵子，本想新年时送给您，但可能今年他没法回家过新年。"

我还在后悔昨晚宿醉的事，捂着额头皱眉："什么礼物？宝马，香车，美人？"实在没忍住抱怨，我说，"我这儿紧赶慢赶好不容易工作结束一大半了，就想早点回去给他个惊喜呢，他怎么又走了，上面怎么老找他啊？我们国家除了他就没别的生物科学家了吗？"

褚秘书很客观："所以除了 Yee 应该还邀了别的学者。"又失笑道，"不是宝马香车美人，是同悉尼 Archeron 公司的一张订单，他们已经组建出来整个科研团队，需要您过去指点。"

我捂着额头疑心自己还没醒酒，我说："您刚才说，有个什么科研？还需要我指点？"

褚秘书四平八稳："是的，因为那是您的潜水器，需要挑战海底多少米，满足什么功用，每一条细微的要求都会影响整个潜水器的研发，所以需要您指点。"褚秘书已经在帮我安排时间，"您来年初要去一趟澳大利亚，正好可以同科研组会面，或者您最近要是有时间，我也可以安排视频会议早点启动项目。"

我本能说："不用，不用视频会议，还是去澳大利亚再说。"又愣了半晌，发言，"这是聂亦送我的新年礼物？"

褚秘书道："是的。"

我在那儿神游天外，我已经很久没有和聂亦说起潜水器这回事。

我以为虽然这婚姻刚开始倚仗的是交易——我同他结婚，他给我买潜水器——但他已经开始向这场婚姻里投入感情，既然如此，他自然再没有必要给我如此巨大的金钱补偿。

后来康素萝问我，你那时候是不是在想些有的没的？想着人家聂亦居然还给你买潜水器，是不是还将这场婚姻当交易？你是不是特别难过特别不高兴，觉得这侮辱了你对他的爱情，简直就想徒手拆了潜水器砸他脑袋上？我知道你们女主角内心戏都很丰富，就是要这么纠结的。

我说没有，真的没有，他就算送我个九位数的棒槌我都觉得是终极浪漫了，不要说是潜水器。九位数呢，说送就送了，他人怎么这么好，我都没来得及反应。

康素萝顿时不知道该怎么继续评价我的心路历程。

事实上那时候等我反应过来，内心其实也有点担忧，我还问了褚秘书："你说，聂亦他今年新年送这么份大礼给我，标准这么高，明年新年他还能只送我个包包？或者一百个包包？起码得在印度洋里买个私人岛给我才压得住这个新年礼物的标准啊，是吧？我真为他担心！"

褚秘书停了两秒，问我："您需要我和Yee暗示一下您除了喜欢潜水器还喜欢印度洋私人岛这事吗？"

我立刻说："好啊好啊。"

褚秘书："……"

再后来我和康素萝说："真的，我那时候才体会到嫁给聂亦的优越性，简直就像嫁给了阿拉丁神灯。那句话怎么说的来着，宁愿抱着阿拉丁神灯哭，不愿抱着阿拉伯王子笑。"

康素萝表示他并没有听过这句话，同时很好奇："阿拉伯王子们不也很有钱吗？"

我叹息："但他们并不是有求必应，且他们还要娶几百个老婆，嫁给他们简直就是嫁给了十部《甄嬛传》。"

许书然第二天一大早来和我道别，说后期公司那边出了点问题，他必须赶回 L.A.。那时候我一半沉浸在同聂亦分别连个电话都再打不了的神伤中，一半沉浸在人生的究极奥义居然已唾手可得的喜悦中，根本分不出情绪来和他好好说再见。但好歹还是一起在酒店餐厅用了个早餐。

许书然大有深意地看着我，仿佛他的电影后期会出问题全赖我。这黑锅我当然不能背，笑说许导可不是我在您后期公司里做了手脚赶您回去。

他端着咖啡杯也玩笑道："那必然就是你先生干的了，他这是不愿意我们在一起再多待一分一秒。"

我说："许导，您这是就赖上我们家了是吧，冤枉不了我就冤枉我们聂亦。"

他笑了笑没说话。

那之后如同往常聂亦参与那些机密项目一样，很长一段时间没有他的消息。

因为前期赶工赶得快，拍摄完一看进度表，工期比预计的省了近十天。

眼看着次日就要回国，当晚下榻酒店却迎来不速之客。

11.

童桐说雍可在出酒店向西走大约两千米的海岸处等我。我问她那是个什么鬼地方，是有酒吧还是有咖啡座，童桐抱着脑袋想了好一阵："好像啥都没有，就是个荒滩。"反应过来说，"挑这么个地方，她不会是约你单挑吧？"我边换衣服边回答："她要有这个魄力我也敬她是条汉子。"童桐明显担心："我还是给宁少打个电话让他陪你一块儿去……"我腾出手来给了她后脑勺一下："想什么呢？就你们宁少那身手，我保护他还差不多，脑洞别开那么大，估计大明星就是想找个僻静没人的地方好说话。"

即便是冬天，这坐落在大西洋畔的海岛也是气息如春，但难免入夜后风从海上来。

我搭了个外套，顺手提了两瓶啤酒出门赴约。

热带树沿着海岸线一路缠绵，间中亮起路灯，海潮声此起彼伏，沙滩上偶尔能看到并肩牵手的情侣。路过一个小海湾时，还看到一群小年轻席地盘坐着边喝酒边大笑聊天，旁边的便携音箱里飘出热情的桑巴调。这实在是个典型的北美海岛夜，空气中每一寸都是闲散的、却生机勃勃的味道。

再往前走，人声渐渐稀落。顺着海岸线转弯，突然看到不远处有个女孩被人拉拉扯扯。再近几步，月光星光路灯下，看清被三个拉丁裔男青年围在正中间的女孩居然是雍可。她正表情慌乱地挡着其中一个青年伸过来的手臂，帽子和手包都落在地上，另外两个青年则在一旁拉长了调子起哄，听声音看身形，都像是喝醉了。这一片虽是公共海滩，倒也没有不安全，只是过来度假的三教九流，常有年轻人抱着美女拎着酒去海滩开夜 party[1]，喝醉了难免闹点事。

三个人，个头都不太高，看着半大不小的样子，又都喝醉了，只要他们没带枪，揍起他们来明显我的胜算要大。

雍可突然尖叫起来，个子最高的青年拽住了她的手，歪歪斜斜地和她说着什么，其他两个人起劲儿地哄笑，大概是觉得雍可叫得挺好玩，也蹭上去要拉拉扯扯。

我拎着俩啤酒瓶走过去，雍可一眼看到我，也不知认没认出我是谁，一脸惶恐地喊救命。

---

[1] 派对。

三个青年停下拉扯雍可的动作，一个小矮个摇晃着流里流气凑上来，大着舌头调戏我："哇喔，又来一个辣妹，一起找点乐子啊——"

"是啊，找点乐子。"我说，将啤酒放地上，抬腿就给他踹了过去。被一脚踹翻的小矮个一脸蒙圈地倒在地上，另外两人愣了一下才反应过来，嘴里骂骂咧咧地扬起拳头就要揍过来。看他们是掏拳头不是掏杀伤性武器我就挺镇定了。两个打架没什么准头的醉鬼都对付不了，就实在对不起上个月见天和聂亦在道场打来打去。

花了点时间将两人挨个踹翻，看他们躺地上爬不起来，我跟愣在一旁一脸空白的雍可点了下头："帮我捡下啤酒，走吧。"

大概是被吓狠了，回到酒店在餐厅坐定时雍可仍有点发抖。服务员端来一杯热柠檬水，她捧着水杯，好半天才冷静下来。我打量了她片刻，看她虽然刚才一张脸被吓得泛白，喝了半杯热水倒又红润过来，打眼望过去比我还健康，并不像是从医院里拼死逃出飞回A国来找我聊天，我也就不准备跟她太客气了。

我们相对无言了起码五分钟，她神色复杂地看我："聂非非，我以为你讨厌我。"

我垂着眼睛喝啤酒，说："是啊。"

她没说话，静了一会儿，道："我也讨厌你。"顿了顿说，"但你刚才帮我解了围。"

我抬了下眼皮，说："顺手。"

她突然生起气来，将杯子重重推到一旁："该谢谢你我不会赌气不感谢。"似乎意识到自己音量有点高，略微侧目留意了一下周围状况。

我真是反应了好一会儿才理解清楚她这别扭的文法。这句话应该就算是拐着弯和我道过谢了。我看她的表情和动作，道："这都过10点了，餐厅这时候一般没人，其实你有什么话邀我在这里说就好，虽然没外面安静，但胜在比外面安全。"

她抿紧嘴唇："你在讽刺我？你懂什么，你以为这些服务生她们不会关注我，不会好奇我和你聊什么？"

我笑了笑，想她大概的确要找我谈什么重要事，不然不会谨慎到这个程度，但我本来就不是个善解人意能配合别人的人。我说："哦，我管不了这些服务生会不会关注你，但你有什么事就在这儿和我说吧，我不挪地儿了。"

"你！"

看她被呛得说不出话，我把适才被她移到一边的水杯往她面前推了推，示意她喝口水冷静冷静。有时候我也搞不太清楚雍可，每次都要被我气得说不出话，完了却老是要主动招惹我，我真不知道她到底是喜欢我还是喜欢聂亦了。

她在那儿冷静了好一阵，突然道："我息影了，你知道吧。"

我说我不知道。

她又噎了一下，大概也知道继续和我呛声就谈不了正事，咬着牙快速地调整了面部表情，平平板板道："不，准确说是退出演艺圈了，我会回 Y 校继续我的学业，之后会在那儿继续念研究生，导师是曾经教过 Yee 的教授，他对我的研究课题很感兴趣。"她停了一下，抬眼道，"你知道我为什么做这个决定吗？"

我喝着酒继续说不知道。

她直勾勾看着我道："我当初放弃学业是因为 Yee，现在重新开始学业也只会是因为 Yee。对我来说怎样都无所谓，留在演艺圈也没有什么不可以，但聂家不会接受一个在演艺圈里的儿媳。"

她今晚话真多。我慢半拍，将她的整句话在脑子里过了一遍，有点不可思议地问她："你说的聂家，是指我公公婆婆家？"

她微微偏了头，云淡风轻道："只有经历了生死，才知道自己真正想要的是什么。从前是我太幼稚，只会一味置气，有些误会要解开，总要有一方主动努力，而有些事情错位太久了，就该有人站出来让它回到正轨上去。"

这事虽然荒谬，但我想我应该没理解错她的意思，我说："等等，你经历了生死，然后你觉得你真正想要的，是来抢我老公？你是这个意思？你不觉得你这脑回路挺清奇的？"

她脸上一白，但很快就调整成面无表情，一字一顿道："聂非非，你们到底为什么会结婚，你自己心里清楚。"她加重语气，也不知道是为了说服我还是说服她自己，"这本来就不是抢，Yee 原本就该和我在一起，你才是那个后来者。"

林导选择的这座酒店近年才新建起来，整个设计都有点后现代主义，尤其是餐厅：棕色的不知名金属勾铸出棕榈树的轮廓，线条流利且凌厉；十几棵金属棕榈撑起大片玻璃，隔出一方空间，打磨出男人们喜欢的冷硬质感，夜灯朦胧时，又渲染出女人们中意的梦幻浪漫。

我一边拿当年上当代艺术课写论文的劲头鉴赏餐厅的室内设计，一边有一搭没一搭听雍可给我讲故事。

雍可讲的这个故事我已经听过两个版本，分别来自谢仑和谢明天兄妹。不过她的版本和他们的版本都不太一样。在她的版本里，聂亦和她是有过一段的。

故事的大体内容和谢仑兄妹描述的差不多，无非是某花花大少看上某天之骄女，痴心一片，穷追不舍，天之骄女却爱上花花大少的天才好友，一路追寻着天才的足迹前去 A 国念高中大学。好不容易在 Y 校与已经念博士的天才意中人再相聚，命运弄人，花花大少竟也考来 Y 校念大学。因彼此同样优秀聪明，少女和她的意中人在相处中互生情愫，花花大少却偏要来插上一脚，去哪儿都是铿锵三人行。然在这些三人聚会中，互相在意的两人，无论是面上心照不宣的一个对视，还是身体莫不经意的一次碰触，莫不真真切切地诉说着用文字难以说清道明的暧昧情意。可意中人碍于同花花大少的友谊，一直没有向少女表白，直至少女忍不住同他倾诉衷肠，在令人难耐的巨大沉默之后，他依然推开了少女。少女一恨之下休学去做了明星，多年以后同意中人山水再相逢，却不想物非人亦非。

故事中的天之骄女是雍可，度数能达几千瓦的超级电灯泡花花大少是谢仑，而那位与少女有着难言情意的天才少年，就是聂亦。这整个故事我听着简直就是一部韩剧。

"我是 Yee 的初恋。"雍可最后跟我总结。

我喝完一瓶啤酒，尽量客观地跟她评价这事，我说："听你这么说，你们也没在一起过，这顶多算是互相有点好感，而且说不定还是你误会了。"说着开了第二瓶啤酒。

雍可看了我好一会儿，道："聂非非，承认我是 Yee 的初恋对你来说有那么困难吗？还是你只是不想接受这个事实而已？"不等我回答，她像突然回忆起来什么似的道，"其实最初在 A 国的几年，我一直很难习惯西式食物。那年冬天，有一次下课时我和他们说我特别想吃秋葵虾仁。那个周末有暴风雪警报，Yee 冒着大雪开车去城外的亚洲超市买到秋葵、料酒和鲜虾，回城时交通几近瘫痪，但他还是赶回来给我做了秋葵虾仁。"她面上露出一个笑。雍可不常笑，在我面前即便是笑也多是冷笑，乍见她脸上露出这样全然放松真正开心的一个笑容，令人颇有惊艳之感。

我继续喝着酒，没有发表什么意见。聂亦的确会做菜，我前一阵刚知道。

她挑起眼梢看我："为什么不说话？"

我放下啤酒瓶说："哦，我在听，你继续。"

她愣了一下："继续什么？"

我抬眼看她："你不是还要告诉我，经历了这次住院，你发现聂亦他依然很关心你，你们俩其实是两情相悦，我应该自觉早点退位让贤？"

她脸上乍红乍白，半响，冷着脸压低声音："我不会对你说那样的话，聂非非，你自己很明白你和 Yee 也许有感情，但你们的婚姻动机不纯。他对你可能有一点感情，但并不深。"

可见那晚在客厅我和聂亦说的那些话，她全都听得清清楚楚。我晃着啤酒瓶笑了笑，说："你说得对，所以呢？"

她皱眉："其实在某种程度上你刚才说得没错，这次我住院，他很紧张，每天都来探望我，"她分辨我的每一寸表情，道，"我知道他一直没有忘记我，他对我的感情还在。"

我说："你说的这些……"

她突然把自己的手机放到我面前："他最近来医院时我拍了一些和他在一起的照片。"

我看了一眼她的手机，没有接过来也没有推回去，我说："你说的这些我都不太感兴趣，雍小姐，我还是提醒你一句，你肖想的这个男人已经结婚了。"

她滞了滞，却哼了一声："聂非非，你是在害怕吗？"

我说："你真有意思。"

今晚她来找我摊牌，估计从没做过这样的事，加之坐下来摊牌前又刚被几个醉鬼吓得半死，因此和我说话时一直带着点紧张，偶尔还会有点不太寻常的举动，比如给我看她的手机。但聊到这儿她像是终于镇定下来，重新有了以往咄咄逼人的气势，坐姿稍稍前倾，目光里含着兴味，向我道："你的确是在害怕。"

这人一镇定下来立刻就变得更加难缠，我笑了笑，问她："哦，我不知道，我为什么要害怕？"

她眯了眯眼睛："因为你知道你和他其实并不相配。说起来，聂非非，你除了会拍照，他的事业你懂得多少？你什么都不懂。他一旦被请去参加一些国家项目，你连去哪儿找他都不知道是不是？他每年都要花大量的时间在这些项目上，这是他的工作，也是他的人生，你却无法走进他的这部分世界，"她抬手勾起滑下来的刘海，衬着她一贯的气质，那动作有一种冷淡的柔媚，"不过我可以，"她说，"我可以和他一起受邀去参加这些项目，我可以陪在他身边，支持他，甚至帮助他。只有天才才能走进天才的世界，聂非非，你还不够天才。"

雍可一向傲慢，她倒是的确有资本傲慢，长得美，会演戏，人又聪明，一边做明星还能一边做科研，无论是国内国外排学霸明星榜，一直是名列前茅。摊上这么个尤物做自己情敌，是谁都要感觉压力山大。

我又喝了两口啤酒，我说："其实你心里还是希望我主动退出吧？不然我就想不通为什么你非要大老远飞一趟过来和我聊这么大半天了。我给你理理，你希望我主动退出，主要是两个原因对不对，一是聂亦爱你比爱我多，二是聂亦找个天才会更配他。"我看着她，"不要这么凝重，我们谈事情要剥开现象看本质，还要有逻辑，聂亦教的。"

她冷淡道："不用你说，我比你了解他。"

我放下酒瓶："OK，就算是你比我了解他吧。"我继续，"前一个原因，我需要回头亲自和聂亦求证一下，要是他真对你旧情难忘，"我对她笑笑，"我不会为难有情人。至于后一个原因，我觉得我也挺天才的，没有配不上他。"说完继续含笑看着她。

不会为难有情人。我还有空发散思维想我好像曾经在哪儿也听说过这句话。哦，是谢明天，当初我杀去谢家带酒醉的聂亦离开，她就对我说了这句话。

我走了两秒钟神，抬头只见雍可定定看着我："聂非非，"她道，"你是不是觉得感情是很简单很容易理解的事，人类也是很简单很容易理解的生物，每一个人都知道自己真正想要的是什么，都会诚实地表达自己的感受？"

我说："你是说，聂亦有可能仍喜欢你，但仍拒绝你，因为感觉和我结了婚要负责任什么的？"我恍然，"所以你才来找我而不是去找他。"

她不再说话。

我说："哦，我不太在乎这些。我不管他潜意识里对你怎么样，我只管他怎么和我表态这事。"

她沉着脸，突然冷笑了一声："我以为你们搞艺术的都内心敏感脆弱，想要纯粹的爱情。"

我将一只手揣裤兜里："你认为我内心敏感脆弱？真的？"我抿着嘴唇看她，"不，我心有猛虎。"

西格夫里·萨松的那句诗怎么说的来着？"心有猛虎，细嗅蔷薇"①。

---

① 为英国诗人西格里夫·萨松代表作《于我，过去，现在以及未来》中诗句。

我心有猛虎，刚愎傲慢，只能对唯一认定的那朵蔷薇花温柔以待。

唯有那么一朵蔷薇，我对它有无尽的爱和宽容，不愿也不会苛责。我觉得这很浪漫。

她大概是没有听懂，也不屑再和我继续讨论，发狠道："你最好记住你的话，不会为难有情人。"话毕也没再多说什么，拎着包转身就走了，背影好强地挺直，经过吧台时却不小心跌了一下。

我没有立刻起身，坐那儿将啤酒全部喝光，又将服务生端过来的一杯冰水也喝光了。转头看向窗外，玻璃上觑见了自己的影子，我就对着那影子笑了一下。可毕竟不是真正的镜子，并没有看清楚那笑里藏着什么。

没有人真正了解自己的潜意识。

收到许书然短信时，我和童桐已经候在机场，宁致远要回一趟法国，定了下午的机票。许导的短信风格和他的说话风格保持了高度一致，二十个字内交代完事情："雅克来我这儿了，有时间飞过来喝酒？"紧随着文字信息配了张他和某棕发蓝眼帅大叔的早餐合影。我一点儿没犹豫，言简意赅回他："可，晚上碰头。"回头支使童桐："订两张去 L.A. 的机票，马上可以走的那种。"

童桐很惊慌："不，不回国了？我妈后天还给我安排了场相亲，我看照片还挺满意的。"话脱口才意识到自己说漏了一个惊天大秘密，脸迅速涨红，整个人都有点不太好的样子。

我摇晃着手机："那就定一张吧，我去 L.A. 你回国。"

童桐红着脸，假装犹豫："可没我跟你一起，你的衣食住行怎么办呀？"

我继续摇晃手机："我又不是个智障，离了你生活就不能自理了，你回国相你的亲去，那些事我自己电话搞定。"话刚说完被我摇晃着玩儿的手机"啪"一声摔在了地上。

我们一起沉默着看向对方。

童桐肉疼地捡起刚给我买的 8plus，抽了抽嘴角："开不了机了。"一边默默地给我订机票酒店安排接机一边小声嘟囔，"还说自己不是个智障。"

我给了她后脑勺一下，童桐软着嗓子小声求饶："别别，非非姐，我才是智障。"

临上飞机前童桐千叮万嘱，让我落地就去买个手机，但落地后一路堵车到酒店，和许书然他们碰头时已经8点多，也没找出时间去解决手机的事。

雅克·杜兰是个法国人，当代最著名的天文摄影师之一，成名多年，是我的大学教授雅各·埃文斯的至交好友。埃文斯在世时，杜兰曾经数次前来纽黑文探望他，因我那时候对天文摄影也挺感兴趣，所以跟着他请教了一阵子，算是他的半个门外弟子。

不太清楚许书然怎么会知道我和杜兰认识，想来大概是他和杜兰有交情，同在摄影领域，不经意聊起我，才发现大家都挺熟，可以一起约个酒。

许书然定的地方很安静，我最后一个到，看到他们找了个角落正在低声交谈。上一次见杜兰还是在埃文斯的葬礼上。我见过的西方人中，杜兰不算长得最英俊，却是最有风度，那种风度内敛低调且老派，不像个艺术家，倒像个国会议员。前几年有一部电影叫《王牌特工》，科林·费斯在里边饰演一位绅士派头十足的英伦特工，那气质和杜兰有点异曲同工。

杜兰看到我便站了起来，脸上露出笑容，他生性严肃，少见笑容，我想这几年他一定过得并不快乐，因此即便在笑脸上也满含忧郁。但我实在很激动能再次见到他，走过去给了他一个大大的拥抱礼。许书然显得有点惊讶，大概是只知道我和杜兰算熟，不知道熟到这样的程度。

彼此寒暄后大家就着一些寻常话题聊了一阵子，许书然突然有电话进来，走到一旁去接电话。杜兰取出来一只大信封放到我面前："打开看看。"

拆开来才发现是五张尺寸一致的深海水母照片，我脱口而出："六亿五千万年之花。"

六亿五千万年之花，那是埃文斯生前所办的最后一次摄影展的主题。他花了八年时间走遍全世界的海洋，拍下数百幅水母图，那是一项壮举，那场摄影展在业内影响很大，可载入教科书。那应该也是埃文斯一生中最好的时刻。

其后便是他爱上周沛。他爱上周沛后就没有什么好事，疲于应付小情人和不断涌现难题的生活，也没有什么心思再办展览，再然后就是车祸离世。

但我记得那场辉煌的展览，六亿五千万年之花，那些照片摄人心魄，像是用埃文斯的灵魂娇养而成，整个Ａ国海洋摄影界在那之后再没有出现过更震撼人心的展览。埃文斯一向根据作品来决定照片尺寸，且每个作品一贯只出一张照片，出过之后就不会再保留底片，所以每一幅都是独一无二的绝版。我记得那场展览后，大部分的展出作品都被埃文斯捐给了博物馆，极少部分在随后被拍卖，他自己只保存了大概十来幅。

我内心震动，抬头看杜兰，他道："他的许多作品都在我那里，这次再来他的国家，也是想为他的作品找到合适的人，好继续代他保存。"

我没理解到这句话的意思，只看到他的脸在昏沉的灯光里有些清癯黯然。突然就想起埃文斯的葬礼，那时候我满心沉浸在对周沛懦弱得连情人的葬礼都不敢参加的愤怒中，其实没有太关注葬礼现场。但突然回顾，我确实还记得杜兰那时候的背影，看着很寂寞孤单，像是一碰就会支撑不住倒下去。是了，那时候在葬礼上看到他，我其实有点惊讶，因为他已经很久没再来探望过埃文斯。想想应该是埃文斯和周沛在一起后，杜兰就再也没来过纽黑文。

我觉得自己像是发现了什么。但我说不出话来。

他也没有说话，只是微微垂着眼。

我终于开口，将照片推到酒桌中间，我说："这些太珍贵，我不知道教授他希望不希望由我来保存，我想他还是更希望你来做他们的保管人。"

他道："如果我还有时间……"

我有点茫然。

他突然笑了笑："如果他没有出车祸，我想一切都会不同。"大概是很难得找到人一同回忆这位老友，他沉吟了下，继续道，"我一直有关注他的消息，知道他过得不好，可能在这个国家也不会再有更好的将来，我邀他来法国，也帮他筹备好了工作室。如果他想继续在大学任教，我是说，他很喜欢教书上课，很喜欢孩子们，这和我不一样，我也可以让他去大学继续上课。他出车祸的前一天回复了我，说他想要来法国。"

我突然就敏锐起来，我说："你们……"

他看了我两秒钟，有些释然，也有些难堪，他道："我是他最好的朋友，"顿了顿，加了句，"他一直这么认为。"

我不知道该说什么，想起他刚才说什么时间，我说："你说你没有时间了是指？"

他浑不在意："我的肺部长了个不太令人欢迎的小东西。"

我捂住嘴。

他却道："能很快见到他，对我来说是一件值得高兴的事。"说这话时他甚至对我弯了弯眼睛。他今年四十多岁，一直保养得很好，脸上并没有烙下多少岁月的印记，那样笑起来时甚至像是很有精神，整个人富有魅力，完全看不出来是个绝症病人。

没过多久许书然就回来，两人开始聊近年的冒险，还有一些特别的摄影尝试，所有的话题都很有趣，但我一直无法集中精神加入交谈。显然许书然并不清楚杜兰的身体状况，这场小聚眼看就要有往深夜发展的趋势。我借口旅途劳顿，许书然才终于招来司机。

那晚我很晚才睡着，睡着也不得安宁，尽是离奇梦境，醒来已经是次日下午。听杜兰昨天提起这趟旅行安排，有说过今天下午就会离开 L.A.，我赶紧打电话去他房间，却无人接听，再打去前台，听说他已经退房。

无论是杜兰的感情还是他的病情，都叫我感到难以言说的沉重。

我突然特别想念聂亦，想和他说这件事，想他总有好的道理教我看开这生离死别，人世无常。但我没有手机，我也不知去哪里才能找到他。就像我妈写的诗："这世界如此巨大，有山有海，将我们隔开，亲爱的，我找不到一条路，到你的身边去，或是让你，到我的身边来。"

12.

三藩市离 L.A. 几百公里，飞一趟差不多一个半小时，市内有个挺大的亚洲博物馆，上网浏览时发现有个日本只拍花鸟山林的摄影师这段时间正好在那里展出近几年的精选作品，就准备过去看看。晚饭时间碰到许书然。许导大约是想尽地主之谊，询问我接下来的安排，听说我打算逛去三藩看展，言谈间流露出兴趣。

结果第二天下午果真在展览现场碰到许书然，站在一幅处理成水墨风格的云雾风景跟前，视线凝在墙壁上的巨幅照片上，眼神却像是放空了，模样有点神游天外，我站他旁边好一会儿他都没发现，移步时还差点撞到我身上。匆忙说对不起时才发现是我，他像是愣住了，定格在那儿好几秒，然后突然像是被打开了什么开关，如释重负地走过来一步，笑着道："我想可能会碰到你，没想到真碰到了。"

我也看着他笑，又看看他周围："许导一个人？"

他点头："一个人。"终于反应过来我在暗示什么，哭笑不得道，"你以为我带了女伴？"

我继续笑，理解地拍拍他的肩："不用防着我，我不是娱记，不会回去乱讲，你 enjoy。"说完退两步跟他心照不宣地眨了眨眼睛，就笑着准备离开。

没走两步他却跟了过来，单手揣在休闲裤裤兜里，目视着前方道："没和你一道不是因为有女伴不方便，是因为今天上午我才确定自己有时间过来，以为你一大早的飞机已经飞过来了。"顿了顿又道，"我已经空窗好一段时间。"

我惊讶地看了他一眼。看不出来许书然一个花花公子，分个手还能伤情这么久，可见他对 Erin 应该是很不一般，可既然放不开干吗还要分手，我倒是不太认为会是 Erin 主动要甩他。花花公子的世界也是让人搞不懂。

他问我："看完展你有什么安排？"

我又惊讶地看了他一眼，说："没什么，就瞎逛。"

他点了点头。

我不太理解他点这个头是什么意思，就直问了，我说："你点什么头？"

他说："我也跟你一起逛逛吧。"

我更惊讶了，我说："难得过来一趟，你一个单身男青年跟我这种已经死会① 了的有夫之妇瞎逛什么瞎逛，酒吧夜店到处都是，辣妹那么多，去嗨呀。"

他皱眉："我在你心里是这种形象吗？"顿了顿道，"我不怎么去酒吧夜店。"

我说："什么这种形象，酒吧夜店又不是什么不好的地方，我结婚前经常去好吧。"

他没说话，我们就又走了一会儿，他突然道："我不能和你一起去逛逛吗？"

我看他今天是跟逛一逛杠上了，随意道："你不嫌无聊我无所谓，有人帮我拎东西我求之不得。"

他偏头看我："拎东西？"

我说："是啊，我待会儿去逛 mall②，给聂亦买几身衣服，哎……你走那么快干吗？女人的瞎逛就是逛商场啊你以为是逛什么？"

当晚去买了手机，购了半箱子物，许书然倒是没跟着来，估计听从我的建议找地儿嗨去了。刚回到酒店将手机卡上好就收到童桐短信留言，说有急事让我赶紧打给她。

我就赶紧打给她了。

———————————

① 闽南语，指已有伴侣，或已订婚、结婚。
② 商场。

没响两声电话接通，童桐劈头盖脸问我："非非姐，你和姐夫联系上了吗？"

我反应了下她说的姐夫是谁，整个人都坐直了，我说："啊啊啊？"

童桐哭腔道："那就是没联系上了？"

她和我讲事情原委，说是刚回国到家手机上就进来一个未显示号码的电话，她以为是广告，挂断了好几次，对方却不依不饶，她就有点兴趣想要知道对方到底是哪个公司的电话营销员了，结果一接通才知道是聂亦，吓得立刻从床上滚了下去。

我急得半死地打断她，我说："是这样的童小姐，我对你的心路历程一点兴趣都没有，重点呢？聂亦他回来了？还是回来了又走了？还是他出了什么事？"思维一发散到这里，我手抚着额头觉得自己冷汗都快下来了。

童桐愣道："啊，那倒是没有，姐夫他还在项目上。听声音好像也没出什么事，可能就是上面法外开恩允许所有科研人员在那天联络一下家属吧，然后他没打通你的电话就打了我的，问我是不是和你在一起。我说我们才分开，我回国了你去 L.A. 找许导他们玩儿了，你手机还摔了估计一时没买新的，然后我给了他酒店的电话和许导的电话。"

童桐继续讲了些有的没的，我脑子转得飞快。

也许聂亦打给了许书然或者酒店，但是他们都没有接到那个电话？也许时间紧迫，聂亦和童桐通话后已经没有余裕再尝试进一步联系我？

我怎么就没有好好听童桐的话，一下飞机就赶紧去买个手机？

那天晚上，他尝试着联系我的时候，可能正是我特别想念他的时候，我在那里兀自烦恼着去到哪里才能找到他，没想到他也在到处寻找我，可怎么我们又错过了？

我问童桐："那通电话你录音了吗？"

童桐立刻跟我发誓："我没有要你非非姐，聂少真的给我打了那么一通电话。"

我气急败坏："你还炫耀！我想听听他的声音，你录音没有？！"

童桐嗫嚅道：“没，没……”

我叹了口气。

童桐已经要哭出来了：“以后聂少每一通电话我都录下来，我不知道啊非非姐，我不知道你这么想念他。”

“是啊，”我听到自己的心脏怦怦跳，那一瞬间我觉得我也想哭了，我说，“我很想念他。”

一整晚我都没睡着，第二天早上浑浑噩噩打电话给褚秘书，拐弯抹角打探近期他们公司有没有公务机出行 A 国，比如我公公要过来出个差什么的。

褚秘书尽职尽责：“是器材和行李不方便运输吗？”

我含糊着说并没有那么多器材也没有那么多行李。

褚秘书顿了顿：“哦，那就是有什么不想错过的电话了……”不知想到了哪里去，“唔，那的确是很重要，”咳了一声道，“可能下周或下下周董事长会飞一趟纽约，时间确定后我给您一个行程表。”

我长吁了口气。

和聂亦连续错过两次，我已经不太敢相信这阵子自己的运气，要是坐公共飞机回国，说不定关掉手机的十多个小时里，聂亦又会给我电话。蹭聂董的湾流回去至少不用我关手机，就算推迟一阵子再回国也没有什么，反正最近的确算闲，并没有特别重要的事。

一等就等了一个多星期，聂亦他爸还没飞过来，我的表姐芮敏倒是先来一步。芮敏一个半月前正式入了聂氏，被安置在清湖的药研院，具体哪个职位我也没太搞清楚，这次据说是专程过来和某实验室谈她主攻方向的一项专利引进。

当天下午和芮敏在酒店喝了个下午茶，大家胡乱聊了聊各自近况，然后就听她提起雍可。

大概因在沐山别墅的乌龙，提起雍可来芮敏依然有些讪讪：“她倒是很潇洒，原本做明星做得风生水起，却能说退出演艺圈就退出，前一阵纸媒网媒天天都是她的新闻，溺水，退圈，进聂氏，每一桩都闹得沸沸扬扬，今年怕是不会再有女明星比她更有话题性。"

我说："进聂氏？"

芮敏惊讶："你不知道？就在清湖，聂院亲自负责的 T7 实验室。"

我说："不是听说她要回 Y 校继续学业？"

"啊，这个，"芮敏解释，"准确说是聂氏对她的一个科研课题感兴趣，愿意提供给她物力财力支持，协助她完成这个课题，课题若出成果，公司和她共有专利。这是清湖的科研站一直以来的操作模式，特别是对年轻的科研人员，算是很大的支持。"她笑嗔我，"你们家的公司，倒是要让我来给你解释，你平常也不费一点神关心一下？"

我笑觑她："没心思，没兴趣，还没能力，怎么关心？"

她掩嘴："我们家就属你活得最不操心，最不接地气。"

我提醒她："哎别忘了还有我妈。"

芮敏笑着点头称是，又继续刚才的话题："听说雍可那事也是前两天才最终定下来，我看她应该会为了这个推迟回校吧。"

我"哦"了一声。

芮敏欲言又止，半晌道："她那课题，其实聂氏并不是她唯一可以合作的，回 A 国她说不定能拿到更好的资源。她一门心思要来聂氏，十有八九……"她停了停，"你知道我和 Jeremy 离婚是因为什么原因。"

芮敏前夫 Jeremy 是个 A 国人，他们结婚那年我正好本科毕业，没多久 Jeremy 被调去异地工作，和芮敏常年两地分居。可能是耐不住寂寞，不久这人就开始和他同办公室的同事婚外恋，再后来发展到和芮敏离婚。

芮敏道："近水楼台先得月，更不用说雍可从前还认识聂院，"她叹了口气，"聂院出差前有阵子常去市二院，我还搭过他一次便车，"她有点踟蹰，但还是缓缓道，"雍可那阵子就住在市二院。"

我抿着茶水，偏头看在钢琴区弹琴的一个白人女孩子，说："那姑娘叫

Catherine，曾经在 KS 艺术中心表演，最拿手曲目是李斯特的《唐璜的回忆》。"

芮敏深深看我："不要转移话题。"

我笑说："钢琴我不太懂的，你比我懂，只是想请你鉴赏鉴赏。"

芮敏叹了一口气，停了好一会儿抬眼看我："罢了，我说那些话不是挑拨你们夫妻关系，是告诉你，非非，别成天待在外面不管世事，就算两个人结了婚，婚姻关系也远没有你想象的那样牢不可破，你要上点心。"

大概是很难得有这么个时间将整个人从工作中抽离出来，身体被彻底放松，竟迟来地感觉到劳累，总是睡不太够。送走芮敏后我点了个熏香就开睡，直到在梦中听到手机铃声。接电话是最近我人生中的头一项大事，即使半梦半醒也准确摸到手机，眯着眼睛看屏幕，是康素萝。

窗帘被拉得严实，岩兰草蜡烛燃到一半，灯如点豆，暗室生香。

我塞了耳机去倒水，康素萝在大洋彼岸开门见山："听童桐说雍可还去找你了？她怎么还有脸去找你？她都和你说什么了？"

我喝完半杯子水才感觉发哑的嗓子缓过来，回答她："还能说什么。"一边打开落地窗帘一边挑还记得的部分和她分享了下那晚同雍可的聊天记录。

天色居然并不晚，地平线尽头还能看到一圈冬日余晖，被暮色镀得暗淡，像是西方油画中描绘即将入夜的旷野时常用的色彩。那氤氲的淡黄色以肉眼可见的速度逐渐加重，深黄，紫橙，再到黛青，我跟康二的天才聊到一半，所有的色彩已全部融入夜的漆黑与静谧中。

光与影与地平线。宏大的一场表演揭开整座大陆冬夜的华章。

我一边顺手拿着手机拍来拍去，一边听康素萝唠叨。

康二唠叨半天，发表了许多有关她觉得雍可是个不要脸的神经病的感想，末了小心翼翼来问我："那什么，她，她的话你相信吗？"不等我回答又立刻拔高声调，"是，我相信她就算去找你她也讨不到什么口头上的便宜，你酷嘛，你气死她还差不多，可，可私底下你是不是想了挺多的？你会不会不开心？"我都能想象她在电话那边一边担心我还一边逞强地拍胸脯，"没事啊非非，你和我说，有什么不开心我帮你出主意啊！"

我在沙发上坐了好一会儿，将旁边的落地灯打开又关上，关上又打开，我说："康二，除了我爸我妈我爷爷姥姥姥爷还有聂亦，这世上我就最爱你了。"

康素萝鼻子里哼了一声："我靠谱嘛。"

我笑着跟她说："雍可这人真是挺讨厌的，自恋又高傲，可我也有这毛病，所以这只是我对她的偏见罢了。不过讨厌她归讨厌她，要说她会故意来骗我，我觉得这倒是不太可能。或许她感觉聂亦对她有许多不同都只是她的一厢情愿，又或许她没有一厢情愿……但所有这些都只是她的猜测，问我要不要去相信她的猜测，我倒觉得还不如我主动去问聂亦。"

康素萝立刻说："是啊是啊，现代社会，有什么误会是打一个电话解决不了的呢？要是有，那就打两个。"说完又立刻沉默，"可你现在能联系上聂亦？"

她一句话戳得我心窝都痛了，我捂着胸口说："不能……"

她还来："既然暂时联系不上聂亦，那我问问啊，你潜意识里是倾向相信雍可的猜测还是……"

我说："……康二你再问你信不信我和你绝交？"

康二大惊："啊？啊！对不住啊非非，我不知道你不想说这个事，我刚听你那么说以为你现在特别理智一点不情绪化咱们可以好好分析分析这问题来着。"

我说："其实，"顿了顿飞快说，"聂亦说不定真的喜欢过雍可，不过那都是过去的事，我过去也喜欢过……"

康素萝打断我："你过去谁也没有喜欢过，聂亦是你的初恋，然后你和你初恋结了婚，"她一针见血，"你的感情世界特别乏善可陈。"

我张了张口，然后我说："好吧，我不知道。前几天我其实有点乱来着。"

我终于鼓起勇气跟康素萝坦白，我说："大部分时候我是信心十足的，我觉得聂亦他就算曾经欣赏喜欢过雍可，现在也绝对不会对她有什么的，他现在喜欢我啊。可有时候又会害怕，害怕联系上他，然后他告诉我雍可说的都是真的，我们差不多到此为止吧。"

康素萝没有安慰我那不会发生，反而问我："如果那真的发生了，你要怎么办呢？"口吻还循循善诱，聪明理智得完全不像她本人。

好一会儿，我说："就像告诉雍可的那样，我不会为难有情人。"

康素萝顿了半天，道："好，我们现在已经有了一个结论，如果他选择雍可，你会和他离婚；但如果他承认他的确没办法完全忘记雍可，可他也喜欢你，还是想和你继续过下去……"说到这里连康素萝都感觉聂亦要真是这样那他就实在是太渣了，弱弱道，"好了当我没提过这假设。"

我倒是认真思考了下她这个设定，我说："那也一定要继续过下去的啊。"

康素萝震惊："你讲真？"

我有理有据地和她分析："其实我最开始根本没想过要得到他的爱对不对，我的初衷只是想和他在一起，按照你的假设，他还是愿意和我在一起，这完全不违背我嫁给他的初衷嘛，所以我只需要将对这段婚姻的心理预期重新降低到四个月前那个水平就行了，没差的。"

她喃喃："你说的好像也很有道理我一时竟无法反驳，不过，'四个月前'是个什么梗？"

我说："四个月前我们结婚。"

我揉了揉额头回她："我们结婚时我其实没想过有一天他会说他喜欢我，可最近他说他喜欢我，我就……"我笑了笑，我说，"那简直像是打开潘多拉的盒子，一下子让我变得特别贪婪，但你还记不记得去年我和聂亦相亲那一阵？我一直记得那时候自己的心情。那时候我对他没有所求，能和他多说两句话都感觉是自己赚到，所以每一天都过得特别开心。"

康素萝凝重地打断我："非非，你一直都特别没有安全感，"沉声道，"都是聂亦的错。"

我惊讶说："不，那不是他的错。安全感么，这问题我没想过，可能他

184

喜欢我这四个字，我有时候表述出来自己都会感觉很不真实，所以对于这种喜欢，怎么说呢，我觉得特别珍贵，像大海里惊鸿一瞥的某种漂亮未知生物，可也特别镜花水月，所以有固然是很好，好得不得了，可没有……总要做好它会没有的准备是不是，毕竟是……"我语无伦次了好一会儿。

康素萝再次打断我："你还特别悲观。"

我和康二小六年的交情，第一次被她堵得说不出话来。

良久，我说："这叫安贫乐道，是一种生活态度。"又和她讲道理，"和聂亦的事，我虽然也会困惑，偶尔还纠结，可爱情不都是这样的吗？我就是最近没怎么控制好自己，想要的变多了。"

康素萝道："你是受伤了，非非。"

我说："……你今晚讲话让人好难接下去。"

她道："你都没发现吧，你今晚会和我说这些，还说了这么多，这说明你其实受伤了。"

我将窗户拉开，迎面一阵冬夜的冷风袭来，将脑子也吹得清醒，停了一会儿，我说："如果是谈感情，这世上唯一能伤我的就是聂亦了，可他现在不知在哪里忙着什么科研课题，可能什么都不知道，我们不能对他这么不公平。"我吁了口气，笑了笑道，"好吧我突然觉得自己这几天都想太多了，最坏的不过是聂亦曾经喜欢过雍可，我不觉得他现在还对雍可有什么，更谈不上在我们之间做什么选择。"

康素萝重重"嗯"了一声："你能这么想是最好。"

不久以后，当我躺在医院里无所事事时，再回想起这段时间里对于和聂亦这段感情的所有情绪，不得不承认康素萝无意中说对了，那是一种悲观。

关于我和聂亦的未来，我从来没有像这段时间那样悲观过，那就像是昆虫和野兽们对于糟糕未知的神秘直觉，像是蚂蚁在火山爆发前的群迁，抑或是蟾蜍在地震来临前的集体大逃亡。

那时候，我为什么会在潜意识里一遍又一遍告诉自己镜花水月终会消失？大概是因为感知到了这段感情即将走向终点，所以本能地开始自我保护吧。

康素萝不远万里打来越洋电话帮我做心理分析的那一晚，我们有过很多假设，假设聂亦会给我电话，说我们就到此为止吧，或者聂亦给我电话，说他的确对雍可难以释怀，但他不愿意和我分开。

可现实终究难以预料，它可以比预想中最糟糕的状况还要更加糟糕。

那是回国前的倒数第二天，褚秘书打来电话，说聂亦希望和我协议离婚。

其时我刚和我妈通完话，同她商量好今年的春节安排，又和她有一搭没一搭地抱怨了估计聂亦今年不会在家过年。我妈安慰我说男人们都这样，你总比军嫂们要好得多。又和我讲她的某位军嫂朋友，二十年前连生孩子丈夫都没在身边，临盆时还是邻居们帮忙送去医院。

因为和我妈的这场对话太过温馨寻常，以至乍听闻褚秘书在电话中所言，我一时都没有反应过来。

挂掉电话我立刻不记得都和褚秘书说了些什么，只记得这通电话中有大量留白，我问得很少。

我又坐了半刻钟，重新打电话给褚秘书，我说："我不知道这到底是怎么回事，好端端的说什么离婚，聂亦他回来了？我能不能和他通个话？"

褚秘书在电话那边安静了好一会儿，才道："这些您刚才已经问过，您不记得了吗？"他的声音很温和。

我说："啊是吗。"用力吞咽了一下。

褚秘书依然很温和，再次回答我："Yee 没有回来，只是电话交代我办好这件事。"

我说："这太……"我找不出来一个形容词，我说，"我想不出来为什么他会提出来离婚，我们一直好好的，他是不是，"脑子里自动闪现出一个因由，我说，"他是不是出了什么事？"我卡在那儿说不出来更多的话，嗓子一阵干哑，额头渗出冷汗，"他到底怎么了？"

褚秘书沉默了好一会儿才重新开口："Yee 没有出什么事，我知道您会觉得突然，Yee 只是说……"

我打断他的话："不要骗我，要是他没出事他怎么会……"

褚秘书道："他说是时候放您离开了。"

我一下子定在那儿说不出话来。

褚秘书道："我也很惊讶他会做出这个决定，但那时候，"他停了停，道，"我不知道你们这是一段契约婚姻，他说你们有过约定，到合适的时候要放对方离开。"说到这里褚秘书叹了口气，"你们年轻人实在太胡来，婚姻大事也是可以这么儿戏的吗？"听上去是一句责备，但他立刻道歉，"对不起，是我失言了，只是你们这件事实在做得不妥。"褚秘书年轻时曾做过很长时间聂氏的公关部长，说话最是滴水不漏，此时漏出来这一两句疑似责备的言语，可见实在是很失望。

若他不提及，在这极其混乱的时刻，我已经忘记这段婚姻动机不纯。

褚秘书继续道："他知道您对潜水器有多执着，所以离婚协议上有关潜水器这一条已经列了进去，您考虑一下还有没有什么其他需求，都可以提出来一并列在协议中。"

我说我没有。

褚秘书突然道："我不太明白，您听起来很难过。"

因为这是一段契约婚姻，所以可能在外人眼里，就算丈夫突然要同我离婚，我也没什么可难过的。契约婚姻么，不过是为了骗渴望子孙安家立业的老人们而装装样子。欺骗老人家已经很不像话，何况这段婚姻我还开价颇高，九位数的潜水器，我有什么理由好慌乱难过？

我深深吸了口气，说："哦，没有，只是有点震惊。"还有条有理地跟他确认了取消和聂董事长一起回国的计划。

褚秘书道："没事就好，你们都很理智，不用人担心。"

我其实没有那么理智，那之后整整三天我没出过酒店，总觉得生活突然变得像是做梦似的不真实。

第三天时许书然打来电话，说要过来一趟纽约，行程排在次日，若我近日没有回国计划，可否出来喝顿茶。

我模糊回他到时候联系。

许书然感知灵敏："非非，你不太对劲。"

我的确是不太对劲。这几天我一直没办法思考，百分之九十的时间脑袋都是空白的，像有一层云雾缭绕，即便用力拨云见日，云雾背后也只是一团充满寒意的空茫，思维也变得十分迟钝，喝一点点酒就会醉，好处是喝一点点酒就能得到安睡。

面对这样的身体状态，我感觉自己别无他法，因此整三天都待在酒店，只喝一点点酒，感觉醉了就立刻蒙头大睡，饿得醒来就叫客房服务，即便胃口不好，也尽量多吃一点东西。

我想休息够了大概脑子就能好好思考，就能想清楚该怎么面对和处理突如其来的这件大事，能够明白未来会是什么样，该是什么样。

许书然担忧道："明天晚上我们见一面吧，吃个晚饭，给我你的酒店地址，我让助理安排附近的餐厅。"

我其实一点也不想出门，但又觉得出门也许对自己现在的状态有好处，就和他约了个时间。

大概是当日午夜，接到雍可电话，她似笑非笑同我道："聂非非，我听说 Yee 最近正在和你办离婚。"我没说话，她道，"你会好好配合吧？我记得你答应过我，不会为难有情人。"我说："是，我说到做到，祝你们幸福。"

挂掉电话时才感觉自己手在抖，怔了一会儿，胃里突然一阵恶心，刚到卫生间就开始吐起来，抱着马桶呕了半天，因为晚上没怎么吃东西，只吐出来胆汁。扶着马桶站起来时人又开始发晕，待那阵眩晕过去，才回到卧室给自己烧了杯水。透明热水壶里，逐渐沸腾的热水追逐着底座那圈表示通电的蓝光，发出咕嘟咕嘟的轻响。

这时候才终于有点明白为什么聂亦会突然提出离婚，就像一团乱糟糟的毛线团，终于被我拎出来一个线头。也许是为了雍可。我不知道。

我希望自己这一生都活得明丽潇洒，因此对雍可从前的许多挑衅不过一笑置之，我厌恶争风吃醋，就算到现在，即便聂亦是因雍可才要和我分开，我也希望这只是我和他的问题，是感情的问题。一段感情行将结束，有因有果有始有终，没有欺骗和背叛，即便结局并不完满，它也纯粹美好，值得铭记终生。多年后回忆起它来，能够像回忆一朵花旧日的芬芳，可以带着哀伤和遗憾告诉友人，那个人他有更爱的人，我不是正确的人，我们陪伴过彼此一阵，那是很好的时光，最终却不得不分开，这是很哀婉的人生。

我厌恶雍可用那样的口吻提及聂亦、我和她自己，仿佛我们所处的不是一段感情，而是一场战争，而聂亦是一个战利品。在她的言语中，这不像是一段感情因天意人意而不得不夭折，不管谁是谁非，经历过的人都感到哀伤；却像是一场战争因豪夺和拼杀而终成定局，胜者为王败者为寇。那面目有一种难言的可憎。

我不愿再想起这个人。

将热水捧在手里，发呆了很长一段时间，直到感觉杯子里的水温度适宜，然后一口一口将它们喝下去。胃逐渐温暖，但肢体还是冰冷，盖再多的被子也没有用，蜷缩在床上难以入眠。我看着漆黑的天花板，数羊数到第一千只，爬起来倒了杯甜白。

一整杯甜白下去，感觉脑子开始发晕，这是睡眠的最好状态。

在睡梦中听到手机又开始丁零丁零响不停，我从被窝里伸出手，迷糊地将电话接通，用鼻音"喂"了一声，并没有听到电话那边传来应答，只听到清浅的呼吸声。不属于我的呼吸声。

那样的呼吸声真像是聂亦。迷迷糊糊中，我想，这是梦。

聂亦终于打来了电话，就算这是个梦。

聂非非，你压抑了多少天，你痛了多少天？你等了多少天他的电话？

我闭着眼睛开口问他："聂亦，你好不好？"

他没有回答。

这是梦，他当然不会回答。

停了好一会儿，我问出来一直想问他的话，即便已经有答案，却还是想问："我们为什么要分开？"

他依然没有回答。

我知道他为什么不回答，因为这是我的梦，所有他会说出的话，其实是我想让他说出的话，而关于这个问题，我不知道该让他怎样回答。

我听到自己哽咽起来，那哽咽转为啜泣，我将嘴唇抵住话筒："我不是你在这世上最亲密的人吗？"

聂非非，你真没用啊。

那呼吸声却像是突然沉重起来。

我继续问他："你怎么就不要我了？"

我捂着胸口，小声道："我觉得很难受。"

这是梦，聂非非，不用再逞强和掩饰，事情已经这样了，不会更坏了，你可以说出内心最想说的话，可以示弱，可以丢脸，可以抱怨，可以痛哭。你是不是很想痛哭一场？

我被梦中的潜意识蛊惑，一点一点哭出声来，最后连说话都只能是抽噎。

我抓住枕头，只觉得脸颊所触的布料已经全部湿透，无意识地喃喃："我觉得特别难受，聂亦，你为什么不要我了，我一点也不坚强，你不要我了，我该怎么办？"

我不记得自己哭了多久，电话没有被挂断，也一直没有被回应。

我想，可能是我渴望他倾听我，但却没有为他想好那些问题的答案。

醒来时完全不记得昨天晚上发生了什么，也不知道到底几点，窗帘遮挡之下室内还保持着夜的暧昧，加湿器在幽暗床灯下滋滋冒出白气，空气中残留了一些岩兰草的气味。开灯去卫生间洗漱，看到镜子里的人颇不像样，头发乱得像一蓬枯草，眼睛肿得像两颗桃。站到淋浴喷头下，被热水冲刷了好一会儿才有一些实感，想起来最近自己是在一个什么样的处境中，又想起来今天和许书然有约。

在枕头下找到没电的手机，一边找插座给手机充电一边看了眼床头座机上显示的时间，下午4点，倒是没有睡过头。我坐在床尾，打算试着想点事情，头却针扎似的开始疼。那还是暂时什么都别想吧，我给自己做安排，先出门和许书然吃个饭。

也许出趟门会好很多。

两分钟后打开手机，发现有一个未接来电，还有两条许书然的短信。信息难得不再简短，说下飞机就给了我电话，结果我关机，所以他短信给我餐厅地址，开机后请我给他回个短信或是电话。我边给他回短信边叫了个客房服务，然后打开窗帘，坐在妆台前开始给自己化妆。

5点半时踏出客房门，走到电梯口时想起忘记带手机，又折转回去。将手机从电源上取下来，却突然记起来昨晚半夜做的那个梦。起床时我是在枕头下找到我的手机。我从不将手机放到枕头下。

整个人都有些恍惚，那是一个梦？或者并不是梦？

手指颤抖地打开通话记录，凝了凝神才敢看向手机屏幕，红字标示的许书然的未接电话下面是一通未显示主叫号码的通话，呼入时间是凌晨3点54分，通话时长十四分五十二秒。我回忆这通电话的始末，只记起来一些零碎的片段，那些片段中我一直在哭，而对方一直没有回应。

酒店里暖气十足，我握紧手机，却感觉全身都开始冷起来。我宁愿那是个梦，因那样我还能够劝解自己，在那似乎足够漫长的十四分五十二秒里，他没有同我说一句话，是因为我没有为他想好他该说什么样的话，我想让他说什么样的话。

可既然那不是梦，听到我那样的示弱，他却没有半点回应，那代表着什么？

是了，他从不是拖泥带水的人，既然已决定我不再是他的良配，何苦再多说话让我怀抱期望，这样拖拖拉拉，并不是一件好事。

191

只是，我不应该示弱的。不应该在他面前哭得那么伤心。

或许他只是打来一个电话，最后同我说一句道别，我却那样失态，几乎像是在死缠烂打。我曾经在心底承诺，给他的一定会是非常好的爱情。其实到现在，我也不知道非常好的爱情应该是什么样子，但一定不是昨晚我呈现在他面前的那样。

脑子终于转起来，能够理智地想一些事情。

我这个人，实在是有点奇怪的。

如康素萝所言，对和聂亦的这段感情会有什么样的结局，我其实一直很悲观，只是态度乐观罢了，又有一些愚勇，所以明知是飞蛾扑火，却只怕自己的翅膀不够结实，不足以支撑自己飞到那最危险的火焰深处。我爱聂亦，所以从不后悔这乐观和愚勇。但我一定又是天底下最自负的人，所以才会在一开始对他提出离婚感到那么惊讶，才会以为他是出了什么事才要坚持和我分开，而从没想过他是诚实地面对了自己的内心：他其实还爱着从前爱过的人，不能割舍，因此觉得余下的人生我不再会是他的良伴。

而今多少天过去了？我终于能够面对这个现实。

我一直在忽视他的过去，总以为对于每个人来说，现在才应该是最重要的。可能那只是因为我没有那么重要的过去罢了。

我恨过去这个词，但过去又有什么错呢。我只能遗憾在我十二岁初遇他的那一年后，再次遇上他，我实在用了太长的时间。

在一起的曾经有多么快乐，现在就有多疼。这是代价。

我深深吸了口气下楼，大厅里遇到在四楼咖啡厅弹钢琴的 Catherine。西方女孩子天生夸张热情，亲热地挽住我的胳膊："Fei 你居然还住在酒店，我以为你已经离开，既然还在怎么不来听我弹琴？"

我说："啊……啊，最近有一些事。"

她盯住我的脸："Fei，你的脸色很不好，"她指着自己的眼眶，"眼角发红。"

我也指了指自己的眼眶："这个么，最新的眼妆。"

她半信半疑。

我和她笑："今晚我有约会，明晚来听你弹琴。"

许书然给的餐厅的确很近，两个街区就到。这一片街区相当繁华，即将入夜还有许多行人在外漫游。

我一直有些心不在焉，步伐却是快的，走到一处阶梯时听到身后传来一声惊呼："小偷！"本能回头去看，一位穿粉色大衣戴毛线帽的女士从过街天桥的尽头跑过来，边跑边高声叫嚷："拦住他，拦住他！"我还没反应过来，身体被大力一撞。

整个人从阶梯上落下去没有花到两秒的时间，先是背部传来疼痛，紧接着腹部传来剧痛。一阵阵剧痛从腹部蔓延开来，有人高声叫："那女孩流血了！"周围立刻有人围过来，我不清楚是谁将我扶起。腹部痛得痉挛，的确感觉到有血液从下身涌出，四肢开始发僵发冷。

我小声地抽着气，不知道这是怎么回事，周围的谈话声变得朦胧，我的额头上冒出大量冷汗，眼前也阵阵发黑，听到救护车声时，终于没忍住晕了过去。

两天后，我接受了那个事实，有一个孩子，在我的肚子里孕育了八个星期，现在那孩子不在了。

我从来不知道自己怀了孕，也不知道自己的身体并不如想象中健康，我的卵巢里藏着一个畸胎瘤。许书然说我在天桥阶梯上的那一摔引发了畸胎瘤蒂扭转，造成大出血，孩子难以保住，甚至连我自己都有生命危险，因此医生进行紧急手术切除了那只瘤和我的半边卵巢。手术很顺利，但需要留院一段时间进一步观察。他面带犹豫地补充道，手术不会影响我今后怀孕，但是可能降低受孕概率。

据说我出事时许书然打来好几个电话，医院就顺理成章联系了他。从手术中醒过来，得知流产之后我有点自闭，医生难以和我交流，因此大多事情都交代给他。直到我从自闭中回复过来变得正常，才发现他已经在医院陪着我熬了两天。

许书然坐在病床的角落："我给聂亦打过电话，联系不上，"他皱了皱眉，"他还没有回来？"

我点了点头。

他又道："至于其他人，我不知道你是不是愿意让你父母知道，所以没有帮你联系。"

我赞同道："不告诉我父母是对的，不要让他们担心，你已经帮了我太多，没有你在可能……"

他温声："没有我在医生们也不会不救治你，只是有朋友在，可能你多少会好受一些。"

我想他这是好意，不愿让我难堪，也不希望我觉得承他太多情，就跟他笑了笑，我说："你能不能帮忙联系一下我的助理，另外……"我停住了。

他说："另外？"

我说："我流产的事，你可不可以帮我保密，谁也不要告诉？"

他皱眉："谁也不要告诉的意思是……"

我说："我希望知情人只有你、我，还有我助理。"

他看了我好一会儿："非非，你和聂亦之间出了什么事？"

顿了五秒钟，我说："我们正在办离婚。"

看得出来许书然很震惊，半晌，他的脸上出现难以形容的神色："我以为你很爱他。"

我闭上眼睛笑了笑："是啊，我很爱他。"我叹了口气，"我很爱他，可世间事总是有些复杂。"说完小声打了个哈欠。

许书然没有再说话，大概有一分钟，我听到他离开了病房。

病室彻底安静下来。我感觉眼角泛起了湿意。

小时候看那些少女漫画，尤其愿意看到真心相爱的男女主角在婚后迎来他们的孩子，无论多么严肃冷淡的男主角，那时候都一定会表现出难言的高兴，仿佛整个世界只有开心和欢笑，这天下人间都是一片譬如伊甸园的幸福乡。我喜爱品味那种浓郁的幸福感。

我还记得在沐山的那个夜晚，风在林间穿梭，夜鹭在山风里低叫，角几上的书页轻声翻动，聂亦微微仰着头对我说："非非，我想和你有个孩子。"

我相信那时候他是真的想和我有个孩子。我相信那时候他是真心的。

我其实幻想过如果我和聂亦有了孩子，我会怎么样，他会怎么样。那些虚妄却又细致的幻想总是从医生告诉我怀孕的那一刻开始。得知那个消息，我开心得不得了，觉得人生简直可以就此圆满；我推掉一切工作，保持均衡的饮食，合理的健身，还买很多植物种在花园里，想着它们将会成为这孩子第一批与他同岁的朋友。聂亦也是高兴的，每天都能看到他的笑容，虽然很忙，但还是拿很多时间陪我散步种树做产检，也会像电视里那些即将为人父的年轻人一样，偶尔犯傻，贴在我的肚子上要听小宝贝的声音。

我总是在入睡前想这些，想得心里泛甜，然后满足地入睡。

那时候无论如何也没有想到，孩子来时，我会处在这样一个困局当中，而此时的聂亦，他应该并不期待这个孩子。

也许这孩子自己也知道，所以才离开了。

回想这一段感情路，真是很长，又很单纯。我年少时喜欢上聂亦，为了他，没有辜负自己的十一年光阴，十足地努了力，才长成现在这个让自己也喜欢的样子。后来阴差阳错，我同他结了婚，因只是一场契约婚姻，所以我们答应要在合适的时候放开彼此。如今他找回了从前他喜欢的人，他觉得那才是他此生的良伴，我其实应该信守承诺，并且祝福他。他一直对我很好，是个很温柔的人，即便不爱我，我也没有爱错这个人。

这些事我全能想通，所以所有的这些，只要时间足够，我都可以接受并且承受。

只是，为什么要让我失去孩子呢？

是上天还是对我不够信任？不信我就算生下这个孩子也不会去打扰聂亦？不信我就算只有一个人也可以把这个孩子养育得快乐健康？还是世上已有太多伤心人，上天哀怜世人，不愿再增添令人感伤的生命？

可要是这个孩子能被生下来，他会长什么样，笑起来会是什么样，说话呢？说话时会是什么样的声音？

我无法控制自己去想这件事，但每想一次却只是将自己伤得更深。我以为我足够坚韧，从前也并不知道人生中遇到什么样的事算是残忍，现在却身临其境地明白，我没有保护好这个孩子，失去他，对我来说便是人生中难以抵御的残忍。

我捂住自己平坦的腹部，突然就泣不成声："妈妈喜欢你，妈妈很高兴能够拥有你，为什么不给妈妈一个机会？"

病房门口传来脚步声，我压低声音，那脚步声顿在那里良久，终于还是没有叩门进来。

那大概是许书然。

童桐在第二天下午就赶过来，来之前我们通过电话，她大致已经了解情况，看到我却仍然眼圈泛红。宁致远常开童桐玩笑，说她是个小动物，软糯可欺胆子小。他那么看童桐，是因为这小姑娘将所有的靠谱都花在了我身上。

童桐过来后许多事情都渐有条理，譬如积极地和医生交流完我的病况，估摸着我的出院时间，认真地在我妈面前为我不能回国过年找借口；又譬如计划着我的恢复期，有条有理地和宁致远重新做出一版来年的工作安排。

时间在她的忙碌中逐渐过得快起来。

大概是在临出院的前几天，我在病院的草坪上碰到意想不到的人。杜兰。

离上次那顿晚餐不过半月余，他整个人却比上次我们见面时枯瘦得多。天上难得有太阳，但冬日里草坪泛黄、枯树嶙峋，即便阳光澄净，瞧着也是满目萧索。他坐在轮椅里，膝盖上搭着厚实毛毯，身后站着一位长相秀丽的亚裔护工。大约是我挡住他身前阳光，他微微抬头，看到是我，眼中微讶。但他一向风度良好，并没有太过讶异，很自然地同我笑了笑。

我半跪在地上握住他的轮椅扶手，忘了先同他打招呼，脱口而出的是一句"我以为……"我以为即便是绝症晚期，病魔也不至于这样快地摧毁他的身体，我以为离死神到来终归还有一段时日，一年，至少应该还有一年吧。

这话题令人悲伤，并且下意识想要躲避。

他看上去虚弱又苍老，声音却如从前那样雅致安静："能再次见到你，虽然是在医院，也让我很惊喜。"

我说："上次见到您您还很有精神。"

他简短同我解释："我也以为应该还有一段时间，但在酒店晕倒被送来这里后，"他笑了笑，"医生认为出院对于我来说可能不是一个好主意。"他环顾了一下整座病院，"大概这里会是我的最后一站。"

我们都很清楚他所说的最后一站是什么意思。我喉咙哽了一下，不知道该说什么。

他微微偏头看我："你怎么也穿着病员服？"

我停了一下，道："意外流产，做了一个小手术。"

他仔细地看我，然后伸手握住了我的手，他的手指冰凉枯瘦，握住我时也显得没什么力气。但那轻握已经是一种安慰，他说："Fei，你看上去很不好，不要太过伤心，生命的来去总是有它自己的道理。"

我摇头说我已经没有在伤心，又询问他的病况。

他只是笑笑："我吗？"又重复了一遍那句话，语气非常沉静，"生命的来去总是有它自己的道理。"

在医院的最后几天，大多时间我都待在杜兰的病房里。

杜兰是国际象棋的高手，他精神好时我和童桐轮番陪他下棋，精神不太好时我们轮番给他念他感兴趣的侦探小说，许书然偶尔也会加入。有天傍晚回病房时和许书然并肩同行，半路上他突然问我："雅克现在的病情，"停

197

了停斟酌词句，"你认为医生已经为他提供了最好的治疗吗？"

我沉默了一会儿答他："是他自己拒绝的。"

许书然吃惊："为什么？"

我答他："他明白无法治愈，不愿意为了微乎其微的延长生命的可能性，而让自己毫无尊严地浑身插满管子离开人世。"

许书然安静了两秒钟，道："万一会发生奇迹呢。雅克他一生天才，创造了许多摄影奇迹，"他转头看我，"他是不相信他也能够创造生命奇迹？"

我知道许书然十分崇拜杜兰，他其实一直不太能接受这颗摄影界闪耀得令人不能逼视的亮星行将陨落。

我苦笑了一下："这种事我没办法劝他，这是他的自由。"

许书然叹了口气。

出院后我和童桐在附近住下，依旧每天去医院陪杜兰，许书然消失了两天后又出现，也加入了这个病陪团。杜兰父母早逝，从未结过婚，因此无儿无女，血缘上的近亲仅剩下兄嫂一家人，但似乎他们之间的关系并不如何亲密，在医院那么久，始终没有见过他的兄嫂前来探望。中间他高烧昏迷过一次，醒来后主治医生来和他谈了很久，第二天他的私人秘书带了一行人从法国匆匆飞来。

靠近他病房时被两个黑西装的高个子挡住，刚好有西装革履的中年男士从病房中出来，可能是律师之类。房门打开一半，两鬓斑白的秘书先生出来将我让进去，又折转回来继续和杜兰说话。他们并不避讳我，聊的话题是葬礼安排。

秘书的表情非常沉重，话中几次哽咽，杜兰半靠在床头，神情却很闲适。他并不畏惧生命的终结。

有一天童桐突然神情莫测地来找我，拽紧了手机还咬着嘴唇。去杜兰病房时我不带包也不带手机，所以童桐手里拽着的是我的手机。

她声音僵硬："褚秘书说离婚协议已经拟好，发送了一份到你的邮箱，请你看有没有什么需要修改。"

我说："哦，这件事。"

她继续说："听说聂少已经回来了。"她抬头看我，"已经回来了好几天。"

我滞了一下，说："哦。"

她眼睛一下子就红了："他是不是没有给过你电话？"

我说："没有他必须要联系我的道理。"

童桐一字一顿说："你怀了他的孩子，流产了，差点没命，他会后悔的。"

我说："没有那么凶险，再说，他也不知道。"

童桐停了一会儿，终于道："我没有问过你，非非姐，可为什么不让聂亦知道呢？应该让他知道的。"

我说："他是个有责任心的人，让他知道，这婚也不用离了，大家还得一起过。"

童桐睁大眼睛："那不是很好吗？所以说不是更应该……"

我说："那样的话没有人会开心的。"

她看起来不太懂："可非非姐你现在就不开心，让他也不开心，这样不是很公平吗？"

在我的情绪还非常激动，头脑还不太能想事情，动不动就会哭的那一段时间，我就思考过这个问题。告诉了聂亦，然后呢？然后让他一辈子都陪在我身边？他一定会答应的。可这不是正确的路，强求来的陪伴谁也不会幸福，我们会彼此痛苦，且越陷越深，最终难以解脱。

我叹了口气，搭着童桐的肩膀和她做思想工作，我说："我是不想一辈子不开心。"

人要学会在不是自己做主角的故事里适时退出，退下来，才能遇到新的故事。

那天下午，杜兰突然和我聊起埃文斯。

埃文斯曾和我提过，他十八岁就认识杜兰，他们在同一个大学，他念摄影系，而杜兰其时在天文系攻读研究生。相识的契机在于他俩加入了同一个社团。但那社团很是莫名其妙，同天文以及摄影都毫无关系，是关于杂交植物观察，而且历史短暂，据说埃文斯加入时才成立第二年，除此之外，平时也没有什么活动，根本不知道大家加入进来都是干什么。但每年申请入团的学生却要挤破头，因为该社团拥有学校旁边最大的一栋独立别墅作为活动场地，可供成员们无偿借来开派对。

说是社团的几位主创者在别墅的顶层各有一个房间，那时候杜兰就住在其中一个房间。

埃文斯回忆说，他是在加入那社团半年后才发现这莫名其妙的组织居然还网罗了杜兰。那时候杜兰二十一岁，在天文摄影界业已成名，年轻英俊才华横溢，同他的才华同样闻名的，还有他孤傲难以接近的坏脾气。即便埃文斯在整个社团混得如鱼得水，也没有找到谁可以将他介绍给杜兰。但他太想要认识这年轻的天才，终于在那一年年末的圣诞派对后，借着酒后醉意壮胆，鼓起勇气爬上四楼敲了杜兰的门。可刚敲完门他就想跑，挪开半步时，杜兰已经打开了门，穿着睡衣站在门边有些困惑地看着他。他身后是一个敞阔空间，尽头是一扇巨大的落地窗，窗外正在飘雪。

"他喝醉了，"杜兰边回忆边同我道，"误敲开我的门，盯着我看了好一会儿，然后问我，你是谁，你怎么在我的房间？不等我回答就径直走进来，醉得整个人走路都向一边晃，却像是很熟悉我的房间，自己给自己倒了杯水，靠着墙喝完，然后坐在我的床上。"

他们这桩乌龙的整个经过我都听埃文斯讲起过，那实在是一段有趣的回忆。

此时回忆这段过去，杜兰看上去心情愉悦，我也心情愉悦，握着水杯笑问他："你当时为什么没有将他赶出去？"

他像是认真思考了一下这个问题，然后道："你没有见过十八岁的雅各，"沉吟了下转了话题，"他们艺术学院每学期都会举办学生作品展览，我见过他的作品，非常浪漫精彩。他也很爱派对，"他停了停，"我那时参加的派对不多，但每次都能看到他的身影，"他道，"你知道雅各是长得很好看的。"

我点头。

他同我描述："那时候他留半长发，眉目精致，说话时神采飞扬，非常耀眼漂亮。"

我想象了下，道："是的，我想你没有夸张。"

他优雅地挑眉，唇边带着一丝玩笑似的笑意："所以你应该不难理解为什么我没有把他赶出去。"

他继续道："他坐在床边似乎打算和我聊天，小声抱怨他最近遇到的倒霉事，因喝醉错将漱口水认作解酒饮料，一口气喝下一整瓶，被室友慌里慌张送去医院看急诊；还有熬夜写论文中途睡着不小心被口香糖粘住刘海，想将口香糖剪掉，却不小心手抖剪坏了整个刘海。"他停了停，口吻温柔而怀念，"那感觉很奇妙，那是圣诞夜，他突然出现在我的房间里要和我聊天，但我不说话他一个人也聊得很开心，似乎只需要我适时地表现出同情。但每一桩他的遭遇都很好笑，让人同情不起来。后来他讲累了，就睡着了。"说到这里他像是有点累，调整了一下躺着的姿势，我上前帮助他，在他头部加了个暄软的枕头，他微微闭上眼睛。

这一段我也听埃文斯讲过，他说他那时候非常清醒，清醒到能分辨出房间里的蓝牙音响里若有若无飘出的是哪一首宗教音乐。杜兰一直一语不发，就如同传说中那样高深莫测，让他心里一阵紧张。他时刻害怕被赶出去，因此只好不停讲话，假装自己真的醉得厉害，最后实在讲无可讲，就躺在床头装睡，没想到装着装着竟然真的睡着了。

有了这一次他刻意制造的乌龙，此后再遇到杜兰，他也不用再站在角落暗自焦急没有人能帮他引荐，他总是非常积极地过去同他打招呼，和他聊天。

然后他们逐渐建立起来友谊。

埃文斯当年同我讲这些，是因我好奇杜兰生性孤僻，为何他却能成为杜兰的朋友。讲这段故事时周沛也在，但他完全没有避讳，戏称杜兰是他此生唯一处心积虑追求过的人，因此他不仅仅只是杜兰的朋友，还是杜兰最好的朋友，没有之一。周沛那时脸色泛白，小声问我杜兰是谁。但我们都没有在意，埃文斯靠在椅子里笑："哦，他么，他不是这尘世中的人，一生只爱缪斯，将摄影娶做了妻子。"

病房里安静了好一会儿，杜兰似乎终于有力气总结他和埃文斯的缘分："能和他相识于偶然，之后又能成为他的挚友，对我来说其实已经很幸运。"

我踌躇了片刻，说："那并不是偶然。"

他微微偏头："什么？"

我说："那一晚并不是偶然，他和我讲过，他一直想要接近你，可苦于没有时机，那一晚他是故意的。"

房间里安静了很久，杜兰没有说话，神情有些发怔。

我心口发闷，闷得难受，我说："我不知道他心里是怎么想你的，我只是想说，你对他很重要，你对他的重要先于一切，先于他后来的所有感情。"

许久，病房里重新响起杜兰的声音："或许我们之间相互错过，或许没有。事实是这段感情贯穿我的一生，却没有得到过任何回应。我经历过嫉妒、沮丧、忍耐、悲哀，也经历过幸福和快乐。所有这些，对我来说都是很新奇的。"

我说："我并不是想让你伤心。"

他突然叹了口气，很温和地看着我道："我并没有伤心。"

他问我："你知道地球上一共有多少人口吗？"

我不确定："70多亿？"

他点头："这70多亿人里，有许多人一生都不会经历真正爱上一个人的体验，你觉得，到底有这种体验是幸运还是没有这种体验是幸运？"

我愣愣看着他，好一会儿，我说："我想是前者，可有时候，"我舔了舔嘴唇，"就像你所说的，爱让人嫉妒、沮丧、忍耐、悲哀。"

他笑了笑："但是无论你爱上的人是什么样的，爱这件事本身，会让你看到一个完全不同的世界。"

我喃喃说："这是好的吗？"

他点了点头："这是好的。"他道，"你从来就知道这是好的，不是吗？"

我揉着太阳穴笑了笑，说："我可能是最近有点疲惫。"

第二天临睡时我才有时间查看褚秘书发来的那份离婚协议。

好大的手笔。我看得发愣。

若每个人一生能赚多少钱都有定数，我觉得我离这一次婚，大概就把这辈子能赚的钱全部赚够了。

一整晚都没睡好，却还是做了梦，梦里还见到了聂亦。

次日杜兰询问我的黑眼圈，我想了想，觉得没有必要找什么借口，有点恍惚地和他说到离婚协议内分给我的庞大财产数目。

"有套别墅，"我说，"建在山里，所以尤其安静，"我顿了顿，"也尤其美。春有葳蕤绿树，夏有朗朗清月，秋有染霜红叶，冬有皑皑白雪。"

杜兰道："你像是在念诗。"

我赞同道："那就是像诗一样美的地方，我们都很喜欢。"

他停了一下道："你们？你和你的丈夫？"

我答他："准确地说，很快就要变成前夫了。"继续道，"他把这套别墅给了我。然后晚上我梦见我回到了那里，但却被锁在了外面，我翻墙进了前院，可没有办法再进到屋子里去了，只好站在客厅外。"

我和杜兰比画："客厅有一面落地窗，面向庭院，我站的那个位置可以很好地望进客厅。然后我看到原来是吧台的地方不知道什么时候被改成了一个开放厨房。"

我大概是失神了几秒钟，杜兰问我："然后呢？"

我靠进沙发："然后么，然后我看到他和他喜欢的那个女孩子亲密地靠在一起做饭，那场景很温馨自然，让人备生羡慕。我心里发凉，低头时不知怎么发现手里拽着一沓离婚协议书，茫然间想起来这份协议书里分了我多少钱，我就安慰自己说：有什么可绝望呢聂非非，没了爱情和婚姻，至少你还有钱。"

杜兰抬眼看我："既然能够这么想，那你还在难过什么呢？"

我沉默了两秒钟，轻声道："我想他是喜欢我的，如果不喜欢我，不用给我这么多钱，给我我们曾经约定的东西就好。他一向理智，从不冲动做决定，可他深思熟虑之后还是觉得给我钱就好，他要陪在另一个人身边。我难过的不是他选择了别人，而是他深思熟虑之后选择了别人，我在想，将来的某一天，他会不会后悔。"

杜兰皱眉："你在抱怨。"

我怔了怔，否认道："不，他并没有做错，他可以比较，可以觉得我不那么重要，不……"我说，"我其实也是有点重要的，只是没有那么重要罢了。他可以那样认为，那样选择，我也可以失望，可以难过，我们都可以有这样的权利是不是？这些我都很清楚，所以我没有在抱怨，我只是……"

我只是怎么样呢？

半晌，我苦笑道："你说得对，大概我的潜意识里对他是有抱怨的，我控制不住，我私心里，"我顿了顿，有些茫然道，"我私心里甚至是希望他后悔的，想要他受到折磨，我怎么会……"

杜兰沉默而略有担忧地看着我。

良久，我道："他其实不会后悔的是不是？"

杜兰安静了两秒钟，问我："你想要我怎么回答呢？"

我没有说话。

他客观道："既然他考虑了很久，那将来后悔的可能性应该很小。"看了我一会儿，突然问我，"如果他将来会后悔，你会开心一点吗？"

我出神良久，内心里一片空白，那空白却并不是茫然，而像是流水断开映照在山崖上的月光，极自然又极无奈。我说："无论将来会怎样，终归是无法改变现在了，那无论我对他的情绪如何，似乎都没什么意义了。只是这个结果……"

杜兰耐心地等待我的下文。

许久，我说："其实，这个结果也是好的，我们和平分手，彼此并没有怨恨。如果没有遇到他，我可能至今对爱情懵懂，遇到他，让我知道了爱一个人是怎么一回事，有多少人一辈子也不知道爱一个人是怎么一回事呢。"我勉强笑了笑，"这件事这样困扰我，让我难受，长久无法振作，可能是因为……"话赶话说到这里，我却似乎并不知道是因为什么，一时之间不知道该如何完成这个句子。

杜兰平静地陈述："是因为他太重要，你虽然答应分开，也认为分开才是正确的，但你却并不舍得他。"

我无法控制自己的惊讶，脑子里有点晕眩，我觉得这应该就是那个正确答案，却丝毫没有难题终于得以解答的轻松，内心反而突然滋生出一股巨大的无力感。

杜兰缓缓道："我们不能得到所有我们想要的东西，接受这样的事实总是需要一些时间，所以你没有必要立刻振作起来，可以给自己更多时间。但是……"他的面上难得露出斟酌的神色。

我几乎是凭着本能追问他："但是？"

他叹了口气："Fei，你需要认识到这件事：你无法得到他，你在他的人生里已经结束、成为过去了，否则我不知道你什么时候才能再次振作起来。"

我愣在那里，杜兰似乎有点累，安抚地拍了拍我的手，便闭上了眼睛不再说话。

当晚我给褚秘书回了信，接受了财产提议中的现金和一些不动产，外加那台已经在计划中的潜水器，婉拒了协议书中所列的其他资产。

那之后没有再收到褚秘书的来信。

两个月转瞬即逝。

杜兰在 4 月初的一个雨夜里停止了呼吸。

春天已经到来，枯树发新芽，草地也逐渐青翠茂盛。杜兰的病房外有一棵水青风，叶片嫩绿，那一整夜，我似乎都听到冷雨敲打叶片的声音，但其实窗户的隔音效果良好，并不能听到任何风雨声。

白天时我们有过短暂交谈，他那时候很清醒，但那样的交谈却像是道别。他同我道谢，说最后的时间有我陪在他身边，他觉得很幸运。我知道这段时间他是高兴的，我们常在一起回忆埃文斯，他知道了许多他从前并不知道的有关埃文斯的事，那对他来说是有意义的。可他其实没有必要感谢我，他也帮助我面对了许多。如果没有他在，我不知道这段时间我会变成什么样。

在进入新一轮昏迷前杜兰安慰我："我感觉很快就要见到雅各，所以并不觉得死亡有多可怕。"

我勉强笑着回他："这是我第一次觉得埃文斯先走是件好事，有他陪着你我们也不需要太担心。"

他蓄了一会儿力气，才道："他走那时候我很痛苦，我想他那时一定是害怕的，那边并没有他信任的人可以安慰他陪伴他。"

我握住他的手："所以他一定会很高兴见到你。"

他轻声道："是的。"

医生说他的情况非常不好。

我和他秘书一直守在他床边。

他一直在昏迷。

半夜时他醒过来，看到我时脸上带着一点愉悦："哦，Fei，你也在这里。"他说。

我说是啊，我也在这里。

他微微笑道："现在你可以看到他了。"

我说："谁？"

他的声音越来越轻："十八岁的雅各。"

我强忍住心脏的抽疼，也轻声道："啊，是啊，看到他了，留半长金发，眉目精致，神采飞扬，真是耀眼漂亮。"

他闭着眼点了点头，然后道："我们要走了。"

我的眼泪落在他枯瘦的手指上，但我没有哽咽，很平静地同他做了最后一次道别，我说："嗯，再会。"

杜兰的葬礼在纽黑文举行，葬礼当日天色晴好，日光清朗，风过流云。

他的朋友们从世界上每一个地方赶来，都穿着黑色的衣服，眼角眉梢充满沉郁。童桐给我看网络上的新闻，媒体纷纷致哀。有法国媒体称他是用镜头探索天空的王者，那篇文章字里行间充满了对一位伟大艺术家辞世的悲叹；文章配图是杜兰斜对镜头站在一棵巨大红杉之下，只露出侧面，右手抬起，安闲地抚弄头发，有风掀起他黑色风衣的衣角，他的模样像是要离开又像是要留下来。巧合的是我记得这张照片是埃文斯生前所拍。

虽然受邀前来葬礼的人数有限，但整个摄影界都是一片沉痛哀伤，听说在杜兰的故乡尼斯，许多人亮起蜡烛为他彻夜守灵。

但也有小报敷衍致哀后笔锋一转，冷酷揣测杜兰逝世后他的作品价值将会如何狂升，而他那些价值连城的诸多作品又会归属何处。

还有不喜欢他的人阴声阳气，对他为何会选择死后葬在异国提出疑问。

杜兰下葬的这一天，如同已逝的这大千世界的过去每一天，媒体得到了一个名人的死讯，那是一则讣告，也是一则新闻，有人真心惋惜悲伤，有人顺手惋惜悲伤，有人在社交媒体上随意转过这条消息然后立刻遗忘，有人捕风捉影一些趣事逸闻廉价作秀。

这世界也许会因一个人的逝去有一些小小骚动，但终归不会骚动太久。生命之重，在它本身沉重，可对于他人而言，再合理的估算，也要比那些生命本身的重量轻上许多。

仿佛这一刻整个世界都在关注这位伟大艺术家的死亡，可是和这个世界这一刻表现出的巨大悲伤相比，让我感觉讽刺的是，又有多少人会长久地记得他呢？

杜兰，这世界上，他们或崇拜你，或贬低你，无论如何，他们谈论你，但其实没有人真正地在乎你。没有人真正地在乎我们。

当然，我知道这一切你都不在乎。你在乎的人已经先离开了。

那好吧，我也不会在乎。

童桐悄悄推了下我，回过神来，才注意到司仪向我点头。我握着那张手抄诗走到司仪旁边。那是智利诗人聂鲁达的诗作。杜兰精神还好的时候将他抄了下来，那时候他同我说："这是雅各最喜欢的诗，我没有什么特别喜爱的歌曲或者短诗，我想若是他在，他会希望用这首诗结束我的葬礼。"

开始念那首诗时，我看到前面有位年轻的女孩开始掉泪。

> 我喜欢你沉默的时候，
> 如同你离开了，
> ……
> ……
> 当世间万物充满我的灵魂，
> 你从万物中浮现，
> ……
> 你如同我的灵魂，
> 如同一只梦的蝴蝶，
> 你如同"忧郁"这个词。[1]
> ……
> ……
> ……

葬礼结束，阳光依旧，天空也依然飘着许多云。附近忽然有一群鸽子飞

---

[1] 引自智利诗人聂鲁达的著名诗作《我喜欢你沉默的时候》。

起来，发出美妙的羽翼浮动的声音。

我突然有些明白埃文斯为何喜欢那首诗，但我不知道杜兰是不是明白。

我想起那天傍晚，他在病房里低声告诉我，无论你爱上的人是什么样，爱这件事本身，会让你看到一个完全不同的世界。

杜兰，让我们猜猜看埃文斯读这首诗时想起的是谁。

我猜他是在想你。

就像他给你拍的那张照片。

所有伟大的艺术家，他们的每一件作品都必然充满真情。

而在他的照片里，你如同"忧郁"这个词。

2018 年这个冬天和春天，我的身边笼罩了太多失去和死亡的阴影。

13.

徐离菲在那天黎明时起床打开了录音笔，然后整个白天她都塞着耳机，一直没有出门。

次日清晨，照顾徐离菲的小赵护士给褚秘书打了个电话，巨细无靡地汇报："……在 K 市时徐离小姐的状态就不太好，前天回来和您见过面之后，她的脸色更差，晚上入睡之前还有发热，我给她用了药，烧虽然很快退下去，但是她睡得不太好，很早就醒过来。昨天白天她没有出门，一直塞着耳机在听什么，饭吃是吃的，但只吃了两餐，而且都吃得不多。傍晚时候她用了电脑，大致用了一个小时，之后她没和我说过话，也没有和任何人说过话，在窗前坐了一整夜，刚刚才睡下。"

褚秘书叹了口气，道："我让张妈给她准备一些易消化的食物，她醒来后让她把饭吃好吧。"停了停，又道，"她若不愿吃，就告诉她 Yee 已经回来了，她要是想见，就先把饭吃好。"

小赵护士点头答应，一板一眼地将褚秘书的吩咐记下来，不该问的问题一个也没有。小赵护士虽然年轻，看着也是张不大成熟的娃娃脸，但做事一直稳妥，拿着比普通私人看护高数十倍的薪资，最清楚事情的界限，明白哪些事情是她的分内，哪些事情是她的分外。

褚秘书在下午 2 点时接到徐离菲打来的电话，电话里她的声音听不出什么异样，说她想见聂亦，能不能帮她安排。褚秘书有一瞬的愣怔。无论聂亦是怎么想，但他想，徐离菲性格里总还是有地方像聂非非的，譬如这种面对大事时的冷静。

小赵护士向他汇报过这几天徐离菲的动向。她所理解的她可能的身世，足以颠覆她的整个人生，无论是谁，面对这样的事，歇斯底里都不为过，但她大多时间只是发呆。她也许是憎恨的、抵触的、反抗的，但她的憎恨、抵触和反抗却都是安静的。

那实在很像聂非非。

熟识聂非非的人评价起她来，大多会说她酷、果决、行事风风火火，没有人会评论聂非非文静温柔。

有一次褚秘书在老宅碰到聂非非，那是聂家太太在家里搞的一个音乐派对，派对上来了许多相熟的太太小姐，他因有事等聂亦，被聂太太顺便邀去派对上听音乐。

不久便看到聂非非，她刚从一个专题会上下来，栗色长卷发，米色针织上衣，黑色西装哈伦裤，牛津鞋，身材高挑，进客厅时步履带风，引得一群打扮正式的太太小姐们好一阵惊讶。聂太太皱眉责备她："怎么这样子就过来，像什么话。"她倒是毫不在意，顾自从经过的侍应生手中端了一杯香槟，眉眼含笑："因为怕赶不上听妈妈的演奏。"聂太太一向重规矩，却被她一句话逗得笑起来："要真是孝顺，下午就别去开什么会，还开到这么晚。"

有两个坐在附近的年轻女孩压低了声音议论，其中的短发女孩子惊讶：

"哗，就是她嫁给了聂亦？个子挺高的，气势也真凌厉，一点看不出柔婉妩媚，不是听说聂太太更中意柔静一点的儿媳吗？"

另一个长发女孩子道："无奈她儿子更喜欢女强人。"

短发女孩子不以为意："不就是个摄影师？看着气势凌厉，长得也并不见得十分漂亮，我还以为照聂家的挑法，选了个什么样的儿媳呢，"矜持地笑了笑道，"搞艺术么，你我都知道是怎么回事了，陈家那个一无是处的老二，不还在纽约开了个什么服装设计工作室，设计出来的衣服朋友们捧捧场，她也就自以为自己是个什么了不起的时装设计师了，这些事……"说着撇了撇嘴。

长发女孩子晃了晃酒杯："这位和陈家那位还真不太一样，国际摄影奖一路拿过来，正经在各国国家美术馆办过展的人，行业专业杂志上还有她的专栏，"又笑了笑，"你挺喜欢的那个新锐导演许书然，"努了努嘴，"听说就是在跟着她学习水下摄影。"

短发女孩子轻轻"啊"了一声："真的？怎么会？"怀疑道，"她看着很年轻，怎么可能有这样的履历？"

长发女孩子挽了挽耳发，似笑非笑："你不是好奇聂家选了个什么样的儿媳？聂家要求高，选了个天才当儿媳。"

短发女孩子沉默了一会儿，大约不知道该说什么，悻悻转移了话题，继续交谈了片刻后两人先后起身离开。

正巧聂非非老远走过来和褚秘书打招呼，口吻轻松，同他开玩笑："您今天终于放聂亦假了？"只要他在聂亦身边，聂亦多半是在工作，所以她才这么问他，不说聂亦放他的假，偏说他放聂亦的假，这也是她性格中俏皮的地方。

褚秘书也玩笑："是皇上给我假，派我微服私访。"

她愉悦地坐下来，开始和他交谈，直到聂太太过来她才起身，随后听到聂太太和请来的某位音乐家介绍聂非非，后几句语声里带了嗔怪："……整天风风火火，也不知什么时候沉静得下来……"

似乎聂非非给所有人的印象都不是静。她不柔静，也不沉静。所有与静相关的事物都不好用来比拟她。女孩子实在是难以像她那样有气势，有时候那种气势就像是一把出鞘的宝剑，单单立在那里就难掩锋芒。她本人大约并没有意识到这种锋芒，或者早已习惯了这种锋芒，因而不显得高调，倒显得洒脱。

但褚秘书知道，她其实是有安静的时刻的。

他领略过她的安静。那是很久以前，他打电话告知她聂亦打算结束和她的婚姻，那时候她就很安静。他后来才知道其时她是爱着聂亦的，受了很大的打击，但是在那通电话中却听不出任何征兆，她说话很少，没有哪怕一丁点情绪失控，所有的疑问都维持了风度。

这种风度像谁来着？

哦不？

是谁如今的做派有她的这种风度？

徐离菲。

所以徐离菲，她到底是不是聂非非。

徐离菲问过他，褚秘书想。

但他给出了一个模棱两可的解释。他不知道那能不能算作是一个回答。这个问题已然超出了他的知识范围和伦理认知体系，他是真的没有办法回答。

他想起将徐离菲送离S城的那个冬夜，那是去年12月。他试图劝说聂亦："那并不是实验失败了，实验是很成功的，只是你不相信她是非非，因为你不相信，所以无论再进行多少次实验，Yee，你都不会成功。"

聂亦坐在客厅的暗影里，旁边的小几上摆着空掉的酒瓶。

他酒量不好，那一整瓶酒下去必然是醉了，但他看上去却很清醒，揉着额角淡声道："不，是实验失败了，非非她，"说出这个名字时他失神了很久，然后才道，"我总有一天会将她带回来。"他的手搭上双眼，"我答应过她。"

有时候褚秘书想，聂亦他未必就不知道他可能再带不回聂非非。因那个夜晚，在聂亦平静的声线后，他看到的是绝望。那绝望铺天盖地，有如实质，压得人喘息不能。

其实自欺才是可媲美天堂的幸福乡，当人生艰难的时候，尤其需要它来充作调料，那滋味再理智的人也拒绝不了。

下午 5 点，张妈亲自过来领徐离菲去聂亦的书房。

接近观景平台时，她听到小女孩欢快的笑声："顾叔叔我要再下去一点，我要抓最大的那条鱼，你要抱紧我呀。"孩子的欢笑声中插进明朗女声："他才不会抱紧你，他会把你扔进池塘里。"小女孩没有立刻回答，倒是有清和男声响起，带着一点溺爱："康康，不要吓唬她。"

张妈不动声色地移步向另一条路。在这儿住了半月余，虽然并不常四处闲逛，但这座半山庭院的基本构造徐离菲大体还是清楚。沿着观景平台前的回廊走到尽头，再向右拐，那是去聂亦书房最近的一条路，张妈临时更换路线，大概是不想让她和聂雨时碰上。四岁的小女孩，最爱在园子里玩闹，她也常在其中散步，但彼此竟然难得碰到，此前她没有多想，现在看来，却是知情人的刻意为之。

有细小恶意突然蹿上心间，徐离菲记得第一次看到那女孩时，四岁的小孩着急地向那个询问她是否想要新妈妈的女人声明，说她是有妈妈的，她虽然小，却记得妈妈的模样。所以，要是让这女孩看到自己，看到和她的妈妈长得一模一样的自己，事情会变成什么样呢？这女孩会怎么样呢？聂亦又会怎么样呢？

她将手揣进外套口袋里大步走向观景回廊，张妈立刻提醒她："徐离小姐，这边走。"她没有停下脚步，张妈小跑着跟上来，素来平稳的声线里难得出现慌张："徐离小姐，这条路不是……"陡然住了嘴，一把拉住她就要躲向一旁的假山石，可毕竟年纪大了，慌神中没能够拉动她，两人就这么暴露在刚从平台上下来的年轻男女眼中。

徐离菲站在山石旁，目光冷淡地投递到十来步开外牵着聂雨时的男女身上。男人个子挺高，看上去三十多岁，面目出色非常，甚而含着一种男生女相的漂亮。他身边的女人个子娇小，留着波浪长发，一张娃娃脸精致可爱，看不出多大年纪，腹部微微隆起，显然是处于孕期。徐离菲想，她从没见过这两人，可他们看她的目光真是奇怪，尤其是那长发女人，怔怔地望着她，目光是冷漠的，那冷漠里却又饱含疼痛。

庭院里一时静寂，沉默中，她所期待的软糯童声终于响起来："妈妈，是妈妈回来了！"小女孩将她错认作自己的妈妈，圆润小脸上是那么天真的惊喜快乐，又是开心又是急切地想要挣脱牵住她的大人们朝她扑过来。

徐离菲垂眼看着小女孩，突然有点恍惚。

她今天是要去找聂亦做什么来着？是了，是要去问清楚聂亦自己是谁，或者，自己是个什么。而她为什么又会起意让聂雨时看到她呢？是了，因她并不想让聂亦那么轻松就应付了她，就像她不过是个无足轻重的试验品。她想她总该给他找一些麻烦，让他知道如操纵一个人偶般地掌控她并不是那么理所当然。既然他不想让自己的女儿见到她，那她就要让他当着自己女儿的面，解释清楚她是谁，或者，她是个什么。她受了伤，这伤太重了，她控制不住自己要去伤害别人。能够伤到他那就最好了，伤到其他人也不错，因所有知道这件事却只是眼睁睁看着它发生而没有试图阻止的人，全部都是帮凶。

可是，她该去伤害一个四岁的孩童吗？

徐离菲有些茫然地后退了一步。可不等她先出声拒绝，兴冲冲扑到半道上的聂雨时已经被那高个子男人拦抱了回去，长发女人亲密地捏着女孩的脸颊揉了揉，才轻声告诉她："那不是妈妈，是姨姨，雨时不记得出门去拍照采风的姨姨了吗？唔，姨姨离开了差不多一年啦，雨时可能是不太记得了呢。"

一年，去年年底她住在这里，那时候她还不是徐离菲，这是她最近才知道的事。显然眼前的女人也知道，否则不会那么准确地脱口而出"一年"这个量词。可虽然温和地同聂雨时解释自己是她的姨姨，提起姨姨这两个字时也很亲切，女人不经意滑向自己的目光却含着毫不掩饰的冷意。

聂雨时坐在男人手臂上抿着嘴唇，眼圈有点发红，倒是没有哭出来，只是沮丧地小声嗫嚅："记得姨姨，姨姨和妈妈长得一样。"揉了揉眼睛偏头道，"姨姨回来了，妈妈是不是也快回来了？"

女人点了点她的鼻尖哄着她："是呢，妈妈一定也快要回来了。"

小女孩立刻高兴起来："那顾叔叔放雨时下来，雨时要和姨姨问好的，姨姨像妈妈，雨时也喜欢姨姨。"

女人脸上的笑容滞了一下，勉强道："姨姨有事要赶着离开，雨时已经耽搁姨姨好长时间了，下次见到姨姨再问好也是一样的。"

小女孩要再说话，女人突然皱眉："哎呀，康康阿姨将水杯忘在刚才的小房子里了，雨时带着叔叔帮阿姨取回来好不好呢？"

小女孩不疑有他，毫不犹豫地点头，还撇嘴："康康你真是太不小心了。"男人笑了一下，会意地带着聂雨时离开，待两人消失在她们视线之外，女人才站到她面前。

猜到女人是想单独和她说话，张妈已先行回避到了一旁。徐离菲瞥了眼站得老远假做查看小花圃里花朵长势的张妈，先向主动站到她面前的女人开了口："张妈可真是谨慎，是不是必须得如此小心谨慎，才配做这座埋藏了许多秘密的大宅的管家？"

女人将眉头皱得死紧，良久，说："我并不是来和你闲话。"口吻冷淡而慎重，"我只是来告诉你，你不能出现在雨时的面前，以后请你不要再这样了。"

相比女人的严阵以待，徐离菲倒是笑了一下："我记得，你刚才还斩钉截铁告诉雨时我是她的小姨，"她微微偏了头，"却不让我再见她，"她停了一下，似笑非笑，"难道我不是雨时的小姨，聂非非的妹妹吗？"

听到她说出那个名字，女人颤了一下，眉头皱得更紧，嘴唇也抿成一条线，几乎有些愤恨地打断她："你当然不是。"

她看着女人："你果然什么都知道，所以你也知道我是个……"她停下来，没有说出那个词，反而问她，"这个探索科学极限的游戏，好玩吗？"

女人的脸色一瞬间变得煞白，许久，她缓缓道："这对谁，都不是个游戏，我无法也不想去理解你怎么想这件事，但既然你也知道你不过是她的……"她也没有说出那个词，似乎仅是说出那个词就让她无法忍受，她换了一种说法，"既然你也知道你和她有着那样的联系，就请你不要再出现在我们这些深爱她的人面前，这对我们来说是折磨，我无法忍受你顶着她的样子……"

徐离菲突然笑出声。女人停下来，似乎也意识到刚才的用词有些尖刻，没有再继续说下去，低眉道了声抱歉。

她淡淡回她："抱歉什么呢？我其实原本并不是很确定，但现在……"她轻声道，"这真是离奇，"像不是在谈论自己的事，语声客观又空洞，"这真是离奇。"

拐过回廊时徐离菲想，这园子里到底有多少人完全了解她的底细？说不定那并不是个秘密，至少在这园子里不是个秘密？说不定人人都明白，只有她自己不知道？她惊讶于此时想起这些，内心竟算得上平静。

张妈在书房前停下脚步，门半掩着，内室里传出隐隐的音乐声。张妈不轻不重地敲了三下门，听到里边响起聂亦让她们进去的声音，才轻手轻脚将门扇彻底推开，示意徐离菲一人进去。

一道山水屏风将房门和内室空间隔了一隔，迈过屏风，入眼的空间极为敞阔，与其说是个书房，不如说是个藏书室。花梨木书架倚墙而立，将除了门窗的所有墙壁空间都占满，一眼扫过去便觉藏书量巨大；除此之外，房间里只有一排控制台模样的陈设位于落地窗旁。

天色已暗，室内却没有开灯，唯一的光源来自控制台，徐离菲猜想那角度倾斜的金属台上应该是镶嵌了多面液晶屏幕。

而她要找的人，此时正站在控制台前单手操作界面，神情专注，像是在查看什么东西。音乐声不知从哪里来，似有若无，依稀是首老歌，唱词却无法听清。

徐离菲站在一把长椅前没动，她打量着聂亦。他看起来如同往常一样冷淡英俊，也如同往常一样平静，就像他并不知道她为什么来找他，他同她并没有什么关系；就像他从没有在她身上花费过什么心血，并没有创造她又毁掉了她的人生。

这个男人是聂非非一生所爱，徐离菲想。他在她心中近乎完美，她深信他柔和体贴、温暖正直、理性明智，她不顾一切地崇拜他爱慕他，即使两人分手也坚信自己从没有爱错人。那样的聂非非，她是不是从来没有想过，有一天她心中这个近乎完美的男人会抛弃从前他所信重的一切？他同她在沐山谈论人世的伦理和科学的伦理，他说科学的伦理就是科学本身，科学本身承认科学赋予人类探知极限和尽头的权利，那是许多疯狂科学家们所信奉的圭臬。那时的他并没有遭逢不幸，似乎更乐意遵循人世的伦理。聂非非是不是从没有想过，她的离开会让这个天才终于厌倦了人世的伦理，变成一个冷血的疯子？她是不是到死都没有想到过？

徐离菲闭了闭眼，总有一个人要先开口。若有还无的音乐声如浮萍一般在空气中游移，终于有一句能听得清，凄清女声唱的是"……空留遗恨，愿只愿他生……"[1]

她的声音在这宽阔的空间里响起来："我该怎么称呼你？"像是一枚石子投进池水中。他抬起头来。她的手指紧紧握住长椅靠背，关节用力得泛白，没有等他回答，她继续自顾自道，"你是我的丈夫，还是我的父亲？"

他的视线落在她身上，却似乎并没有对她这离经叛道的奇怪问题感到诧异，只是平静地看了她两秒钟，然后道："褚秘书认为你怀疑自己是非非，是我动了你的记忆让你记不起来你的过去，看来他料错了。"

关于刚才的那个问题，他并没有正面回答；关于她对自己身世来历的假设，他虽没有直接肯定，却也没有否定。即便在来之前她已经百分之九十五地确认了那假设的正确性，但还是想从他这里得到一个盖棺论定。其实她潜意识里是希望他能否认掉她的推测的。而今，却连最后一根可以将自己从这

[1] 引自歌曲《海上花》，由罗大佑作曲填词、甄妮演唱。

荒唐可笑的境遇中解救出来的稻草都没有了。

她禁不住喃喃："我的确是那么怀疑过的，怀疑自己是聂非非。"她僵硬地勾了勾嘴角，"他们说你爱她，在以为我就是聂非非时，我想过，如果真如他们所说，你那样爱她，你把我变成现在这个样子，让我成为和你并不相关的徐离非，你难道不痛吗？"她叹息似的总结，"那说不通的。可，"她看向他，突然神经质地笑了笑，"发现和别人长得一模一样，自己还和那个别人很有点关系，任何人都会想自己是不是就是那个人，或者是不是那个人的姐妹兄弟吧？又有谁会去想自己会不会是那个人的克隆人呢？这不是太离谱了吗？"

克隆人，她终于说出了这三个字，心里一紧。

多么离谱。

第一次从聂非非的录音笔中听到克隆这个词时，她内心有过微妙的颤动，但并没有立刻往那个方向深思。网络上查阅到的聂亦的资料，只是显示他是位优秀的生物学家，那些光辉履历记录了他在生物制药上的天才贡献，却没有任何资料显示他和克隆有什么相关。可录音笔中，谢仑对聂非非说，"你知道为什么我们认为聂亦他是天才？因为他在十四岁就独自克隆出了一只萨摩犬，他是天生的优秀科学家。"而她也还隐约记得，聂非非所描述的那个印度洋中的 V 岛，和那岛屿上涉及人类研究的某个论坛，聂亦从来都是座上贵宾。

聂非非怎么样了？她又是谁？困惑她的思绪似找到出口，一径地鼓励着她朝那个方向深入探究。

放下录音笔时她手直发抖，心里想着那不可能是真的，那多可笑，却忍不住问小赵护士要了电脑。

她能查到的资料泛泛，但那泛泛的资料已足以使她眼前发黑。

1996 年，第一只克隆羊多利在英国诞生，人类克隆哺乳动物成为现实；2000 年，第一只克隆猴泰特拉在 A 国问世，人类克隆与之最相近的灵长类动物成为现实；2002 年，法国一个女科学家宣布世界第一例克隆女婴夏娃诞生，虽然许多人并不相信，可谁也无法保证这事不可能发生。

如今，克隆技术在那之后发展了二十一年，她眼前又是那样一个被称为这领域里难得一见的天才的科学家，她怎么会觉得假想自己是个克隆人这件事可笑？怎么会觉得它遥不可及，像是科幻故事？

她的确是他复制出来的东西，已经没有什么好疑惑。

"其实进来之前，"良久，她说，一只手撑住额头，"我还在想这事还有百分之五的转机，可能并没有那么可怕，我并不一定真的是个被在实验室里复制出来的东西。"她有些支撑不住，靠住了长椅椅背，"现有的成功案例，没有见谁刚被克隆出来就是成年体，刚被复制出来的那些……生物，不全都是幼儿吗？如果说从聂非非……"实际上聂非非是生是死谁也不清楚，她不知道该怎么用词，只道，"如果从她离开之后你就着手……复制我，那至今不过三年时间，我却是这样的一个成年体，"她抬头望他，"你是，怎么做到的？"

他沉默了一会儿，从控制台的操作界面里调取出一帧图片投到半空中。是张展示细胞复制和分化的图片。他的视线落在图片上："胎儿在母体中，从受精卵到正常出生大约需要 40 周，这段时间里，胎儿个体的体重增殖了近 4 亿倍。刚出生的婴儿和成年人体之间的体重比是 125—250 倍，远小于 4 亿倍这个倍数比。如果使人体始终维持在胎儿期的成长速度，那么从婴儿成长到成年人体所需时间甚至用不到一周。"他使用她也能听得懂的语言陈述这例逆天违理的实验，眼睛里看不出一丁点情绪，"理论基础既然能够支撑，就说明可行。找出可行办法是需要一些时间，但也不需要太长时间。"

好一会儿她才理解他话中的含义，低头看了看自己的指甲、手指、小臂裸露在外的皮肤，忽然感到一阵恶心："所以你制造出我来，只花了 41 周？"

"不，50 周。"他道，"造物的秘密并不是那么容易破解，就算是我也无法在一个人从婴儿到性成熟期的生长上完美复制她胎儿期的成长速度，将时间控制在 10 个星期已经是尽了最大努力。"

说这些话时他脸上始终没有什么表情，就像这不过是例普通实验，他每天都面对这样的实验。可这怎么会是普通实验？

50周。徐离菲低头打量自己，这个身体长成这样，只用了50周，不到一年。故事大抵是这样吧，聂非非离开后，聂亦创造出这身体，同时找了一位脑科学心理科学的权威，不知用了怎样奇异的手段，给自己植入了徐离菲的记忆，然后将自己送去了长明岛。

可这没道理，若是复制出她来，只是为了让她变成另一个人，他又何必花那么多时间心血来复制她？这没道理。她脑子里一阵一阵空，眼前像是平地生起一大片黑色的迷雾。

不，还有一种可能。

她静了好一阵，突然开口："其实你早就清楚，聂非非已经死了，永远不可能再回来了对不对？"她刻意将语声放得缓慢，每一个字都显出一种让人无法忽略的清晰。

聂亦脸上那近乎完美的冷淡表情终于出现了一丝裂痕。

她继续道："所以你才会将我复制出来，你原本相信我会成为她。"有个声音在心里附和，没错，这就合理了。

她心头一跳，逻辑却更加顺畅，思绪像脱缰的野马横冲直撞，从前会觉得无稽的推论和设想，此时那么水到渠成地出现在脑海中，就像那是唯一可能的答案。

但这唯一可能的答案却更加令人难以接受，她咬了咬嘴唇定神："可就算基因序列相同，拥有同样的身体和面貌，终归还是会不一样，我没有办法百分之百地复制聂非非，"她直视着聂亦，"然后你发现了，我并不是她，所以给了我一个虚假的身份，将我送到了你们看不到的、没有办法打扰你们的地方……"从K市回来的那个下午，当她满腔迷茫愤怒地寻到褚秘书时，老人家垂眼叹息："你应该很恨Yee对你做了这些事……"

怎么能不恨？自己就像是一只面盆、一块电池、一盏灯泡，在流水线上被生产出来，却因在质检时发现瑕疵，而被归类为不合格品丢弃掉。

自己竟像是一只面盆、一块电池、一盏灯泡。

"我猜对了，是吗？"

问出这个问题时她其实并不希望他回答，她想他但凡还有一点属于人类的怜悯心他就该保持沉默，让她自己自苦自怜自伤自……怎么都好，他立刻离开最好——从她的眼前消失，再也不要再出现在她的生活中。

但他却开了口："你猜对了。"口吻冷静，就像是在回答什么学术问题，态度既非正面也非负面，但越是中立客观，越令人感到冷酷。

寒意和恨意猛地涌上她的心间："你是恶魔。"她说，"你是恶魔。"

男人只是淡淡地看着她。

她脸色苍白地直面他，原本难得有冲动的时候，此时却抑制不住全身颤抖："你把我创造出来，我是不是只有两种选择，若成不了聂非非，我就只是个物件？我不是个人，我只是个物件？所以你可以毫不内疚，对待我像对待一个物件，你知不知道你对我犯了怎样的罪？你心里就没有丝毫愧疚？聂非非爱你的正直理性，柔和善良，她不在了，所以你把这些她爱的东西全部都丢弃了吗？你可以不在意我，当我是个物件，但你也不在意她？你觉得她不会对你失望？"

他像是笑了一下，泛白的面色配上那样极冷的笑意，看着令人发寒："正直理性，柔和善良。"他重复这八个字，然后道，"她从没有告诉我她爱我的正直理性，柔和善良。"随手将投影仪关掉，他看着她平淡道，"从决定复制你的那一刻开始，很多东西我就已经丢掉了。你说得没错，我对你犯了罪，但你希望从我身上看到的那些美好品质，自责、愧疚、罪恶感，我早已经丢掉了。"

她一时愣在那里。

他似乎并不在乎她有什么样的反应，只是道："你刚才说我会让她失望？如果我做的所有这一切让她失望了，她应该来找我，告诉我我做错了。"

她喃喃："这怎么可能，你知道她死了。"

他说："我不知道。"回答这问题时他依然冷静。她想这人的心到底是由什么做成？他是真的爱着聂非非？或者他其实并不爱？她原本以为一再提起聂非非的辞世能伤到他，她的确是想要伤到他，可他看起来毫不在意，依然无坚不摧。

他转过身去调控制台旁水族箱的灯光。初时的音乐声不知什么时候停了下来，过了一会儿，像是有什么东西落在地上，传出杂乱声响。

她反应不及，回神时发现聂亦单手撑着控制台的模样不太自然，地上散落着微型控制器和电子笔之类的东西，他皱着眉扶着台面似在寻找什么，嘴角隐现出奇怪的红色。很快找到纸巾，他捂着嘴咳嗽了一声，只是一声。她蓦然反应过来那红色是什么。血。她吃惊地退步，他再次开口："你说她不在世上了？"他低声道，"以后不要再说这样的话。我没有见到过她最后一面，既然我们之间没有过最后一面，她就……"他的声音有些喘，她看清他的额头渗出大滴冷汗。

她移不动步子。

再次回过神时，近旁响起小孩子断断续续的哭声。她循着哭声望去，聂亦躺在地上，聂雨时正趴在聂亦身边哭得抽噎，之前和她交谈过的长发女人顾不得哄聂雨时，在一旁着急地打电话。没两分钟褚秘书带着医护人员赶过来，脚步声来来去去，片刻后，房间里空留下她一人。她才注意到方才被聂亦调亮的水族箱里原来养着巨大的水母，它们漂游在淡蓝色的光晕里，像盛开在水中的无根花，看起来悠闲又自在。

长发女人去而复返是在很长一段时间后，那时候徐离菲正坐在书房的地板上发呆，心底的愤怒和恶意已随着刚才那场骚乱如潮水般退去，内心里唯留下疲惫和悲哀，她整个人都感到无力。她也不知道坐在那里要干什么，她只是坐在那里，至少羊毛地毯坐上去还算舒适。

女人坐到她旁边，突兀地开口："我没说过我是谁，你也没有问，我想和你再聊一聊，我姓康，康素萝，非非的好友，"她停了一下，"最好的那一个。"

徐离菲打量她良久，思绪慢慢回笼，她想起来她是谁，录音笔中的康

二、康康、康素萝、康老师、康市长家的千金。只是录音笔中聂非非描述的康素萝令她感觉绚丽生动，而如今，当活生生的康素萝站到她面前时，她却只看到她眼中的沧桑。

"你和聂亦说了什么，我大概能够想象，你是不是让他接受现实，非非已经离开这个世界了？"康素萝踌躇了一下，"你不要再刺激他。"

徐离菲恍了恍神，一时不知道该如何接话，只道："他还好吗？"

康素萝皱着眉："没什么太大问题，胃上的老毛病，有一阵子他喝酒太过严重。"

徐离菲点了点头，过了两秒钟，才有些恍然，又看了康素萝一眼，道："你还有什么需要我做的，一并说了吧。"

康素萝像是没听清她说什么，面上出现一瞬的茫然："什么？"

她空洞地笑了笑，学着康素萝的语气："你不能出现在雨时的面前，请你以后不要再那么做了；你和聂亦说了什么我能够想象，你不要再刺激他。"她目光浅淡地落在康素萝身上，"我们见了两面，你对我就提出了两个要求，事实上我一点也不想再和你们这些深爱聂非非的人见面，所以，"她嘴角挑了挑，"你还有什么要求不如一并对我说了，我挑着遵守。"

康素萝怔了一会儿，想徐离菲应该是感觉到了她对她的排斥。深爱着聂非非。徐离菲原封不动地套用了两个小时前她对她的说辞，说这话时和非非一模一样的嘴角含着嘲讽笑意。这排斥其实不公平，徐离菲又有什么错，可是，她能够用什么样子来面对她呢？只要看到她活生生地站在自己面前，她整个人就开始发冷。她的存在只是一次又一次露骨地提醒她非非已经去世了，她亲密得像姐妹的朋友年纪轻轻就离开了这个世界。

康素萝垂了眼睫："我没有什么别的需要你做的，"她苦笑了一下，"你是不是在想我根本没有资格要求你什么？你想得对，我其实没有资格，如果你想要见雨时，你有权利见她，只是，"她声音涩然，"我郑重地请求你，你不要再刺激聂亦了。"

徐离菲撑着额头，表情木然，过了一会儿，像是感到好笑："你不是说他这次不过是胃出血，没有什么大碍？"似乎只要一提及聂亦就能打开她身上潜藏的愤怒开关，她其实从不喜欢对别人在言语上讽刺挖苦，可当对象是那个创造她的人、给了她一个乱七八糟的人生的人时，她控制不住。

康素萝蹙眉间，徐离菲冷淡道："我想他不见得那么娇弱，我能刺激得了他什么？他不是出名的理智冷漠，聂非非说他什么来着？"声音里的暗讽愈重，"高岭之花对吗？光是有这份理智冷漠，他就能将所有伤害化为无形百毒不侵了。"说到这里心底的恨意卷土重来，她的目光暗沉，"我倒是想狠狠地伤害他，他对我做的事……"手指掐住掌心，她没有再说下去。

"理智冷漠。"康素萝像是思考了一会儿，接过她的话。康素萝偏头看她，目光里充满悲哀："你说理智冷漠，是吗？"

"有一种人，"没有等她回答，康素萝道，"他不是不会受伤，而是内里伤得再重，面上看着却总是好的。"她停了一下，"非非在三年前离开，我记得清楚，那是2020年11月26号，是我帮助她离开的，我帮她准备了车、衣物、食品，帮助她逃开聂亦。那时我以为是聂亦又做了什么事让她难受，她终于打定主意要给他个教训。"

她怀念地笑了笑："你不了解非非，她暗恋聂亦很多年，能够和聂亦结婚，她一直觉得是自己捡了大便宜，婚后什么都由着聂亦，有时候我会觉得她太委屈自己，所以想到她要给聂亦一个教训，我是很赞成的，前前后后高兴地帮着她准备这样准备那样，只当她要去散心。她走的时候跟我说'好姑娘，记得帮我保密'，车子发动后，手还伸出车窗来跟我比了个 V 字。她比着那个 V 字，没有回头。那时候我一点也没觉得不对劲。那是我们之间的最后一面。"

康素萝出神地望着水族箱："直到聂亦来找我，我才知道她是得了绝症。她得了绝症，"她抿着嘴唇，"我知道她为什么不告诉我，那一年我们家不顺利，她大概觉得我承受不了太多压力。可为什么直到最后也不告诉我呢，有时候我会埋怨她，但却没法责怪她，也许她只是想要一个不那么伤感的离别。"她眼圈泛红，声音有一点发抖，她就停了下来，缓了两秒钟后抱歉地看了徐离菲一眼，"不好意思，没留神说着说着就扯远了，也许你并不想听这些，都是一些和你并不相关的旧事。"

徐离菲沉默了一会儿，摇头道："不，你继续。"

康素萝撑着额头压制了会儿情绪才轻声继续道："聂亦是在11月29号那天按响了我家的门铃。我无法向你描绘那时候他的样子，"她说，"你也看到了，他平常有多高冷，我和他认识很久，所以可以和你保证，他并不是对你特别冷淡，大多数时候他都是那样子，迄今我所见过他唯一的一次失态，就是那天他站在我面前，哑声问我知不知道非非的去处，那样子既疲惫又绝望，说失魂落魄也不为过，就像是随时随地都可能崩溃。这辈子非非大概也就伤了他那么一次，看到聂亦他现在这样，有时候我会觉得非非她不该那样来伤他，可我又会想，非非她能怎么办呢，那一年非非她……"她眼圈再次泛红，抚着胸口努力平静了一下，"非非她是怎么过来的，最后又为什么会做那样的决定，"她看向徐离菲，"我想你是不关心的，但后来的这些事到底该怪谁，什么是因什么又是果，我想……"

徐离菲突然恼怒起来："你这样长篇大论，就是想说服我无论聂亦对我做了什么，总是情有可原，所以我该体谅他原谅他，你是这个意思是吗？"

"不，"康素萝闭了闭眼，"我并不想说服你什么，你也没有必要原谅他，或者原谅你不想原谅的任何一个人。我只是在请求你，不要再刺激他，不要再让他崩溃一次。"

康素萝话中透着明显的蹊跷，她并不在乎徐离菲是否原谅聂亦，但她显然十分在乎徐离菲会不会再刺激到聂亦的情绪。

"为什么？"徐离菲问。

"为什么。"康素萝重复她的问题。房间里一时寂静，直到徐离菲以为她不会再回答这个问题时，她才开口，声音有些发飘："关于非非的病，要是她一个人独自在外，大概连十天都难以撑过去，但她失踪后我们一直没有找到她。半个月找不到她，基本上就可以断定她已经……"她撑着额头，继续回忆，"那阵子聂亦的情绪很不稳定，整天整天地待在非非的病房里，不睡觉，不和任何人说话，后来开始酗酒，最后进了医院。那时候雨时还小，非非走了，他也倒了下来，那个家再不像个家，雨时的外婆将她接了过去，临走时也从他们家带走了所有非非的东西，那是希望聂亦他能振作的意思。从医院回来后，聂亦他似乎的确正常了，发现非非的东西被收走，情绪也没有什么大的波动。我们都想他既是个天才，应该更能理智看清事情，或许因情深颓废了两个月，但在医院住了那么长时间的院，也该想通了，所以并不觉得奇怪。可是，"她转头看向徐离菲，语气里含着一丝令人发冷的恐怖，她问道，"你知道后来发生了什么吗？"

徐离菲心头一跳。

康素萝道："他不见了，失踪了十一个月，没人知道他去了哪里，但是十一个月后，"她一字一顿，"他带了你回来。"她深深看着她，苦笑了一下，"我请你不要刺激聂亦，不是不尊重你的意思，而是因为，"她的声音里充满了无能为力，"一个崩溃的天才，抛却理智后那种冷酷的疯狂会有多可怕，我想你最能体会。"

看到她惊愕失神，康素萝极轻地叹了口气："或许聂亦他依然是个完美的科学家，大概抛弃了某些原则，他比从前更像个与他的天才匹配的科学家，"她指了指自己的脑子，"但是他的理智，现在却脆弱得不堪一击。"

聂雨时大概是在两天后再次出现在徐离菲面前。

那时候小赵护士正好拿药给她，推开门，抢先从小赵护士和楠木门之间挤进来的却是小小的聂雨时，磕磕绊绊跑过去牵住她的衣角，小鼻子一抽一抽地小小声叫她姨姨，边拿手背揉泛红的眼圈边小声问她有没有看到她爸爸，她不知道她爸爸去哪儿了。

徐离菲怔愣间，照顾聂雨时的姆妈敲门进来边道歉边领走了她，关门时低声劝哄聂雨时的声音传进徐离菲耳中："爸爸没有不见，爸爸在星云馆，所以今天不能陪雨时吃早餐，雨时要乖，要听话。"聂雨时像是松一口气："那我也要去星云馆。"

姆妈循循善诱："爸爸想要一个人待着，雨时要理解爸爸，不要打扰爸爸。"

第一天踏进这座巨大的半山庭园，徐离菲就听褚秘书和她介绍过星云馆，是在介绍庭院的主要建筑物时顺带提及，说是个小天文馆，坐落在庭院西北角，里边有天象仪模拟出来的缥缈星空，还收藏了好些有趣的天空摄影图片。那时候她只是好奇，想有钱人的兴趣真是奇怪，怎么会想到在自己住的庭园里建座天文馆。后来对聂非非的事情了解得多起来，偶有一次经过星云馆时，她想那大概是座有故事的建筑，可到底有什么故事，她没有去打听过。

而今站在星云馆前，徐离菲怔了好一会儿，她想自己一路逛到这儿来到底是要做什么，是想要看看聂亦？她记得那天他昏倒时脸色苍白得有多可怕，她是想要看看他现在好起来没有？她对他竟还有这样的恻隐之心？她鲜有如此犹豫的时候，一时拿不准自己到底在想什么，也拿不准是否要推门进去。不远处的小路上突然传来人声，像是褚秘书。放在门把上的手无意识地向下一压。

置身于大门后的黑色空间里，徐离菲还有些糊涂，她想自己今天是有些奇怪，褚秘书有什么好躲。在门后站了一会儿，她打算离开，却听到里间传来一声响动。徐离菲顿了两秒钟，顺着幽光泄露出的方向迈步向里间。撩开黑色的皮质门帘，浩瀚星空裹挟住整个宇宙，向她迎面扑来。

片刻的震撼之后，徐离菲看清那其实是个在正中放置了台宇宙天象仪的镜像大厅。天象仪以地板穹顶和四面墙壁作为幕布，投影出缓慢游移的星空。星空的最深处是穿越苍空的永恒星云，星光覆盖之下，显得这空间苍茫壮阔又孤孤单单。

徐离菲的目光停留在这壮阔空间尽头的角落，聂亦正背靠着墙壁屈膝坐在那里，右手搭在屈起的膝盖上，微微仰着头。繁星似夏季丛林里暂明暂灭的萤火，明亮却微小，那些光芒仅能勾勒出身在其间的物体的薄影，因而无法看清聂亦的表情。

徐离菲在那儿站了半小时。她不确定聂亦是否注意到她。半个小时里，男人一直保持着屈膝的坐姿靠着墙壁，那并不是消沉痛苦的姿势。这样的场景里他那样坐在那里，若是出现在画报中，或许还会让人感到一种惬意的浪漫，但站在门口遥望着这一切的徐离菲却只是感到压抑。

她突然想起在那支录音笔里，聂非非最开初时所说的话，她说："我希望我对他是一个永恒的牵挂，而不是一个冰冷的结果，牵挂会让人想要活着。我不想将这些话带走，陪着我永埋深海。我希望终有一天他能听到，那他就会知道，我到底留给了他什么。"那一刹那，徐离菲有些说不清对聂亦的感受。她觉得自己不应该为聂亦感到难过，若她同情了聂亦，又有谁来同情她自己？

可放下帘子的那一刻，她还是忍不住想，三年前当聂非非留下那支录音笔时，可能连她自己也没有彻底弄清楚，她可能会留给聂亦的东西将包含什么。

她留给聂亦的，除了她的爱情，除了她预计到的牵挂，还有她不曾提及或者根本不曾考虑过的绝望。又或许她是清楚她会让他绝望的，可她也没有办法，她能怎么办呢？

绝望。这真是世上最残忍的词汇。绝望的背后是什么，徐离菲是了解的，是深入肌理无法剥离的疼痛。而疼痛的背后又是什么呢？她也是了解的，是无法自处不知何去何从的更大的绝望。这是一个闭合的回路，身在其间的人根本没有办法找到解脱的路。

徐离菲决定离开是在一个星期以后。

谁也不敢让她离开。

除了小赵护士，褚秘书还另安排了三个黑衣青年时时守在她门口。在被严密看护了两天后，徐离菲开始拒绝吃药。这很管用，当天下午褚秘书就出现在了她面前。

老人家看着她叹气："你对你的病情可能没有一个清晰的认识，你的免疫系统……"

她撑腮望着窗外，打断褚秘书的话："是和聂非非一样的病，免疫系统上的缺陷，要活下去只能使用大量抗生素……我其实没多长时间好活了，不是吗？"她凝视着窗外风景，继续道，"生理上来说，聂亦他的确算是完美地复制了我，"她的话音里带着一点梦呓般的飘忽，"所以这结局我没得选，聂非非是怎样死的，我也会怎样死掉。"

褚秘书一时无法开口，半晌，道："你留下来，也许 Yee 能治好你，要是你离开，就真的……"

她面色淡淡，依然看着窗外："三年前他没有办法治好聂非非，三年后他也不可能治好我。"视线似乎要穿过窗外那片被秋霜染得半红的庭院树，微微抬了抬下巴："那对面是不是有座玻璃无菌房？您所说的治疗，大概就是把我关在那间小房子里，通过细菌隔离让我活得更长久一点吧，但那样活着，"她轻飘飘地比喻，"同福尔马林药水罐里的标本有什么区别呢？"

褚秘书没有回答她。察觉到房中的寂静，她终于回过头来正眼看着老人。老人的神情里含着愧疚。她眉心动了动，突然道："我们聊聊天吧，褚秘书。"不等褚秘书回答，托腮自顾自道，"您大概会好奇这一星期我都想了些什么，为什么想要离开。"她看着虚空，"最近我看了一些科幻电影，看到大家一直在反思如果克隆人被制造出来，这个世界会变成什么样，人类社会又会变成什么样。我不了解那些宏大的命题。世界、人类社会，这些名词都离我太远了，我能感觉到的只是一些微小的东西，"她偏着头，声音里透出一抹荒凉感，"比如我这个个体的悲哀。"她停下来好一会儿，褚秘书没有打断她。

她失神了片刻，继续道："我明白聂亦创造我是因为痛苦和绝望，他希望我是聂非非，可这是一个悖论，他的内心其实从一开始就并不接受我是聂非非，你们也是，"她闭眼道，"我来到这个世界，原本就是为了继续聂非非的人生，但若我说我要聂非非的父母朋友，要她的丈夫和女儿，我要接收所有曾经属于她的一切，好精确地履行我的使命，继续她的人生，你们怕是没有任何人会接受吧?"她突然笑了笑,"但也不能怪你们,人人都在痛苦,人人都有因由,想通这一切后,突然发现这所有的一切,以及同这所有的一切相联系的所有人,让我想恨恨不了,想爱又没资格。"

褚秘书看着她道:"如果让你一直以为自己是徐离菲,你是不是会更开心一点?"

她低头似沉思,五秒钟后才道:"也许。"却又冷淡地笑了一下,"但这也没有什么意义了。"她转头向褚秘书:"请您转告聂亦一声吧,他让我成为一个个体,以这样特别的方式来到这个世界,在这样短暂的时间里体验到人生百味……"她的声音里像是含着许多情绪又像是没有任何情绪,"我的人生充满了怀疑、孤独、恐惧和痛苦,愉悦只是一点点,这一切我都没得选。"她停了停,"他应该了解孤独和绝望是怎么回事,那也正是我此刻的感受,泡在药水罐子里的生命对我来说没有任何意义,如果说我还有什么想要的,请给予我自由度过所剩人生的权利。"她叹了口气,"您这样转告他,我想他应该会懂。"

第二天起床时徐离菲发现守在门口的黑衣青年们已经撤掉,小赵护士欲言又止地陪同她用完早饭,褚秘书准时出现,带来了她可以离开的消息,同时递给她一包药物和一张卡。徐离菲道谢收下,褚秘书面现忧色。小赵护士默然递给她一个小笔记本,她翻开看,发现是用圆珠笔端端正正专为她写下的药物用法和食品禁忌。同小赵护士相伴近月余,其实彼此并没有什么相关,临走时小赵护士竟能对自己有这份心意,这单纯朴实的情感令徐离菲略微动容。但终归是要离开。门口早有司机候在那里。临上车时她同送行的两人道别:"就不说再见了吧。"至于为什么不说再见,大家心里都明白。小赵护士眼眶泛红,她抱了小护士一下,转身进了车门,没有再说多余的话。

司机将徐离菲送到市里最大的影院,她有一张今天下午2点某场青春爱情电影首映式的邀请函,电影的女主演是傅声声,听说下午会出席首映式宣传。

她并不是专程来看傅声声，只是想到阮奕岑可能会出现，因此请褚秘书帮她拿到这张邀请函。

在她为自己的身世痛苦纠结的这些天，徐离菲有时候会觉得是不是整个世界都停滞了，唯独她的痛苦是活生生的。其实世界并没有停滞，这些天外面的世界里发生了很多事，同她或许还有关系的一件，是一个星期前阮奕岑和傅声声结了婚。传说婚礼盛大，嘉宾众多，媒体给这场婚礼冠名为世纪童话。婚后阮傅二人虽然因工作原因没有外出度蜜月，但感情却实实在在进入了蜜月期，据说有傅声声出现的地方必然能见到阮奕岑，两人如胶似漆，形影不离。

徐离菲四天前刚得知这件事，因自阮奕岑和傅声声订婚伊始，她便知道这两人早晚会结婚，所以也无所谓心情如何，只是这一阵时常来袭的荒凉感再次攀上心头。她这短暂得尚且不如那些稚嫩孩童的一生中，唯一爱过那么一个人，最后的结果却是鹣鲽离背，无法不令人感到哀伤。

但想必哀伤也不过是她一个人。她的人生短暂，这短暂人生里大多时间都是同阮奕岑一起度过，若要回忆过去，便无法不回忆他，回忆是困人的枷锁，因此她感到哀伤。但她在阮奕岑的人生里，可能根本算不上什么。世人爱将人生路上遇到的过客比喻作风景，就算她是阮奕岑的风景，想必也不是什么重要的风景，阮奕岑又怎么会因她而感到哀伤？

爱情真是奇妙，你有时候竟会因爱一个人而想要伤害这个人。她想这可能是她和聂非非最大的不同，聂非非从未想过要伤害聂亦、让聂亦痛，但当她回想起阮奕岑，发现自己仍对他怀抱爱意时，她生自己的气，却更想要伤害阮奕岑，让他痛。

但这所有的一切，好的坏的，欢欣的痛苦的，在她即将结束的生命面前，又有什么意义呢？

喧闹声响起，为首映式特意准备的红毯前传来小女孩们夸张的尖叫。徐离菲站在数十米开外的阶梯角落，闻声向红毯看去。电影主创人员陆续入场，都是常在大银幕小荧屏上见到的熟面孔。个子娇小的傅声声挽着男主演的手臂踏上红毯时，徐离菲发现了站在人群外同一个中年男子交谈的阮奕岑。她想，他果然来了。

那其实是相当远的距离，但徐离菲仍然看清了阮奕岑的面部表情。那张脸从来都是精致的，嘴唇却在谈话间隙不自觉地微微抿起，那是他不耐烦时常有的动作，大概同中年男子的交谈话题并不太令他感兴趣。

关于阮奕岑的这些小动作，以及每一个小动作所蕴藏的含义，她竟依然记得。徐离菲想，要么是她的记性太好，要么是他们分手的时间还不够长。四个月，的确是不够长。

青年像是有所感，突然抬头向她的方向看了一眼。徐离菲压了压棒球帽的帽檐，垂头时笑了一下，然后转身离开了那个角落。转身的动作干净利落，没有丝毫迟疑，像是预演了千遍百遍。

她并不知道自己为什么会笑，那几乎是无意识的，只是那一刹那，内心突然明白，这样就好了，这是他们之间最好的句号。

最后的这一眼，他抬头的表情有些茫然，那其实是有些可爱的。那几乎就是当初她第一眼看到他时他的表情。那是暮春的长明岛，那天有血一般的落日，他出现在她的小照相馆里，表情茫然地看着她，喃喃叫她非非。她四个月前就明白了当初他那声非非叫的并不是她，可如今回忆起来，她依然觉得那个时候的他是很可爱的。这样就够了。

若她还有更多的人生，或许终有一天，她能够将这段感情放下，就如同他一样。她或许会再回到长明岛，然后重新爱上个什么人，为了同那个人的将来用心筹划打算。她可能还会找到当初的那种天真，去考虑住的房子是否足够宽绰，需不需要拆掉重建，以迎接未来家里可能会有的更多的新成员。

只是，她没有更多的人生了。

她爱过一个人，这段爱情结局凄凉。她经历过一段人生，这段人生也注定会结局凄凉。这世上没有她的亲人也没有她的爱人。

这样也好，她想，这样才可以对人世没有留恋也没有执念，离开的时候，才不会像聂非非那样疼痛遗憾。

阮奕岑确定自己看到的那个人是徐离菲。纵使棒球帽压下的帽檐将她的脸遮住了大半。可除了她以外，还有谁能将刺绣夹克破洞牛仔穿得那样韵味十足？

是，聂非非也能将那一身穿得好看，可他从没见过聂非非穿破洞牛仔裤，而聂非非戴棒球帽时，也不会像她那样戴得规规矩矩。那种规矩其实才更符合他的审美。

大概是察觉到他的视线，她亦抬头看过来，因弧度微小，他只看到她的鼻梁嘴唇，她用的是冷色的唇膏。他看到她很快低下头，修长手指再次压了压帽檐，他注意到她右手上没有戴他们在一起时她常戴的那串小叶紫檀。他不自觉地向前迈了一步，她立刻便转身离开了，转身的动作没有任何留恋。

他怔了许久，却没有追上去。

那天下午阮奕岑一直有点心不在焉。他隐约知道自己是因什么而心不在焉，但他并不想深究。

徐离菲去了西部，下机后用褚秘书给的钱租了辆越野车，储备了一些食物，还买了些衣物。那些衣物一个小箱子就装满，只是几件冬衣。其他季节的衣物，她想她可能也用不上了。将所有东西全部放进后备厢后，才发现不大的车厢里还剩下大半空间空空荡荡，这就是她一生的家当。

褚秘书在她刚下榻进一间小旅馆时打来电话。他能这样快速地掌握她的行踪并不令她感到意外，她知道自她离开S市，就一直有人跟着她。虽不知道那是聂亦的意思还是褚秘书的意思，但这是善意的跟随，她觉得没有太大必要去认真理会。

电话中褚秘书语声担忧，饱含了对她选择待在一个海拔三千七百米的高原城市的不赞同："11月去那个地方，许多普通人尚且受不了，你的身体一个小感冒可能就会有生命危险，你这样和自杀有什么区别？"

褚秘书少有这么严厉的时候，那其实是关怀的意思。但这是她想来的地方，她只有这么一个地方想要再来看看，哪怕只在这儿待一天。就像聂非非死前一定要回到大海，将死之人心中的某些执念，健康的人可能永远不能明白。她沉默了两秒钟，回褚秘书："我的身体，或早或晚而已，看天意吧。"

天意待她不算薄。

她在那儿待了两个月，去了三十七座寺院。

高原的天空大多时候都是深邃纯净的蓝，白云似从地底生起，同雪原相依相伴，而远处的雪山威严如神。所闻是转经筒不休的嗡鸣，所见是佛前长明的灯盏和流淌的青烟。这里不是她所熟悉的那个尘世。这里似乎并不是尘世。这里他们不问你的来处你的去处，你自己也不思考你的来处你的去处，所有的一切都原始而质朴，爱和恨、生命的福祉和灾难都可以向神灵祈愿。

初雪那天她走进了一座藏在山里的小寺院。

她注意到寺院里供奉的那幅绿度母的精美唐卡。菩萨坐在莲花月轮上，面含慈悲，低垂双眼。她问在香案前添灯的小喇嘛，唐卡上的这位菩萨管什么。小喇嘛一板一眼："管众生痛苦烦恼。"

她觉得小喇嘛的模样有趣，问他："众生痛苦烦恼，你知道什么是痛苦烦恼？众生又为什么会痛苦烦恼？"

小喇嘛看了她一眼，依旧一板一眼："参不透是痛苦烦恼，也是参不透才痛苦烦恼。"

这是教科书一样的标准答案，她笑道："为什么参不透？"

小喇嘛用手指自己的心脏，表情认真："心想得太多，想得明白的却少，得不到引导，又找不到归处，所以参不透，所以烦恼。"小喇嘛说完后继续平静地添灯。

她将那句话在心中重复了三遍，站在那儿出神。

添完灯，小喇嘛看了眼庙门外夹杂着雨点的霜雪，偏着头问她："香客要用杯热茶吗？"

徐离菲的病情在 12 月下旬急转直下，褚秘书指派着暗中跟随她的人在这时候起了作用，确保她在发病到需要抢救时身在了这片高原最好的医院。

次日褚秘书亲自赶来为她办理转院，刚从昏迷中清醒过来不久的徐离菲平静地制止了他，只道如果可以，能否请聂亦来这里一趟，她有东西需要转交给他。

当晚聂亦便出现在了她的病房中。

徐离菲醒来时才发现聂亦。除了调暗的床头灯以外，单人病房里没有其他光源。

聂亦坐在病床对面的单人沙发里，她其实只能看清他的轮廓，但在褚秘书的看护下，这个时间还能出现在她病房里的人，除了聂亦也不作他想了。

她第一次见聂亦是在病房，那时他赶来为她办理转院，同他最后这场会面也将发生在病房，她心里模糊想着这也算是一种呼应。

这必然是他们最后一次见面了，她能感觉到自己的时间已经不多。这世上大概没有人能明确测算出自己会在什么时候死去，但当死亡临近时，人们总是会有知觉的。

她伸手将床灯调亮，但最大的亮度也不过刚够她看清聂亦的侧面。男人双腿交叠，右手撑着额头看向窗外，表情冷淡，仿佛对这世上的一切都意兴阑珊。徐离菲想起来他们第一次见面，那时候他那一张英俊脸庞虽然也鲜有表情，但至少提起聂非非时他声音温柔表情悲哀。会悲哀也是一种生机。她有点怀念那时候的聂亦。

为什么要见聂亦，她想她是要把聂非非的东西留给他，大概还想和他说一句："我已经不再恨你。"或许聂亦是不在意她是不是恨着他的，在聂非非眼里他是天下最善良的人，但他早同她说过，从决定复制她的那一刻开始，许多东西他就已经丢弃了；理性、明智、善良、正直，这些美好的东西他已经全部丢弃了。

但她是想要告诉他那句话的，也许对聂亦来说她的原谅无可无不可，但对她自己来说，那是有些重要的。

她施力半坐起来，拿了靠垫靠在身后。听到她的动静，聂亦转过头来："需要帮忙吗？"他客气地问。

她摇了摇头："不用。"开口时才感到嗓子干哑。

聂亦示意她床边有倒好水的保温杯，她捧着杯子小心抿水润喉："11月初雪的时候，"她说，"我无意间逛进一间寺院，遇到了一个小喇嘛。我们一起喝了茶。小喇嘛告诉我人因为参不透才会痛苦烦恼。我想我也是参不透。小喇嘛说，我之所以参不透，是因为我什么都不相信。"

聂亦没有回应她的话，只是微微抬头看她。她嘴角抿出一个笑容："那时候我觉得，这多荒谬，要想解脱于人世的烦恼痛苦，难道只需要相信这两个字么。可后来，我想通了。的确就是那两个字罢了。小喇嘛说他相信他的佛，世间的所有悲苦佛都经历过，世间的所有道理和逻辑都在佛的智慧中，因此于他而言，世间并无新事，也没有什么不能解脱的痛苦。我固然觉得也许只是因他经历得太少，但也不得不承认，那套理论是行得通的。只要你相信了，许多事情便不用去烦恼了，面对它们时自然有可以参照的办法。"

她沉默了一下："怀疑是好的，因为它是思辨的，但思辨带来的飘摇心也是烦恼的根源，不是吗？"像是自言自语，"人总是需要坚信点什么，或者说信仰点什么。"

徐离菲其实有些惊讶，这些话她竟能说得这样流畅，在她一遍又一遍思考的过程中，大多时候它们是混沌的，就像她记忆中曾经玩过的万花筒，千变万化，无形无状。但此时它们自然地从她口中流淌而出，拿小喇嘛的话来说，说不定是一种冥冥中的指引。

她看着聂亦，面对他时第一次发自心底地叹息："你那样聪明，一定比我更早懂得，你也是因为根本就不相信，"她停了停，"其实你既不相信你可以带回聂非非，又不相信你再不能带回她。若是坚信了能够带回她，那就该做更多的实验，无暇顾及任何痛苦。若是坚信了不能再带回她，那便是该回头看看这荒芜生命的时刻了，如何去面对又该去做些什么，你现在这样，"

她偏头，"只是被动地在绝望中等待而已吧，这又有什么意义呢？难不成你还天真地渴望着奇迹发生，想望着有一天她能够自己回来？"

她记得康素萝所说的那些话，在她看来她已经挑选了最温和的言辞，她不知道聂亦的内心是否有所触动，他的表情实在太过平淡，丝毫没有波动，他安静地坐在那个沙发里，连姿势都没有改变。在她结束那些沉重言辞的三秒后，他可称平和地回复她："我想我们没有再讨论这个话题的必要。"连回复的节奏都把控得刚刚好。

她并不期待这些话能够立刻打动他，因此极轻地叹了口气："我只是想说，我不再恨你了，因为我已经找到了我的答案，你呢聂亦，你什么时候才会接受你的答案，开始新的生活？"

依然是节奏刚好的回复："对我来说这是一道无解的命题，因此不会有答案，就算我是在天真地等待奇迹发生，"那话音有一点冷酷，又有一点百无聊赖感，"这也和其他任何人无关。"

徐离菲心底一窒，两秒钟后道："如果这是你的选择，"她没有将这个句子说完整，看了会儿压在手边的被子，轻描淡写地过渡了话题，"无论如何，这场谈话还是有意义的，"她停了一会儿，嘴角抿出一个笑，"我其实并不相信至死不渝的爱情，我爱过一个人，到头来我却只想让他痛。可你和聂非非，你们真是不可思议。"她抬头看他，"就这样吧，你也不必再来了。"看他疑惑地皱眉，她轻声补充，"要是眼睁睁看着我在你面前离开人世，于你而言，不啻亲眼看着聂非非从你面前再一次消失掉吧？"她闭了闭眼，"我想这太残忍，所以你最好不要出现了。"

不大的空间里全然寂静，似乎能听到光尘飞舞的声音。

徐离菲睁开眼，看到聂亦愣在那里，落在她脸上的目光含着震惊，几乎有些失态了。这可不多见。她笑了笑："这是不是我最像她的时刻？"她甚至眨了眨眼，"头一次全心全意为你考虑的我，是不是特别像聂非非？我这一生唯一像她的时刻，是不是就是现在？"她知道这些问题每一个都非常残忍，她并不是想刺激他，她只是想让他接受他已知的那个事实，她可以像聂非非，但是不是；谁都可以像她，但谁都不是。

她说："我想聂非非离开的时候，并没有感受到不能解脱的痛苦，"她看着他，"因为在这个世上，她有绝对相信的东西。她信仰着你，你是她生命的基石，你是她即便离开这个世界也会在另一个世界彼端等待的人，再也不会有第二个人像她那样了。"

聂亦的表情在那一瞬间破碎，就像一只特别冰冷而又精美的水晶装饰，蓦然摔落在花岗石质地的坚硬地板上。他撑着头的手指捂上了双眼。

徐离菲听到一点窸窸窣窣的声音，偏头时看到了窗外的大雪。鹅毛般的大雪在静夜里飞舞，看上去纯洁又美好。聂亦的身影在昏暗灯光下映照在玻璃窗上。她看着那个影子，想这真是一个悲怆的影子，像一首特别伤感的民谣，又像是一篇特别哀婉的情诗。

"我不会再来，"他低声道，"至少有一点你说得很正确，我没有办法看着她在我面前离开。"

徐离菲看着他，想，这是强大的聂亦，这也是脆弱的聂亦；这是勇敢的聂亦，这也是怯懦的聂亦；这是世间最聪明的聂亦，这也是世间最愚笨的聂亦。聂非非，是你将聂亦变成了这样，若人生而有灵，在天上看着这一切发生的你，是不是整天整天都在哭泣？

这沉重孤寂的高原雪夜里，徐离菲感到了一点艳丽哀婉的心伤。

六天后徐离菲在医院里去世，临走时托褚秘书将一只录音笔转交给聂亦，遗言含糊不清，只说那是她唯一可以留下来的东西，请他好好保存。

褚秘书按照她的遗愿，将她葬在了长明岛的公墓，那墓园坐落在岛上一个尤其偏僻的地方，地址却像是个号数特别吉祥的公寓楼：寿仁路 8 号；她的墓地号数也很吉利：68 号墓。

葬礼聂亦没有参加，只是在葬礼结束时从褚秘书手里接收了那支录音笔。他将它放进了一只乌木盒子，搁在清湖半山庭园里她曾经住过的房间保存，没有尝试打开它。

阮奕岑会找上褚秘书，这事让褚秘书略感惊讶。那是在徐离菲葬礼的一个月后，他们在聂氏楼下大厅碰到。青年礼貌客气，询问是否能占用他三分钟。褚秘书隐约察觉这邀约是与谁相关，迟疑了一秒后答应了。

他们在楼下咖啡座落座，青年切入正题的方式和步调不紧不慢，很优雅，正像是个经验十足的老到商人，令人一时半刻无法推断他的意图。

但毕竟三分钟是很快的，在两人相谈甚欢的交谈末尾，青年状似不经意地问出："徐离菲她最近是还住在聂亦家吗？有些事找她，但一直联系不上。"

褚秘书一下子住了口。

青年脸上甚至带着一点笑，褚秘书深知青年并不是一个温和的人，可此时他的口吻却温和适意："怎么了褚秘，茶不合口味？"这也像是个老到商人。褚秘书想起半年前对阮奕岑的调查，说他商科念得一塌糊涂，心想他这不是挺好的吗？

因徐离菲走前的几天，一直是他陪在那女孩子身边，因此她许多私人事宜都是拜托给他。她同他提起过她的墓园、她的遗物，但她没有提及是否应该将她的死讯通知阮奕岑，她甚至没有提起过阮奕岑。正因褚秘书知道两人关系尴尬，因而感觉难办，良久，才和气地笑笑，模棱两可道："一个月前她离开了，现在没在聂家。"这是实话。

青年低头沉吟了一会儿，没有问他是否知道她的地址，像是确定他必然知晓般直接道："可以请您将她现在的住址给我吗？"他笑了笑，那笑容看上去竟有几分真诚，"的确有一些很重要的事想和她谈一谈。"话尾落地时白皙的脸颊还隐隐有些泛红，仿佛说了一句多么不好意思的话。

褚秘书不清楚阮奕岑想和徐离菲谈什么，也猜不出，他只是感到这状况有些棘手。沉默了两秒后，他道："我也不太清楚她现在的地址。"

青年的脸色微变，过了好一会儿才有些艰涩地道："我知道她可能并不是那么愿意见我，我们之间有一些很严重的误会，这次会面对我很重要，所以请……"

褚秘书隐约觉得自己知道了阮奕岑要找徐离菲做什么，他有些难以置信地看着他，那目光令阮奕岑疑惑："有什么问题吗？"他问。

摇头时褚秘书看到聂亦走进了咖啡座，察觉到褚秘书的视线，阮奕岑顺势看去，口吻突然就冷淡下来："如果给我菲菲的新地址需要得到聂亦的首肯，那我会亲自去问他。"

咖啡座并不大，聂亦离他们原本就不远，应该是听到了那句话，拿着苏打水很自然地朝他们走了过去，也不知是在同谁确认："是要徐离菲的新地址？"

褚秘书艰难地点了下头。

聂亦随手拿过餐桌上的纸巾，俯身写了个地址递给阮奕岑。

褚秘书看清那地址上写的是：长明岛寿仁路 8 号 #68。

褚秘书的眼皮跳了一下。

阮奕岑似乎并没有从这地址中看出什么异样来，将餐巾纸叠起来装好后犹豫了下，问聂亦："她现在的手机号你知道吗？"

聂亦很自然地回他："不知道。"

青年看上去有点失望，勉强笑了笑："你不想告诉我我也可以理解。"

聂亦并没有分辩，只是看了看表，然后借口会议带着褚秘书先行离开了。

次日褚秘书接到阮奕岑的电话，青年在电话里的声音有些不解："这是一个恶作剧还是聂亦给错了地址？寿仁路 8 号？我刚刚去了那里，那是一片公墓。"

褚秘书沉默良久，道："地址是没错的。"

电话中阮奕岑的声音更加不解："你说没错是……"

褚秘书顿了一下："徐离菲她就葬在那里。"

有三十秒，褚秘书没有听到听筒中传来任何声音。

他不确定地探问："阮先生您还在听吗？"话筒里突然"砰"的一声响，像是发生了什么极猛烈的撞击，他心里咯噔一下，加紧探问，"阮先生？阮先生？您没事吧？"没有人回应他，对方的手机像是从什么高处掉下去，很快陷入了忙音。

聂亦是两天后从褚秘书那里听说了阮奕岑车祸的消息，据说是车撞到树上，所幸只是头部额角处缝了三针，有些轻微脑震荡，除此外并无大碍。褚秘书一脸愧疚："我不知道那时候阮先生正开车……我不该在那时告诉他徐离小姐的事，不然他也不会出车祸，这件事看来对他打击很大。"

聂亦正在看他刚才提交上来的一组数据报告，闻言漫不经心："那应该是觉得痛了。"

褚秘书不太明白他话中的意思，还沉浸在感叹中："早知道在咖啡馆时就应该告诉阮先生真相，幸好人没有受太大的伤。"

聂亦仍在看报告，却道："那就没有什么意义了。"

褚秘书回味了好半晌，才猛然道："Yee 你是……故意的？你是故意误导他，让他去那块墓地……"他脸上现出震惊，"我以为你不太会管别人的这些私事。"

聂亦仍是漫不经心，一边将报告书翻页一边道："我没什么好为她做的，她走前说想要阮奕岑痛，这个心愿我至少可以满足她，想要他痛，让他亲眼看到她的墓地就好了。"

褚秘书看了他好一阵才道："有些时候她们说的话并不是她们心中真实所想。"

聂亦低头笑了笑："哦，这种事我不太明白。"他顺手将报告签字递给褚秘书。

将笔尖插进笔帽里时，他突然抬头问褚秘书："你说，非非她有没有想让我痛过？"

褚秘书看着他："你从没有辜负过她，她不会那么想你的。"

他却闭了闭眼："你忘了，"他靠在沙发里，轻声道，"我辜负过她，我给她寄过离婚协议。"

褚秘书哑然。

他安静问他："那时候是你给她打的电话，告诉她我打算和她离婚的事。一直没有问你，她在电话里听起来怎么样，有没有哭？"

褚秘书回想起那通电话，窒了窒，只道："你知道的，她很坚强。"

聂亦却摇了摇头："她不坚强。"

褚秘书看他将头仰靠在椅背上，闭着眼睛回忆："其实后来有一天晚上，我给过她电话，她喝醉了，哭得很伤心，问我为什么不要她了，说她觉得很难受，我那时候……"

他没有再说话。

褚秘书叹息了一声，走过去将工作台的灯调暗，低声道："你休息一会儿。"

待他开门时，突然听到聂亦开口："把徐离菲留下来那只录音笔给阮奕岑送过去吧，可能你说得对，"他停了停，"即使有恨和埋怨，她大概还是希望能将自己的遗物留给他。"

褚秘书应了声好，关门时看到聂亦将沙发调向了对窗的方向。

今晚窗外有一轮圆月。

但愿人长久，千里共婵娟。

月圆时该是同亲密的人团圆的时刻。

但对某些人来说，在这圆月之下，不要说人长久、共婵娟，就算是想要一点同亲密的人天涯共此时的遗憾，都不可得。

看着窗外的月光和聂亦的背影，褚秘书感到了一点对命运的无可奈何。

（第三幕戏 END）

第四幕戏

FOUR
PLAYS

补白

聂非非的很多事聂亦都知道，譬如她小时候调皮得不行，一岁学步两岁多爬树，三岁时拎着个玩具水枪追得家里的小松狮满地跑，四岁时偷拿大堂里的装饰花去追求住同家酒店的漂亮小哥哥。那是聂非非的妈妈郑丹墀女士告诉他的事。

聂非非的很多习惯聂亦也都知道，她紧张时会重复同一个动作，害怕的时候话会很多，难过时会待着一个人哼歌，真正伤心的时候，她会躲起来哭。同样的笑容在她脸上可以有两种含义，极致的开心和极致的伤心，要想分辨清楚，当她笑的时候就要去看她的眼睛。除了她紧张害怕时的习惯，其他所有那些，都是聂亦自己观察到的事。

还有聂非非喜欢听的歌聂亦也全都知道，《Eversleeping》《海上花》《城里的月光》《暗涌》。聂亦记得聂非非学着王菲唱"我的命中命中，越美丽的东西我越不可碰"[1]时的模样——垂着头微敛着眉眼，嘴角带一点点轻慢的笑——那种冷淡疏懒的样子让人想起一切冰冷却柔软的东西：初春的融雪，经霜的红叶，冬夜的月光；那些东西都很美，同她一样。但多数时候她唱着唱着就会破功，会挑着眉胡乱哼哼："哎呀我忘词了。"

聂亦在沙发上坐了一会儿，打开窗边的唱机，转身给自己泡了杯茶。

再回到聂亦的办公室时，褚秘书听到里边飘出隐约歌声。虽然半小时前

---

① 引自歌曲《暗涌》，由陈辉阳作曲、王菲演唱。

他叮嘱了聂亦休息一阵，好为 10 点半的视频会议养足精神，但他也预料到了他多半不会听他的。正待敲门，室内的歌声蓦然传入耳中："城里的月光把梦照亮，请温暖他心房，看透了人间聚散，能不能多点快乐片段。"①褚秘书握拳的右手停在了半空中。那是聂非非的声音，是聂非非唱的歌。褚秘书想起来有一年聂亦的生日，聂非非别出心裁地将自己所有拿手的曲目录制了一张唱片送给聂亦，聂亦很喜欢，复制了好几份，备在手机里、车里，还有办公室的唱机里。

聂非非走后，聂亦有一阵过得很不正常，将自己锁在聂非非的病房里，拒绝和外界做任何沟通，病房里唯一的声源是聂非非的歌声。聂亦身体垮下来被送进医院后，聂非非的妈妈去那座半山庭园收走了所有有关聂非非的东西，包括那张唱片。虽然还有备份，但等聂亦出院回来后，并没有再听到他播放那些歌曲。

褚秘书站在门外听了一会儿，终究还是没有敲门进去。他不知道聂亦为什么又开始听这些歌。

他想起半小时前聂亦说他曾经辜负过聂非非，所以，是因回想起那份辜负浪费了许多本可以让他们相守的时间，而感到痛和后悔？还是只是单纯地想念她，因太过想念而控制不住再去从她的歌声里寻找慰藉？

褚秘书不知道。

聂非非走后，聂亦其实很少和别人谈论起她，大概对聂亦来说，回忆聂非非是一件很个人的事。

半小时前，聂亦问他，当年当他打那通电话通知聂非非他决定和她离婚时，她是什么反应。这是三年来聂亦头一次主动问起他有关聂非非的问题。

聂亦口中的那场辜负究竟是怎么回事，其实连真正经手过这件事、帮他们拟定离婚协议的褚秘书都不甚了解。

那的确是一段往事了，已经过去五年。

---

① 引自歌曲《城里的月光》，由陈佳明作词、作曲，许美静演唱。

褚秘书只记得那是 2018 年的冬天，大概是 2 月初的某天晚上，被上面的实验室邀去半个月一直杳无音信的聂亦突然打来电话，吩咐他空出时间处理一下他同聂非非离婚的事情。那通电话并不长，聂亦言简意赅地同他梳理了离婚协议中的财产分割事宜，交代他若是聂非非另有要求，可以全部依她所言，不必再和他来回沟通，这件事及早办妥为好。

褚秘书颇为震惊，但专业使然，依然高效地在电话中和聂亦一一确定完相关正事。若是其他事情，向来聂亦如何吩咐褚秘书便如何照办，但偏偏是这件事，褚秘书斟酌了几秒钟，还是忍不住多问了一句："怎么突然就……"听筒里有一瞬的沉默，沉默之后聂亦的声音却听不出什么，"她是事急从宜才嫁给我，是时候让她离开了。"

第二天褚秘书给聂非非打去了那通电话，听到他带去的消息，聂非非礼貌地问他是不是聂亦已经回来了，她能不能和他通个话。他和她解释聂亦并没有回来，只是打来电话交代他办理他们离婚的事。她像是听懂了，沉默了一会儿，却又重复了刚才的问题，问聂亦是否回来了，她能不能和他聊聊，就像她完全忘记了三十秒前他们的对话。当他提醒她她已经问过这问题时，电话那边她像是错愕了一下，"啊是吗。"她说，口吻轻飘得像不是她在说话。但接下来她的应答再没有出过纰漏，一切都很正常，当提起离婚协议她有没有什么需要补充时，她的语声显得有些干涩，那像是难过，"没有。"她回答。他心中却有些触动，斟酌问她："您听起来很难过？"电话那边她已经重新调整了语声和语调，"哦，没有，只是有点震惊。"那声音听上去似乎真如她所说般只是震惊。

自聂亦回国进聂氏，褚秘书便开始做聂亦秘书，无论公私，聂亦安排的事褚秘书总是能在第一时间做出最快速的反应。然而，此次聂亦交代下来同聂非非离婚的事，褚秘书在结束和聂非非的通话之后想了一个小时，却决定先将它压一压。有时候当局者迷旁观者清，尽管在工作上聂亦少有疏漏，但私人感情上的事，他想聂亦也不一定每一件都能判断准确。即便是场契约婚姻，但褚秘书旁观许久，却并不觉得两人之间没有感情。既然有感情，无论有什么误会，万不至于闹到离婚的田地。

这事上褚秘书存了私心，但聂亦的动作却快，两天后同他确认了聂非非对于离婚的事没有什么其他要求，次日下午便寄来了签好字的离婚协议书。林律师坐在他办公室里拿着聂亦寄来的离婚协议大致浏览了一遍，难掩惊讶："恕我直言，若这次聂少果真同聂小姐成功离婚，我绝不建议他此生再娶，离一次就分这样多家产……"又逐条逐款细看，末了道，"虽然这份协议完全看不出来对我方有利，不过的确是没问题的，只需将它寄给聂小姐签字，我再准备一些其他材料，即可去婚姻登记处解除他们的婚姻关系，"说完正事后还开了一句玩笑，"到时候聂少就又是全城排名第一的黄金单身汉，所有少女的深闺梦里人了。"

褚秘书却没有搭话，良久叹了口气，道："我想，这事还是缓一缓。"

林律师略感诧异，抬头看了他一眼，却没有问多余的话，只是笑笑道："也好，只是如果到时候聂少责备我办事不力，您老可要帮我说几句好听的。"

之后聂亦没有再联系过他，褚秘书也扣住了那份签好字的离婚协议一直没有寄给聂非非，而远在 A 国的聂非非亦没有任何消息。

这期间，1 月新入聂氏的前大明星雍可有意无意地找他打听过一次聂亦和聂非非的离婚进展。褚秘书不知她从哪里得来的消息，故作惊讶道："Yee 打算离婚？我不知道，依我看 Yee 同非非感情很好，雍小姐这是从何说起？"雍可脸色变了几变，终究是不好发作，只得道："我也是关心朋友。"然后抿住了嘴嘲弄似的不再说话。除此外，似乎没人知道聂亦正在和聂非非办离婚。

2018 年的 2 月，这个月里含着一个本该合家团聚的春节，但从前聂亦便常因公事而在春节缺席，聂家上下早已习惯。对于聂非非今年也缺席的情况，家里掌事的主母聂太太虽口有怨言，但似乎也并未深想。2 月在风平浪静中度过。

2月底，聂亦终于回到S城，人瘦了一圈。他有挑食的毛病，若长时间在外，饭菜又不合口味，的确是会瘦下来，倒没有什么好奇怪。

聂亦没有问起聂非非。

还是第三天在公司午休的间隙，褚秘书主动向聂亦坦白："那份协议我没有寄给非非，其中涉及的财产数额过于庞大，我想必须和你再次确认，再则总还是要询问一下非非的看法，她愿不愿意接受那些财产也是一个问题，这事实在不好这么仓促进行。"他的借口头头是道。

聂亦往杯子里添茶的动作停了一下。茶匙里的茶叶全部送进壶中，他低头往茶壶中加水，做完这一整套动作才道："还没有办吗？"又道，"她有时候的确很固执。"

褚秘书猜不透聂亦在想什么，但那天晚上他还是联络了聂非非。接电话的是聂非非的助理，当他提及离婚协议已经拟好发送到聂非非邮箱时，小助理语气怨愤："聂亦迟早会后悔，你们以后不要打来了。"不等他再说什么已经挂断电话。

聂亦迟早会后悔。是吗？

那时候褚秘书叹着气想，这真是说不准的事。

聂非非很快回复了邮件，似乎真当之前同聂亦的是一场契约婚姻，付出了多少辛劳便得多少报酬，挑着接受了一些现金、不动产和那台在计划中的潜水器，婉拒了其他在列的巨额资产，言辞谦谦，道若是为弥补，这些东西已经十分足够。还礼貌感谢了他为此事的费心。

弥补。她用了这个词。有失去才有弥补。她失去了什么？聂亦给的东西又弥补了什么？她却没有在邮件中明说。

褚秘书将聂非非的邮件转给了聂亦，请示是将原来他签字的那份寄给聂非非，还是接受她的提议另寄给她一份新协议。

聂亦一直没有回复。

这事就这样被搁置了下来。

然后便是5月初，聂非非回国。

再然后事情是怎样发展，褚秘书便不清楚了。

这桩事从始至终都像个谜，褚秘书一度认为了解谜底的只有聂亦和聂非非这两个当事人，但其实徐离菲也知道。

聂非非在她的录音笔里提过这件事。

这个世界每天都有各种大事小事发生，大事关乎遥远的土地上发生的战争和劫后余生的流民，小事关乎某位已婚明星的出轨丑闻。S市社交圈的太太小姐们不爱谈政治也不关心明星，她们热衷的是自己这个社交圈里的小故事：谁家有意与谁家联姻，谁家新认的干女儿其实是流落在外的私生女，又或是谁家不成器的小儿子哭着闹着要娶一个性感小明星。

2018年4月，令S城所有闲得发慌的太太小姐们魂牵梦萦的是聂氏制药的八卦：谁也说不清从哪里听来的传言，说聂家大少打算同刚结婚半年的现任太太离婚。至于原因，也是不知道从哪里传来的消息，说是可能同1月份高调入职聂氏的大明星雍可有关。这种事自然难以求证，何况还是聂氏的事，大家也只能捕风捉影寻找一些证据，譬如聂亦和聂非非的确已有一段时间不曾共同出现在社交场合；又譬如聂太太的某次私人派对，帮着聂太太一起主持的不是儿媳聂非非，反而是说不上来在聂家是个什么身份的雍可。

这件八卦里，因没有一个知情者，大家反而更加乐此不疲地猜测。而这些猜测大都是替聂非非感到不乐观。有某人说雍家家底可观，雍可人长得美，学历高，又是个大明星，在事业如日中天之时选择退圈进聂氏，必定是志在必得，至于志在必得什么，大家心照不宣；又有某人说同雍可从前的经纪人相熟，据经纪人言雍可同聂家大少在大学时代便有朋友之谊，两人原本便互有好感，因误会才会分道扬镳，雍可此次回来是为挽回真爱，聂非非处境堪忧；还有某人说曾在纽约街头碰到聂非非，伊人昔日风光不再，面色很是憔悴；一言一词煞有介事，搞得半年前聂非非嫁给聂亦时起过嫉恨心的小姐们都不禁生出好心肠来，同情她遭遇如此强敌，怕是结婚半年就要离婚，哪怕最后分得巨额资产，也要在 S 城一辈子沦为笑柄。

毕竟在这个圈子里，婚姻从来就不是婚姻，婚姻是一场守成的战争。

脂粉堆里对此事议论者众多，真真假假假假真真之前，唯一没什么争议的是大家都相信聂非非必然是受了打击分外憔悴因此躲在国外疗伤；同时，她们也在耐心地等待着憔悴的聂非非能够早日从 A 国回到 S 城，振作起来开启一场婚姻保卫战，毕竟 S 城这小小的社交圈里，已经久无新事。

2018 年 5 月 2 号，聂非非回到 S 城。但令太太小姐们茶余饭后讨论多日的聂氏婚姻保卫战并没有发生，两边的聂家都很平静。

那一周的星期三，S 城日报头条倒是发了一版新闻：关于聂非非带回 S 城的摄影展——《世界中心的蓝》。报道很专业，详述了这场展览的背景、主题由来及意义，并未过多提及聂非非本人私事。

报道中称这是已故海洋摄影师雅各·埃文斯和上个月刚过世的天文摄影师雅克·杜兰的摄影作品全球联合巡展，S 城是巡展第三站；第一站是 4 月中旬成展的纽黑文，第二站是 4 月下旬成展的尼斯；一个是雅各·埃文斯的家乡，一个是雅克·杜兰的故乡。报道中还引用了上个月国外媒体对于这两次展览的注释和评价，称因策展人将在巡展结束后履行摄影师生前遗嘱，将其中的许多作品或捐或赠，因此这场巡展也将是这两位摄影师生平作品最丰富完整的一次呈现；又称即使此后这些作品不分散流落，大概也再不会有另一场展览如此完美地向世人呈现这两位伟大摄影师的天才了，可看出策展人的用心以及对两位摄影师深深的尊敬和爱。

外媒提及的策展人说的是聂非非。本城的报道在这里亦用了个小括号做注释，且在下面空白文段处不大不小刊登了一幅聂非非的照片，看得出来是在机场之内的地方抢拍而来。她穿针织衫、阔腿裤、平底鞋，戴一顶黑色的宽边礼帽和大墨镜，肩头挎着个相机，表情适意，像是正等候什么人。

谢明天那天早上和嫂子郑宜在家喝早茶，看到那则报道。

两人都对前一阵的传言有所耳闻，谢明天撇嘴：“人人都在等非非回来，人人都想看她笑话。"打了个哈欠，"虽然就算他们真离了婚，非非也绝不会是个笑话，但我真是烦死这些人，天天想看别人笑话，不知道一事无成的自己才是个大笑话吗。"

郑宜有点惊讶："他们真有可能离婚？"想了想道，"你哥哥有说过什么吗？"

谢明天欲言又止："我哥哪会听说这件事，他只说聂少这一阵都不太开心，"又生气道，"还有雍可，也太殷勤了些，怎么最近聂亦出现的地方哪儿哪儿都有她，她不如一直清高下去倒更好！非非看到会怎么想！"

郑宜也看了会儿报纸，抿着嘴秀气地笑了笑："我觉得，聂非非有个很宽广的世界，你不用太担心。"

谢明天迟疑了两秒钟："嫂子你也别在意雍可，我哥他么，他只是顾念旧时同学情。"

郑宜跟她眨了眨眼："我也有个很宽广的世界。"

自 1 月分别，经历中间种种，聂非非再次见到聂亦，是在 2018 年 5 月 4 号。

埃文斯和杜兰的全球巡回摄影展，聂非非是主创，杜兰的团队全力配合，许书然虽贵人事多，也很仗义地一直拿出时间来帮忙。为追求每一场展览方式较之前都有变通，回到 S 城的第三天，许书然邀她去紫玉大厦顶层感受一下那里刚开办不久的宇宙星空展，以帮助她激发布展灵感。

聂非非首先看到了雍可，其次才看到聂亦。

那是在展厅入口供游客换鞋的小房间。

为配合展览的氛围，屋子里并未开灯，只墙上的液晶屏滚动播放一支星空科普短片，为房中提供了一些微弱光源。因小房间里做换鞋准备的游客们那时大多围在雍可身边，因此推门而入的聂非非才注意到她，朦胧光线中亦能看清雍可长发素颜并未改装。这情形就很好猜了，多半是雍大明星未改装便来看展，不巧被人认出来，然后被热情粉丝拥堵在这小房间。所幸大家没闹出什么大动静，只是围着她请她签名或说些表示喜爱的话而已，因此展馆工作人员们也就睁一只眼闭一只眼了，只在一旁例行公事地小声提醒游客："请大家换鞋后依次序入馆。"

聂非非找了个角落蹲下来换鞋，刚蹲下来便发现也在附近换鞋的聂亦。聂非非才恍然为什么会在这里看到雍可。虽然光线微弱，又隔着一段距离，那人还低着头，但她当然能认出来那是聂亦。她并没有刻意隐藏自己，但聂亦似乎也没有发现她，换好鞋便进了展厅。

聂非非抬头时发现人群中雍可回头往聂亦离开的方向看，那时科普短片正放到天赤道与黄道附近的十二星座，群星璀璨中屋子里亮了一瞬，映照出雍可不太高兴的一张脸。聂非非低着头解鞋带，想她大概知道雍可为什么不高兴，依照她对雍可的了解，雍小姐应该是在暗怪聂亦没有等候她一起入展厅。聂非非脱掉鞋子，感受到脚趾的放松，心想人真是贪心，想要的人、想要的东西，得到了应该倍加珍惜才对，做什么还来百般挑剔。但聂非非已经学会了不再对自己说，如果聂亦选的是我。

许书然发来短信，说车堵在了金融区，指不定过得来过不来，让她不用等他，聂非非就从善如流地换了鞋子也进了展厅。

展厅巨大，正中的天象仪将一片壮阔星空投影在半圆的穹顶，那视觉效果像是将整个宇宙都拉伸在了眼前。超越空间的高旷将身在其间的游客们衬得极其渺小，因而展厅中人虽不少，看上去却依旧人迹寥寥。

聂非非在心中轻呼了一声，在入口附近找了块空地坐下来，仰望着这片人工模拟的巨大星空。

约莫半小时后，感觉有人在她身边坐下，靠得有些近。她以为是姗姗来迟的许书然，因此没有低头，只是略动了动，上半身自然地靠近那人以方便低语："我刚才在想，下一场在 K 国的展览，我们应该考虑和它们的国家天文馆联办。"她叹息似的道，"是要真正领略过这大宇宙的壮阔，才更好理解杜兰的那些作品，"她依然仰着头，嘴角勾起来，发自内心地赞叹，"怎么就想到了邀我来这里，书然你真是个天才。"

许书然却没有回答她。

但她也不甚在意，只是重新靠回墙壁，半闭着眼睛在满室星辉中安闲地养神。

"这是南天的星空。"她身边的人突然说。

但那并不是许书然的声音。她猛地睁开眼。

聂亦屈膝坐在她身边，和她肩并着肩，手臂靠着手臂，他微垂着眼，视线并没有放在星空上，低声道："南半球最惹眼的星座是南十字座。"

聂非非感到这句台词的熟悉，想了两秒钟，反应过来那是去年夏天在V岛时，聂亦教她辨认南天的星座时所说的话，他还提起过但丁在《神曲》里描写南十字座的那首诗：我把心神灌注在另外一极上，我看到了只有最初的人见过的四颗星。那天晚上她第一次长久地握住聂亦的手，松开时掌心全是紧张的热汗，内心却雀跃得像住着一千只飞鸟。聂亦陪了她两个小时，她对聂亦说："How time flies."说那话时她并不觉得遗憾，只想着就算他们从此分开再不能见面，那两个小时已足够她回忆并且喜悦一辈子。

如今再想起这些，不是不感触的，她也低声，重复他那时的话："找到南十字座，它附近的星座就很好找了，那上面就是半人马座。"

聂亦转头看她："你还记得。"

她知道聂亦在说什么，他说的是他的话她还记得。那是一个陈述句，既非表达惊讶也非用来确认。似乎只是感到巧合，你看，那些话我们居然都还记得。天才记事是靠本能，聂亦不会知道她之所以记得那些话，却是因那时候他同她说过的每一句话，她都会珍视地在心底反复咀嚼个几十遍，就像个狂热的神经病。可那样巨大的情意，大概对谁来说都是一种负担吧。

她就笑了笑，状似漫不经心："那时候你教我认星座，那很有意思，有意思的事我比较记得住一些。"

聂亦看着他，包括她的笑和她的漫不经心。

聂非非从聂亦眼里看到自己的倒影，但她并不清楚自己现在在聂亦眼中是个什么样子，她只是想，在这里遇到也好，能说一声再见也好。

星辉洒落，映照在他们身上，柔软中含着凉薄，似乎真像是那些穿越亿万年不灭的来自宇宙深处的光落在他们身上。

他们之间有片刻的沉默。聂非非捏了捏自己的脸让自己放松，嘴角绽出一个自然亲和的笑，她站起来向聂亦伸出了手："你在离婚协议里补偿我那么多，就在这里说声谢谢也说声再见吧，祝你幸福，聂亦。"

她并不觉得这句话有哪里不合适，但在她握住他手的那一刹那，却发现微微抬头的聂亦，神情里含着一丝毫无防备的伤痛。

他的嘴唇抿紧，没有回给她只言片语。他的手指很凉。

谢仑知道聂亦和聂非非之间发生了一些事，但具体发生了什么，他也不太清楚。聂亦从没有同朋友探讨个人私事的兴趣爱好。

谢仑旁观了一阵，发现这事挺有意思，聂非非回 S 城已一个多星期，据说一直住在红叶，几乎不曾回过聂家；雍可这一阵对聂亦却可谓紧迫盯人，私底下虽不太盯得上，但公开的场合，聂亦出现在哪儿她就必然出现在哪儿。

秋声园的某个饭局下来碰到雍可，谢仑看着她，神色颇有些复杂："你天天这么缠着聂亦，很惹人烦的知不知道？"

雍可脸色发白，却还是倔强地昂着头直视他："是聂亦他这样对你说？"

谢仑自己也察觉到那句话有多伤人，可看着她那模样，自心底升起的怒其不争的愤恨让他忍不住就是想伤害她："你没看出来聂亦他根本就懒得理你是吧？"

雍可眼角泛红，好一会儿，道："我是看不出来你们都在想什么，你喜欢我，可你又最爱伤害我，好，你说聂亦不喜欢我，懒得理我，可如果他不喜欢我，他又为什么打算和聂非非离婚呢？"

这时候谢仑才知道聂亦和聂非非之间的问题闹到多大。而雍可那样毫无犹疑地说出"你喜欢我"，也让谢仑有一瞬间愣神。他靠在走廊的拐角注视着那样的雍可，第一次认真考虑，是该好好整理一下对这女孩的感情了。如今他对她一定不再是喜欢。从少年到青年，他们认识的时间太长，他对她的感情也太复杂，爱、恨、恼怒、失望、怜悯，如今，这情感还剩下什么，或者又变成什么样了？

他叹了口气，放缓了语调，心平气和地劝说她："你也说聂亦只是有打算和非非离婚，无论如何他们还没有离婚，你这样介入进来，实在不太像话。"

但雍可只是红着眼睛看向窗外，许久，沙哑道："我放弃了一切，已经是孤注一掷，所以绝不能输。"那森冷的语调空荡荡响在冷寂的走廊里，是独属雍可的固执与傲慢，不知为何让谢仑有点心惊。

周六傍晚，当谢仑接到雍可的小助理 Susan 打来的电话时正在开车，车上还有聂亦，两人刚从一个真人 CS 野战上下来。这活动是谢仑组局，原本是打算帮这阵子对什么事都提不起兴致来的聂亦转换心情，枪林弹雨下来，却输得连原本热爱生活的自己都要生无可恋了。

车上高速，两人随意聊了两句谢氏刚在海外启动的一个度假酒店项目，Susan 的电话就打了进来。小助理虽见过大世面，但雍可未退圈前的大世面都由 Ada 处理，她实在不用费这份心，因而电话中颇有些六神无主。

谢仑几乎是在挂掉电话的同时脚下加速："耽搁一阵再送你回去。"

聂亦坐在副驾驶里偏头看他，谢仑冷着脸："雍可在夜店买醉，不知道招惹了谁，我去接她一下。"

聂非非带着许书然走进那家酒吧，熟门熟路地点了两杯生啤两碗炸酱面。两人刚加完班。侍应生将啤酒端上来，认出聂非非，笑着打招呼："非非姐好久不见你，又来吃炸酱面？"聂非非笑眯眯点头："是呀，你们老板娘这手炸酱面可比她调酒高明。"侍应生假装谨慎地四处看看："可不能让老板娘听到这话呀……"

两人寒暄时许书然已经拆开筷子和纸巾，待侍应生离开，环视了一下身周的灯红酒绿："你以前说你常逛夜店，就是逛来吃炸酱面？"

聂非非依旧笑眯眯："离我的工作室近嘛，加完班吃碗面，你会发现生活其实没有那么面目可憎。"

许书然做惊讶状："我以为你精力充沛，从不感觉生活面目可憎。"

聂非非就叹气："别人我不好说，不过许导你总该知道连加一个星期班是什么感受吧，"眉毛弯起来，"幸好我们还有这家炸酱面店。"

许书然道："人家这是间酒吧。"

聂非非不在意地挥了挥手："随便了。"表情和动作却突然停了一下，许书然顺着她的目光望过去，看到了不远处坐在吧台的一个角落里撑着额头喝酒的雍可。有个不认识的男人举止暧昧靠坐在雍可旁边，两人挨得很近，雍可的小助理 Susan 被晾在一旁。

正好面送上来，两人收回目光默契地没有提刚才所见，服务生贴心地端上来一杯热柠檬水，聂非非捧着热柠檬水招呼许书然："尝尝，全城最好味。"

炸酱面味道的确不俗，但两人都吃得有些心不在焉，聂非非是因雍可而心不在焉，许书然则是因聂非非而心不在焉。

面吃到一半聂非非停了筷子："我去趟洗手间。"

许书然目送她的背影，却看到她绕去了雍可喝酒的吧台。

聂非非吃面的时候想了整整三十秒，自己到底管不管这闲事。这间酒吧的格调不错，私密性也还算好，的确常有娱乐圈人士光顾，她还曾在这儿碰到过天王天后。但大家自会去小包间寻欢作乐，谁会像雍可这样生怕不能被认出来似的倚在吧台买醉。

聂非非正在想离了 Ada 雍可她是否连基本的生活自理都存在问题，就看到挨着她的陌生男人轻浮地靠着她的耳畔说话。雍可懒洋洋地勾起一边嘴角笑，那笑容已然不甚清醒，男人趁机又推过去一杯酒，雍可的小助理 Susan 想把酒杯推开，雍可却是豪量，错开小助理的手端起来一饮而尽，接着撑不住似的柔弱无骨靠在男人身上。

聂非非有一万个理由不管雍可。管她是和聂亦闹了什么矛盾才要学人来夜店买醉，又不关她的事；管她会不会被酒吧里这些四处猎艳的花花公子拐回去这样那样，又不关她的事。她任性惯了，不知人间险恶，那就自己交点学费付出点代价，了解了解这光怪陆离的人间红尘路。她安安静静吃她的面就好。

不管雍可闲事的理由十足充分，但最终聂非非还是放下了吃面的筷子。

雍可若真出了事，她心不安。

聂非非分开人群接近吧台时，那陌生男人正试图甩开 Susan 好带雍可离开。

Susan 人虽不够机灵倒是够忠诚，只管两只手抱住雍可的胳膊，说什么也不放开。雍可醉话连篇，一边笑一边试图从 Susan 的钳制中挣扎出来："明早到龙港道四号的公寓来接我，8 点，8 点来啊，今晚不要管我，让我和陈先生好好聊聊天。"陈先生便揽着雍可皮笑肉不笑地掰开 Susan 的手："有听到你老板怎么说？不要管得太宽了。"Susan 急得上火，在人群中一眼看到聂非非，眼睛一亮，语声含着恳求连唤了她两声："聂小姐，聂小姐。"

聂非非动作很快，男人一个不注意，雍可已经被她伸手带到了另一边。中间不小心撞倒了路过服务生的托盘，酒水洒了一地，许多人都停下来看这边到底发生了什么事，一时间整个酒吧安静了不少。Susan 毕竟做明星助理做了许多年，经验总是有，迅速用外套挡住雍可头脸，强按着她躲到光线稍暗处。没有雍可在，这就是个酒吧小争端，有雍可在这搞不好明天能上娱乐版头条。大概是变故来得太突然，雍可来不及反应，竟没有挣扎，分外顺从地随着 Susan 处置。

聂非非看了眼被 Susan 照顾着躲到一旁的雍可，不动声色地移了两步到那位陈先生面前挡住他视线，又扫了眼不明所以的围观群众，好脾气地笑笑："没什么事，我朋友喝醉了，不小心碰碎了两个酒杯。"

这是让双方都好下台的意思。酒吧里醉酒太过正常，多数人都收回了注意力，该聊天的继续聊天该调情的继续调情，却也有好事者看热闹不嫌事大，似玩笑又似挑衅："不是吧，快到手的妞被个女人截了和，老陈你不找点场子回来以后还怎么混？"

听不出来说那话的人和姓陈的是敌是友，聂非非不动如山，静观其变。姓陈的挨着吧台眯了眯眼，半拖长声音似回应："怎么混呀？"忽然靠近伸手摸了摸聂非非的脸，暧昧低声，"你朋友既然醉了，那就麻烦你赏脸和我喝一杯了。"

聂非非一下子蒙那儿没能反应过来。

打算帮雍可解围时她已经事先预估了结果。不过就是两个结果：如果对方讲道理，那就小事化了天下太平；如果对方不讲道理，那可能就得打，派出所离这儿不太远，许书然就算打架不行，那起码还能打电话搬救兵。怎么能想到还可能会出现第三种结果：她代替雍可被调戏了。

所幸，聂非非并不是现场唯一没能反应过来的人。

事实上接下来的三分钟让在场很多人都没能反应过来。

陈先生没反应过来的是，他感觉自己其实也没说什么太过分的话，怎么兜头就被揍了？谢仑没反应过来的是，打了一下午真人 CS，理当筋疲力尽的聂亦怎么还能有力气揍人？陈先生的朋友们没反应过来的是，他们就是看陈先生被揍发好心拉个架而已，怎么也被揍了？许书然没反应过来的是，好不容易在聂非非面前找到个英雄救美的机会，但聂亦怎么又莫名其妙冒出来了？

姗姗来迟的酒吧老板夏修竹捂着额头看着眼前的大乱斗，有气无力地挥了挥手，跟在他身后的几个年轻人赶紧下场控局。

小夏老板有气无力地询问一旁待命的调酒师："不是让你们在我来之前看着控制住局势吗？怎么就打起来了，还连你们都和客人打起来了？"

调酒师三言两语说清事情经过：某客人对某年轻小姐出言不逊，被聂少给揍了，客人的朋友们看不过眼上前劝架，被聂少给一块儿揍了，结果这些朋友们也怒了，然后谢少也加入进来，就演变成了大乱斗，员工们怕聂少和谢少受伤，只好也加入进去，大乱斗就升级了。

小夏老板听得发愣，一改先前的有气无力，不可思议道："是聂少和谢少先动的手？你们没看错？"赶紧看向场中，"他们人呢？"

调酒师看向他身后。

小夏老板立刻转身，谢仑抱臂似笑非笑："是找我们索赔？"

小夏老板一脸惶恐地迎上去："这怎敢，您没受伤吧？"又四处看，"聂少呢？他也没受伤吧？"

谢仑回想起片刻前聂非非牵着聂亦趁乱溜掉的那一幕，揉了揉瘀青的手臂，皮笑肉不笑地道："哦他没事，被他媳妇儿领走了。"

小夏老板抽了口气："此事还惊动了少夫人？"

谢仑继续皮笑肉不笑地道："你的客人调戏的就是少夫人。"

小夏老板足有三秒钟没有说出话来，第四秒钟抄起根棍子沉声道："我去和客人谈一谈。"

谢仑笑容可掬拦住他，从他手里截走棒球棍："谈归谈，杀伤性武器就不用带了。"

夏老板亲自去找客人搞思想品德交流，谢仑一个人在那儿坐了几分钟后，突然想起来他的初衷是来帮雍可解围，为此还在高速公路上超了速。但雍可人呢？

他自顾找了会儿，没什么结果，找人来问，才听说酒吧里刚打起来时雍可就哭着跑了出去，据说小助理在后面使劲追也没追上，她像是哭得挺伤心。

谢仑听完，发现自己内心竟然完全没有什么波动，不再觉得她可恨，也不再觉得她可怜。他只是想，也好，雍可早应该看明白，聂亦爱着聂非非，聂亦有多爱聂非非。

他了解一部分的聂亦，雍可也了解一部分的聂亦，而在他们所了解的那部分里，聂亦从不是个一言不合会揍人的人，他聪明强势，冷淡沉静，从不推崇暴力，是位修养绝佳的谦谦君子。

但他那样的前提，是你不能动他的东西。他的宝物和珍藏，你不能觊觎，不能渴望，你连看一眼都不可以。

谢仑回家给雍可打了电话，一贯孤高又强势的雍可在电话那边哭了半宿。那时候谢仑心里却很放松，想这段孽缘总算是到尽头了，无论是雍可和聂亦的，还是自己和雍可的。

聂非非拖着聂亦跑出来时并没有想太多。

她从前的确常在道场同聂亦切磋，但她是没怎么见过聂亦真刀真枪同人打起来是什么样的。他们刚认识不久时，聂因绑架她那一次聂亦动手教训过聂因，但就算那一次，聂亦也没真正让她瞧见那暴力场面是个什么样。所以当站在酒吧中间的聂非非从愣怔中反应过来，瞧见影绰灯光下聂亦冷着一张脸大杀四方时，那场景对她来说不是不震撼的。

聂非非觉得聂亦面无表情动手揍人的样子真是太动人了，又帅又性感，但花痴归花痴，当聂亦一个过肩摔把一个彪形大汉摔地上半天爬不起来时，聂非非还是敏锐地感觉到了要继续任他这么打下去搞不好要闹出人命来，她就当机立断地一把拽住聂亦从斗殴现场跑出去了。聂亦差点被她拉一个趔趄，但立刻就很配合，配合得让她觉得是不是拉错了人，百忙中回头确定，看到被他拽着一起跑的人的确是聂亦没错，才呼出一口气放下心来。

那酒吧位于一条风情老街，出门便是一水儿青砖碧瓦老建筑，霓虹灯星星点点点缀在屋檐瓦楞，凑出一副老旧又浪漫的姿态。他们跑过那一整条老街，从一座巨大写字楼的阴影下穿越过去，在附近的河景公园里迷了会儿路，最后在公园里的人工河边停了下来。

聂非非坐上人工河河堤上的石栏杆时，脑子才终于正常运转起来。她坐那儿表情空白地简单总结了下今晚发生的这事以及各位当事人之间的复杂关系：聂亦和雍可好了，她和聂亦正在办离婚；雍可和聂亦闹了矛盾来酒吧买醉，被调戏了，她多管闲事去英雄救美；聂亦来了，帮雍可教训了登徒子，雍可感动得哭了，她却当着雍可的面牵着聂亦跑了。无论她的初衷是什么，他们正在办离婚，她却去牵聂亦的手，还牵着他跑，这无论如何不应该。聂非非看着自己的右手特别苍凉地叹了口气，想我特么是个狐狸精啊我。

感觉到聂亦也在她身边坐下来，聂非非往旁边欠了欠身，聂亦看了她一眼，她佯装自然地笑了笑："带手机没？给谢仑打个电话让他来这儿接你吧。"

聂亦看着她没有出声。

她被看得讪讪，摸半天摸出自己的手机递给他："要不然用我的给他打个电话？"

聂亦依然没有说话，也没有接她的手机。

她维持在嘴角的笑便有些挂不住，视线向左向右就是不看他，自顾自寻找话题："你们可得感谢我，要没我把你拉出来搞不好今天就出大事了，怎么就这么冲动呢……"

聂亦终于开口："我不说话，让你感觉很尴尬？"

她一下子住了声。

他道："为什么要感觉尴尬？你不是已经和我说过再见，还祝我幸福？"丝毫不给她喘息机会，他继续道，"你不是已经当我是个陌生人？"

这是还记着上次天文馆里她所说的那些话，但这些到底是疑问句还是反问句？她不知道他今天是怎么了，讽刺的样子像是疑惑，疑惑的样子又像是讽刺。

她不知道怎样应付这样的聂亦，但她从来就很拿手粉饰太平，因此轻咳了一声，挺随和地道："我是说过祝你幸福，但没有说过要和你做陌生人呀，既然是和平分手，再见也该是朋友嘛……"她察觉到他的视线冰冷，知道他并不喜欢她这样，因此闭上了嘴。她轻轻叹了一口气，轻叹中她记得从前的自己，面对聂亦时似乎总有很多话说，各种各样的话题她都能信手拈来，如今呢？如今却只能相对无言，因她想说的那些话，要么不合适，要么无意义。

河风吹过，她单手撩起耳边的乱发，露出白色的小巧精致的耳垂，耳垂上坠着一颗黑色的珍珠。她拨弄着那颗珍珠，好一会儿，轻声道："我们走吧。"说着从栏杆上跳下来看着聂亦。

聂亦也低头看她，却没有从栏杆上下来。

目光接触到聂亦的脸，她才发现聂亦有一边嘴角略有瘀青，她疑心是不是看岔了，因此靠近了些，嘴里不自觉问："你嘴角这里是怎么回事？"足够近时看清果然是瘀伤，手指挨上去时察觉到了聂亦的目光，她猛一个激灵，收回手就要退后到安全距离，聂亦却眼明手快地制住了她。沉默中他突然捧着她的脸低头吻住了她。

天上有月，地上有霓虹和河灯，黑暗里那些光芒并不盛，是柔和而暧昧的，那样柔和而暧昧的微光里，聂亦坐在栏杆上低头同她接吻。聂非非恍惚了一瞬。那吻不同于从前，并不温柔，一开始便带着台风过境般的强横，牢牢控制住她让她动弹不能。聂非非大睁着眼，看到聂亦微颤的睫毛，她想他的表情多么冰冷美丽，像是很脆弱，但他的动作却强硬得近乎凶暴，这是多巨大的矛盾。她感到他啮咬着她的嘴唇，含吮着她的舌尖，她尝到他口中微弱的铁锈味，她知道他空出的手在一寸一寸揽紧她，紧一些，再紧一些，紧得让她感觉到了痛。渐渐地她没有办法思考，只能循着本能。而她的本能是极其喜欢这一切的。她从来渴望聂亦，渴望来自聂亦的一切，他的拥抱，他的亲吻，以及他对她的渴望和占有欲。

直到那一吻结束聂非非才稍微恢复了神志，那急切凶狠的一吻后聂亦也恢复了些许正常，身上的狂暴戾气悉数消失，他放松地将头挨在她的肩上，似乎又变回了那个平静温柔的聂亦。

聂非非模糊地想，是的，聂亦是喜欢她的，他当然是喜欢她的，她从来就知道。但他也是喜欢雍可的，他仔细思考后做出了选择，向她提出了离婚，大约因为感觉对她不起，分给了她一笔极其丰厚的财产。这些她都是很清楚的。那现在这又算是什么呢？是选择了雍可之后感觉放不下她？是她的疏离让他不安了，而今是她的回应取悦了他，让他觉到了她的口不对心，她仍是属于他的？男人究竟是什么样的生物？

聂亦的手指在她耳边温柔地轻抚，在她耳边的低语也很温和："我们……"

聂非非却终于崩溃地哭出来："聂亦，你不能这样，你不要这样。"

聂亦愣了一下，有些手足无措地抬起她的脸，她趁机推开他，退后两步站定，一边擦着眼泪一边抬头看不宽的河面。说话时她根本不去看聂亦的脸，努力将声音压得平稳，可怎么平稳得了。她的指控其实很小声："说合适的时候就该彼此分开的是你，提出离婚的是你，现在这样，这样好像舍不得我的还是你，聂亦你从不是优柔寡断的人，人既然做了选择，不是就该好好坚持好好遵守吗？"

他没有反驳她的话，伸手想帮她擦眼泪，却被她避开。

她离开他老远，似乎生怕他再靠近她，生怕他再蛊惑她。

聂非非说不清该怎么描述那一刻聂亦看着她的眼神，那眼神似乎含着疼痛，却又不仅止疼痛，半晌，聂亦问她："不可以后悔的是不是？"

她听过张爱玲那则关于白月光和朱砂痣的故事。原话她记不太清，大抵是说，每个男人一生中或许都会碰到一朵白玫瑰，一朵红玫瑰。娶了白玫瑰，白的就变成一粒饭粘子，红的仍是那心头朱砂痣；娶了红玫瑰，红的就变成一抹蚊子血，白的仍是那床前明月光。聂非非就捂住了眼睛："不可以后悔的。你做了选择，有了新生活，我也做了选择，有了新生活，"她轻声道，"我们都不可以后悔的。"

将这句话听进耳中的聂亦僵在了那里，好一会儿，脸上露出了非常悲伤的表情。

那悲伤令她感到疼痛，她却没有像往常那样去关怀他安慰他，她也没有安慰关怀自己，她只是在心里很轻地对他说，也对自己说："我们都会习惯的，很快就会习惯的。"

那之后聂非非有一阵没有见过聂亦，褚秘书那里的离婚协议也没了下文，她发邮件去催过一次，问褚秘书什么时候能将协议寄给她，褚秘书的邮件倒是回得很快，含糊说还有一些条款有待梳理。她也就没有再多问。

埃文斯和杜兰的联合展览如期在 S 城开幕，某天在展览上见到谢仑，谢公子皱眉问她："你到底把聂亦怎么了，你不知道吧，他最近呀……"连连摇头，却不再继续说下去。

她心里一紧，问他："聂亦他怎么了？"

看到她焦急表情，谢仑却是大乐："你放心，他好得很，只是突然变身工作狂，操练得药研院的那些精英们都打算集体跳槽了。"

她收束表情，平淡地"哦"了一声。

谢仑上下打量她，似笑非笑："装，再装，你也不是不在意他，又何苦非得和他闹成这样？"

她也毫不客气地上下打量谢仑，笑道："你大概觉得我那么崇拜他，应该会爱他爱得毫无底线吧。"说完这句话她仔细想了想，突然重重叹了口气，"我好像的确是没什么底线的，他想要怎么样我其实都可以随他，只要能和他在一起就好了，"看到谢仑惊讶的表情，她笑得愉悦，"对不住一直让你误会了我是个女强人，其实我就是这么个恋爱脑来着。他选择雍可，"她继续道，"其实我也能理解，毕竟他喜欢她在前，按先来后到，其实我才是那个后来者。我知道他会舍不得我，但这种情况下我是不能再和他在一起的。他也不会喜欢在两个女人之间徘徊不定的自己，我不能帮助他变成他不喜欢的自己。我曾经说过，要给他非常好的爱情，我不知道他怎样定义非常好的爱情，"她看了谢仑一眼，轻声笑道，"非常好的爱情在我这儿就是这样了，要让他得到幸福，还要让他一如既往地喜欢他自己。"

谢仑目瞪口呆看着她："我不知道啊……"

聂非非莫名："你不知道什么？"

谢仑喃喃："你说的这一切我都不知道。"

聂非非更加莫名："那你都知道什么？"

谢仑道："我只知道你们俩在闹离婚。"

聂非非"唔"了一声，理解地点头道："差点忘了，你和聂亦从不聊感情也不聊女人。"转而忽然发现什么似的大惊，"你这样，该不会是还喜欢雍可吧？"

谢仑难得狼狈地摆手："不不，我只是需要时间消化这些丰盛信息。"

消化完这些丰盛信息的谢大少在当晚给聂亦打了个电话。

谢大少生平第一次尝试打电话找聂少聊感情聊女人，明显有点手生，平时聊天的闲雅从容全忘了，一开头就干巴巴切入了正题："听说你真的喜欢雍可？"

聂少的回答非常冷酷："你说什么梦话，没事我挂了。"

谢仑惊讶："你和非非不是因为这个闹到离婚？今天碰到非非，她是这么和我说起的。"谢仑惊讶完，听到听筒里安静了起码十秒钟，聂亦的声音再响起时已不复先前冷酷。谢仑有些疑心自己是不是还听到了一两个颤音。

聂亦在听筒那边对他说："非非和你说了什么？"

谢仑突然就福至心灵，想着这事是不是别有内情，两人是不是对对方有误会。脑子里想着这回事，嘴里不自觉地顾左右而言他，聂亦"啪"一声就挂了电话。谢仑望着被挂线的电话沉思了三秒钟，觉得这事他可能得理一理。

谢少自从青春期后就很少花时间考虑感情问题，何况还是别人的感情问题，这一理理了半小时。郑宜端了杯牛奶进来放在他面前又悄无声息地出去，他目光尾随着郑宜直到转角不见，然后，然后他就忘了聂亦开始思考起自己的感情问题来，直到电话再次响起，听筒里聂亦像是来找他单挑："你出来，我在你们家门口，我们聊聊。"

聂非非醒来时没有闹明白聂亦怎么会出现在她的病房里。

是啊，不过两个月，她又一次入了院住进了病房区。

这一次是在 K 国。

她自问自己并不是个多愁善感病美人的人设，十八般体育运动不说样样精通起码有八样精通，前二十三年不要说住院，连感冒都很少有，但她二十四岁这一年不知为何却和病房如此有缘。

人说流年易不利，大概真是流年问题了。

事情并不复杂。

她和许书然一同来 K 国谈埃文斯和杜兰的《世界中心的蓝》在 K 国天文馆设展的事。两人自文化部出来后分道扬镳，许书然往东去见一个朋友，她往西去一片老街闲逛。

那片老街早有栋楼摇摇欲坠，因是某企业私产，政府便无作为，既未拦隔离带也未立警示牌。那老楼旁停了一辆冰车，她逛去冰车旁买冰，刚付完钱接过冰，老楼毫无预兆就塌了。幸运的是冰车帮他们挡住了滚落下来的砖头和石板，不幸的是她的左腿被掉下来的冰车车门给卡住了，待好心人将她全须全尾从车门下拽出来时，她的腿已经没什么知觉。幸好虽然看上去吓人但实际上并不严重，医生看着拍出来的片子讲只是小腿处轻微骨折，且骨折部分对位对线良好，用不着手术，保守治疗就可以，恢复后也不会影响今后运动。

那期间聂非非一直很镇定，许书然却被吓坏了。

伤处被妥善处理后打了石膏吊着腿坐在床上的聂非非开许书然玩笑："许导你别紧张，放轻松一点，我父母双亲都是讲道理的人，我骨折也不是你害的，他们不会找你拼命的。"

许书然却没有如往常般配合她玩笑，面皮紧绷，好半天，问她："有没有想过，再严重一点，你有可能就一辈子不能潜水了？"

她知道许书然替她担心什么，但她有自己的人生哲学，挥挥手笑道："我们不要去想那么可怕的事。"

许书然沉默一阵，突然伸出手来，似乎是想去握住她的手。

聂非非愣了一秒，手不自觉地往后一移，许书然的手顿住，两人一时都无声息。聂非非那时候并未预料到接下来可能会发生什么事，她只是觉得许书然突然有些奇怪，病房里的气氛也蓦然异样起来，她就咳了一声。

许书然却没理会她的轻咳，自顾自缓声道："也许这不是最合适的时机，事实上我一直在寻找合适的时机，"他抬头看向聂非非，"我知道这个时机不是那么好，但今后可能也难有更好的时机，非非，既然聂亦让出了你身边的位置，"他停了一下，望向她的眼睛，"那个位置由我来填补可以不可以？"

聂非非没说话，病房里静了大概有五秒钟，她恍悟似的笑了一下："哦，今天是愚人节还是什么节，许导怎么突然想起来开我的玩笑。"

许书然纵横情场多年，被封为学院派花花公子，因谈情说爱追女孩的一招一式都正确得可写进教科书。在属于成年人的恋爱世界里，他习惯的是所有话语都似是而非、所有情意都模糊暧昧，他习惯的是所有主动权都在他手中。这几乎是许书然第一次在对手沦陷前主动亮出自己的底牌。其实说什么沦陷，对手几乎都没意识到他是在和她对局、他一直将她看作追求对象而非合作伙伴。在看到他的底牌时，他知道聂非非是惊讶的，那一闪而逝的惊讶让他的心脏有一瞬发凉，然后是刺疼，接着同他在心脏刺疼的那一瞬间所预料到的一样，对方几乎是毫不犹豫地告诉他，请你不要开我的玩笑。那是顾及他面子的拒绝。

许书然明白，照聂非非的性格，要是他这时候顺着她的话说句这的确是玩笑，她多半能立刻当这件事从没发生过，他们将依然是朋友。成年人的世界，很多事情不一定非要搞得那么明白，这样大家才不至于尴尬得从此老死不相往来。他熟悉这些规则，也喜欢这些规则，运用这些规则运用得比聂非非熟练百倍，但此时他却憎厌起这些规则来。他停了两秒钟，还是问出来："不感兴趣我是什么时候开始喜欢你的吗？"这话比刚才他亮底牌那句话还要更直白，大概这直白令他自己也颇有新鲜感，他就笑了笑。那像是一个玩笑，却口吻真诚，他说："你一定要问，否则难以让我甘心。"

他的反应令聂非非意外，她停顿了一会儿，才颇有些尴尬地道："许导你……"又道，"我，我真是觉得许导你在开我玩笑，我看许导你的口味似乎一直是偏明丽耀眼的女性……"

许书然打断他道："你读大学时我就喜欢你，但那时你已经有男友。"又问她，"你不知道自己就很明丽耀眼吗？"他没有老土地进一步同她剖白，说这么多年他同其他人都是逢场作戏，真正爱的只她一人。她不会信，他自己也不相信。他是爱过别人的。只不过，聂非非的确是他第一个真心喜欢的人，她对他来说是很特别的。但那时候的那份真心，大概并没有到非她不可的地步，否则他就该也去 A 国，前往她就读的那所学校，制造一起浪漫邂逅，然后对她展开热烈追求。这世上并没有那么多一眼万年的深情。他那时候对她的喜欢也就是到那个程度罢了，她并没有他的梦想重要。但多年后再重逢，她依然同大学时代别无二致，自立自主、明丽耀眼，那喜欢便又死灰复燃，像座极不稳定却极其壮美的活火山，吸引他一步一步泥足深陷，每一步都是疼的，却也有快慰。

但即便他没有煽情地同她剖白，聂非非看起来也足够震惊了，喃喃道："这……那，那时候么，我不太记得那时候我们有没有见过，哦对你说过我们同校……"似乎一时也不知道还能再说点什么，她就住了嘴。

那样单纯的暗恋到底是发生在多少年前？许书然看着她，看她的长发卷出利落的大波浪，看她的神色沾上了些许困惑和尴尬。但是她的眼神依然是清明而精神的。她大学时代也是这样，无论发生怎样的事，她的眼神始终清明而精神。他低声道："你大概没有见过我，但，"他笑了笑，"我在很多地方见过你，食堂、超市、水房、自习室、图书馆，春远湖的湖边草地上。"

聂非非不置可否："哦，这样。"显然并不鼓励他继续说下去。

许书然沉默了两秒钟，突然道："如果我在你遇见聂亦之前先找到你，和你表白，追求你，是不是我们可能会有机会？"

聂非非诧异地转过头看着他，好一会儿，轻轻叹了口气："没可能的，"她很淡地笑了一下，"你怎么在我遇到他之前就喜欢上我，和我表白呢？"她转回头撑着腮看窗外，"我遇见他是在十二岁。"

许书然愣住了，半响，道："我不相信你从那时候……"

"喜欢他？"她将他的问题补充完，手似无意压过心口，"谁知道呢？"

许书然顿住，这一次他沉默了更长时间。在这微长的沉默里，他想了很多，他想她在聂亦身上竟花费了那样长的时间。她放在聂亦身上的，也许的确是一份难以被撼动的深爱，但如果他也愿意为爱情坚持一次、为爱情牺牲一次……唯有时间才能与时间较量，唯有牺牲才能与牺牲匹敌……这想法令他一瞬间有些激荡，他开口问她，声音因心中的决定而异于常时，听上去甚至有些少年才会有的冲动："你总有一天会忘记聂亦的，对吧？那时候我……"

聂非非有些不解地眉心微蹙，却本能地打断他的话："许导我感谢你的厚爱，但……"她顿了顿，"请你不要让我难做，的确我总有一天会忘记他，但忘记应该是一件自然而然的事，我从没想过给自己设一个时限。"她低声，像是说给对方听又像是说给自己听，"也许很快就忘记他，也许一辈子都忘不掉，这怎么好讲呢，我不能耽误你的时间。"

许书然没再说话，两人沉默对坐了一阵子，直坐到许书然手机响，他出门接电话。

聂非非忐忑地等了一阵，没等到许书然回来，心想此时相对也是尴尬，许书然兴许也是做如此想，因此借机留她一人养病，自己悄悄走了。她心中大感安定，闭目养神了一会儿，然后就睡着了。

醒来后便是如此境况，天色已暗，许书然没有回来，而聂亦坐在床旁边的小沙发里戴着耳麦单手轻轻敲字，说在写文件又不太像，倒像是在开什么只需他敲 YES 或 NO 的视频会。

聂非非知道这绝不是梦，刚才她悄悄掐了一下自己大腿，挺疼的。但聂亦怎么会出现在她病房里？难道是许书然多事，将自己受伤的消息通知了聂亦，而事有凑巧聂亦正在 K 国首都出差，因此顺道来探望自己？

如果真是这样，那也太巧。

聂非非半眯着眼睛观察聂亦。

这是个阴天的黄昏，因此房中光线并不盛，几乎暗沉得算模糊了。但电脑屏幕的微光足够勾勒清聂亦的脸：他目光专注地落在屏幕上，左手放在唇边，右手随意搭着键盘。有时候聂亦想事情时会做这个动作。

这人真是好看。

这人是她的丈夫。

但马上就要不是了。

聂非非天马行空地想。

就在那时候她注意到聂亦突然抬头看了眼病床，她本能地闭眼装睡，大概是因潜意识里已将这事想得透彻：既然相对无言，那不如不要相对。

屋子里安静了一会儿。

她听到响动，聂亦应该是关上了电脑。

她感觉聂亦在看她。

她努力控制住眼睑和睫毛不要颤动。

聂亦的手落在了她的腹部。

她知道，隔着被子和病号服，怎样的抚摸都会像是轻抚。但来自那只手的轻抚，却让她无端感觉那抚摸里带着怕碰疼她的慎重。那轻抚十分缓慢，停留在她的腹部。她脑子里灵光一闪，接着轰然一响，忽然就明白过来为什么聂亦会做这个动作，以及为何她会在这动作里感知到慎重。

这里失去过一个孩子。

他们的孩子。

他知道了。

又是许书然吗？

好吧，事到如今，就算他知道了也无可无不可了，这无法改变他们各自选择的路。

聂非非睁开了眼。她想她并不是给自己找理由好再一次同聂亦相对，只是，这事，既然他知道了，他们总要谈谈的，不是今天也会是明天，要么就是下个星期，或者下个月。没有必要将事情拖到那么远。

聂亦像是早知道她装睡，看到她不含一丝睡意的清澈双眼时也并没有惊讶。他坐在病床旁边，倾身靠她很近，很专注地看着她。对上他的目光时她心里微颤，但只是一刹那，她立刻找到自己的声音："不是你的错，你不必自责，也不是我的错，你也不能，不能责怪我……"她没有想过会和聂亦谈起这件事，她从没有准备过，她是将语声伪装得很平静了，但那毕竟是她心中隐痛，此生难愈，再提及时无论如何难以从容。她错开他的目光，将脸转向了另一边，入眼只看到一面雪白墙壁。

半晌，她听到聂亦开口："你对我有多失望才会瞒着我。"声音有些低哑。

她看着墙壁："我并没有……"

她的手指感知到聂亦手指的温度，接着是他的嘴唇。"是我的错，"他打断她的话，"我不是合格的丈夫和父亲。"她的心猛地跳了一下，偏过头来，却并不能看清聂亦的表情，只能看到他低垂的眼。她突然就明白过来他的第一句话其实并不是个疑问句。然后她听到他向她许诺："非非，我不会再离开你。"

她的眼皮猛地一跳，是的，会是这样的结果。她早料到了。

那时候童桐问她为什么不让聂亦知道，她告诉她因为聂亦是个有责任心的人，一旦他知道，这婚就不用离了。童桐睁大眼睛问她，那不是很好吗？

她明白童桐为什么会那样说。世上的婚姻，百分之九十九都不是因为纯粹的爱情，这才是人间现实。世间多的是因利而成、因需而成、因不得已而成的婚姻。但她想，那不应该是她同聂亦。若他们的婚姻只是因聂亦的责任心而不得不维持，不幸的会是谁？受侮辱的又是谁？

不能那样的。

她愿意让他幸福。也希望自己将来能幸福。

她目不转睛地看着聂亦："没有必要的。"缓了缓，又道，"你来之前，许书然向我表白了。"

聂亦猛地抬眼。她观察他的表情，看到他眼中的吃惊。她想，至少许书然没有告诉他这件事，这很好。她从不爱撒谎，但此时却不得不撒一个谎，好让彼此能够真的彻底结束，不留余地，没有退路。

聂亦，我知道你的痛苦，她认真地看着他，在心里轻声道，我知道你并不太擅长感情这种事，你一直觉得这方面我懂得比你多，那么这次就请完全地信任我，如果你不知道正确的路在哪里，让我来告诉你。

她看着在震惊中有些茫然的聂亦，从他的掌心里收回自己的手指，手肘撑着床铺坐了起来："我答应他了。"她微微抿起嘴角，状似平和，"聂亦，你不能再在我的身边待着了。"

寂静似一幅绷紧的白纱，裹着暮色笼住房中每一寸。好一会儿，她听到聂亦低声："这样。"然后看到他坐回沙发深处拉开了彼此距离，又过了几秒钟她听到他问她，"所以，你最后的决定是，"他停了停，"你还是希望和他在一起，是吗？"

她轻轻点头，轻轻应声："嗯。"

又是一阵安静。

十秒钟后，她听到聂亦重新开口："可是聂非非，你不是说你要给我非常好的爱情？"

她猛地抬头看他："是谁……"

他打断她的话："你不是说要给我幸福？"

她本能反驳："我什么时候……"

他根本不让她说完一个句子："你不是爱我爱得毫无底线？"

她立刻闭上了嘴，震惊地看着他。

他面无表情，他的语声中已完全没有了方才握住她指尖的温柔："你告诉谢仑，说你爱着我。你爱着我，最后却选择了许书然。聂非非，你让我很混乱。"他竟像是在责怪她，像是一边困惑一边讽刺她：你这样混乱，让我也跟着混乱，你所谓的爱原来就是这样。

她的脸色一点一点变白："你是在生气吗？"

他安静地坐在那里，目光深不可测，那像是一种审视。

她僵着身体，视线无目的地落在正前方的墙壁上，良久，她喃喃道："聂亦，你没有资格生气的。我喜欢你，"她说，"我最喜欢你，你和其他所有人都不一样，我告诉过你这个对吧。其实不是的，我爱着你，我最爱你，你和其他所有的人都不一样，那时候我是想说这个。"她依然看着墙壁，没有移回目光，勉强笑了一下，"可是，不能让你有压力的对不对，你说你没有见过好的爱情，也厌恶别人在你身上的贪心，我呢，我也是对你很贪心的，可是不能让你发现对不对，不能吓到你对不对，我想我要配合你的步调，我要循序渐进。我的爱是怎么样的呢……"她没有注意到自己说着说着就掉了眼泪，"我的爱是我知道总有一天你会离开我，我希望在一起的日子我能带给你快乐，你要离开的时候我能成全你的幸福，你选择了别人，那么我就放手，这样即便这段感情对我来说结局不太完美，回忆是美的，我说过我要给你最好的爱情，我没有食言，可你为什么要生气呢？"她苍白疲惫的脸上满是泪痕，她的声音低哑哽咽，但她像是全没有注意到，她蹙起眉毛，像只是疑惑，并没有痛苦伤心，"你希望我怎么样呢？"她轻声问他，"你希望我毫无体面地去同另一个女人争夺你，以此来证明我对你的爱？你希望我告诉你我对你的那些可怕执念和私欲，还是你希望我……"

"我希望你……"她听到聂亦回答她。她住嘴倾听他的回答，却看到他抬手遮住了自己的眼睛。想要窥视一个人的内心，就要看着他的眼睛，可此时聂亦将双眼都遮挡住。"我希望你不要离开我。"他说出他的答案，那声音里再没有假装的冷酷，有的只是悲伤。就像是一片深秋的红叶不小心跌落进死寂萧瑟的寒冬，那悲伤鲜活而苍凉。

她愣怔地隔着泪凝视他。

大约是感觉到她的目光，他放下手指，亦倚在沙发中回望她。房中愈加昏暗，谁也没有去开灯，窗外虫鸣声起，伴着夜风溜进来，衬得房中寂静、寥落、孤单，似孤岛又似荒漠。他抬起右手，试探地抚上她的眼尾，虫鸣声突然聒噪起来，下一刻他已将她搂进了怀中。

"非非，你又希望我怎么样呢？"她听到他问她。

"我希望你……"她喃喃回答，却突然打了个哆嗦，她慌忙摇头。

他那样聪明，几乎一眼就看透她："你说你对我有可怕的执念和私欲，你不想回答我的问题，你害怕让我知道，你害怕我不喜欢……"他附在她耳边轻声低语，"有多可怕？你那些对我的执念和欲望？"他吻了吻她的耳珠，"比我对你的更加可怕吗？"她愕然地睁大双眼，他的额头已贴住她的额头，鼻尖亦贴住她的鼻尖，他的声音极轻极低，"我不仅想要你爱我，还想要你

273

这一生都只能有我，你的身心都只认得我，我根本就希望你是一个不完全的个体，和我在一起你才能感到完整，离开我你就活不下去，非非，你对我的执念和欲望，有比这更加疯狂和可怕吗？"

本该是情绪激烈的一番话，他却说得极为平静，就像阐释某个生物原理，论证某个生物公式，这是她所熟悉的他。但她并不熟悉会说出这样炽烈句子的他，那些句子里的高温快要将她灼伤了，他却似乎没有察觉，还在继续逼问她："你是一个好老师，告诉我，我对你的这种执念和欲望，是什么？"

他的嘴唇那么近，他的呼吸那么近，她的思绪一片混乱，睫毛不停地颤动，声音含糊着没有着落："我不知道……"

"是爱。"她听到他告诉她，"我爱你。"他的口吻慎重，就像神灵下达一则天启。

她整个人都僵住，两秒后突然挣扎着一把推开他："说谎！"她的挣扎让他猝不及防，但曾经在道场的那么多次较量，她从没有一次胜过他。转瞬间他已经重新将她禁锢在怀中，护住她伤了的腿，锁住她推拒的手，让她的脸颊紧贴住他的胸口。

她无法反抗，眼泪汹涌而出。"你不爱我的聂亦，你忘记是你选择了雍可，最后向我提出了离婚吗？你忘了那个晚上，"她哽咽，"那个晚上，在电话里我问你，你为什么不要我了，我跟你示弱，我告诉你我特别难受，我一点也不坚强，你不要我了，我不知道该怎么办好，可你没有理我，聂亦，你听到我哭得那样伤心，可你没有和我说一句话，你还是挂了电话。"她发现了他身体的僵硬，好像她的话刺伤到他，一瞬间她觉得心很疼，她想原来有些事她并没有真的放下，内心深处她还是有抱怨，她对这样的自己既失望又怜悯。她靠在他的胸口，红着双眼给他建议，"你不是拖泥带水的人，聂亦，你应该将那一晚对我的决绝拿出来，不要给我期望，不要将我绑在这段无望的关系中，让我自由……"

他打断了她的话："我没有后悔那时候向你提出离婚，再来一次，我还是会那么做。"

她怔住，立刻再次挣扎："所以说……"

他更加用力地抱紧她："但我后悔那天晚上没有和你说一句话。"他的声音低哑，"你每一次哭都会让我六神无主，无论什么时候，我都不会对你的哭声无动于衷。我不可能因为别人而不要你，你是我亲自挑选的家人，好不容易娶到的妻子，是我唯一所爱。如果不是不得已，我不会放开你。"

他从来感情内敛，很多事他会做但从不会说，她从没有想望过有一天能从他口中听到如此直接的剖白。同刚才那些高温的句子不同，说这些话时他的语气不再平静。

她内心的某个角落里其实住着一个黑暗的自己，那个黑暗的她曾希望聂亦后悔，希望他受到折磨。而今，她的心愿实现了，她能感觉到他言语中的无措和沉痛。她才明白她其实不想要他这样的。就算他不爱她，她也不想要他这样的。

可其实，他是爱着她的吗？真的爱着她的吗？

她迷茫地重复自己听懂的部分："所以说没有雍可，一直是我误会了，我们是深爱着彼此的夫妻，我们分开是不得已……可，"她仍然怀疑，仍然控制不住自己流眼泪，"什么样的不得已会让你那样利落地就决意同我分开？我啊，"她的双手终于得到自由，但她没有再利用它们挣扎，而是紧紧捂住了自己的眼睛，"我其实也没有那么贪心，非要你爱着我不可，我早说过啊，只要你愿意和我在一起，我怎么都可以的，可是……"

"什么样的不得已……"她感到他的手覆盖住她捂着双眼的手背，她哭得那么凶，她想那些眼泪一定渗出了指缝打湿了他的手心。

她听到他极轻地叹了一口气："地震和病毒。"

她不明白地抬头，他另一只手抚上了她的头顶，他让她的脸埋进他的肩颈，又是半晌的沉寂，然后她终于听到了那个理由："1 月我去了一个 P4 生物实验室，他们请我协助研究一种高危病毒，那时针对那种病毒尚没有有效疫苗和治疗方法……"

275

他主持整个实验，研究进展到一半时地震发生了，强震让实验室内部遭到了毁灭性破坏，空气内循环系统完全故障，出入通道被阻，工作台也被严重损毁。地震发生时他正在第一线，防护服在摔倒时意外破损，他不小心感染了病毒。实验室在地震后立刻被封锁，救援人员虽然很快赶到，但他所感染的那种病毒并没有被完全攻克，因此没有现成有效的治疗方法，即便救援人员充足，整个专家小组评估下来，他活下来的可能性也不太大。

如他所说，如果不是不得已，他不会放开她。

这世上有许多事可以徐徐图之，可以三思乃至百思而后行，但那要花时间。在专家组的评估报告出来后的半小时，他便做出了对她放手的决定，他没有更多的精神也没有更多的工夫去斟酌那到底是不是百分之百正确的决定，他只能相信自己做出了正确的判断。

面对生死，他束手无策，回天乏力。

他没有告诉她病危时他的挣扎和痛苦，他尽量轻描淡写："那种极端条件下，我得救的概率不太大，对我来说，那是必须得放开你的时候。"

房间里一时无声，她没有回应他。

他松开那个拥抱，抬起她的头。她像是呼吸都停滞了，一瞬不瞬地看着他，良久，手指颤抖地触到他的脸。她有些时候真的很好懂，她在揣测那时的惊心动魄，她是个富有想象力的艺术家，而她被自己的揣测和想象吓坏了。

他替她擦干脸上的泪痕："现在我没事了，别担心。"

她没有说话，眨了一下眼睛，又是两颗晶莹泪珠，那泪水滴落在他的指腹，是温热的。"给你电话的那个晚上，"他一边擦拭她脸上的新泪痕一边告诉她，"我躺在病床上，我以为那是我的最后一晚。"他想起来那个夜晚，他戴着输氧面罩，同事将拨通的电话放在他的耳边，他听到电话彼端千里之外她的哭声，她小心翼翼地问他我难道不是你在这世界上最亲密的人吗，他想，你是的，非非，你是我在这世上最亲密的人。但他嗓子干哑，连呼吸都困难，更不要提回应她。

"那个晚上，我不是不想和你说话，我是不能。"

他记得那晚漫天漫地都是她的哭声，她哭得那么用力，凄婉令人心碎。那一刻他的思绪已然不甚清晰，他唯一想到的是他的决定是正确的。她教过他关于爱情的一些事，教他喜欢同爱是不一样的，爱和占有欲是不一样的。她说过喜欢他。那是他处心积虑从她那里得来的喜欢，那时候他想，按照她对爱情的苛刻定义，要足够的时间，这喜欢才有机会发展成爱，但九成以上他是不可能等到那一天了。他想同他的婚姻，她也许是有点痛苦的，毕竟她可能还爱着许书然，他应该趁自己还在这世上时成全她。他太了解她，她重情信诺，她从来知道他不喜欢许书然，若他留下她作为他的遗孀，即便她爱着许书然，为着他她也绝不会允许自己再和许书然有什么。他问过自己这是不是他想要的结果。答案是他想要她一辈子记得他，但他并不想她一生不得幸福快乐。关于爱情他所知甚少，大部分都是她教给他。而她教给他的爱情，不是那样自私的。

她的手指还停留在他的脸侧，他握住它们，摊开她的手掌。他看着她，将整个侧脸都贴进她的掌心。他们在寂静中对视。一秒，两秒，三秒，四秒，五秒……她忽然用力抱住了他。她的头埋在他的肩上，他没有听到她的哭声，肩膀却感到了湿意。良久，他听到她细碎的哽咽："你病危时给我寄离婚协议，聂亦，我搞不懂你的逻辑！"

他的逻辑很简单，他闭上眼："那时候我以为我们的婚姻在你看来只是契约，我走之前应该放你自由。"

"胡说。"她犀利地责问他，还是用他的原话，"你不是想要我爱你？想要我这一生都只能有你，我的身心都只认得你？你不是想要我是一个不完全的个体，和你在一起你才能完整，离开你我就活不下去吗？"

他回望她，看了她许久，低声道："那的确是我的私欲，但我不能那样。"他撑着额头，"实际上我不想把你托付给任何人，"停了停，又道，"即使他是你的初恋，但是……"

"但是什么？"她不依不饶地追问。

他拨开她耳畔散落的发丝别在她耳后："如果我不在了，我希望有人能够照顾你。"他无意识地皱眉，"我对许书然虽然从来没有好感，但既然你从前喜欢他……"

她瞪大眼睛打断他："我喜欢许书然？"

她的表情空白了两秒，逐渐恍然："所以这也是你平安回来后却不来找我、也不和我解释的原因？你以为我喜欢许书然，我已经和他在一起了？"好一会儿，她捂住自己的胸口，"可就算是那样，"她眼中并没有泪，只是眼圈通红，但她声音发颤，又像是要哭的样子，"就算是那样，"她问他，"你就把我让给他了吗？"

让。他因为她真是认识和了解了太多新词，那不是让，是尊重，是成全，是渴望她好，但那不是让。他闭了闭眼："你告诉我你做了新的选择，有了新的生活。"过道的廊灯亮起，白炽灯光穿过门玻璃流淌进房中，像是暗夜里的一条月光河。他在微光中凝视她的侧脸，"有一个词是你教给我，'成全'，我从没想过在我活着时要把你让给谁，我只是……"他停了停，"在试着学习成全。"

"成全是一件很难的事，是不是？"他听到她问他，但她似乎并不需要他的答案，因为紧接着她已经自己作答，"我知道那很难。"

她抬头看他，她的眼中有盈盈水波，有个成语叫作泫然欲泣，此时她脸上就是那样的表情，但她却试着笑了一下："从前我喜欢过一个人，他是我的初恋。"

这个故事她已经同他讲过一遍，他想她或许忘了，毕竟那时她喝醉了，于是他回应她："我知道。"

她却摇摇头："你不知道。"她低垂着眼，眼角通红，表情却平静，"他是个天才，我初一的时候遇到他，那时候他十五岁，我十二岁。他来我们学校做演讲，迷了路，向我求助，我领着他去了他做演讲的报告厅，他送给我一只黑白主色的 DNA 双螺旋结构模型。"

她看着完全愣住的他，抿着嘴角又笑了一下，就像是含着露水的花苞在延时摄影镜头下悄然绽放，带着一点含蓄的义无反顾。但那是个非常温柔的

278

笑容。

她握住他的手放在自己唇边，她垂了眼睫，她的眼睫又有湿意，她轻声："你怎么会知道这个故事，没有人知道这个故事，这是我的秘密，我其实并不打算告诉你，可……"她不再说话。

"你……"他忍住了询问她为什么不早告诉他，他想他可能明白她的理由。

同时他依稀回忆起来，他的少年时代里的确有那么一件事，某次竞赛后他应母校邀请回国做报告，却因学校改建而迷了路，找不到邀请信中提到的报告厅。正好是上课中，整个校园一片静谧，穿过那条被落樱铺满的樱花大道时，他看到一个穿校服的小男孩远远走来。他上前问路，直到男孩子开口，他才发现那是个小女孩。他已经忘了那孩子的模样，只记得她个子小小，似乎长得很可爱，剪了男孩子一样的短发。

谢仑结婚的那晚，她模糊地同他提起这个故事，在他身边轻声叹息："我直觉他会更喜欢聪明的女生，想着要是再见到他，我还这么没用该有多丢脸，我希望再见到他时我也能像他一样闪闪发光，只有足够耀眼，让自己也变成一个发光体，才能在滚滚人潮中吸引到他的注意。"

一刻钟之前，她绝望地问他："你是否希望我告诉你我对你的那些可怕执念和私欲？"

她痛苦地同他表白："我的爱是我知道总有一天你会离开我，我希望在一起的日子我能带给你快乐，你要离开的时候我能成全你的幸福。"

她问他："成全是一件很难的事，是不是？"她告诉他，"我知道那很难。"

她说："我说过我要给你最好的爱情，我没有食言。"

那是因为你一直在尝试成全我，对不对？

他想起他第一次注意到她，是在《深蓝·蔚蓝》的杂志上，那是一幅玳瑁海龟捕食乌贼的照片，海龟张开大口，锋利的喙缘半咬住乌贼的躯干。那照片的精彩在于海龟的体型是乌贼数十倍，占据了大量画面，但摄影师的构图和拍摄手法却让被捕猎的乌贼的眼睛成为整个画面的焦点。那只黑色的眼睛直视镜头。是生命之光消失的瞬间。竟显出一种宿命的悲哀感来。他留意到摄影师的名字叫贝叶。贝叶，古印度人书写佛经的贝多罗叶，贝多罗叶承载的是整个世界。后来他越来越多看到她的照片，她的照片承载的也是世界。她对水下世界似乎有无尽情感，好奇、爱、赞叹、怜悯、痛惜。他想象过那是怎样一个情感丰富的人，才会让自己的每一幅作品都如此外露而真实地反映自己的情绪。

后来他在一次慈善拍卖会上拍下她的一幅地中海海马照片，拍卖公司主席和他攀谈了一两句，笑说这位摄影师也姓聂，也来自 S 城，她这幅照片被他拍走也算是有缘分。他才终于知道她的真名，聂非非。

再后来就是谢仑姨母的那个晚宴，他第一次见到她。那时她正在舞池中同一个纨绔跳舞，谢仑问起她是谁，正同他们聊天的朋友告诉谢仑，那是千字传媒的聂非非，是个海洋摄影师。

他站在阳台的角落里打量她。

聂非非很漂亮，个子高挑，妆容精致，穿着打扮行为举止都是标准淑女该有的样子，但客观来说，她并不是舞池中最漂亮最优雅的那一位。但因她是聂非非，那一晚他只留意到她。她的表情真是很特别。她对海底世界全无保留，对这光怪陆离的人世间却似乎有一些微妙的隔阂。

后来听到她同舞伴说话，又同她的朋友说话，再后来又听说了一些她的其他传闻，才知她或许不是对这人世间有隔阂，她只是有一个自己的世界，那个世界之外的人或事，她不在意，也懒得理，但有时候她又会觉得有趣，因此她的眼里总是对这世间含着兴味，嘴里说出的话也总是幽默揶揄。她就像是一只美丽的人鱼，从海底来到人间，却因终有一天还是要回到海底，因此带着一种过客才会有的天真和疏离。而给自己造出一个自己的世界，那正是她的天真之处，她将她喜欢的人和事都纳入那个她在陆地上构建起来的小世界，在这个世界里，只有爱和温暖，没有任何痛苦悲哀伤心。

他说不准自己是什么时候开始想要走进她的小世界。是在那个无聊至极的选妻派对中，当他透过玻璃、水，和热带鱼看到在玻璃屋外闲适徜徉的她？还是在香居塔的茶室中，当他穿过那把摇晃的五色帘看到悠然赴约的她？

这么久，他一直没有告诉她的是，一直是他想走进她的世界。那个世界太吸引他。

而他现在才终于明白，那是她为了他才铸起的世界。

如今，在他眼前的这张脸依然保持着平静，像是等待着他的审判，手指却无意识地反复揉着被角，那动作很轻微，但他注意到了。

"你的演技很好，我一直不知道。"他说。

她颤了一下，握住被子的手一下子紧了，但她的声音毫无起伏："你是在怪我，是不是觉得，"她停了一下，"我挺可怕的？"

他点头："我是怪你。"

她想了想道："也许我该继续瞒着，可我想我是瞒不住了。"她的眼睛又是一眨，就在泪滴快要落下时他吻住了她的眼睛。

"我是怪你。"他再次重复，将她的手和被子分开，握住了她的手心，"为什么不早一点告诉我？"

"我……"她震惊地睁大了眼。

"如果你早一点告诉我，我们至少有半年的弯路不必走。"

她呆住了。慢慢地，她的眼角又开始发红，她轻轻咬住嘴唇，直到嘴唇被咬出一点齿印，而在他手中的她的双手柔软发热，她眨了眨眼，目不转睛地看着他，那极其漂亮的黑眼睛里流露出一种寻常时候难以从她身上看到的纤柔。

只有在他面前，她才会那样肆无忌惮地哭泣；只有在他面前，她不在意显露出自己的懦弱胆怯；只有在他面前，她会是这样纤柔妩媚的聂非非。

人鱼公主走上海岸，其实她对这人世间未必就有多大兴趣，但她为他铸造了一个世界。她甚至不知道他是不是会如她所愿走进那个世界，但她还是创造了那个世界。

这一次他倾身用力吻住了她的嘴唇。

好一会儿，他听到她闷声的哭泣，而她的手臂牢牢环住了他的颈项。

她抽噎着小声地哭，在他的亲吻中一遍一遍叫他的名字："聂亦，聂亦……"

夜幕完全降临，病房外大树参天，夜虫们的啾鸣带来初夏的气息。

他们在那一天解除误会，重新和好。

他们明白了彼此的心意，就像童话故事，从此王子公主幸福地生活在了一起。

他们的好友认为他们是世上最合衬的夫妻，默契十足，彼此深爱，又都那么漂亮风趣。

半年后他们又有了一个孩子，是个女孩，他们宠爱地用花朵的名字给可爱的小女儿命名，聂雨时。

可那些美妙的童话故事里，总是有许多国王在非常年轻时就失去深爱的王后，所以当王子变成国王，公主变成王后，幸福便要很快终结。

这就是童话故事。

生下聂雨时的半年后，聂非非查出了绝症，在那一年的年底，她拖着病体离开了自己的丈夫和女儿。

那之后再也没有人见过她。

这并不是一个太长的故事。

终篇

FOUR ·
PLAYS ·

情书

父亲有一只录音笔。

那是只黑色的录音笔，型号十分老旧。每年总有一天，父亲会将自己关在房中仅与那只录音笔为伴，所以我知道那对父亲来说是很重要的东西。

那只录音笔到底有什么特别，我说不上来。我只近距离看到过它一次。

那大概是在我四岁时发生的事。

因父亲下午要带我去某个儿童摄影展，因此管家中午便送我去父亲公司。在楼下时碰到父亲同他的下属们，我颠颠跑过去，父亲将我抱起来。我正要和父亲展示早上同康阿姨一起完成的填色画时，有个从未见过的男人叫住了父亲。

"聂亦。"他站在几步开外，面无表情地看着我们。

那人是个混血，和父亲一般年纪，高眉深目，长得非常好看，但脸色却异常苍白。

"有事？"父亲问他。我想父亲并不喜欢这个人。

那人走近两步，将手伸到父亲面前："你是不是从没有听过这里面的内容，才会让助理把它交给我？"他手里握着的便是那只录音笔。

父亲皱了皱眉。

"这不是她留给我的东西。"那人道，"这是给你的。"他突然笑了一下，小时候的我无法形容那个笑容，但后来在回忆中一遍一遍想起来，却觉得那笑容很是凄惨悲凉。他微微低了头，像是对父亲说又像是自言自语，"她恨我，不会给我留任何东西。"

父亲终于开口："你说得没错，她恨你。"

那人颤了一下，那样高的个子，却像是支撑不住自己。

父亲接着道："但我想她也没有必要留给我什么东西。"

好一会儿，那人抬头看了眼父亲，声音发哑："所以这支录音笔和我和她都没有关系，只和你有关系。"

父亲却并没有接过去，那人顿了顿，转手将笔放到了我的手中，良久，他向父亲道："你应该听一听。"又道，"你比我幸运。"

我那时候太小，并不能听懂这段对话。但我的记忆力一直非常好，所有小时候不能理解的事我全部记得，以方便长大之后能够搞明白。但父亲和这个人的这段对话，直到二十岁的现在，我也一直没有搞明白。对话中的那个"她"指的是谁，我亦从不知晓。我只是知道了给父亲录音笔的那个人叫阮奕岑，曾和电影明星傅声声结婚，但不久就离婚，后来他去了国外，此后再没有回来。

而关于得到那支录音笔的晚上，我所记得的是父亲的背影。

我和父亲一直住在清湖的半山庭园，因为这里是他同母亲婚后住得最多的地方。庭院回廊的观景平台处有个小工作室，那天晚上父亲就待在那里。因我那时候才四岁，偶尔还会为睡觉的事吵闹，当连管家奶奶也无法哄我入睡时，她会带我去找父亲。那一晚正是这样的情况。找到观景平台时，就看到父亲戴着耳塞站在工作室外的池塘围栏前面，他的手里是那只录音笔。深冬寂夜，其实无景可观，只昏黄的庭院灯和地灯将台前水景映得略有波光。父亲穿得很少，背对着工作室和这一头的我们，不知道已经在那儿站了多久。

管家刚要带我过去，却被从回廊阴影处走出来的褚秘书拦住。管家和褚秘书说话，我便在一旁小声吵闹着要父亲讲睡前故事。褚秘书蹲下来抚摸我的头顶，语声和蔼哄劝我："爸爸今晚有事，让褚爷爷代替爸爸给雨时讲故事好不好呢？"我并不是个一味不懂事的小孩，也知道父亲工作忙碌，常在深夜有各种会议，便请求褚秘书说可以没有睡前故事，但让我留在小工作室里，有父亲在的地方我比较能睡得着。

那一晚褚秘书陪着我待在小工作室里，我看着玻璃门外父亲的背影入睡。

父亲一直保持着那个姿势站在池塘前，就像是座雕塑，而褚秘书在我身边深重地叹息。

第二天早晨我在自己的房间里醒来，管家陪在我身边。

然后大约有半个月，我没有再见到过父亲。

后来听褚秘书说，父亲去了一趟白海。

也就是在那一年，父亲在沐山的实验室重启了关于 Styx 的研究，那一年是 2024 年，我刚好五岁。

很久很以后我才知道 Styx 是个什么东西，而那又是个什么样的研究。

Styx，冥河，希腊神话中环绕地狱之河，同时它也指代一种比人类免疫缺陷病毒更加可怕的基因疾病。这疾病的发现者是我的父亲聂亦，命名者是人类细胞遗传学泰斗约翰·肯特，而世界上第一例死于 Styx 的病患，是我的母亲聂非非。Styx，无论对于想要攻克这疾病的医生还是想要逃脱这疾病的患者，都困难无望得像是跋涉地狱外的冥河。

听褚秘书说，当年为了治疗母亲，父亲将我们居住的清湖半山庭园改建成了世界上治疗基因病最好的私人医院，而其中最核心的便是研究母亲病症的实验室。那时候那病症还没有名字，因整个专家组争夺秒要从它的手中抢救回母亲，因此根本没有时间为它命名。但他们还是失败了，最后母亲离开了。听说母亲离开后父亲便封锁了那个实验室，从此后他再没有涉足过 Styx 的任何研究。

"他……开始了一项别的实验，想要救回你的母亲，"褚秘书告诉我，"你爸爸他是个天才，在我看来，那实验十分成功，但他却觉得是实验失败了所以那人才……"褚秘书略有含糊，叹了口气才接着道，"你母亲的录音笔回到你父亲手里时，他计划中的第二次实验已经准备得差不多了，我原本以为没有人能够阻止他，但在听完那支录音笔中的内容后，你父亲不仅主动放弃了那项实验，还重新开始了 Styx 的研究。"

同褚秘书的谈话之后，我知道了三件事。第一件事，那支黑色的录音笔原来是我母亲留下来的东西；第二件事，录音笔中一定包含了一些很特别的讯息；第三件事，父亲为了能救回母亲，曾做过一些出格的实验。

我所不知道的是父亲到底曾做过怎样出格的实验，以及母亲在录音笔中究竟留下了如何特别的讯息。我也从没有问过。

其实小时候，大概四岁之前，我一直以为我的母亲在国外疗养，最爱问父亲的问题就是："妈妈什么时候回来看雨时？"父亲会回答我"等她健康起来"，或者"等你再长大一点"。我虽然记性很好，但却记不得从什么时候开始不再询问父亲这个问题，可我却知道我不再询问这问题的原因，是因为我依稀知道了母亲已不在人世。小孩子其实是很敏感的生物，从外公外婆康阿姨淳于叔叔他们提到母亲时泛红的眼圈和欲言又止中，从爷爷奶奶叔公婶婆堂叔们有关母亲的无意对谈里，我总能自己找到答案。

得到这答案后，我埋在被子里偷偷哭了很多次。

不知为何，我本能地抗拒寻找父亲求证，却去找了康阿姨。

那天傍晚，康阿姨带我去了母亲的墓地："这是你外公外婆为你妈妈建的墓地，她的……她并不在这里，我们不知道她在哪里，我们只是希望有个地方能、能……"她没有说完那些话，单手撑着墓碑低声哭泣。

母亲真的不在了，六岁的我是一个没有妈妈的小孩，我心中充满绝望的伤痛，陪着康阿姨一起哭，边哭边喃喃："爸爸没有带我来过这里。"

康阿姨怔怔看着我："你爸爸……"

好一会儿她才接着道："你爸爸从没有来过这里，他从不愿相信……"她摇了摇头，"算了。"又低头叮嘱我，"雨时，不要和爸爸说康康阿姨带你来了这里，"她轻轻抚摸我的头顶，"也不要去问他你妈妈是不是真的离开了这个世界，你爸爸他，"她用了四个字，"他受不了。"

我遵守了对康阿姨的承诺。我从没有和父亲谈论起母亲是否还在人世这个问题。当我日渐长大，对当年事了解得更多，我很清楚，虽然并没有找到她的尸体，但我的母亲聂非非她确实已不在人世了。不过父亲到底是怎么想的，我却并不知道。知道的只是父亲依然从不去母亲的墓地，于是当我回忆起当初在母亲坟前同康阿姨的那段对话时，我终于明白了康阿姨那时想要说父亲他从不愿相信的是什么。她想说的是父亲从不愿相信母亲已经不在人世。

但我经常去母亲的墓地，在母亲的墓前，能见到的都是相信她已经离开了这个世界的人。有母亲的故人，也有父亲的故人。我见到过一些很有意思的人。

其中一位是我的堂叔聂因。

那是堂姊病逝后的第二个星期，堂叔带了一束白色的菖兰出现在母亲坟前。他将花瓣上还带着晨露的菖兰放在我带来的白玫瑰旁边，像是突然才发现我也在似的偏头问我："今天不是什么特别日子，你在这里做什么？"

我答他："陪我妈妈聊天。"又问他，"小堂叔你来这里做什么？"

他就笑笑："拜托大嫂个事儿。"

我不明所以，他百无禁忌地在墓旁点了一支烟，抽了两口重新开口和我攀谈："你妈其实不喜欢我。"他坐在墓前的草地上，顺便示意我坐他身旁："来，我们聊聊。"又抽了会儿烟，他徐徐道："我绑架过你妈，还将某些她的照片给过她表妹，也就是你表姨，"他像是觉得这些回忆好玩，"我教过你表姨怎么去破坏你妈和你爸的感情，虽然最后没有成功，但你表姨倒是用那些照片从你爸手里换到了一张巨额支票，"他停了停，低头看七岁的我，"听不懂是不是？听不懂没有关系，你妈能听懂。"他吐出一口烟圈，"为了阻止她嫁给你爸，我做了不少事。"然后他不再看我，却直视着墓碑。

良久，他将抽了一半的烟拧灭，紧皱着眉开口："聂非非，你知道这些事都是我一个人做的，和兮兮没有关系。你一向爱恨分明，又喜欢怜老扶幼，兮兮没什么朋友，她那个样子，怕是在下面也交不到什么朋友，看在都是一家人的分上，你多照应着她点儿。"停了停，又道，"你要和我算账，百年之后总有机会。"

说完这些话他状似轻松地站起来拍了拍沾上衣裤的杂草，又瞥了我一眼："回家吗？小堂叔带你。"

如小堂叔所说，我压根没怎么听懂他的那些话，其实我也并不好奇他和我母亲之间有什么过节，我只是好奇他的意图。我同康阿姨提起这件事，她沉默了许久才道，也许他是想要放下吧。"放下有许多种方式，"康阿姨说，"他并没有同你妈妈握手言和，他也不再有机会；在你妈妈墓前坦白那些不堪往事，又将病逝的妻子拜托给你妈妈，对他来说，大概就是一种放下。"康阿姨所说的这些，七岁的我仍然一知半解，我甚至不知道放下好不好，康阿姨叹着气回答我："好不好我也不知道，只是有些人想要放下，有些人不想。"

我在母亲墓前见到的另一个有意思的人，据说从前是个明星，她叫雍可。

那是清明节后第三天的傍晚，晚霞散于天边似血色红绸，康阿姨带着我去探望母亲。走到墓地近前那棵枝叶肥厚的老樟树旁，才发现母亲墓碑前站着的雍可。十一岁的我当然并不认得她，只是见康阿姨突然冷了眉目。

我们走近时听到雍可对着母亲的墓碑："如今是你躺在里面，而我站在这里，聂非非，我总还是胜过你。"

康阿姨牵着我目不斜视地走到墓前，将手中的白玫瑰放在地上，又轻拍了拍墓碑和母亲打过招呼，才转身面对雍可："听说你又离婚了？要是没记错，这已经是你第五次离婚了吧？"

雍可面无表情："关你什么事？"

康阿姨笑了笑："不关我事，我只是觉得，你何必为了与人置气而专挑一些烂人下嫁，婚姻不如意，人生不如意，痛的不过是你自己，又没人在乎你，也没人怜惜你。"

雍可紧紧抿住嘴唇："你有什么资格……"

康阿姨打断她："你原本一手好牌，美貌才华兼备，我只是可惜你把自己的人生搞成这个鬼样子。"

雍可定定看着康阿姨："我想要把自己搞成什么样是我的自由，"她冷笑，"就算是聂非非，她的人生又好到哪里去了？"

康阿姨就轻声道："非非是运气不好，但你是自作孽。"康阿姨回看她，"不过非非就算运气不好，可聂亦爱她，这么多年他一直爱她。"

雍可突然就控制不住自己，双眼都冒出火光："爱？聂亦他只是遗憾，她死得太早，让他感觉遗憾罢了，我绝不承认那是爱。"她走近我们一步，"聂非非她凭什么得到一份至死不渝的爱情？聂亦总有一天会忘记她，他总有一天会走出来，"最后一句话她说得有些恶狠狠，"不信我们等着瞧。"

康阿姨只是不置可否地笑了笑。康阿姨一贯是和蔼的人，留给雍可的那个笑容却饱含厌恶和嘲讽，极深极深处，可见一点怜悯。

雍可说父亲早晚会从母亲去世的悲伤中走出来。她在康阿姨和我面前恶狠狠发表出这个见解时，正是母亲离开的第十年。虽然大家都不喜欢雍可，但我知道他们都希望父亲能够走出来。

有一晚我听到康阿姨和顾叔叔聊天，康阿姨单手抵着额头："我虽然希望他永远不要忘记非非，但是十年了，已经够了。"

顾叔叔抚着她的手背安慰她："并不是不提起非非、不承认她的墓地就表示他仍然被困在失去她的痛苦中。"他顿了顿，"我看聂亦他现在这样并没有什么不好，正常经营聂氏，专注 Styx 的研究，再忙也花费时间亲自教育雨时，不是说上周他还带雨时去了一趟玉琼山？放心好了，他会越来越好。"

康阿姨不再说什么，只是低声："嗯，他至少将雨时教育得很好。"

我不知道父亲从前到底是用怎样极端的方式怀念了母亲，才让顾叔叔觉得父亲如今的情况算是正常，且他在一点一点脱离那悲伤。但凡他们见到过一次……不，我想，可能正是因为他们不可能见到那样的父亲，所以他们觉得父亲的情况在慢慢变好。

但我了解父亲的痛苦，我知道他并没有在变好。有时候我甚至觉得，父亲一直在准备着离开，而随着我一天天长大，父亲离开的日子也在一天天接近。

所有人能看到的父亲，是正常生活的父亲，他冷淡少语，理智克己，做事可堪完美，是当代生物医学的栋梁，有诸多光环加身。大概只有我看到了每年 10 月 7 号都会将自己关在母亲房间中的父亲。

没有光线的房间里，父亲坐在沙发里闭着眼听母亲留下的录音笔，有时候一整晚他都不会改变姿势。

那样的父亲我看了十多年。

我看过许多以失去心爱之人为题材拍摄的文艺电影，看到那些角色饰演出或克制或歇斯底里的悲痛，我大多时候是无动于衷的。只因我见过真正的悲痛是什么样，不是他们饰演的那样。真正的痛苦是那情感已经融入你的骨血，你已经不知道那是不是痛，那情感就是你的化身，就像我的父亲。

所以当他们乐观地推测父亲总有一天会走出来，开始新的生活时，我却从来不相信。

母亲不在了。

父亲不再会有新的生活。他也不需要再有新的生活。

那才是父亲的想法。

褚秘书今年已七十岁，老人家再次打来电话同我互通消息："雨时你不要着急，虽然暂时还没有得到有关你爸爸的确切消息，但你放心褚爷爷一定……"

我轻轻打断他的话："褚爷爷，我没事的。"

Styx 在上个月被攻克，举世哗然，父亲获得生物医学界最高奖提名，年仅四十八岁。我不管这个世界怎样看待这件事，对我来说，这事的意义仅在于，父亲终于通过了阻碍他和母亲的那一道冥河。

我没有告诉过褚秘书，父亲失踪的前一晚，他难得地让我陪他下了一晚上围棋。在我同父亲道晚安的时候，他很轻地抱了我一下。那让我想起小时候外婆告诉我，当年母亲离开时也是这样。母亲陪在我身边的最后那个星期，在治疗之余总会让人将我抱到她的跟前，她给我唱歌，逗我笑，那就像是一种弥补，想要弥补完她无法陪在我身边的长长一生。

同父亲道过晚安后，我其实并没有回房间睡觉，我藏在大门旁的一棵榕树背后，亲眼看着父亲在凌晨4点离开了家门。他穿着深色的羊绒大衣，背影挺拔。他什么也没有携带，就像只是出门散个步，不久就会回来。

但我知道他再也不会回来了。

天上月光清寒，我看着父亲的背影越来越远，直到隐入夜色。我没有哭。

之后，他们发现父亲失踪了。

公司和家里都一塌糊涂的那一天，我好好整理了我的房间，又去整理了父亲的房间，接着去整理了母亲的房间。

这是二十年来我第一次走进母亲的房间，一眼便看到了床前小茶几上的黑色录音笔，父亲没有带走它。

这个房间里没有什么其他的宝藏，我转了一圈，发现唱机竟还开着。按开播放键，就听到歌声悠悠飘出来："城里的月光把梦照亮，请温暖他心房，看透了人间聚散，能不能多点快乐片段……"

我将一整张碟片都听完，然后打开了那只黑色的录音笔。

那一整天，我都待在母亲房中。

深夜时褚秘书又打电话来："查到了去R国的航班，我们猜测你爸爸可能是……"

我轻轻打断他："不用找了，褚爷爷。"然后挂断了电话。

挂断电话时我终于忍不住哭出声来。

在母亲的录音笔里我听到了父亲的声音。

在母亲的故事，在母亲留给他和我的遗言之后，父亲轻声说："你是不是等得不耐烦了？我来找你了，非非。"

（END）

那天侄女正翻看唐瑜的老相册，忽然指着一页哇啦叫："姑姑，这两个小孩是我们家的？我怎么从来没见过？"正在打果汁的唐瑜倾身过去看。那是两张旧照片，照片中是两个孩子，小男孩头发剪得短短，一张精致小脸不苟言笑，浅色衬衫外套了深色休闲小西装，咖啡色长裤配了板鞋，十足一个时髦小绅士。小女孩穿着宽大的背带裤，梳一个丸子头，眼睛大大，可爱得让人想去揉一揉。照片背景是模糊的森林和一长排鸟居，两个小孩并没有直面镜头。

唐瑜正要开口，侄女已经道："日本拍的吗？"

又将照片取出来瞧拍摄日期："哗，1998 年，近二十年前的照片？"

的确快二十年了。

那不过是唐瑜在日本的酒店里遇到的两个小孩，会把他们拍下来且还一直记得，因为唐瑜是个童书作家，这两个小孩曾无意间做过她的素材。

唐瑜记得那小男孩叫聂亦，或者聂奕，或者聂意。中文多字一音太多，那名字大概就是那个发音。小女孩叫 fei fei。小男孩倒是问过小女孩："有那么多字念 fei，你是哪个 fei？"小女孩就眨巴着眼睛："fei fei 的 fei 啊。"

说完高兴地两只手放在身后侧做出飞机起飞的样子绕着小男孩转："飞得那
么高！"

机缘巧合，要离开酒店的前两天唐瑜认识了小女孩的母亲，两人聊起
来，才知道那字是非非不是飞飞。小女孩也姓聂，叫聂非非，刚刚四岁。

回忆一拉开序幕，就有些停不住。

唐瑜想起来，碰到那两个小孩是在一个樱花开遍的早春。那个季节天蓝
海碧花红柳绿，布谷鸟和鹭鸶从北到南跨越种族一路缠绵，放眼望去到处一
片新鲜丰盈的春日气息。唐瑜所住的酒店正好建在一座森林公园内，酒店后
面的森林里有座神社，神社前布了十七重神明鸟居，每天早上她都会去鸟居
前站会儿。

那天早晨，她在山石阶上刚站了没多久，就看到两个小孩在雾色里一前
一后而来。小男孩在第一座鸟居前停住了脚步，他身后不远处的小女孩也就
停住了脚步。正当唐瑜以为这是酒店哪位住客带着两个小孩出来做短途探险，
在前的是哥哥在后的是妹妹，大人落在了更后面时，小男孩却转身向着小女
孩开口了："出酒店你就跟着我了，一路跟到了这里，你们家大人呢？"看
上去七八岁的孩子，一只手插在裤袋里微微低着头开口那么问话，神情几乎
要有点大人的样子了。鸟居离酒店并不算近，路也不太好找，唐瑜这才注意
到小男孩另一只手中卷着一份地图。嗬，居然没有大人跟着，这两个小孩也
不是兄妹。

迷雾笼罩的清晨，十七座鸟居，这样的两个孩子。

唐瑜觉得很新鲜。

站在神居前，让唐瑜感觉很新鲜的两个孩子中稍大的男孩聂亦，那时候
正好七岁。七岁的聂亦非常不喜欢小孩，虽然按年龄算他自己也是个小孩。
所以即便走出酒店时就发现了那小女孩跟着他，他也没有主动搭理。

他是要去附近的鸟居，地图上标注那里离酒店近两公里远，且多山路小

道。男孩子天生喜欢冒险，他选了其中最难走的一条路。那小女孩看上去不过三四岁，既然是那么难走的路，她应该跟不了他多远。

其实按照他的预想，穿过酒店前那片足球场地大的草坪，小女孩就会害怕，就会哭闹着要回去。那简直是一定的。还在幼年期的小孩一向是那样，无知无畏，却又格外脆弱讨厌，特别是女孩子，一哭闹起来就会没完。就像他母亲领回家抚养的那个她朋友的小女儿。

他皱着眉穿过草坪，小女孩也跟着他穿过草坪，稍微令他有点惊讶的是，她并没有停下来哭闹，及至他进入森林，那小孩尾随他的脚步也没有丝毫迟疑。这倒是让他对她有点刮目相看起来，但内心却依然认定她什么时候就会停下来吵闹，他一直在算着时间。

山间晨雾缭绕，偶尔传来鸟叫，两旁的山石和树木被雾色浸出湿意，那湿意衬得树的青葱和山的黛黑都更加饱满丰腴，也让这个春日的清晨看上去更加新鲜起来。

他们已经一前一后走了二十分钟，全程他都放慢了脚步，而且临时选了一条比原计划简单好走一百倍的石板路。那就是小女孩能跟得上他的原因。

在刚进入森林的那条多岔路口，他无意间回头看了一眼那小孩。那时候小女孩不知怎么回事摔倒了，他回头时她正狼狈地从地上爬起来，发现他看她，有点不好意思地扯了扯从牛仔背带裤里露出来的毛衣衣角，又有点不好意思地咧嘴和他笑了笑，膝盖上还留着刚摔倒时沾上的泥巴。

聂亦看了一会儿掉过头，鬼使神差地就选了和初衷完全相反的一条路。

中途他听到她又摔倒了两次。每一次他都拿出手机来打算给酒店前台打电话，让他们来个人把她带回去了，但小女孩完全没给他添麻烦，爬起来拍拍手又拍拍膝盖，还不依不饶跟着他。

又是二十分钟，总算到达目的地时，聂亦望了一眼矗在山阶上的高大鸟居，终于忍不住回头问她："出酒店你就跟着我了，一路跟到了这里，你们家大人呢？"

那时他才算正经看清楚小女孩长什么样。梳一个丸子头，扎了条天蓝色发带，齐刘海挡住额头和眉毛，只露出大大的眼睛，脸颊上有点婴儿肥，莹白里透出健康的红润，大概是走了太久的路觉得累，粉色的嘴唇微微张开喘着气。

实在是很漂亮的一个小孩。

小女孩没说话。

他皱了皱眉，想是不是她没听清楚他的问题，就走近几步又问了一遍："为什么跟着我？你们家大人呢？"

小女孩依然没回答，倒是犹疑着也走近他几步，然后下定决心似的突然加快步子，蹭蹭蹭蹭，到他跟前两三步时蓦然停下，扭扭捏捏从背后伸出右手："漂亮哥哥，送你花花呀！"胖嘟嘟的小手里握了枝白色的马蹄莲，花束有她一半那么高。小女孩抬头望着他，眼睛水润，像是有点不好意思。

聂亦当时是有点愣了："……送我花？"

小女孩抿着嘴唇，踮起脚尖把花举高用力塞他手里，催促他："拿着呀哥哥。"

马蹄莲并不是在这山间小道旁能随意采摘到的花卉，这意味着这小家伙多半是从酒店里就拿到花，然后跟了他差不多四十分钟，还不惜在路上摔了三跤。马蹄莲倒是意外地没怎么被摔坏，只是花茎和花叶上沾了些泥。

他看了会儿手上的花，又低头看了会儿她，然后他问她："……你跟着我，就是为了送我这个？"

小女孩一脸仰着头和他说话有点累的表情，伸出手招了招："哥哥，你蹲下来说话。"

他就蹲下来配合她的高度。结果刚蹲下来小女孩就捧住了他的脸，还没反应过来，就有东西撞上了他的嘴唇，吧唧一口还舔了舔。小女孩樱花色的嘴唇离开他，两只手也放开他时，他还在发愣，小家伙却已经有点羞涩地垂眼要求他："哥哥带我玩。"

还没等他回答，却突然惊讶起来："哎呀，哥哥怎么脸脏啦！"说着就要抬手，"非非给擦擦！"

聂亦无言地握住她的手腕，让她的视线够上她自己又是汗又是泥的小掌心："说说看，为什么哥哥脸脏了？"

小女孩定定瞧着自己的掌心，小声道："哎呀。"

他道："知道不该……"

小女孩无辜道："原来非非摔跤了呀。"假模假样地说了声，"痛。"有点期待地看着他，"哥哥给亲亲。"

"……"

普通人群里这样的四岁小孩，思维混沌，不讲道理也没有章法，当然更不能奢求他们的行动有逻辑。而这小女孩行动的无逻辑比他认识的所有四岁小孩都还要更胜一筹，简直给他打开了新世界的大门，让他知道了一个小孩子脑子里到底能住多少匹行空的天马。

聂亦站起来，一只手揣在裤袋里一只手拿着她刚送的马蹄莲，沉默了两秒钟说："我送你去找你爸妈。"

小女孩表情一下子紧张起来："哥哥生气啦？"

他不是生气，只是有点处理不了这么大年纪的小孩，还是个在逻辑上这么不拘一格的小孩。正要随便安抚一下她，她却已经委屈地眨着眼，自己跟自己点头："嗯，哥哥生气了。"

原来这个年纪的小孩还固执，他纠正她："我没有生气。"

小女孩却坚定地摇头："哥哥就是生气了，因为亲了哥哥，哥哥生气了！"

"……"早就应该放弃和她的脑回路较劲，他无奈，一边掏出纸巾擦脸一边道："就算要生气，我也该更生气你把我的脸弄成这样。"

小女孩像是在听又像是没有听，两秒钟后鼓着脸颊道："不怪非非啊，送花都是要亲亲的，痛痛也是要亲亲的呢。"

这就是根本没有在听了……

显然她还沉浸在"因为被偷亲所以哥哥生气了"这个假想里，并且认为自己为此而新想出来的理由很站得住脚，不惜费力组装出一个长句来说服他："哥哥不知道吗，送花都要亲亲，摔痛痛了也要亲亲，礼貌来的！"

聂亦已经擦完了脸，听到这新奇言论不禁又愣了一下："礼貌？谁和你这样讲，告诉你这是礼貌的？"

她像是被问住了，撑着脑袋思考了半天，最后不情不愿地说："是非非自己想的。"可能自己也觉得既然是她自己想的，就不是那么具有说服力了，犹豫地问他，"哥，哥哥不喜欢非非了？"扁着嘴就要来拉他，手伸到一半突然"咦"了一声转身跑了。

聂亦那时候看她扁着嘴挺可怜，原本已经打算忍着不适牵一牵她的小脏手了，结果站在那儿半天没回过神来。

等追着她绕过那座遍布青苔的石灯笼时，却看到她靠在山边洗手，一边洗还一边奶声奶气地唱我爱洗澡皮肤好好。那是一条从山上蜿蜒下来的小水流，她弯着腰洗得很认真，唱得也很认真。聂亦悄悄走到她后面，抄着手看了她好一会儿，试探着模仿她的思路开口问她："突然跑过来，是看到这个觉得比较好玩？"

回头看到他她像是吃了一惊，却高高兴兴地站起来，冷不防拉住他的手，表情有点羞涩地和他讲："不是的，哥哥不喜欢非非，因为非非刚才是脏小孩。"

"所以？"

她眨了眨眼睛："都洗干净啦，现在哥哥要喜欢非非的呀。"

他已经完全放弃再预测她的下一句发言了，继续问她："所以？"倒是有点好奇她的没有逻辑接下来又会给他什么惊喜。

她很严肃地看着他，倒显得自己像是挺有逻辑似的："所以要带非非玩，不丢下非非。"

出人意料的，这两句话之间还的确有点条理，并且完全没有偏离他们谈话的大方向主题。聂亦考虑了一下："我带你去找别的小朋友陪你玩。"

自从把自己洗干净之后小女孩简直自信心爆棚，立刻抱住聂亦的腿，根本不担心贸然在人家腿上动手会不会被人家打一顿，还用鼻音撒娇："要哥哥，不要别的小朋友。"

聂亦长这么大从来没有被人这么抱着腿撒过娇，他最熟悉的她这个年纪的小女孩就是母亲领回家里的简兮，但就算简兮想要亲近他，也只敢拉拉他的袖子。

小女孩仰着头看他，眼睛水润，脸颊鼓起来，重复道："要哥哥，不要别的小朋友。"

按理说他应该会觉得厌烦的，可面前这小孩这么和他撒娇，他一点也没觉得讨厌。他不知道她为什么会对他有这么大的兴趣，但小女孩这么亲近地靠着他，却让他觉得有点有趣。他问她："你也不认识我，为什么非要我陪你玩不可？"

她就咯咯地笑起来，放开他的腿将脸埋进他的手臂，埋了一会儿，微微抬头睁开一只眼偷偷看他，却不说话。她的额发有些被汗湿，眼睛像是闪着光，过了会儿，轻轻说了一声："哥哥陪我玩。"

他看着她，明明从不会和这些他觉得时刻会变小恶魔的小孩打交道，那一瞬间却不知从哪里生出善意，居然就点头答应了她的死乞白赖："好吧，陪你玩。"他说。但还是和她讲了条件，"那看完这边的鸟居我就带你回去，玩一会儿就去找你爸爸妈妈。"

小女孩兴高采烈地同意："那要玩，"脸颊还是靠着他的手臂，眼睛在笑，一只手抬起来和他比动作，"要玩很多很多一会儿！"

他四岁的时候绝不会这样用词，心想普通的四岁小孩原来还有这种笨蛋一样的天真。要是聂因在他面前这样说话他简直就不想搭理他，但这时候居然会觉得这小女孩这样说话有种别样的可爱。他就淡然地点了点头，重复了一遍那句傻话："嗯，很多很多一会儿。"

四岁的小女孩还不忘和他确认："是哥哥陪着玩。"

他拉着她的手向鸟居走去："是，是我陪你。"

唐瑜从山阶上下来时两个小孩已经爬上十七重鸟居后最高的台阶。

阳光穿过迷雾充满了整个森林，清澈中带着一点被雾色镀过的迷离，那些参天大树上的每一片树叶都像是泛着银光，山道旁的每一寸地衣也都清新明亮。

唐瑜想也没想，从肩上取下相机就对着身后的鸟居拍了一张，拍第二张时，焦距则对准了站在台阶上的两个小孩。

按下快门的刹那，男孩正双手插在休闲裤裤兜里仰头看什么，大概是古老鸟居上的刻字，小女孩则侧着脸举起右手和男孩说什么。画面定格的那一瞬间之后，唐瑜看到小女孩双手攀着男孩的手臂撒娇似的摇晃，男孩虽然仍旧面无表情地研究着头顶的横梁，右手却伸出来握住了小女孩。小女孩笑着摇头，小身子还扭来扭去，过了大概十秒钟，男孩像是叹了口气，终于低下头来看着小女孩，小女孩眨着眼睛，男孩蹲下来将她的两只手都握住，放在嘴边呵了呵气，又拢着它们揉了揉。小女孩也学着男孩的模样，朝被男孩拢住的自己的一双小手呵了口气，又呵了口，再呵了一口。男孩的嘴角浮出一点笑意，说了句什么。相距遥远，唐瑜听不清他到底说了什么，但镜头中的画面却很温馨宁静，她就又按了一张。

那时候整座山就像是个童话，两个小孩像是刚走进一个童话，又像是刚从一个童话里走出来。

窗台上的风铃叮叮咚咚响起来。

侄女仍旧欣赏着那两张老照片，突然摇头晃脑地叹息："小时候长这么好看，现在不定怎么残了呢？哎姑姑这照片能给我一张吗？"

唐瑜将打好的果汁递给她，不赞同地评论："人类发明相机是为了记录和回忆，不是为了对比。"又挑眉问她，"你要这照片做什么？"

侄女笑道："胎教用呀。"

唐瑜给了她脑袋一下："你才十九岁，结婚都嫌太早，胎什么教。"

侄女一边嘟哝："以后总有一天用得上嘛。"一边将相册还给她。

　　收回相册时唐瑜再次看了一眼照片中的两个小孩。已近二十年，现在这两个孩子应该都长成了二十多岁的年轻人。她初次见到他们时，他们两人也是初见彼此，那之后她再也没有见到那两个孩子。也许那样充满童真意趣的初遇后，他们便结下了青梅竹马的友谊？也许那之后就分道扬镳再也没有见过彼此，可能这一生都不会再见到，也不会再将对方记起？人类从来健忘，小孩子更是这样。

　　这个世界太大也太小，每一种擦肩而过的背后，都潜藏着无数可能。爱的可能，恨的可能，结合的可能，分离的可能，或是没有可能的可能。

　　这两个小孩现在怎样了呢？属于他们的可能又是什么呢？唐瑜想。

　　当然想不出什么结果。

　　每一个人的人生里，到底有多少场或许隐藏着可能的与陌生人的偶遇，最后却被时机毁掉，又被时光掩埋掉踪迹？二十年前的这对小孩是不是也是这样？

　　她笑了笑。

　　无论如何，他们在彼此人生里的那一天交集，总还是在她这里留下了一点印记，无论他们是不是已经忘记，无论忘记掉那样的一天是不是一种遗憾和缺失，她总还替他们记得。

　　她的相片也还替他们记得，他们曾经在小时候相遇过这件事。

01.

如果这世界有平行空间存在。

如果平行空间中也有一个聂亦，还有一个聂非非。

02.

2011 年 12 月 14 日，星期三，大雪

聂亦醒来时，房间里仍旧很暗，他抬起右手，看到腕表的夜光指针指向 3 点 40。

他是特别自律的那种人，生活习惯一向健康，作息时间也从来严谨，极少会在这种时刻醒来。除非是实验需要，或者是做了那个梦。

聂亦用了一分钟时间来平复梦中经历带给他的陌生的痛苦感。

平静下来后，他打开床灯，去吧台处给自己倒了半杯水，一边喝水一边拉开了窗帘。

窗外亮着几盏路灯，照见飘舞的落雪，和近处几棵已裹上银装的常绿乔木。

安静，潮湿，寒冷，典型的纽黑文的冬夜。

自十六岁来这里求学，他已在此度过四个严冬，但记忆中，好像从来没有在半夜起来看过纽黑文的雪。

雪。梦中那女孩子是很喜欢雪的。

聂亦一口一口喝着水。

他是个很严谨的人，因此精准地记得，是在 157 天前，他开始做那个梦的。

最开始只是一些片段——他和一个女孩子一起生活的片段，女孩子的面目是模糊的，那些片段也是模糊的。他起初并没有太过在意，但有一晚，那些片段却突然有了逻辑，连成了故事，女孩子的面目也一下子变得清晰。

高挑纤细，长发微卷，皮肤白皙，是个很漂亮的女孩子。

他分明从没有见过她，但在梦里看清她的那一瞬，却感到熟悉；就像是曾遵循艾宾浩斯记忆法将那张脸认真记忆了一千遍，在大脑皮层留下了深刻印痕，再也不可能遗忘一样的熟悉。

梦境中，他们在红叶会馆的别墅里跳舞，她靠在他的肩上，微微偏着头仰望他，轻声问他："所以聂亦，要是我先离开你，你也会觉得寂寞吧？"

他们站在印度洋畔的橡胶园里相拥，她踮脚抱住他，将头埋在他胸前，眼泪不断涌出，打湿他的衬衫，她轻声呢喃："就当我不清醒，我不知道该怎么办。我不知道我该怎么办。"

他们在 K 国的医院里久别重逢，她安静地坐在病床上，平视着正前方的雪白墙壁，勉强地笑，绝望又伤感地落泪："我的爱是怎样的呢？我的爱是我知道总有一天你会离开我，我希望在一起的日子我能带给你快乐，你要离开的时候我能成全你的幸福。"

以及最后时刻，他们在清湖的半山庭园分别，她打开窗户，冲着他的背影恶作剧地高喊："freedom[1]。"

———————————

[1] 自由。

聂亦醒了过来。那是他第一次因为那梦的原因，在凌晨 3 点半这个时刻醒来。

将半月以来所做的所有与之相关的梦境整合——他和那女孩相亲结识，彼此相爱，结婚生子，不久女孩却身患重病，最后离开了他不知所终……那梦境的结尾就停留在这里。不难发现，是一个相当完整的故事。而正因为故事的完整可信违背了一个梦境应有的科学逻辑，使聂亦感到离奇。

当然，故事本身，不是不令他震动。但毕竟是在情感认知上有些淡漠的人，二十岁的聂亦并不能立刻理解梦中他对那女孩的深沉情感，也无法深刻共情那些痛。或者说，没有太强烈的真实感。

但那女孩所患病症的疾病模型，他清楚地记录了下来。

是一种理论上的确可能存在、但尚未出现过实例的基因缺陷疾病。

次日，聂亦决定在实验室里搭建同类基因缺陷疾病的动物模型，动机五五分，一半出于科学家探索未知的求知欲；另一半，是他想要验证那梦境到底可以有多真。

从实验开始，近五个月里，他依然断断续续地做着那些梦，从他在谢仑姨母的银婚纪念日初次见到那女孩开始，到患病的女孩子最后一次打开窗户，对他说了等同于道别的一个单词"freedom"结束，没有更多的内容，就像一部不落幕的剧，一本不下映的电影，一夜又一夜出现在聂亦的梦境里。与此同时，他的实验也在有条不紊地进行中。

昨天，通过最后一次筛选鉴定，实验被确认成功，他按照梦中的疾病数据，完美复制出了一只同那女孩同样病症的模型猴。

即便这只模型猴的出现将给当代基因医学研究带来重大意义，聂亦却并没有感到愉悦，也没有欣喜。他在实验室里待了一整天，只感到无尽疲惫，放空了一刻钟后，出了实验室。

在回家的路上他收到了大寒流即将来袭的新闻推送，顺道去附近的超市采购了足够的御寒食物，然后回了家，准备睡一觉，醒来后再梳理对于那些梦境而言，实验的成功说明了什么。

然后，在睡着以后，他就又做了那个梦。且在今晚的梦里，突然梦到了新的内容——他同那女孩的结局：离开的女孩在大海里结束了自己的生命，而他因失去她而崩溃，迷失了很长一段时间；在那女孩走后的第四年，他才振作起来，十五年后，终于攻克了带走那女孩的疾病；完成这一切后，他去到了女孩结束生命的地方，赴一个迟到十九年的约，成就一个没有任何挽回余地的悲剧。

这便是这场他连做了五个多月的梦的真正终局。

聂亦难得愣神。

雪下得越发大了，路灯之下，门前的那条石子路已是一片雪白。风像一只不够温柔的无形的手，在黑夜里抚过这座大西洋畔的海港小城，在树木倾斜的肢体上和打着旋儿的夜雪上留下行迹，或许也发出了呼啸声，但被隔音玻璃牢牢地阻隔在外。

杯子已经空了，聂亦放下了水杯，他沉默了片刻，打开了电脑，循着记忆，将梦中攻克那疾病的理论和思路一一记录在案。他想他需要去证实，这是否真的能治愈那只小猴。但写下那些方程式之时，他便有了预知，这是正确的方法，他可以治好它。

这说明了什么？

是不是说明了，梦中的一切，都是真的，都将在不远的未来发生？是不是说明了，他真的会在五年之后，遇到一个叫作聂非非的女孩子？

虽然有些离奇，但倒也可以用科学理论来解释：若是在梦境中，他感知到了更高维度的空间，那他的确有机会看到即将发生之事。

早在19世纪中期，黎曼几何便从理论上证明了高维空间的存在。爱因斯坦在黎曼几何的基础上构建了广义相对论方程，在他的相对论体系中提出了四维时空的概念，将人类所熟知的由长、宽、高构成的三维空间之外的第四维度定义为时间。若这个理论正确，那么四维空间便可理解为所有三维空间状态的连续合集。人类若进入四维空间，就能看到自己一生的发展轨迹。就像他在那梦境中看到他和聂非非的未来，预知到不曾降落到自己头上的命运。

这是个有一定可能、但无法验证的猜想。

他唯一可以验证的，是这世界上究竟是否存在着一个叫作聂非非的女孩子。

然而这却是一个悖论。

若这世上真的有这样一个女孩子，他们提前相见，那未来便注定要被打破了。倘未来不再是会确凿发生的未来，利用高维理论去解释他梦到的一切，当然也就不再合理。如此的话，他在梦中所看到的那些，究竟是什么呢？他又为什么会在梦中，看到那些呢？

聂亦关上电脑。

或许应该等到这套治疗理论得到充分验证，治愈模型猴的疫苗被成功研制出，那之后，才是更适合的、探索这件未知之谜的时机。

他揉着额角想道。

03.

2012 年 6 月 16 日，星期六，晴

命运是很神奇的东西，但命运并不科学，所以在科学的范畴里，不应该有命运这个词组出现。在科学的领域里，要挑选一个和"命运"最相近的词，应该是概率。

全世界一共有 70 亿人，196 个国家，大约 10295 个城市。和一个理论上认得却从未见过面的人在一个陌生国家的陌生城市相遇，这个概率有多大？当聂亦在巴斯大教堂里见到那女孩时，他脑海里首先出现的是一个概率公

式，然后很快心算出了一个结果。

自那晚的梦后，七个月里，聂亦一直专注于治愈模型猴的疫苗研发，还来不及考虑，以及决定是否要去求证聂非非的存在，和梦中的聂非非长得一模一样的女孩就出现在了他面前。猝不及防，令人措手不及。

女孩扎着丸子头，穿宽松黑 T，配七分牛仔裤，肩上挂了台相机，相机绳子上拴着一顶棒球帽，站在礼拜堂的东区，抬头仰望窗格上巨大的彩绘玻璃，仿佛在认真辨认玻璃上所绘的耶稣生平。那张脸很虔诚，是梦中所见的脸，但比梦中多了点稚气。

聂亦看着那女孩，大概是他的视线停落在女孩身上太久，谢仑走过来搭了搭他的肩，也望过去，回头问他："认识？"

聂亦收回目光："不认识。"

谢仑再次望向女孩，这次认真看了一眼，然后笑了，靠近他道："小姑娘长得挺好看的，怎么，想要认识啊？"

聂亦看了谢仑一眼，没有回答他这个问题。不远处有两个工作人员坐在一张长桌后售卖明信片，聂亦走到长桌前，低头挑选了几张明信片。

谢仑没趣地轻嗤了一声，雍可走了过来，手肘靠了靠谢仑，问道："你们刚才在说什么？"

谢仑向聂亦的方向扬了扬下巴："去问他。"

雍可一边抱怨"什么事这么神秘，我又不是非要知道"，一边走向聂亦。

谢仑看着雍可走向聂亦，目光不经意扫到方才那女孩子，发现那女孩不知什么时候停止了对彩绘玻璃的欣赏，也正向着售卖明信片的长桌而去。谢仑抱起手臂，感到好玩似的挑了挑眉。

长桌前围着好几个人，女孩站在最右边，聂亦站在最左边。他早注意到女孩走了过来。少女俯身，很认真地挑选明信片，聂亦偏头看了她一眼，只看到她的发顶和很少的一点侧面。

雍可站到聂亦身旁问他方才和谢仑聊什么时，长桌右侧心无旁骛挑选着明信片的女孩也开了口。聂亦没有注意雍可说了什么，只听到女孩用不大的声音询问工作人员她所挑选的明信片一共多少钱。音色清润，他很熟悉。是梦中聂非非的声音。

聂亦恍惚了一瞬。

若这女孩果真就是聂非非，梦中的一切也都将在未来发生，那么此刻他就应当装作没有看到她，让彼此错过，但……

雍可尝试着轻触了下他的手臂："Yee，你怎么了？"他回过神来。

长桌那边的女孩已付了钱，一边低头翻看着手中的明信片，一边向出口走去。聂亦静了片刻，握着明信片的手指有些收紧，然后，在女孩临近出口时他跟了上去。

雍可无措地叫他："Yee 你要走了吗？可我们才刚进来……"相对于雍可的惊讶，谢仑则像看透一切似的在他身后吹了个口哨。他没有理雍可，也没有理谢仑，跟在女孩身后十步远，随着女孩走出了教堂。

教堂后面有条街巷，高大的哥特建筑投下巨影，将古街护于影中，令漫步其间的行人能不惧骄阳炙烤，自在闲逛。女孩从街头逛到街尾，在街尾喂了会儿鸽子，然后走进了一家手工冰激凌小店，很快握着一只蛋卷冰激凌走出来。她一边咬着冰激凌一边东看看西看看，走路走得并不专心。

聂亦看了她十秒钟，然后走了过去，与女孩擦肩而过时，他故意碰掉了她的冰激凌。他的故意很有技巧，因此这看上去就像是一个意外，女孩愣愣的，还以为是自己走路不看路，本能地开口道歉："Er, I'm sor……"[①] 抬起头来看到对方的脸，道歉之语戛然而止，女孩像是惊呆了："聂……"她说出了这个字，但立刻闭嘴了。

女孩果然是认识他的，聂亦并不意外。梦中的聂非非曾告诉他，她很早以前就见过他，从那时候起便崇拜他。但呈现在他梦里的那些事也并非每一件都清晰可辨，因此在那个梦里，他从来不知聂非非到底什么时候见过他。而他此前无法确定现实中是否也有一个聂非非，也是因过往的回忆里的确没

———————
① 呃，对不起……

有那样一个女孩。但此刻女孩脸上的表情让聂亦明白，在或许遥远的过去，他们的确有一场他并不记得的相遇。

"你认识我？"聂亦用纸巾包住摔坏的冰激凌，将它扔到一旁的垃圾桶，然后才向女孩发问。

女孩很快收拾好了震惊的表情："聂亦学长。"她很肯定地这么叫他，抿了抿唇，眼睛微弯，露出一个笑来，"我也是 S 中的学生，你在学校很出名，宣传栏里常年贴着你的照片。"是镇定的、得体的，却有所保留的面部表情。

"是吗，"聂亦不动声色地看着面前的女孩，"可我为什么觉得我也见过你？"

女孩被他唬住了，黑眼睛看着他，踌躇了一下："学长居然还记得吗？"

她果然是有所保留的，他想。他当然什么都不记得，却对女孩点了下头："有一点印象，你说说看。"

女孩不疑有他，眼睛亮了起来："是我初一的时候，你回 S 中做演讲，在樱花大道迷了路，我带你找到了报告厅，你还送了我一只黑白主色的 DNA 双螺旋结构模型。"她再次笑了一下，"那个模型我好喜欢，一直放在床头。"

聂亦的记忆是一个巨大的藏书室，按照重要程度对过往作出排序，少女的言辞像一把索引钥匙，引导他找到极为偏僻的一隅，打开架子上尘封的旧盒子，久远的记忆迎面而来。他记起来了，是有这么一件事。那是他十五岁时，在 IGEI 大赛后受邀回母校作报告，但学校改建了，因此他迷了路；在第二遍穿过西北角那条樱花大道时，他看到一个穿校服的小孩在附近游荡，因此他向那小孩求助，并送了小孩一个模型当谢礼。

小孩长什么样他已记不清。

但聂非非却将那天的事记得这样清楚。

这本身就有某种隐秘含义。聂亦不是不懂。喜欢他的女孩子一直很多，似聂非非这样会珍藏同他的一个没什么意义的小小互动的女孩子也很多。其中还有人无法拒绝地存在于他的生活当中，比如简兮、雍可。他从不在意，也从不揭穿她们，不给任何人暧昧的可能。可此时他看了会儿聂非非，却主动逗她："你记得这么清楚。"

女孩愣了一下，很慢地眨了一下眼睛，然后像是反应过来了他的话，明白了方才她那段不算短的回忆和那番不够谨慎的言辞可能暴露出来的含义，表情终于不再镇定："我……"

有两个金发少年打闹着向他们跑来，在她刚说出"我"字时，聂亦伸手拉了她一把，将她护在街道内侧，两人的距离霎时拉近。女孩没再说话，眼睛睁得大大的，像是屏住了呼吸。

聂亦放开她的胳膊，就像是忘了方才他们在说什么，问她："你叫什么名字？"

女孩还没回过神来，只是用本能在回答他："聂非非。"

当然应该叫聂非非。聂亦说不清为什么他会松了口气。而梦里的聂非非和现实的聂非非就在这一刻合为一体。他很轻微地恍了一下神。他或许是真的梦到了"未来"，而此刻他打破梦中既定的轨迹让两人提前相遇，又注定会改变那个"未来"，之后会怎么样呢？一个神秘的、未知的、让人好奇的科学谜题。

"聂非非。"他叫了她的名字。他梦到她那么多次，却是第一次在现实世界中叫出这个名字。但不知为何，说出这个名字时，声带的震动和发声的方式都让他觉得熟悉。

女孩很快地回应他："嗯。"因为离得近，要看到他的脸，她需要仰头。因此她仰起了头来，轻轻咳了一声："我，"她又重新回到那个将她难住了的问题，像是终于想到了一个特别好的答案，因此变得有底气了起来，"我是因为记性很好，所以记得比较清楚。"

大概觉得这个解释特别合情合理，又说："那次演讲我也听了，很震动，一直希望学长能再回学校做一次演讲，但是毕业了也没等到，想不到会在这里遇见你。"努力地给自己找台阶下，装作自然地笑了一下，"学长，我请你吃冰激凌。"

聂亦的目光落在女孩按住相机绳来回摩挲的细长手指上，停了一瞬，移开了。若是在梦中不曾和她那样熟悉亲近，他想，他或许就被她骗了过去。紧张的时候会控制不住地重复做同一个动作。聂非非是这样的。

他突然有点后悔方才逗了她，装作没有察觉她的小动作，配合地回她："是我撞掉了你的冰激凌，应该我请你。"

她点了点头："那也可以。"仿佛已找回了自己的节奏，又重新变得得体和镇定，脸却微微泛红。

他们重新走进冰激凌店，在聂非非对店员说出心仪口味之前，聂亦先她一步开口："要白巧克力蛋卷，朗姆葡萄和香草口味。"

少女好奇地抬头，是真的疑惑："光从看的，就知道我刚才买的是朗姆葡萄和香草口味吗？"

聂亦是个天才，但对冰激凌没有丝毫研究，推测她刚才买的是这两种口味，只因在那些预知一般的梦境中，他对她的喜好了若指掌。但这是无法告诉她的事，也没有必要，因此他只是点了点头。

女孩接过冰激凌，说了谢谢，又问他："你不要吗？"

聂亦没有回答，看她一边咬着冰激凌一边好奇地盯着自己看，道："手机给我。"

女孩愣了愣，是不知道他想做什么的表情，但还是把手机给了他。

聂亦接过手机，输入了自己的号码拨通，而后将手机还给她，在女孩不明所以的目光中，指了指她T恤一角沾上的冰激凌污渍："衣服弄脏了，之后找我要干洗费。"

是个一点都不高明的同人交换手机号的借口，让谢仑知道了一定会嘲笑他很久，但梦中那么机灵的聂非非，在现实中她的少女时代里却这么笨，看了一眼污渍，又看向他，认真婉拒："不需要干洗费的，我用肥皂搓一下就可以。"

聂亦静了一下："这种手工珠片镶花的T恤最好是干洗。"像是真的在严谨地同她讨论那 T 恤的工艺。

女孩盯着 T 恤上的图案看了三秒钟，仿佛认可，点了点头："那就干洗吧。"却又说，"不过就算干洗也不用多少钱，学长不要和我客气。"

"没有和你客气。"本来也不是为了付她干洗费才要她号码，再纠缠这个问题毫无意义。梦中的聂非非最懂得分寸，若没有一个合适的理由她大概率不会再联系自己，他总要给她找一个好借口。只思考了一瞬，他便找到了那个借口："我要在这里待一个星期，巴斯附近我很熟，接下来几天想去哪里玩都可以联系我。"

女孩睁大了眼睛，那张青春明丽的脸上流露出茫然来，好一会儿，不确定地问他："是弄脏我衣服的赔礼吗？"

"嗯。"他点头。以为她又要说不用客气，女孩却抿了抿唇，然后忍不住高兴似的看着他："好啊。"她说。

聂非非的眼睛很美，眼底像含着一泓流淌的清泉，笑起来时眉眼生光，那光照在清泉之上，生动又自由，极富感染力。梦中的聂非非真正开心地笑起来时，也是这样的。说一个女孩子美很容易，那些想方设法靠近聂亦的女孩子们，个个都是美的。但生动这个词，聂亦只想用来形容聂非非。

有一群鸽子飞过，羽翼声响在他们头顶。

聂亦低头看着聂非非，女孩子正望向街道尽头的鸽群。这个相遇不如他们在梦中那个相亲派对上的重逢戏剧，但这是在他掌握之中的相遇，这让聂亦觉得安稳。就像做实验，需要大胆假设，小心求证，第一步总要求稳。

他提前认识了她，还要她继续联系他，而后会怎么样，聂亦无法预知，但终归不会再像梦中那样。

为什么要打破梦中的"未来"？他到底是对这道科学谜题感兴趣，还是对他和聂非非的未来命运感兴趣，他也说不太清。

只是，这世间既然真的有聂非非，他不希望看着她走向那个悲剧。

他也不希望看到自己走向那个悲剧。

04.

2013 年 6 月 27 日，星期四，多云

颁奖典礼后，主办方举办了一个 after party①。

比尔·布兰德国际青少年摄影大赛是影响力极大的国际摄影赛事，聂非非在自然组别拿到一等奖，本该是派对上焦点所在，就像艺术组那个拿一等奖的拉丁裔女孩一样，穿着漂亮的裙子周旋在人群之中，享受众人艳羡的目光。但聂非非没有那样。

聂非非咬着根棒棒糖躲在一个不起眼的角落玩手机。

一个红发男孩从角落经过，发现了装饰树下穿着绿裙子几乎和树融为一体的聂非非，惊讶了一瞬，上前来搭讪："Hey！ You are Fei right？ The first prize winner！"② 男孩举起杯子自报家门，"Henri Durand, from France."③ 又称赞她的获奖作品，"The jellyfish you shot is so cool. I love it！"④

聂非非熟练地打开手机的翻译软件，输入"我不会英文，你会中文吗"，然后按下"translate"⑤键，将翻译界面递给男孩看。

男孩愣了一下："Well， I know a little Chinese."⑥ 试着把舌头捋直，"谢谢。"本意是想显得自己幽默，但见眼前的女孩只是莫名其妙地看着自己，连天生热情的男孩也感到了尴尬，不由得耸肩干笑了下："Anyway，

---

① 庆功宴。
② 嗨！你是非，对吧？一等奖获得者！
③ 我是来自法国的亨利·杜兰。
④ 你拍摄的水母真的太酷了。我非常喜欢。
⑤ 翻译。
⑥ 呃，我只会一点点中文。

congratulations to you." ① 又同她点了点头，"Have a good night." ② 话罢红着脸端着饮料逃也似的离开了。

聂非非目送男孩离开，眼睛里露出一点笑，然后低下头来继续翻着手机。今晚她已经用这办法打发走了许多人。她不喜欢宴会，但是喜欢这家酒店的小西点。

聂非非盯着脸书界面，将上面的一张照片放大了。是五分钟前雍可贴出来的一张照片。定位是在骑士桥下的一家土耳其餐厅。一张不大的餐桌占据了画面一角，桌上摆放着精美的陶瓷餐具，坐在餐桌右侧的青年穿黑色衬衫，正拿着杯子喝水，并没有看向镜头，雍可紧挨着他，比出了一个可爱的手势，配文是"a perfect day" ③，那拿着杯子喝水的青年是聂亦。

聂非非第一反应是这张照片的构图还有很多进步空间。第二反应是图应该没 P 过，没 P 的图里两人也能这么好看，真是天生神颜。然后才反应过来聂亦居然也在伦敦。

认识到这一点后聂非非立刻打开了 Google 地图，输入了脸书上雍可定位的地址进行检索。检索结果告知她此时她同他们只相隔两英里，步行只要半小时。她抑制不住地高兴，打开微信就想要告诉聂亦她也在伦敦，手指滑过一长串联系人时，突然看到了简兮的头像。就在那一瞬，聂非非想起了不久前简兮同她说过的话，手指动作不自觉地顿住了。

聂非非来伦敦时，在机场贵宾室碰到了简兮，两人在同一区域等机，坐了没多久，简兮主动过来找她聊天。本来也不太熟，自然没有太多话题可聊，勉强说了三分钟，就在聂非非想要结束对话时，简兮突然问她是不是喜欢聂亦。

---

① 不管怎样，恭喜你。
② 祝你玩得开心。
③ 完美的一天。

聂非非愣住了。

这个问题过于突兀，她从没想过，乍然面对，一时茫然。回答"是"——她此前从没考虑过这问题，匆匆点头未免草率；但回答"不是"……那也似乎不是。一向利落的聂非非难得地踟蹰，而简兮看了她十秒钟，皱起了眉头。

说起来，聂非非的确一直很崇拜聂亦，整个少女时代都在追逐着聂亦的脚步规划自己的人生，但她一直把这种崇拜和追逐定位为追星，所以也没有产生过什么不切实际的妄念，譬如接近聂亦，尝试进入他的人生。

在去年夏天和聂亦于巴斯偶遇之前，她对聂亦的最大幻想，是有一天能再听一次他的讲座，虽然大概率依然听不懂。如果有那么一天，她希望能在第一排有个位置，第二排也可以，因为在十二岁那年唯一听过的一次聂亦的报告会上，她的位置实在太靠后了，视野不怎么行。

相对于别的十九岁女孩，聂非非的确太不会妄想了点儿。巴斯那场偶遇按道理可以激发无穷浪漫幻想，况且聂亦居然记得她，还同她交换了电话号码，之后又做导游陪她去科茨沃尔德游玩，甚至她想和他在温德拉什河的石桥上合影，他也宽容地应允了。

但就算有那么一天，聂非非也没觉得自己就同聂亦熟了起来，只当是追星女孩抽到了和爱豆共游一日的豪华奖券，怀着感恩的心接受了，再怀着"此种好事这辈子不可能再发生第二次"的珍惜的心毫无杂念地去享受了，之后她就再也没有联系过聂亦，还以为自己是懂事不给爱豆添麻烦。从这个角度看，聂非非无疑是一个凭实力单身的典范。

但神奇的是，后来她同聂亦居然还是熟悉了起来。

那似乎又是一个巧合。她父亲的某个熟人在一家制药公司的药研院当副院长，院里有个研究项目卡住了，据说是因一直找不到一份合乎实验需求的亚裔少女基因样本。聂父古道热肠，为解朋友之难，将聂非非送去做了采血和口腔拭子。本以为是举手之劳帮个忙，样本能行固然好，不行也就算了。结果不久之后，副院长却亲自来电告知，说在对聂非非的基因样本进行检测的过程中，发现她的基因存在某种天生缺陷，如若放任不管，或许会导致严重的基因疾病。

副院长向他们推荐了 A 国的 L 实验室——全球生命科学研究方向顶级的实验室之一，说他正好认识一位优秀的天才科学家供职于那里，正在研究这方面的课题，他们可以向他做一些咨询。

那位优秀的天才科学家，就是聂亦。

她的父母专门带她去了一趟 A 国。在对她的基因进行全面检测后，他们一家三口在 A 国逗留了半个月。说是基因缺陷，但目前也没什么病症出现，因此聂非非对此没有任何真实感，但她也能感受到父母的挣扎和焦虑。她知道他们和许多医生聊过，还和实验室的好几位研究员聊过，不过要做一个确切统计的话，应该是和主持针对她这种情况的基因修复项目的聂亦交流的时间最多。最后她父母选择了让她成为 L 实验室的志愿者，试着用聂亦的研究成果进行基因修复。

在聂非非看来，治疗是很简单的，也或许是聂亦为了不使她紧张，而故意那样轻松地交代她的治疗方案，仿佛一切都很容易。六次注射治疗，两到三个月一次，每次注射之后观察一个星期，这听上去的确是挺容易的。实际操作起来也不太难。去年 9 月到今年 6 月，有时候她飞去纽黑文，有时候聂亦飞回 S 市，每一次治疗他们会在一起待上一个星期。

聂非非就是这样和聂亦熟悉了起来。

在这个过程中，她也不可避免地认识了聂亦身边的一些人，简兮和雍可便在此列。

贵宾室的那个角落很私密，简兮突然坐近了些许，用了很轻的不具备攻击性的声音说那句话："我们都是一样的。"十七岁的少女作出伤感的姿态，"再喜欢他，也无法得到回应，不会有什么机会，他不会喜欢我们。"停了停，苦笑道，"我喜欢他，不小心让他知道了，他知道后就开始疏远我。"

聂非非没有说话。

简兮低头看着手里的玻璃杯："可能与他并肩的一定要是极为优秀的、与他有共同话题的人吧。"停顿了两秒钟，她抬眼看向聂非非，"你知道雍可也喜欢他吗？"

正好有个电话进来，聂非非看了一眼来电人，按了拒接，向简兮："你继续。"

简兮摩挲着玻璃杯："聂亦他……虽然没说过喜欢雍可，但我看得出来他很欣赏她。他们高中就认识。聂亦是个很冷淡的人，从小到大虽然有很多女孩子喜欢他，可他没有让谁靠近过，雍可是唯一一个他允许她靠近的人。"少女的声音近似低喃，"他们迟早会在一起。"

说完这一切，她抬头看向聂非非，勉强笑了一下："你一定很奇怪我为什么要和你说这么多吧？"

聂非非喝了口橙汁："也不奇怪。"

简兮卡住。

聂非非促狭一笑："和你开玩笑，我挺好奇你为什么和我说这么多的。"

简兮看了她好一会儿，很轻地叹了口气："因为我看到你，就像看到我自己，不想你陷得太深，也变成我这样。"

聂非非笑了一下："好。"

简兮愣住："好，好的意思是……"

聂非非道："就是谢谢你提醒的意思，我该登机了。"说着站起了身，"再见。"

S市到伦敦需飞行十二小时，聂非非有足够时间思考简兮问她的那个问题：她是不是喜欢聂亦。

她十九岁，正值青春，是一个易萌动的年纪，靠近聂亦时，时常会有心跳加速之感，只是过去她不太会深思那些心跳过速的时刻。但此时想来，却

318

无法欺骗自己，她的确是喜欢聂亦的。

简兮说她们一样，从这个层面来说，或许她们的确是一样的。只是她对聂亦并无什么贪求。她从来没觉得自己能和聂亦在一起，因此也并不需要聂亦的回应。这一点和简兮不同。

聂亦就像是天上月人间雪镜中花，不可及，不可触，不可攀折。聂亦也应当是那样。

她也不知为何自己会有这样的想法。或许因她早早地将自己和聂亦定位为了两个世界的人，所以当简兮对她说她不会有机会时，她也并没有很难过。对于聂亦，她从没想过去攀折他，她只想好好欣赏他。

她其实没有那么笨，真以为简兮同她说那一番话是出于对她的担心，更可能她只是想要她赶紧出局，但到底是怎么样，聂非非其实也没有太关心。

如今，在这华丽宴会厅的一角，聂非非回忆完过往之后，重新埋头于手机。她关掉了微信，再次打开了雍可的脸书。照片上雍可笑得非常甜，看不太出来聂亦是什么情绪。不过画面上只有他们两个人，客观地说，确实很般配，让聂非非也有些相信简兮所说的，他们迟早会在一起。

棒棒糖已经完全化掉了，聂非非将棍子从口中抽出来，扔进了旁边她用来取蛋糕的小盘子里。

她没再试图联系聂亦，甚至按了关机键，以防止自己做出不得体的事。对聂亦的小心思不能让他知道，虽然现在她也没同聂亦有多近，但她不想走简兮的老路，被他更加地疏远。简兮的话真真假假，但这一条应该还是比较有可信度。

聂非非的心底涌上了一丝苦涩，不多，只有一丝。

她知道这是怎么回事，并没有自怨自艾沉溺其中，而是站起来舒缓了下因久坐而变得僵硬的身体，然后走向冷食区，又选了三个小蛋糕。

她相信吃甜食能让人心情变好。

05.

2013 年 6 月 30 日，星期日，多云

下午 2 点半，聂非非登上了回国的飞机。空乘帮她放好了行李，挂好了外套，并端来了一杯柠檬水。聂非非喝了水，从包里取出手机来准备关机，却发现屏幕上有未读信息，点开微信，才发现竟是聂亦的留言。聂非非愣了一下。

一共两条留言。第一条是她那幅如今正在摄影家画廊展出的获奖作品。第二条是一则十五秒钟的语音。聂非非戴上耳机，点开语音，聂亦微凉偏低的声音便响在耳边："在摄影家画廊看展，看到了你的获奖作品，恭喜你，工作人员说大前天举行了颁奖典礼。"那声音停了一下，"你在伦敦吗？"

聂非非装作并不知道他也在伦敦。"哇，你居然也在伦敦。"她很快地回复，还在后面添加了一个惊讶的表情符；正打算在第二条里解释自己现在在飞机上，便看到了对方正在输入中。

这一次聂亦发的是文字消息，问她："出来见面吗？"

聂非非盯着这五个字，看了两分钟，突然站了起来，但广播里已经开始播放飞机即将关闭舱门的消息和其他一些注意事项，若此时下机，势必会影响其他乘客。她顿了一下，坐了回去，轻轻叹了一口气，在窗口里输入："我已经在回程的飞机上了。"

"真不巧。"聂亦回了一条，然后又回了一条，"那下月纽黑文见。"

聂非非仔细地研究这十个字，看不出对方有对这错过感到可惜。她想聂亦可能也就是随便问问，而因他一句话就立刻想要下机去见他的自己也是有点太夸张了。

她中规中矩地回了："好的。"又回了一个兔斯基说"byebye"的表情。

然后她关掉了手机。

飞机起飞时，聂非非感到了遗憾。但在她的有意克制之下，那遗憾并不那么强烈。

06.

2013 年 7 月 21 日，星期日，晴

实验室外有一棵历史悠久的榆树，枝繁叶茂，日光照耀在树冠上，使那墨绿的色彩生动得就像在拍某种彩漆广告，仿佛下一秒就会有饱满的颜料从树上流溢出来。

聂非非试图让自己沉迷于窗外那棵树，以转移注意力，但显然不太成功，当消毒剂和棉签接触到皮肤时，她还是颤了一下。

聂亦发现了，抬起头来，低声安抚她："别怕，我会很轻。"

聂非非回头看了一眼，目光正撞上聂亦手中那不算细的针筒，赶紧偏头，重新看向榆树，口中道："我我我没怕。"

聂亦笑了笑："你说话结巴了。"

聂非非闭上了嘴。她感觉自己像一只待宰的羔羊，但因刽子手是聂亦，因此她倒也没多害怕，只是有点紧张。她能感觉到胳膊上肌肉的僵硬。这并不是很好的接受注射的状态。

聂亦没有像从前给她打针的护士那样让她放松，反而闲聊似的对她说："聂非非，和我说说话。"

她这下很努力地控制住了没有结巴："说什么？"

聂亦没有介意她和人聊天时不看着对方，道："说说你为什么盯了那棵榆树两分钟。"

"我……"聂非非觉得当然不能说她是因为不敢直视针筒，正在寻思得找一个什么借口，胳膊忽然一痛。针头刺破皮肤探入血肉，冰凉的液体被推入。聂非非打针时就是这样，打之前会害怕不安，但针头进去了她就淡定了。

聂亦的手法的确很轻，拔针也很利落，很快便告诉她可以回头了，然后将按压住针口的棉签递给她，让她自己动手按着。聂非非这才反应过来刚才聂亦并不是真的想找她聊天，只是看她转移注意力转移得不太成功，所以帮了点小忙。

聂亦处理掉针头、针筒和一次性手套，洗过手后回到座位上，打开了右手边的抽屉。

聂非非想他可能是要取她的病例本，就没再注意聂亦的动作，只低头看着自己的胳膊，试着将棉签松开，见还有一点洇血，又将棉签按了回去。抬头时发现聂亦坐回了她面前，手里拿着一根已经剥掉糖纸的棒棒糖。

聂非非看了一眼糖，又看了一眼聂亦："给我的？"但针口的按压时间还不够，她有些犯难，"可我没有手。"

"张口。"聂亦简洁道。

聂非非依言张口，棒棒糖进了她口中，是她喜欢的水蜜桃味。她一边吃着糖一边好奇，声音含含糊糊的："是你们实验室的女同事分给你的吗？"

聂亦没有正面回答，问她："为什么这么说？"

聂非非想了一下："我就是在想，"她说，"应该是你同事分给你吃，但你不吃糖，所以给我吃。"

聂亦示意她可以将棉签扔掉了，在帮她将衬衫袖子放下来时问她："为什么不能是我买的？"

聂非非耸肩："因为你不吃糖啊，你又不吃糖，为什么要买？"

聂亦点了点头："很好的逻辑。"他站起来打开了身后的柜子，将配好的药取出来，一边检查一边道，"Natasha 的女儿也怕打针，她说给她一支棒棒糖，事情会好办很多。"Natasha 是聂亦同实验室的女研究员。

聂非非这下子敏锐了："Natasha 的女儿几岁？"

聂亦回头笑了笑："四岁。"

聂非非："……"

有个女孩子站在窗外，朝一时不知该说什么，并且不知道该不该继续吃那支棒棒糖的聂非非挥手。聂亦看了一眼那女孩子，将装药丸的玻璃瓶递给聂非非："你朋友来找你了，去吧。"

来找聂非非的是去年 9 月，她初次来纽黑文治疗时认识的朋友康素萝。

康素萝和聂非非同龄，也是 S 市人，在 Y 校念大一，主攻文学。

聂非非和康素萝很玩得来。

这天她们去海边溜达了一圈，然后去附近看了场电影，接着找了家素食餐厅吃晚饭。

康素萝去卫生间时聂非非百无聊赖地打开了脸书，不巧又刷到了雍可刚贴上去的照片。

这一次是两张照片，构图仍然不够好。第一张照片里，聂亦站在一间开放式厨房的流理台前切水果；第二张照片入镜了一张榉木餐桌，餐桌上摆放了两只白瓷盘，盘中盛了两道菜，一道培根香煎蘑菇，一道芦笋虾仁。

聂非非没太关注这一次雍可给这两张照片的配文，只将右边的食物特写照放大了，看了一会儿，心想聂亦居然还会做菜，又想我也想吃培根煎蘑菇。

接着她返回到雍可的主页面，一一浏览了她最近贴出的照片，有些疑惑两人这个状态是在一起了还是没在一起。

不知什么时候从卫生间回来的康素萝凑过来陪她看了一阵，从包里摸了个酸奶出来，一边给酸奶插吸管一边发表意见："我觉得他们肯定没在一起。"

聂非非从手机上抬头："何以见得？"

康素萝咬着酸奶吸管："聂亦可是我们学校的风云人物，他要是 not available[①] 了，那大家都会知道的。再说，"康素萝将自己的手机解锁，翻到雍可的页面，将那些照片划拉着给聂非非看，"她虽然贴了很多聂亦的照片，但一张亲密照都没有，要是两个人在 date[②]，那一定会有亲密照的啦。"

---

① 非单身。
② 约会。

聂非非有些怀疑地看着康素萝。

康素萝强调："信我，我这学期选修了《行为心理学：肢体语言解读与心理分析》。这方面我是很懂的。"

聂非非按灭手机屏幕："好吧，信你。"说着拿过一旁的餐单开始翻看。

康素萝想了下："不过……"

聂非非从餐单上抬眼看她："什么？"

康素萝问："你是不是喜欢聂亦啊？"

聂非非顿了一下，没有否认。

康素萝微微皱起眉头："我觉得你最好不要想不开去喜欢聂亦吧，他这个人不太好搞。"

聂非非端起杯子，喝了口水："是吗？"

康素萝点头："学校里想追他的人一直很多，但他这个人对喜欢他的人，好像都很……"康素萝沉吟了两秒，想出了一个词语，"很无情。"

聂非非点了点头："我知道了。"但也不知道是在说"我知道了，我不会再喜欢聂亦"，还是在说"我知道他很无情了，但这没有关系，我依然喜欢他"。

康素萝大约也听出了这回答里的玄机，有些无奈又有些怜爱地看了她一眼："哎，你最好是知道了。"

正在这时侍者走了过来，两人开始点单，点完单后，谁也没有再继续那个喜欢聂亦的话题。

07.

2013 年 7 月 26 日，星期五，雨

聂非非并不知道雍可为什么会来酒店找她。

这次是她第四次来纽黑文治疗，每次来这儿治疗时她能碰到雍可一到两次，会面地点基本是在聂亦的实验室——雍可和谢仑来实验室找聂亦。

聂非非皱眉回想，除了第一次见面，聂亦将她介绍给两人时她同雍可彼此打了个招呼，之后几次见面，她俩好像连招呼也没怎么打过。

她们就是这样一个虽然认识但是完全不熟的关系，实在没理由私下里单独见面。况且雍可很不喜欢她。

聂非非算不上什么敏感的人，但每次见到雍可时，对方敌视的目光和戒备的肢体语言都在向她传达不喜欢的信息，实在让她不能忽视。

因此清晨9点，前台打电话来房间，说有一位自称她朋友的叫雍可的女士在大堂等她时，聂非非感到非常莫名其妙。

她们落座在大堂一角。侍者送上来咖啡和温水。

雍可喝了一口咖啡，然后将一只录音笔放在了两人之间的玻璃桌上。"来找你，是想给你听个东西。"她开门见山道，说着又将一副耳机放在录音笔旁边，挑了挑唇角，"要不要听听看？"

聂非非看了雍可两秒钟。"好啊。"她没什么所谓地点了一下头，从桌上拿起白色的耳机戴上。

轻微的电流声后，一阵嘈杂声紧随而来，但那嘈杂声并不具体，夹杂在一段不算静但也称不上十分喧闹的音乐里。聂非非反应了会儿，猜出来这或许是在某个酒吧里的一段录音。

耳机里一个男声响起来，清晰地、懒洋洋地："你对那个聂非非，好像很好啊。"

这个声音聂非非不太熟，但接着响起来的声音她就太熟悉了。"她是我的病人。"那声音回答。是聂亦。

不熟悉的男声戏谑："只是病人吗？"

聂亦没有立刻出声，仿佛过了两秒，还是三秒，聂非非听到他反问："不

325

然呢？"

录音戛然而止。

聂非非摘下耳机放在桌上，喝了口水，然后看向雍可："我不太明白你的意思。"

雍可收回录音笔放在手中把玩："Yee 他对你不错，不过因为你是他的病人，是一个令他满意的实验对象罢了。"说到这里她停了停，嗤笑了一声，"但我觉得你对 Yee 有点误会，所以来帮助你解除对他的误会。"

二十一二岁的女孩子，如同带刺的玫瑰初绽花蕾，稚嫩，美丽，却又高傲，咄咄逼人。用那样精致美丽的脸，那样恣意的态度，说那样倨傲的话，嘴角还刻意挑起一抹低视的笑，这真的很能打击人，很容易让人自卑，进而自伤。

不过聂非非不太容易被打击，她托着腮，用一种求知的语气，很诚恳地问坐在对面仿佛已掌控了全局的女孩："你和学长还没有在一起吗？"

笑意僵在了女孩的嘴角："你……"

聂非非耸了耸肩："你和简兮，你们真的很有趣。"

女孩握紧了录音笔，再没有方才的游刃有余，皱眉看着聂非非："你什么意思？"

聂非非看着窗外的雨："简兮也和我说过类似的话……也不太类似，反正差不多吧。"她收回视线，将目光重新放回雍可身上，好奇道，"你们是不是对每个出现在学长身边的女生都这么敌视，想方设法也要将她赶走？"

雍可脸上出现了一种心事被戳穿的难堪表情，有些慌乱地掩饰道："别胡说，我只是让你知道……"

聂非非打断她的话："我能理解你，"她笑了笑，"但这样真的不好看。"

雍可的嘴唇颤了颤，聂非非觉得她应该是被气的。这场对话已经没有必要再继续进行下去，她站了起来："我还有事，就不陪了。"

回房的途中，聂非非想，雍可应该是想用录音笔让她知难而退，可她又没有在追求聂亦，还能退到哪里去。她从来没有肖想很多，也对聂亦没什么误会。她的确看不出聂亦对她有什么特别之处，所以聂亦说她只是病人，她也没有失望；或许有一点"果然如此"的沮丧，但这种沮丧和一场阴雨带给她的沮丧，在程度上也差不太多；总之，不会让她很难过。

雍可和简兮想要的太多，所以如果聂亦喜欢的是其他人，或者聂亦只把她们看作病人，这两种情况都会让她们伤心。她们以己度人，觉得这样也会让聂非非伤心，然后死心。但聂非非要的实在是很少，她根本没想过要伤心；能以病人的名义被聂亦列在他的人际关系网里，她觉得这样也不错。

第二天，聂非非由她妈妈陪着，按照约定去了聂亦的实验室做这次治疗的最后一次检查。下午时报告出来了，各项数据都不错，这意味着明天她们就能按照计划离开纽黑文回 S 市了。

聂母去洗手间时，聂亦走进了会客室。他已经脱掉了白大褂，手里拿着手机和车钥匙，像是准备下班的样子。他坐下来问了聂非非明天的航班信息，得知是下午的时段后，又询问她和她妈妈今晚有没有别的安排。在聂非非摇头后，他说请她们吃晚餐，又问她想要吃什么。

会客室里是欧式的沙发，围成一个半圆，聂亦所坐的沙发和聂非非挨得很近。青年穿浅蓝色立领衬衫，米白色长裤和白底灰边的板鞋，这些色彩都很温柔清新，将他偏冷的气质中和了不少，看着像是个英俊又好说话的年轻人。聂非非被这种错觉迷惑，一时不慎，脱口而出："想吃芦笋虾仁和培根煎蘑菇。"

听到她脱口而出的两道菜名，聂亦难得地愣住了，但时间并不长，聂亦像是思索了一下，然后问她："你是不是有关注雍可的 Facebook？"

聂非非这才发现自己泄露了什么信息，瞬间感到难堪，但她装作若无其事，含糊地解释说："就是随便刷刷的时候刷到了那张照片，觉得那两道菜好像很好吃。"

聂亦仿佛认可了她的解释。"是去谢仑家过周末，随便做了两道。"他随后道，又说，"你要是想吃，下次你过来我做给你，但今天算了，今天还是去餐厅。"

聂非非不由自主问："为什么？"

聂亦像是困扰，又像是有点无奈地笑了："因为我的手艺还不够招待伯母。"

那笑让聂非非的心脏止不住狠跳了一下，心动得无法自己。

聂亦问她："怎么不说话。"

聂非非揉了一下脸，尝试着平息自己："我当时还以为你在雍可家。"

聂亦看着她："我没去过她家。"停了一下，道，"我和她只是朋友。"又补充了一句，"最普通的那种。"

聂非非听懂了，聂亦的意思是他和雍可只是普通朋友。那就是他们没有在一起，这和康素萝的分析，和她的猜测都合上了。

聂亦表达的信息似乎足够清楚了，但又好像有点模糊。聂非非很快便找出了模糊的部分，但这不是聂亦的问题，她想。她很想知道他和雍可以后会不会在一起，会不会变成不普通的朋友。但她也立刻意识到了这个问题的不礼貌和不得体，因此她没有问出来，只在聂亦凝视着她的目光中点了点头："哦，原来是这样。"

聂非非不想再继续这个让她的心情莫名沉重的话题，主动将对话移回到了晚餐上："那我们吃什么呢？"她问。

聂亦按开手机，打开一个应用，输入聂非非的饮食禁忌，对餐厅做了定向筛选，然后将手机递给她，让她从筛选后的结果里进行挑选："你来选吧。"

聂非非选了家夜景很好的餐厅，因为她妈妈郑丹墀女士是个诗人，浪漫了一辈子，在外用餐时，比起食物的口味，永远更注重餐厅的环境和氛围。

晚餐吃了两个小时。

这次的治疗很顺利，聂非非的各项数据也很好，郑女士很高兴，她喝了一点酒，变得很有谈兴。聂非非从洗手间出来时，正听到她妈妈在和聂亦说她小时候的事。

"她小时候很调皮，刚学会走路不久，就拎着个小水枪追家里的小松狮。四岁的时候，还偷拿酒店里的装饰花去……"

聂非非悄悄走过来，出其不意地将手搭在她妈妈肩上："郑女士，你又背地里说我坏话。"

她妈妈被她吓一跳，嗔怪地拍了一下她的手，待她坐回到她旁边后，转移了话题，开始聊她们前几天在附近看的一个装置艺术展。

大概 9 点时三人结束了晚餐。

郑女士要去附近见一个朋友，请聂亦先将聂非非送回酒店。

酒店是度假村式，聂亦将车停在停车场，陪聂非非步行前往她所住的楼栋。那段路并不长。聂亦在楼栋前的路灯旁停住了脚步，和聂非非说晚安，说会看着她上楼。

聂非非"嗯"了一声，往前走了几步，但快要到玻璃门前时她又转身跑了回来，重新站到聂亦跟前，有些气息不匀地轻声道："学长，我有一个问题想要问你。"

聂亦像是有点惊讶，问她："什么问题？"

夜很静，路灯昏黄，空气里有很浓郁的夏日花香。

聂非非仰起头来，很认真地看着聂亦："学长，我觉得你对我很好。"

聂亦笑了笑，像是赞同她的说法："是对你很好。"

聂非非的心一下子跳得很快，但她没有迷失，仍然记得自己想问的问题。

"是因为我是你的病人吗？"她问。

她自认为自己咬字清楚，但聂亦却像是没有听清她这个问题，肉眼可辨地怔了一下，然后问她："什么？"

她穿的这条短裙有很长的荷叶袖，她将手指藏在袖中，拇指与食指控制不住地来回摩挲袖缘。"我是说，"说出这三个字后她顿了下，做了一点修正，

"我是想问，"她仰着头，迎着他的目光，"你对我好，是因为我是你的病人吗？"

在她问完整个问题后，聂亦朝她走近了一步。他们本来就离得挺近的，已超过了正常的社交距离，这下就更近了。真的是很近。

聂非非不记得他们曾靠得这么近过，近得聂亦身上淡淡的刺柏香呼吸可闻。她觉得靠这么近好像不太好，本能地便要后退，但刚要迈出腿，聂亦突然抬起了手。那只手落在她的头顶，揉了揉。聂亦应该是俯下了身同她说话，因为那声音也很近。

很近，同时也很轻。聂亦对她说："因为你是个很乖的病人。"

聂非非愣住了。

在她不解地抬头时，聂亦主动退后了一步，看着她，眼睛里有笑意："回去吧，早点休息。"

聂非非再次心跳过速，但她面上装得很镇定："好的。"她点头，"学长开车小心，注意安全。"

聂非非今晚之所以会问那个问题，只是临时起意。其实大体上她已经接受了聂亦只把她看作一个病人，一个有点珍贵的实验对象，并且觉得这样的关系也不错，也可以。但当聂亦请她和妈妈吃饭，一吃就是两个小时，还礼貌且耐心地陪她妈妈聊天，这似乎又有点超过普通的医患关系。她有点迷糊，所以鼓起了勇气求证。

她得到了一个答案，但这个答案却不太容易理解，拥有一些似是而非的含义。

回房间的路上，聂非非脑子里不停地回放聂亦的那句话——"因为你是个很乖的病人。"她觉得这既可以理解为聂亦在说"你说得没错，我对你好的确是因为你是我的病人"，又可以理解为他是在否定。聂非非第一次感受到汉语竟是如此复杂的一门语言，一个简单的句子居然会有两种截然不同的解读方向。

很乖的病人，和病人，区别到底在哪里？

聂亦的话和动作让聂非非琢磨不透。但既然两人已告了别，她也没有尝试再问他。因为她对自己说，这不重要。只是在偶尔的回忆中，聂非非会有些本能地觉得，那句话好像是甜的，又好像含着一点青涩的苦味。

08.

2013 年 9 月 29 日，星期日，晴

聂非非觉得康素萝是个很善良的朋友。这个善良的朋友知道喜欢聂亦的女孩子太多，暗恋聂亦会很辛苦，因此会为她着想，劝她不要喜欢，又为了不使她陷太深，在知晓她在国内交了男友前，从没在她面前再提起过聂亦。

也就是最近，大概觉得她已有了男友，应该的确放下了聂亦，康素萝才解除了警报，聊天时偶尔会向她透露一点聂亦的消息。

聂亦又有了什么重要的研究，又发表了什么厉害的论文，上个月去参加了什么学术会议，会议上发表的那篇报告引起了怎样的轰动，业界如何评价他的天才……康素萝这些只言片语的八卦消息依然会让聂非非非常心动。

只是聂非非很明白她和聂亦没可能。

大约两个月前，她从纽黑文回来后不久，在数不清第几次想起聂亦那句"因为你是个很乖的病人"的话后，聂非非去了一个私密性不错的情感论坛发了求助帖，想要借助网友的智慧，解密那句话的意思。结果百分之八十七点三的网友认为，透过这句话可以看出对方只是把她当小孩看，不太看好他们之间有继续发展的可能，劝她算了。这结果和聂非非的预想没差太多。

然后聂非非记起来简旻说聂亦知道她喜欢他，便开始疏远她；又记起来康素罗说喜欢聂亦的女孩子们前赴后继，但聂亦对她们都很无情。

她想，可能聂亦对身边的人都有一个定位，要想顺利地待在他的身边，便必须接受他给他们的定位，简兮就是不满意妹妹这个定位，才被他疏远。而她，她不求离聂亦更近，但也不想被疏远。既然聂亦给她的定位是病人，那她就安于这个身份，好好扮演病人这个角色吧。这不是很难的事。

做出这个决定没有让聂非非高兴，但也没有让她难过或伤心，所以也不存在她因此才自暴自弃去交了男朋友。虽然她交男朋友的确是在那之后不久。

起因是郑丹墀女士去参加了个现代诗沙龙。不知为何一个诗歌沙龙最后主题居然走向了家有儿女，郑女士才知道诗友们十八九的孩子们基本都谈恋爱了。郑女士回想聂非非，长到十九岁，生活里除了学习就是摄影，连交朋友的时间都少，更不要说交男朋友，瞬间感到了忧虑。忧虑之后，郑女士觉得，是时候改变一下聂非非的社交状态，让她去交个男朋友了。但指望聂非非主动去交男友不太现实，郑女士便一力包办，介绍了朋友的儿子让她去相亲。

郑女士朋友的儿子叫阮奕岑，也念 S 大，比聂非非高两级，主修商科，辅修珠宝设计。相亲前聂非非就认识他——两人都参加了 S 大的水下摄影俱乐部，属于虽然没怎么说过话、但彼此都知道有对方这么个人物存在的关系。

阮奕岑是个富二代，长得又好看，是水下摄影俱乐部的女生们常议论的校园男神。聂非非也听过几耳朵关于阮奕岑的议论。女生们说他酷，文身，骑重型机车，商科虽然念得一塌糊涂，但那是因为他不喜欢，喜欢的科目他就念得很好，在珠宝设计上的才华有目共睹。

那天，聂非非其实是抱着完成任务的心态去相亲的。她觉得阮奕岑也是。那顿饭也很神奇，并没有安排在什么浪漫的适合聊天的场所，而是在一个连包间都没有的中餐厅。阮亦岑点了一桌子川菜，聂非非每一道都爱吃，两人打了个招呼就开始吃饭，全程没什么话，都吃得很专心，饭吃得差不多就散了。

聂非非不觉得这场相亲会有戏，因此相完亲她就回了学校，去社团暗房冲洗前几天拍的一套风景照去了。干完活回到家，她已经把相亲这事忘得差不多，但郑女士非常高兴地候在客厅，告诉她阮奕岑对她很满意，觉得可以相处下去，问她有什么意见。聂非非愣了，对此感到非常不解。

第二天聂非非在学校碰到了阮奕岑，很直率地问他为什么觉得他们可以相处下去。阮奕岑也很直率，说他父母只想让他和他们认可的女生交往，他也不耐烦继续和他们较劲了，他和聂非非至少吃饭可以吃到一起，所以他觉得他们可以试着交往；又再次和她提议，如果她不讨厌他，不如试着和他相处看看。

吃饭的确很重要，聂非非也的确不讨厌阮奕岑，甚至非常欣赏他的长相。聂非非考虑了两天，两天后她回复了阮奕岑，说可以。

聂非非和阮奕岑的相处很简单，基本上就是临近饭点那堂课，要么阮亦岑去找她，要么她去找阮亦岑，然后下课后两人一起找地方吃饭去。

其实比起男女朋友来，聂非非觉得她和阮奕岑更像是饭搭子，但大家都觉得他们是男女朋友，那就算是吧。或许在别人眼中，饭搭子模式也是男女朋友的一种正常相处模式。

是饭搭子还是男女朋友，聂非非没有太大所谓，看阮奕岑的样子，好像也没有太大所谓。从这个角度衡量，聂非非觉得她和阮奕岑倒的确是很相配。

09.

2013 年 10 月 9 日，星期三，多云

*Fine Art Collection*① 是 A 国一本很老派的艺术杂志，每年都会举办一些有趣的线下艺术赛事。今年他们举办的比赛，对参赛作品的形式和主题没

————
① 艺术藏品。

有明确规定，只要求参赛者们提交的作品必须是"a blend of Photography and Painting"，即体现摄影和绘画的融合——这是章程上的原话。

治疗之故，聂非非这一年都不能潜水，因此没出什么水下摄影的好片子。但她也没有浪费时光，转而去研究了人物摄影，沉迷于对油画风格人物照的探索，也拍了不少东西，其中最好的一幅是以康素萝为模特的半身像作品。聂非非将那幅照片寄给了 *Fine Art Collection* 的组委会参赛，今天杂志社公布了获奖名单，她拿到了 FAC Student Prize① 的金奖。

康素萝打电话来通知聂非非这个好消息，又不好意思地说她其实忘了今天比赛结果会出来，还是刚才在中央广场碰到聂亦时从他那里得知的。

"我去那里买咖啡，"康素萝说，"我先看到他，和他打了招呼，他就帮我也买了杯咖啡，递给我时问我，'聂非非还喜欢拍人物照？'我一时没反应过来，他就提醒了我一下，说看到 FAC 的网站上刊登了你拍我的那幅获奖作品。"

可视电话里康素萝拆了包薯片："我听到这个消息特别高兴，他好像也不急着走，我就和他聊了会儿。我说你因为没法下水所以这一年都在拍人物，拍了很多，但拍我拍得最好，你是个天才。他说你的确是个天才。然后 Alisa 过来叫他，我们就结束了对话，他和 Alisa 一道回学校了。"

聂非非搅拌着杯子里的热牛奶，问康素萝："Alisa 又是谁？"

看来康素萝现在是真的很放心她了，告诉她 Alisa 是聂亦的新助理，据传是聂亦博士时期导师的千金；还附带告诉她雍可和 Alisa 极不对付，上个星期雍可她们姐妹会在学校附近一个餐厅聚会，正巧 Alisa 也在那儿用餐，雍可差点和 Alisa 打起来。

康素萝咔嚓咔嚓咬着薯片："我猜多半是为了聂亦争风吃醋。"说完欣慰地看着她，"所以你能迷途知返我真的很开心。聂博士他的确很好，但喜

① 《艺术藏品》摄影赛学生组。

欢他的人未免也太多了。"康素萝耸肩，"看上聂博士这样的人，可能势必得一辈子为他在情场战斗，就像雍可那样，那真的很累，也容易失去自我，我是不希望非非你那样的。"

牛奶晾凉了，聂非非喝完了牛奶，告诉康素萝："我不会那样的。不过，"她像是闲聊似的问康素萝，"学长和那个 Alisa 关系很好吗？"

康素萝摇头："这就不知道了，"她将薯片袋放到一旁，欠身给自己拿了瓶水："不过助理嘛，跟在聂亦身边的时间肯定很多了。"

在康素萝喝水时她那边的门铃响了起来，聂非非便主动和她说了回聊，两人结束了通话。

尽管喝了牛奶，但这天晚上聂非非仍有一点轻微失眠。12 点时她起来吃了一颗褪黑素，在 1 点左右得以入睡。早上醒来打开手机，便看到康素萝半夜时分给她的留言。她说她将聂非非那幅获奖照片贴在了自己的脸书上，得到了很多评论和赞，她很高兴，但也有一件奇怪的事。"Alisa 居然关注了我，"康素萝留言道，"还给我私信，问我早上和聂亦谈的是不是就是这幅照片，又说她也很喜欢这幅照片，觉得摄影师的确很天才，问我有没有你的 FB 账号，想要关注，我还没回复她。"

Alisa 到底是因为她作品的缘故想要关注她，还是因为聂亦的缘故想要关注她，聂非非不清楚，也不是很在乎。她的 FB 账号叫 Tangled Rapunzel[①]，用了她最喜欢的迪士尼公主的名字，基本上没发过什么动态，FB 十级玩家也难以将这个号找出来同她本人对号入座。聂非非正在想怎么回康素萝，微信又响了一声，点开一看，却是聂亦发来的信息。

聂非非一边喝着水一边看聂亦发给她的信息。

聂亦给聂非非发信息不是罕见的事，自她 7 月底从纽黑文回来，这两个半月他们一直保持着一个星期联系一次的频率。每次聊得不多，聂亦会问她

---

① 长发公主乐佩。

335

身体怎么样，作息是否正常，饮食规律不规律，有没有注意营养。聂非非觉得可能是因为治疗已到了最后阶段，聂亦比以往更需要及时了解她的身体状况，以便灵活调整后续的治疗和康复计划。

聂亦发过来的是 *Fine Art Collection* 在杂志网站上公布的获奖名单，她的名字被圈了出来，聂亦对她说了恭喜，又说没想到她拍人物也这么有灵气。

聂非非的唇角不自觉地上翘。她看了眼时间，今天她睡了个懒觉，纽黑文此时已是深夜。她想聂亦应该是忙了一整天，终于空了下来。她很认真地看着聊天界面里聂亦称赞她有灵气那句话，唇角又止不住地弯了弯，打字回复："谢谢，怎么这么晚还没睡？"临要发送，却觉得这口吻好似有点太过亲密，想了一下，她删掉了那句话，又重新打字："谢谢学长，听我妈说学长月底要回 S 城给我做最后一次治疗是吗？"然后按了发送。

聂亦很快回了过来："对，27 号的飞机，我会提前和你妈妈定好你的治疗时间。"

照理也没有什么别的可说了，聂非非规规矩矩地打出："好的，学长晚安。"还没来得及发送，聂亦却又发过来一条信息："康素萝说你这一年拍了很多人物照。"

聂非非并不是不会聊天，相反，她是个很会聊天的人，因此她立刻回道："是呀，学长想要看吗？"

聂亦说嗯。

聂非非让他等一等，然后端着水杯去到书房，打开电脑，认真挑选了十来张照片传了过去。

聂亦很快发来一条语音。聂非非将听筒放在耳边，便听到他低声问："连 Natasha 都拍了，为什么没拍我？"

聂非非握着水杯的那只手抖了一下。她其实是拍过聂亦的，不过是偷拍。她放下水杯，操纵着鼠标键打开了一个加密文件夹。文件夹里只存了几张照片，聂非非的目光停落在那些照片上。有一瞬间她想实话实说："我其实偷偷拍过你。"想挑选一张照片假装若无其事地传给聂亦。但她立刻预感到了这样做的后果。因此她只是很深地呼吸了一下，然后关掉文件夹，对着手机撒谎："是没有拍过学长，因为我想学长应该不会有空给我当模特。"

聂亦再次发过来一条语音，他的声音里像是含着一点笑："你没有问过，怎么知道我没空。"停顿了一下，又说，"你现在可以问。"

聂非非握紧了水杯，她喝了一口水，明明只是常温的白水，她却从中喝出了一点酸甜之味。她再次回放了一遍那条语音。聂亦的话好像很普通，但又似乎含着一点格外的含义……在放飞妄想之前聂非非记起了那个百分之八十七点三的数字，那个数字非常有用，让她立刻停止了妄想。她觉得她像是一个旅人，在沙漠中看到了一片肥沃的、美丽的、鲜花盛开的沼田。但因为那沼田离她太远，她不清楚它们到底是真的还是只是一幕海市蜃景。但她也不想去求证，因为她不愿意承受失去。

保持现状就好，她不想要失去。聂非非静了许久，打出了一段话："可是学长太帅了，请你做模特，我男朋友就要吃醋了。"为了不使这句话显得突兀和生硬，她在后面加了一个兔斯基跳舞的表情。在兔斯基的加持之下，整段话看起来的确生动了许多，像是一句正常的玩笑话，虽然隐藏的信息很是惊人。

聂非非面无表情地把这句话发送了过去。

她等了十分钟，没有等到聂亦的回复。保姆来敲门，说在餐厅给她准备了早午餐。聂非非后知后觉感到了一点饥饿，便跟着保姆下了楼。

聂非非在餐桌前坐了一个小时，但她没有吃太多。她一直在想，最后回给聂亦的那句话是不是不够得体。聂亦可能只是因为喜欢她的人物像，所以提议给她做模特，她所感知到的他话语中的温柔和亲密，应该也只是她的错觉。

她不是不想要聂亦做她的模特，但摄影是一件需要动感情的事。业界评价她的作品情感丰沛，充满灵气，是因她拍摄每一幅作品时都是全身心投入，会无法自控地、极为放肆地在其中挥洒感情。

她怕一旦正视她的镜头，聂亦会看出她的真心。

可她或许真的不该用男友会吃醋这个理由来婉拒聂亦的提议，这大概会让他误会她很不专业，对她失望。

但她要怎么解释呢？

她无法解释。

到晚上，聂非非才收到聂亦的回信。他向她道歉，说昨晚太困了，不小心睡着了。聂亦表现得非常正常，淡然，得体，让聂非非因为曾妄想他做她模特的提议别有含义，而感到了深深的羞愧。

10.

2013 年 10 月 24 日，星期四，晴

布光的时候，聂非非注意到傅婧看着她有些欲言又止。傅婧是她的新模特，文学院新评出的院花，长一双狐狸一样的眼，眼梢翘得不明显，却带着媚意，偏偏脸又很清纯，这巨大的矛盾给了聂非非无穷灵感，是她最近的缪斯。

聂非非一边调整着柔光箱的位置一边问傅婧怎么了。傅婧踌躇了半晌，才有些小心地问她："学姐，你和阮学长是不是分手了啊？"

聂非非愣了一下。最近她忙，的确没和阮奕岑见面，中间有发过几次短信说中午不去找他吃饭了，阮奕岑没回。不过这种短信只是起一个告知作用，对方回不回并不重要，所以聂非非也没当回事。聂非非停下了手中的动作，问傅婧："为什么这么问？"

傅婧将自己的手机递给聂非非："这几天学校论坛上一直在说。"

聂非非接过手机，一眼看到打开的那张帖子加大加粗的标题《校草校花情变？校草移情珠宝设计系系花？》，帖子的主楼里没配文字，仅配了两张照片，主角是阮奕岑和一个聂非非没见过的清纯美女。一张照片是在某个清吧的卡座，女孩靠近阮奕岑微仰着头和他说话，一只手像是把玩着他的袖扣；另一张照片是在学校的停车场，阮奕岑站在车旁，女孩打开了他座驾副驾驶的车门。从两张照片传递出的信息来看，阮奕岑和这女孩的关系的确不一般。

聂非非又顺手划拉了一下帖子，浏览了会儿下面的评论。原来女孩叫伍思。帖子第一页的评论大多还是质疑伍思插足她和阮奕岑的感情，但第二页却出现了一个匿名爆料，爆料中说她和阮奕岑其实是相亲后奉父母之命在一起，阮奕岑对她并无感情，和伍思才是真爱。这个爆料之后，评论便转了风向，有的说难怪看她和阮奕岑在一起没有什么CP感，阮奕岑对她也很冷淡，原来是被父母所迫。有的说细看伍思其实比她更漂亮，和阮奕岑之间的氛围也确实很甜。有的说她堂堂一个校花居然输给一个系花，真的丢脸……

聂非非将手机交还给傅婧。傅婧有些忐忑地看着她："学姐，他们应该是在乱说吧，你和阮学长要不要去澄清一下？"

聂非非皱了一下眉，但只皱了一下："谁知道呢。"她说，"我回头去问问阮奕岑是怎么回事。"

傅婧将手机收进小包里，她看向面前继续调整柔光箱的聂非非。女孩脸上没什么表情，看不出对那张帖子是否在意，虽然她本该非常在意的。但这种态度才该是聂非非，傅婧想，这也是聂非非的洒脱所在。

傅婧其实认识伍思，在她看来伍思根本无法与聂非非相提并论。聂非非总是知道自己想要什么，又是那样才华横溢，她的魅力从来不在于她长得有多好看，而在于她极为独立自主的人格。所以傅婧对那张帖子里的评论感到不屑，并且根本不认为阮奕岑会看上伍思，但她的确对主楼的两张照片感到疑惑。

布好光的聂非非看向走神的傅婧："别发呆了，拿出你最好的状态来，咱们今天争取出一套好片。"

傅婧回过神来，赶紧点头。

拍摄结束送走傅婧，又将器材都整理完毕，聂非非将帖子的链接发给了阮奕岑，问他什么时候有空，他们聊聊。

傅婧把帖子给她看时，聂非非是惊讶的，照理说，她还应该感到生气和愤懑。但除了惊讶聂非非并没有什么别的感觉。

那两张照片中，女孩和阮奕岑的肢体互动比她和阮奕岑之间亲密很多。聂非非认为那些评论分析得没错，阮奕岑应该是真的喜欢那女孩。可这事并没有在聂非非的心湖上激起什么涟漪。

算起来她和阮奕岑的确交往了一段时日，但除了一起吃饭，两人之间并无进展。她想她可能真的从来没有将阮奕岑当过男朋友，所以看到那帖子才会那样平静，且想的也不是去质问阮奕岑，而是找他谈谈他们是不是应该顺势结束这段儿戏般的交往。

发出消息后聂非非等了很长时间，阮奕岑也没有回复她。不过她也没太着急处理这件事，只想着什么时候碰到阮奕岑再说不迟；结果也是很巧，当天下午，竟在学校食堂碰到了阮奕岑。

S 大食堂分三层，一二层是普通学生教工食堂，三层是可供点餐的餐厅。

7 点半，正是饭点，餐厅里人不少，阮奕岑和照片中的女孩临窗而坐。阮奕岑有一搭没一搭地翻着手机，女孩微微倾身和他说着什么，带笑的侧颜倒是蛮甜。

聂非非走向二人时，伴随着一阵微妙的窃窃私语，许多人朝她望去，不过她没有在意，径直走到了阮奕岑和那女孩的桌旁，自然地拉开紧挨着走道的椅子，坐下来看向阮奕岑："有空谈谈吗？"

阮奕岑没有抬头，目光放在手机屏幕上，懒懒回她："谈什么？"

聂非非看了一眼坐在右侧的女孩，女孩两只手都放在餐桌上，捧握着一杯水，手指用力地扣住杯壁，动作僵硬而局促。阮奕岑突然伸手搭了一下女孩的手背，又握了握，仿佛在给女孩安慰。女孩像是一下子被灌注了勇气，放松下来，对着阮奕岑笑了一下。

聂非非将两人的互动看在眼中："所以那帖子说的是真的了？"她问。

本来问的是阮奕岑，却是那女孩勇敢地直视着她回答："我是真心喜欢奕岑的。"

聂非非看向阮奕岑："那你呢？"

阮奕岑仍垂着眼帘，笑了一下，笑容中似含着嘲讽："我怎么样，重要吗？"

聂非非不太能理解阮奕岑的话，皱眉想了一会儿，觉得这句话可能可以理解为"我没有什么好恶，谁更喜欢我，我就更愿意和谁在一起"。结合她坐下来后阮奕岑待她和面前女孩的态度，聂非非觉得自己翻译得挺靠谱。她点了点头："好，我懂了，"站起来将椅子还回去，耸了耸肩，"那从这一刻起就算我们分手了，回头你和岑阿姨说一声，我也会告诉我妈的。"

阮奕岑猛地抬起头来，聂非非本以为自己这么上道他应该是高兴的，但似乎不是这样。阮奕岑目光愤怒，几乎是钉在她身上："我早该明白你会是这个态度，聂非非，我就不该对你抱有什么期望！"

聂非非搞不懂阮奕岑的愤怒从何而来，那一瞬间她甚至感到有点荒谬，如果他们之间非得有一个人生气、愤怒，更有资格的那个人难道不该是她吗？她一向直接，这么想，也就这么问了出来："我该怎么做才能满足你的期望，这样还不够？你对我有什么期望？"

阮奕岑没有立刻回答。周围的人好像都在议论他们，议论得很小声。不过也有人注意别的地方，发出惊叹："咦，那人是谁，好帅！"混杂在嗡嗡的餐厅背景音里，倒也不突兀，只是引人好奇。但聂非非此时没有精力好奇，她被阮奕岑毫无道理的愤怒引出了火来，目光凌厉地注视着阮奕岑，等着他给她一个答案。

阮奕岑和她对视了一会儿，像是很失望："你是真的不懂……"

阮奕岑的话还没说完，右前方突然传来一声"非非"。阮奕岑闭了嘴，看向声音来处，聂非非也看了过去。然后聂非非就明白了刚才她听到的那声惊叹叹的是谁了。那一刻，关于阮奕岑，阮奕岑那奇怪的态度和那些令人生气的话，所有的一切，聂非非全忘了，只能看到站在两张餐桌开外的英俊高大的青年。青年穿墨绿麂皮短夹克，黑长裤，黑色马丁靴，衬着一米八八的身高，帅气得令人挪不开目光。

在聂亦走近的五秒内，聂非非不复冷淡凌厉，周身气势都卸了下来，有些愣怔地叫了一声："学长。"待聂亦走到了她面前，她才回过神，但目光中仍含着不可置信，还有刻意隐藏后变得不易察觉的惊喜，但她稳住了声音，"学长怎么会在这里？"

"和你们学校有点合作。"聂亦回答她。

聂非非不知道聂亦到底是什么时候出现的，她望了一眼他来的方向，看到几位校领导在那边站着，有两个人探究地看着他们，剩下的两三个人彼此交谈着什么。他们身后两米处是一个包厢。包厢门口的视野很好，走出来就能看到她所在的地方。

聂非非就明白了，聂亦至少看到了她站起来后和阮奕岑发生的争执，但他表现得像是并不认为她和旁边桌的一男一女有什么关系似的，只是走过来很自然地和她说话，一眼也没有看过阮奕岑。

走道很窄，当一个端餐盘的同学从他们身边走过时，聂亦握住了她的手臂将她护在了走道内侧。他们的距离过近了，他也像是浑然不觉，只低着头问她："吃过晚饭了？"

他的手还没有放开，她呆呆地："还没有。"

他放开了她的手臂，低声："那去一楼等我，我和你们老师告一下别，待会儿带你出去吃饭。"

她有些懵懂："可你不是刚下饭局吗？"

他笑了笑："你也知道是饭局了，饭局上能吃什么东西。"

聂亦在一个原本不可能的时间、不可能的地点，出现在了自己面前，这件事让聂非非有些晕晕乎乎。她记得聂亦说过他是 27 号的飞机，可今天才 24 号。不过聂非非也没有深究，因为无论如何，这都是一个惊喜。

为了使自己看上去正常得体，在和聂亦交谈的三分钟里，聂非非一心专注于克制感情，既看不见周围的人，也听不见周围的声音。直到聂亦短暂离开，她才像是终于回到了正常世界，耳中渐渐涌入一些窃窃的议论。

"所以校花和校草果然是为了糊弄父母才假装在一起，其实各有所爱？"

"你有没有觉得，校花对着校草冷冰冰的，可对着那人表情一下就软了下来？"

"哎那人是谁啊，应该不是我们学校的吧？"

"聂亦聂大神你们都不认识的吗？我们每个学生物的学生崇拜的神啊！智商超高的天才，十六岁就去了 Y 校读博士，L 实验室最年轻的研究员……就是没想到他和校花……"

"对了我好像听到校花叫他学长，是不是和校花同所高中？"

显然，在这些议论中，聂亦也成了这桩桃色事件里的一个重要角色。聂非非对聂亦感到了抱歉，但也不是太抱歉，因为她想毕竟是聂亦主动过来找她说话才导致了这样的结果。同时她也记起了方才她和阮奕岑的小小争执。

她将目光移向了阮奕岑，才发现他神色冰冷，嘴唇抿得平直，也正看着她，而他身旁的女孩不知为何重新变得局促了起来。

聂非非收回了目光，她此时已不再好奇阮奕岑先前生气的缘由以及他对她到底有什么期望，她只记得聂亦说让她去楼下等会儿。她没再和阮奕岑说一句话，很利落地转身下楼了。

食堂门口不是等人的地方，聂非非多走了几步路，去到前面的草坪处，站在一棵棕榈树下。她给聂亦发了信息，描述了自己的位置，然后打了会儿消消乐。

聂亦过来时她刚好打完卡了很久的一关。聂亦给她买了瓶酸奶，递给她时似是随意地问了一句："刚才坐在旁边桌的那个穿黑色开衫的男生，就是你的男朋友？"

聂非非拆吸管的手顿了顿，含糊地嗯了一声："你看到了啊。"

聂亦静了一会儿，问她："你的择偶标准，不是要对方长得好看，聪明，有钱，爱你，性格好，还忠贞吗？"

聂非非刚喝上第一口酸奶，闻言呛了一下。"学长，"她尴尬地抿了一下唇，"我应该没有和你聊过我的择偶标准吧……"

聂亦不置可否："那你的标准是这些吗？"

聂非非从来没有想过什么择偶标准，她只喜欢过聂亦，所以非要说她有什么标准，那她的标准就是聂亦。聂亦是她的唯一标准，是她无法实现的妄想，是她字典里喜欢这两个字的代名词。但这是无法说出口的事，她就又含糊地嗯了一声："可能是吧。"

聂亦看了她一眼："但你的男朋友，好像不够忠贞。"

聂非非再次呛了一下："他其实……"她想说阮奕岑和那女孩的事算不上对自己不忠贞，因为她和阮奕岑的交往本来就很儿戏。但刚开口她就反应过来，一旦这样说了，就还得解释当初她为什么会答应阮奕岑开始一场如此儿戏的交往。她就选择了闭嘴，换了一套言辞："我们只是……有点误会。"

聂亦声音很淡："所以你还打算和他在一起？"顿了一下，问，"很喜欢他？"

不知为何，明明是平静的话，聂非非却从中听出了一点怒意，她好奇地抬起头来，目光落在聂亦的脸上。但聂亦的表情很正常，不像在生气，她就放下了那一点奇怪的感觉，只想着该怎么回答他的问题。

聂亦却误将她的思考当作了默认。"很喜欢。"他重复了这三个字，这一次不再是疑问，他皱眉看着她，"喜欢他什么？"

聂亦很难得连着问她问题，其实问得也不算急，但却让聂非非感到了压力。她根本不喜欢阮奕岑，完全不知道该如何作答。但聂亦的神色那样认真，像是在研究什么重要的科学命题，不给他一个答案，他就还有无穷无尽的问题等着她。聂非非张了张口，最后道："我们口味相似，吃饭能吃到一块儿去。"

她胡说八道出的答案让聂亦怔住了，良久，他问她："只是这样？"

聂非非点了点头："嗯，只是这样。"

路灯之下，聂亦安静地看着她，突然笑了一下："非非，那不是喜欢。"他这样淡淡一笑，他们之间方才让聂非非感到压迫的那种氛围瞬间便消失了。"那不是喜欢。"他又说了一次，"再长大一点，你就会懂。"

聂非非轻轻呼了一口气。再长大一点。她又想起了那个百分之八十七点三的数字。它就像是一根牛毛一样细的针，很轻地扎进她的心底，有一点疼，不过也只是一瞬间的疼。待那疼痛消失之后，她开玩笑似的问："我已经十九岁了，学长还觉得我没有长大吗？"

聂亦垂眸看她："因为和对方口味相似，吃饭能吃到一块儿去，就答应做对方的女朋友，你觉得这样算是长大了，成熟了吗？"

聂非非想不出反驳的话。

聂亦放缓了语气："明天就去和对方说清楚。"

聂非非点了点头，心想，不用等明天，刚才就已经说得很清楚了。

聂亦抬起手来揉了下她的发顶，像是对小孩子的奖励。聂非非抗拒聂亦将她当小孩，可她不抗拒聂亦对她的碰触，无论是何种形式的碰触。并且这种碰触突然启发了她：当孩子也有当孩子的好处，若她在他眼中只是一个不成熟的孩子，是否主动碰触他便不会显得怪异，是可以被允许的？

聂非非被这种想法所激励，突然握住了聂亦的手臂："学长，我想抱一下你。"不等聂亦反应，她已踮脚抱住了他。她也不知道为何自己突然就有了这样的勇气，可能这样的机会实在难得一遇。她搂住聂亦的腰，假装这只是一个感激的拥抱，但她毕竟是贪心的，没有意识到一个感激的拥抱并不需要她将脸贴近对方的胸口。

她枕着聂亦的胸口轻声说："谢谢你。"

聂亦在她抱上来时僵了一下，但他没有推开她，并且在她道完谢后，在那个拥抱已经显得过长时，他依然没有推开她，只是低头看着她的发顶："谢我什么？"

她早已想好了借口："谢你帮我解决了感情问题。学长你真的很可靠。"

她偷偷抱了他三十秒，自以为神不知鬼不觉，并且感到非常满足，正准备放开他，却感到他抬起了手来，下一刻他回抱住了她。她不受控制地和他贴在了一起，是比刚才更近、更亲密的相拥。

聂非非愣住了，轻声喃喃："学长……"

聂亦在她头顶低声："你可以一直依靠我。"

聂非非想要问聂亦，一直依靠是什么意思？可那样是不是就太刻意了？她又在期待什么呢？聂非非忍住了自己不去探析。

在那一盏路灯之下，她和聂亦拥抱了很久。最后她想，可能是为了安慰她，所以聂亦一直没有推开她，又可能觉得她是小孩，所以一味纵容她。那在他面前当个小孩，也没有什么不好。虽然会感到心酸，但她可以一直用小孩这个安全的身份，从他那里偷取一点亲近和关怀。

在名为聂亦的汪洋大海里，聂非非陷得越来越深，她不是没有察觉到危险，可这片海域太过迷人，她无法自控。

11.

2013 年 11 月 5 日，星期二，多云

聂非非在 11 月初完成了最后一次治疗，之后她在聂亦家的研究院住了三天，那里有一个专门为她准备的病房。第三天时她的检查报告出来，数据比上一次还要好，之前偏离最大的一个数值也恢复了正常值。

聂亦说基本可以确定她的基因已经修复，但谨慎起见，最好再观察随访

半年。

聂非非的父母非常高兴，她妈妈甚至哭了出来。后来她爸爸陪她妈妈去休息室补妆，研究室里只剩下她和聂亦两个人。

聂亦看了她一会儿，问她为什么不高兴。

聂非非不觉得自己不高兴，她想，她顶多只是有点落寞，因为病好就意味着她不太可能再有机会同聂亦规律地见面。他在纽黑文，她在S城，他们原本就相隔了一个太平洋，全靠着她的病他们才能两三月见一次。

她以为她把这种落寞的情绪隐藏得很好，没想到聂亦竟看了出来，这多少让她有点惊讶，和紧张。她立刻否认了，努力地笑了一下，假装自己情绪积极："我没有不高兴。我只是在想，那我是不是可以潜水了。"

聂亦回答她可以，然后打开了旁边的一只抽屉，取出一只蓝色的文件夹递给她："有礼物给你，庆祝你病愈。"

聂非非好奇地翻开文件夹，发现竟是一套介绍如何转学去Y校的资料。她惊讶地抬头看向聂亦。

聂亦抽出了其中一页，修长手指点了点纸页上面的花体标题："雅各·埃文斯接受了我们学校的聘请，下一学期会开一门海洋摄影课程。我想你可能不愿意错过。"

雅各·埃文斯是聂非非最崇拜的水下摄影大师。

这个消息让聂非非愣住了。因为她从没想过自己会有机会去做雅各·埃文斯的弟子，她也没有想过即便病好了，她和聂亦之间也依然可以有联系，比如她可以去做他真正的校友，和他生活在同一片天地。

聂亦的手指从资料上移开，碰了碰她拿着文件夹的手背："发什么愣？"

聂非非回过神来，她的心绪起伏，像涨潮的海，控制不住地倾身上前抱了聂亦一下，然后很快地松开。"学长你真的很懂我，谢谢你。"这一次她是真的很感激，出于感激想抱一下聂亦。这个拥抱纯粹而短暂，不贪心，也没有试探。她扬了扬手里的文件夹："我会好好利用这些资料的。"

有一页文件没有装好，她这么一扬手，那页纸便掉了出来，聂亦伸手接住，让她把文件打开，重新帮她放进资料夹里："SAT 我可以帮你辅导。"他温声对她说，"你的履历不错，我和招生官聊过，她觉得你最好再开个个展，那会更有帮助。"

那天下午，在她爸爸陪着她妈妈重新回到聂亦的研究室前，她和聂亦聊了很多，虽然只是说转学的事，谈如何准备 SAT 和开个展，是一些严肃的可划分为公事的话题，但聂非非很开心，因为她从没有和聂亦聊过这么深入的天。

在长达半个小时的时间里，聂亦对她的所有问题都表现出了极大的耐心。聂非非觉得这样的聂亦很好，而且如此细致为她考虑前程的聂亦，好像突然离她很近，近得不再只是个妄想，她一伸手就真的可以抓住他似的。

聂非非也发现了，每见一次聂亦，她就多喜欢他一点。给聂亦的感情越来越多，以至于最近她也开始有贪心的想法，可她也很清楚贪心是不正确的。贪心不会让她变得快乐，或许还会让她失去很多。所以聂非非更加努力地克制。

聂非非并不惧怕一辈子都要在聂亦面前忍耐，隐藏，掩饰，但她怕成为第二个简兮。这是一种软弱的情绪，聂非非并不是一个软弱的人，所有词组里她最不喜欢软弱这个词，但她决定与自己身上的这一部分软弱一辈子共生。

12.

2013 年 12 月 7 日，星期六，晴

一个月前，聂非非办了休学，开始为转校做准备。

在为她做完治疗后，聂亦回了纽黑文一趟，但时间很短，很快又飞了回来，说是接下来一个月都将在国内休年假。

这一个月聂非非过得异常忙碌。聂亦说会帮助她备考 SAT，果然言出必

行，开初十来天，他们平均每两天见一次面，地点定在市图书馆，聂亦辅导她 SAT 的考试技巧。聂非非一边备考 SAT，一边筹备个展。聂亦在辅导她做题之余，也会为她的个展提供建议。

聂非非没想到聂亦一个生物科学家居然也很懂艺术，提出的每个建议都很有用。他们一起定下了个展主题，选出了展示作品，并在策展公司提供的备选场地中一致选定了一个展览场地。聂非非很吃惊她和聂亦有那么多相似：相似的偏好，相似的审美，相似的见地。那让她感觉很奇妙，又很开心。

展览场地是蕙美术馆——国内最负盛名的私人美术馆。美术馆就建在红叶会馆旁边。虽然有策展公司帮忙，但当项目进入到布展阶段，现场许多细节都需要聂非非亲自敲定。为了不使她在通勤上浪费太多时间，郑女士在红叶会馆为她定了一个月的套房。

五天前聂非非搬来红叶会馆，才知道聂亦这一阵也住这里。

红叶会馆分前园酒店会所区和后园私人别墅区，聂非非住前园，聂亦住在后园。聂非非想，或许对于聂亦来说，这巧合只是方便了监督她做题，但她无所谓，她依然觉得这是让人开心的缘分。

在和聂亦的相处中，聂非非很擅长给自己找一些这样的小乐子，让自己有一些小小的、不过分的愉悦。

13.

2013 年 12 月 9 日，星期一，小雨

聂非非在飞行霓虹看到了阮奕岑。

飞行霓虹是个鸡尾酒吧，位于红叶会馆一层。

这一阵，不去蕙美术馆的时候，聂非非都在聂亦的别墅里做题。今天聂亦有事出门，留给她两套真题，聂非非刷完题已经到了饭点，看聂亦还没回来，就自己去了前园吃饭。

飞行霓虹虽然是个酒吧，但他们后厨的实力也不可小觑，配餐的餐单相当令人惊艳。

来到飞行霓虹时 7 点整。酒吧里闹哄哄的，最前面的小舞台上有个黑皮肤女郎懒洋洋地唱着爵士，舞池里有许多人跳舞，舞池边上也有许多人拿着酒杯交谈，整个酒吧人挺多。

聂非非在角落里按了呼叫铃，没一会儿就有服务生过来。过来的女服务生 Amy 同聂非非相熟，熟练地问她今天想吃点什么，又推荐说有刚运来的蓝头绿鹦哥鱼，要不要让厨师给她蒸一条。聂非非说好，Amy 又笑问她要不要点一杯酒，因为今天全场酒水免费，俏皮地悄悄指了下吧台，说坐在那里的那个穿黑色夹克的帅哥为女朋友过生日，包了全场酒水。

聂非非好奇地往吧台瞟了一眼，就看到了阮奕岑。阮奕岑穿一件设计风格鲜明的短夹克，似乎很无聊地靠在吧台旁喝酒，毫无疑问他就是 Amy 口中那个为女朋友过生日的帅哥了。

聂非非久不去学校，并不知道什么时候阮奕岑已和珠宝系系花修成了正果。她不算是特别有情商的那类人，但也不会一点情商都没有，深知在这种场合，她这个前女友贸然出现——虽然只是来这里吃饭，但给知情人的观感，可能会很像来砸场子的。实在没有必要让大家看这个热闹，所以聂非非轻轻按住了 Amy 下单的手，说她突然想起来有点事，今天算了。

聂非非很快走出了酒吧，但一时也不知该往哪里去，正在思考，身后却传来了脚步声。聂非非下意识回头望了一眼，见是阮奕岑追着她跑了出来。没想到阮奕岑竟然看到了她。

"聂非非。"阮奕岑站在两米开外冷淡地和她对视，"为什么一看到我就走？就那么不想见到我？"

聂非非对阮奕岑并没有什么芥蒂，因此也无所谓想不想见到他，但阮奕岑咄咄逼人的态度让她感到不适，因此她微微皱起了眉，不那么愉快地回答："我没有那个意思。"

阮奕岑的唇线抿得平直："那你是什么意思？"

聂非非觉得阮奕岑没有资格质问她，而在这种质问之下说出我只是觉得我不太适合出现在那个场合，会使自己在和阮奕岑的对话中落入下风。她当然不愿落入下风，因此干脆地转身便走。

阮奕岑突然道："你是不是以为，我们之间，先背叛的那个人是我？"

聂非非停下脚步回头："什么？"

阮奕岑突然有些激动："聂非非，先背叛的那个人是你。"

暂且不说谁背叛了谁……聂非非打心底里觉得，在她和阮奕岑那儿戏一般的交往关系里，根本用不上背叛这么严重的词。她揉着额角向阮奕岑："……先背叛的人是我……什么意思？"

"10月13号，你那天重感冒，我去过你家探病。"看聂非非露出愣怔的神色，阮奕岑嗤笑了一声，"不记得吗？不记得也正常，你烧得糊里糊涂的认错了人。"

聂非非不解："认错了人？"

阮奕岑目光冰冷地看着聂非非："你握住我的手叫我学长，说你不是真的不想给我拍照，又说喜欢我，叫我不要讨厌你。"

听到阮奕岑口中的话，聂非非恍惚了一下，回过神来后不可置信地看着阮奕岑，快速地否认："我不可能……"

阮奕岑却打断了她："不可能什么？你口中的学长，指的是那个天才聂亦是吧？"他的嘴角勾起嘲讽的笑，"握着我的手说出那些话的你简直不像你。聂非非，原来你喜欢一个人的时候，居然那么卑微的吗？"他走近一步，缩短了彼此间的距离，满含怒意，"只是我不懂，你既然喜欢他，又为什么要答应和我在一起，你是在耍我吗？"

聂非非静默了片刻，她终于明白了一个多月前在学校食堂里和阮奕岑起争执时，他为什么会是那样的态度，也终于搞清楚了阮奕岑生气的原因，但她却无法理解这个原因。"我没有耍你，"她很快从秘密被发现的失措中恢复了冷静，"那时候你有你的原因，你说你不想继续和父母较劲，而我也有我的原因，我不想让我妈妈担心我的社交状况。你表现得像只是要找一个饭搭子，又说只要我不讨厌你，我们就可以相处看看……

阮奕岑再次打断了她，他像是破罐子破摔了："聂非非，你总该明白，我提出可以相处看看的建议，是希望你有一天会喜欢我。"

聂非非并不明白，有一瞬间甚至不能理解这句话的含义。她先是茫然了一阵，而后沉默了很久，最后她看着阮奕岑说了对不起。

她不是真的不能理解这句话的含义。她十九岁，没有谈过恋爱，对于感情一知半解，稚嫩又迟钝，当初没太走心地答应阮奕岑相处看看，本以为是各取所需，所以开初面对阮奕岑的种种质问，她可以理直气壮，但当阮奕岑示弱一般地告诉她，他希望她有一天会喜欢他时，那隐藏的含义使她没有办法再冷漠无情。

她想，她可能真的对阮奕岑做了很不好的事。"对不起，我不知道……"她没说出"你喜欢我"这四个字。

阮奕岑的脸上露出了极其失望的表情："现在你知道我喜欢你了，你还是要对我说对不起。"他紧紧闭了一下眼，"算了，我很快就会出国，这些都无所谓了。"

阮奕岑折回了酒吧，离开的背影并不落拓，依然挺拔，有他一贯的桀骜，但聂非非却在那背影中看到了落寞与伤心。聂非非深知，落寞伤心的或许不是阮奕岑，而是她自己，因为她透过那背影，看着的是她自己。

阮奕岑喜欢她和她喜欢聂亦真的很相似，一样的没结果，一样的不可能。阮奕岑对她是求不得，她对聂亦也是求而不得。

明明是不同的爱情，遭遇的却是相同的困局。

聂非非突然很想喝一杯。

聂亦在 8 点一刻时回到了红叶的别墅，看到聂非非已经离开，便给她的酒店房间打了个内线，但无人接听。聂亦又给聂非非的手机去了个电话，依然无人接听。

接下来的十分钟，聂亦给聂非非去了三个电话，没有一通被接起来，打到第四通时，听筒中响起提示音说对方已关机；聂亦切断电话，转而开始联系红叶的经理。

在酒店经理的帮助下，聂亦在红叶顶层的森雨林吧找到了聂非非。森雨林吧是会员制，只向会员和顶层住客开放，比较清静。值班经理早已等候在电梯旁，一路将他引进酒吧，然后动作幅度不大地指了一下斜前方的角落，告诉他："聂小姐就在那里，她一个小时前过来，可能想一个人待着，就要了一瓶威士忌，独自坐去了那边。"

聂亦问值班经理："她来时有说她吃过晚饭了吗？"

值班经理摇了摇头。

聂亦不明显地皱了下眉，点了几样聂非非可以吃的小食，让经理切配一下，待会儿送过来。

聂非非记不清自己喝了多少，只记得她好像喝了挺长时间，脑袋已经有些发木，但心情却一直没能好起来。她握着杯子慢吞吞地又喝了半杯，视线暗了暗，眼角余光里瞥到有个人走近，站到了她身边。聂非非慢吞吞地抬眼，看清楚面前站着的是谁时她呛住了，手忙脚乱地放下杯子："学……学长。"

聂亦第一次看到聂非非手忙脚乱的样子。

聂非非性格里有许多迷人的因素，比如她有一种与生俱来的泰然，不管遇到什么事都能安之若素，这使得她即使也有丢脸的时候，但几乎从不会在人前失态。然此时聂非非却是有些失态的，她结巴地叫他学长，一只手掩着嘴唇咳嗽，另一只手欲盖弥彰地盖住古典杯的杯口，像是要遮掩住自己喝酒的罪证；同时她还用一双被酒精蒸得湿润的眼睛紧张地望着他。这样与平日大相径庭的聂非非，令聂亦感到新奇的同时，又觉得她可怜可爱，责备的话一时也说不出口。

聂亦在聂非非身边坐下，拍抚着她的后心使她从呛咳中缓过来，又倒了一杯水递过去，在女孩接过说谢谢、小口小口开始喝的时候，突然开口问她："为什么一个人来这里喝酒？还喝这么多。"

女孩怔了一下，讷讷地问："是不是我还在观察期，所以不能喝酒？"她认错认得很快，"对不起，我忘了。"抬头困扰又沮丧地看着他，"是不是给学长添麻烦了？那该怎么办呢？"

聂亦原本的确是想要吓一吓她，但看她这样心也软了："没说你不可以喝酒，但一下子喝这么多……"他用了一个中性的、不严重的、不至于使女孩进一步感到负疚的词，"不太好。"他没有再继续问她为什么会来这里，还喝成这样，换了一种更好和酒醉之人沟通的问法，"喝这么多，是因为心情不好吗？为什么会心情不好？"

女孩垂下了眼睛，突然整个人趴在了桌上，趴了一会儿，然后侧着脸看他，压低了声音，像同他说什么小秘密："学长，晚饭的时候我看到了阮奕岑，他说他……"她舔了舔嘴唇，"他说他喜欢我。"

女孩的声音很轻，带着一点酒后的软，很动听，但给出的信息却令聂亦愣了好一会儿。他感到两种很熟悉的负面情绪自他理性平静的心海滋生——不悦、焦虑，不剧烈，但足够令人在意。

女孩继续道："所以我心情有点糟。"

聂亦拿了只杯子，给自己也倒了半杯威士忌，喝了一口，又喝了一口，然后问："知道他喜欢你，所以后悔和他分手了？"

女孩仍趴在桌上，她没有回答他，表现得像是喝多了根本没有听到他的问题，视线空茫地落在斜前方的酒瓶上，过了一会儿，她低声同他喃喃："学长，阮奕岑给我上了一课。很重要的一课。"

聂亦不想再听到阮奕岑的名字，不愿再继续聊这个话题，因此没有接话。他一口气将酒杯里的酒喝光了。烈性威士忌，喝得这样急，滋味并不好受，酒液滑进喉管里有剧烈的灼烧感。但那烦扰着他的不悦和焦虑也没有因为一杯酒下去而有所减轻，聂亦皱了皱眉。

其实最开始，聂亦是没有把阮奕岑当回事的，因为那时候他并不觉得他会和聂非非发生什么。

一年半以前，聂亦打破梦中的"未来"去主动认识聂非非，之后又借聂父朋友的研究项目对她的基因进行检测，促成她提前去到他的实验室接受治疗……他做这一切，并不是因为在那几十场关于她的梦境后，对她产生了爱情；他只是好奇，以及想要避免一场悲剧。

聂非非对他来说的确是最特别的女孩，聂亦不否认这一点。但他并不是梦中的聂亦，无法共情梦中的聂亦那些比山还高比海还深的深情。或许因为那些梦，他对聂非非有许多好感，但只是好感而已，聂亦这么认为。

其实，现实中的聂非非和梦境中的聂非非还是有一些不同。梦中二十三岁的聂非非更加耀眼，像一朵盛开的鹤望兰，热烈明艳；而十八岁的、实际和聂亦相处的聂非非，却是有些青涩的，假装沉稳的，生动的，有些稚气的，不那么成熟的，但很可爱的，这样的聂非非。同时她是无害的。

聂亦喜欢和现实中的聂非非相处。和聂非非相处是一件很愉快的事。在相处的过程中，聂亦会不自觉地给聂非非特权，对她包容、耐心，也享受聂非非的依赖和亲近。他没有考虑过这些都意味着什么，因为这是他不熟悉也不擅长的领域。

直到有一天，谢仑告诉他男人只会对喜欢的女人包容耐心，他会这样完全是因为他喜欢聂非非。聂亦愣了一瞬，突然有一种豁然开朗的感觉。他是极为理性的那一类人。过度的理性使他即使梦到那么多次聂非非，也难以罗曼蒂克地对她一见倾心，但又因为他们是那样适配的两个个体，故而在相处日久后，即使是那样强大的理性，也无法阻止他对她产生感情。

谢仑看到他的表情，将纸牌一甩，震惊道："你不是吧我只是开玩笑而已。"

他笑了笑："那就算你歪打正着吧。"

谢仑不可置信："你真的是？"

他喝了一口冰水："我真的是。"真的是喜欢她，所以才对她包容耐心；真的是喜欢她，所以才会在这个难得闲适地打着纸牌的秋夜，突然很强烈地思念起她来。

然而接下来，事情的发展却有些戏剧化。

聂亦明白了自己的心意，聂非非却突然交了男朋友。

得知这消息的当夜聂亦失眠了，然后他想起来，梦中，聂非非在大学时也曾有过男朋友。梦中的聂非非提起那一段时，诚恳地说她和那男生只是饭搭子。他相信聂非非的解释，或许在梦中，那男生的确只是聂非非的饭搭子，但如今在这现实中，许多事情都发生了改变，他不确定聂非非的感情是否也发生了改变。

这念头令聂亦有生以来第一次尝到了被折磨的滋味。他打乱了自己的计划很快回了国。

关于为什么会和阮奕岑在一起，聂非非给他的答案很幼稚，说和对方吃饭能吃到一起去，因此尝试着在一起。这份幼稚令聂亦稍觉安慰，但同时也令他感到烦闷。梦里二十三岁的聂非非很懂得什么是爱，可现实中十九岁的聂非非就像个孩子。他能确定她是崇拜他的，依赖他的，喜欢亲近他的，或者甚至可以说她是喜欢他的，但她对他到底是哪种喜欢，聂亦不确定。

聂亦想起来，梦中的聂非非真正爱上梦中的那个聂亦，也不是在崇拜着他的少女时代，而是在他们定下婚约、相处渐多、她逐渐了解他之后。所以的确有很大的可能，此时，他面前的这个聂非非并没有如他一般，以成年人的形式喜欢上他，她对他的依赖和崇拜大约是很肤浅的，不成熟的，青涩的，幼稚的。但这不应该怪她，他想，她的确还小，而且他们相处的时间实在不算多。

聂亦很快定下了让聂非非转学去 Y 校的计划，一半为了她的前程，一半出于他的私心。

原本一切都很顺利。可谁能想到原以为早已出局的阮奕岑会在今夜突然出现，向她告白。那告白显然打动了她，使她动摇犹豫了，否则她不会一个人跑来这里喝闷酒。她是真的不喜欢阮奕岑吗？还是他判断失误？而他关于他和聂非非的未来安排，真的还可以实现吗？

聂亦活到二十多岁，很难得有窒郁无力的时刻，但此时他却有了这样的感觉。

他又给自己倒了半杯酒，很快速地喝了下去。

城市的夜空是深蓝色的。深蓝色的夜空开始飘雨，雨水落在玻璃幕墙上，留下模糊的、暧昧的湿痕。窗外的世界模糊起来。酒吧里响起了跳跃的音符，虽然只是隐约的背景音，但聂亦依然分辨出了那是一首很久以前的老歌，歌词摘自王尔德的诗篇《国王女儿的哀愁》。编曲有中古民谣的风格，女歌手唱到"Seven sins on the King's daughter, deep in her soul to lie"时，流畅地完成了几个非常俏皮的跳音。"七宗罪孽在公主身上，在灵魂深处隐藏。"俏皮的唱法，唱的却是黑色童话一般的诗句。聂亦觉得头有些昏，今晚对他来说也像是个黑色童话，他觉得这首歌在此时响起倒是很合适。

他再次端起了酒杯。聂非非却突然凑过来伸手盖住了他的酒杯。

女孩皱着眉，表情很真挚，用一种求知的语气继续聂亦想要避开的话题，她问："学长，你为什么不问阮奕岑给我上了什么课？"

聂亦冷淡地开口："因为我不感兴趣。"

女孩歪了歪头："你为什么不感兴趣？"

聂亦看了她片刻，揉了揉额角："好吧，那他给你上了什么课？"

女孩靠过来抱住了他的手臂，将脸颊挨在了他的小臂处。一个亲近的、撒娇的动作。聂亦看着自己的手臂，想她的确喝醉了。

"你知不知道，"聂非非侧着脸看着他，"如果没有办法回应别人的期待的话，就不应该乱交男朋友。"聂亦愣了一下。聂非非接着道："阮奕岑教会我的。"她继续，语气很天真，"所以我以后再也不想交男朋友了。"她停了一下，叹了一口气，很为难似的，又很沮丧，"我没有想要伤害阮奕岑的意思，可是没有办法，就像学长你也不想伤害我，但……"说到这里她突然住了嘴，有些惊吓似的用手轻轻掩住了口。

聂非非的醉语像过山车的轨道，凌乱芜杂，盘根错节，却又隐藏着迷人的暗示。聂亦是唯——个坐在车中的游客，沿着轨道飞驰。他想，那些话的意思应该是她并不喜欢阮奕岑，也不是因动摇而买醉。他像是到达了轨道的最高处，可还没怎么回过神，那句"就像学长也不想伤害我"，又令他领会到坠落的感觉。

按照语境，她的未竟之语当然应该是他也曾伤过她，但聂亦不记得，他本能地询问："我什么时候伤害了……"

聂非非却像是非常想要回避这个话题，立刻站了起来："我，我想要回去休息了，我要走了。"

聂亦也随之站了起来，他酒量不太好，两杯威士忌的恶果立刻显现了出来——他不稳地趄了一下。在他试图扶住桌面之前聂非非先一步扶住了他。她看着他，目光里充满了惊奇："学长你酒量真的很不好啊。"但只惊奇了几秒钟，立刻又很担忧，主动抬起他的胳膊搭在自己的脖子上，自告奋勇，"我扶你回去吧。"

聂亦身高一米八八，而十九岁的聂非非只有一米六八。他实在比她高很多，被她这样扶着有些别扭，且并不很方便。他的头晕其实很轻微，原本并不太需要人搀扶，但他无法拒绝聂非非主动表示的亲密：亲密搀扶也是亲密的一种。因此他假装自己醉得很厉害，但收敛了倚在她身上的力度，使她扶着他不至于太过辛苦。

女孩扶着他走了两步，侧仰着头看他一眼，又看向窗外，兀自喃喃："醉成这样，外面又在下雨，那不好回后园了呀。"静了几秒钟，"顶层应该还有房间，可以在顶层再开间房。"做出这个决定后，她慢吞吞地，像是为难似的："这么醉，一个人待着肯定也是不行的，"语调无奈，神情却全然不是那么回事，嘴角微微地翘起，眼睛也弯起来，"那只能是我留下来照顾啦。"话说到后半句，语气中有掩饰不住的轻快之意。

聂亦看出来了聂非非想要照顾他，并为有机会能够照顾他而感到开心。聂非非为何那么开心，甚至有一种跃跃欲试的雀跃？酒精干扰了聂亦的思绪，使他的思考能力较平日迟滞了些许。他隐约觉得聂非非的态度值得推敲，但一时不好判断该从何处下手推敲。

无论如何，他很欢迎聂非非的照顾，为此他不惜装醉到了新套房的门口。

并且，在被聂非非扶着进了卧室后，他还打算继续装下去。

卧室里灯光幽微，聂非非将聂亦扶到了床边，使他躺倒，然后为他脱掉了鞋子。接着她去了卫生间。卫生间里很快响起水声，哗哗的流水声中，聂非非轻轻哼着歌。是方才酒吧里放的那支《国王女儿的哀愁》。这首歌不好唱，古典与流行两种风格并存，还加入了民谣的元素，节奏很跳跃。但聂非非唱得很好，一个音也没有错，遇到跳音时，甚至比原声处理得更为活泼。当然她唱得很小声，但那活泼却没有少一分，令人轻易便可窥知她的心情真的很好。

聂亦在水龙头关闭、聂非非的歌声停止之时重新闭上了眼睛，假装自己依旧人事不省。

脚步声很快响了起来，聂非非回到了他的身边。

床头灯的光线被调得更加幽暗，温热的湿毛巾在下一秒贴上了聂亦的脸。聂非非握着湿毛巾认真地擦拭了他的脸和手，接着，她的手探到了他的喉间。像是知道他不会有所回应，所以才那样大胆。"学长总是把衬衫扣子扣到最上面，这样不会很难受吗？"她轻轻地，小声地嘟哝，"为什么不试试不扣扣子的穿法，两颗扣子不扣就可以，学长那样穿的话，一定会很性感。"又憧憬似的说，"真想看。"

聂亦就知道，聂非非表现得像是能够照顾他，还照顾得不错，但她其实醉得不轻。聂非非的手抚在他的脖子上，像携着火栖于他的喉间，令他感到灼烫。聂非非说着大胆的"真想看"的话，可最终只敢解他一颗扣子。她从来只敢在嘴上逞能，可能自己也觉得自己没用，不禁自我检讨起来："哎，我真是胆小啊。"一边检讨着，一边却继续做着胆小鬼，规规矩矩地为他盖上了被子。接着她还为他掖了掖被角，然后看了他一会儿。

聂亦能察觉到聂非非的视线落在他的脸上。但聂亦不动声色。他想知道如果聂非非确信他真的睡着了，她还会再做点什么。大概三十秒后，聂亦突然有一种非常奇异的预感。然后在他睁开眼睛的时候，看到聂非非闭着双眼压了下来。

聂非非跪在床边，她的手贴在被子上，嘴唇触到了他的。就在触到他嘴唇的一刹那，她长长的睫毛剧烈地颤动了起来，像是蝴蝶振动的翅。聂非非在偷吻他。只是唇与唇的轻贴，其实不该有什么过分的感觉，但那一瞬间，聂亦却分明感到自己心率失速了。香薰机嘶嘶地喷着蒸汽，空气中溢满了助眠的迷迭香的气味。

偷吻着聂亦的聂非非似乎并不知道该怎样接吻。她只是轻轻地用嘴唇贴住他的。这个过程并没有持续太久，可能只有几秒钟，然后她放在被子上、隔着被子压住他手臂的手微微动了动，接着她的唇离开了他的。

在她偷偷吻上来又偷偷离开的这短短几秒里，在鼓动的心跳和失速的心率里，聂亦有许多疑问。她为什么偷吻他，还表现得那么紧张的样子？她知不知道自己在做什么，是否清楚这样做的含义？她是不是其实是喜欢他的，就像一个成年人喜欢另一个成年人？但所有理性的疑问都给本能的冲动让了位，在聂非非结束那个偷吻离开的时候，聂亦伸手按住了她的后颈，在她受惊地睁眼的时候，大力回吻了过去。

聂亦吻着她的嘴角，吮着她的唇，向聂非非演示一个真正的充满感情的吻该是什么样的。在他吻着她的时候，聂非非像是惊呆了，但她没有挣扎。在他试探着抵开她的齿，侵入她的口腔时，她表现得十分顺从，只是反应有点慢。在他深吻她时，她终于有了回应，不再只是被迫承受，而是学着他亦用舌在他口中探寻。那回应很生涩，却让聂亦僵了一僵，然后难以控制力道地、更用力地按住了她的颈。

聂非非不舒服地低吟了一声，聂亦注意到了她的难受，他放开了她，干脆坐了起来，伸手将她也带到柔软的羽绒床上来，使她跨坐在他的腿上，双手搂住他的脖子，然后低下头来和他接吻。

她像是有些混乱，又有些糊涂，眼睛迷茫而湿润，嘴唇嫣红，脸也是红的。她一直没有说话，坐在他身上，被他按着肩接那个很长又很温柔的吻时，发出了一点轻微的、感到舒服的喘息声，那是她发出的唯一声音。

窗外雨大起来，敲击着玻璃。

这是个非常冷的、风雨交加的夜。但天鹅绒窗帘挡住了窗外的冰冷和风雨，幽昏的灯光之下，墙壁上映出两个年轻人拥吻的、缠绵的、难舍难分的影，像一幅抽象的、暧昧的，又美丽的画，绘在这个静谧的冬夜里。

14.

2013 年 12 月 10 日，星期二，小雨

聂亦睡了一个很长、很安稳的觉，醒来后却发现本该躺在他身边的聂非非不见了。聂亦愣了一下，很快起床，去客厅和卫生间找了一圈，没有发现聂非非的人影。

聂亦拿起手机，解锁后正欲给聂非非电话，适时地进来了一条语音信息。

聂非非发来的。

女孩的声音有点沙哑，很轻，含着忐忑，说："学长，我昨晚喝醉了，是你送我回房间的吗？"又说，"我喝醉了容易断片，就记得你来找我，之后发生了什么全部不记得了。"话到这里有一个短暂的停顿，不确定地，又有些愧怍地问他，"昨晚我没有给你添麻烦吧？"

聂亦听完那条语音，又回放了一遍。

昨晚发生了什么？

昨晚他们接吻了。

361

喝了大半瓶烈酒的缘故，那时候她看上去是不太清醒，特别是在他回吻她之后。她温顺而又茫然地贴着他，睁大一双水雾迷蒙的眼，像是什么都不懂，又像是沉醉其中。他们吻了很久，直到一通电话打进来。她被铃声吓了一跳，立刻推开了他。那是家里老人打过来的电话，他不得不离开她去阳台讲了片刻电话，再回来时，却发现她挨着床边睡着了。他垂眼看了她的睡颜片刻，关了灯，上床躺在了她的身边，将她搂进了怀中。

那是个奇妙的、稠丽的，又温情的夜。他以为次日她醒来后他们便会自然而然地进入到一段全新的关系当中，完全没想到她会说，她把一切都忘了。

她是真的忘了昨晚发生了什么？还是说只是在逃避？可她为什么要逃避？昨晚她虽然醉了，但从头到尾她都知道他是谁；知道他是谁，却偷亲了他，说明她是喜欢他的；喜欢他，也得到了他的回应，今晨却是这个态度，这说不通。

所以，她是真的忘了？

聂亦感到一阵头痛。正在此时，又进来一个电话，他看了一眼号码，接起了电话。

聂非非盘腿坐在美术馆的飘窗上，听着雨打玻璃的滴答声，盯着手机出神。

昨晚半夜醒来发现自己躺在聂亦床上，她整个人都蒙了，完全记不起来这是怎么回事。聂亦睡得很沉，没有被她吵醒。她蹑手蹑脚地爬起来，摸索着穿过客厅，打开门，才发现这是前园的顶层，并且这间套房和自己的房间分别位于走廊的一头一尾。

聂非非头重脚轻地回了自己房间。

然后，她从半夜3点沉思到清晨7点，四个小时里拼命想对昨晚的经历进行复盘，脑子里却是一片迷雾，只记得飞行霓虹外阮奕岑同她告白，令她有些物伤其类的伤感，于是她去了森雨林喝酒。也不知喝了多久，聂亦突然来了，他们似乎说了会儿话，她好像还和聂亦说起了阮奕岑，但到底说的是什么，却很模糊，接下来发生了什么，更是一片空白。

她感到沮丧，洗了个澡，去楼下转了一圈，然后晃去了美术馆，想在一个清静的环境中思考一下接下来她该怎么办。

美术馆的确对她有一些帮助，使她清醒了许多。

她其实至少清楚并不是聂亦将她送回来的，最后却发信息问是不是他将她送回了房，这是在美术馆里脑子终于转起来后，她冥思苦想出来的话术。

聂亦为什么会在顶层开了房间，她又为什么会去聂亦的房间，还睡在聂亦的身边，失去记忆的那几个小时到底发生了什么，聂非非不敢想。她是不是缠聂亦了，她怎么缠他的，有没有说什么过分的话做什么过分的事？

假如自己真的做了什么不可挽回的事，那让聂亦认为她从头到尾都是不清醒的，并且所有一切她都记不得了，他是不是可以稍微原谅一下她，让他们之间不至于因她的这次不谨慎和不得体走向绝境？她是这么考虑的。

因此她在 8 点半估摸着他已醒来时给他发了那条信息。

发信息时聂非非非常紧张，但她努力使自己显得无辜和懊丧，企图以此打动聂亦。那时候她想起张爱玲的那句"喜欢一个人，会卑微到尘埃里，然后开出花来"。爱的确会使人卑微，但即使卑微到尘埃里，也能开出花。这是爱的特别。爱给她彷徨和无措，但是也给她勇气，使她用聪明去粉饰太平。

聂亦在十分钟之后回复了她，发的文字信息，他说："没有添麻烦。"问她，"你在哪里？"

聂非非告诉了聂亦她的位置，立刻便有第二条信息进来，这次是语音，聂亦的声音听起来和平常没什么两样，他说："你昨晚的确做了一些事，让我有点困惑，我们得找个时间谈谈。"停了一下说，"我现在有点急事需要回纽黑文，立刻就要动身，事情处理完后我会尽快赶回来。"又说，"接下来一段时间我们可能没法联系，不用担心，等我回来联系你。"

聂非非消化了许久这条信息的意思，但并没有能解读明白。聂亦的回信当然不是负面的反馈，但似乎也并不是完全正面。聂非非听到内心深处传来咯噔的一声，像是有什么东西破裂了，胸腔里有些堵，她有点难受。

她想问聂亦她昨晚到底做了什么，会让他觉得他们需要好好谈一谈。但最终，她没有问。她捏着手机好一会儿，最后回了"好的，一路顺利"，停了一会儿，又回了一句，"我会等学长的。"

聂亦在二十分钟后回了信息，说他已经在车上，又叮嘱她以后不许再喝酒，同时让她不要懈怠，好好准备 SAT 考试和摄影展。

她回答知道了。

那之后他们结束了对话。

聂非非盯着聊天界面，目光在聂亦的最后一条信息上停留了很久。她觉得他应该没有要疏远自己的意思。这让她松了一口气。他还愿意关心她，那就是说无论昨晚她做了什么，他都选择了原谅。可他又要同她谈论什么呢？昨晚的一切，难道不是一笔勾销才最好吗？

有没有可能……是昨晚她失控对他表示了亲密，让他感到了困惑，他不好自作多情，因此打算问清楚她到底对他是什么意思，才好对她做出判决？他想要好好和她谈一谈的，会不会就是这个？

聂非非越想越觉得有可能，心不由得又开始发沉。不过她天性乐观，想了一会儿，又觉得既然聂亦要离开一段时间，那么她应该能趁这段时间思考出一个完美的答案。这是一场已经提前透题的考试，因此不会很难。

爱聂亦，真的是一件特别不容易的事。

这一段绝不能被发现的暗恋使聂非非成了一个苦行僧和一个骗子，特别能容忍痛苦，也特别会骗人。

15.

2014 年 1 月 5 日，星期日，初雪

最近热播的一部韩剧里，关于冬天的第一场雪，有一些很有趣的台词。

小时候的女主角说："在朝鲜这个国家，初雪这个时候，任何谎言都可以被原谅，甚至向王说谎，也一概不会被追究。"长大了的女主角说："初雪的日子，应该要吃炸鸡喝啤酒。"①

那天聂非非在餐厅吃午饭时看到了这个片段，觉得女主角吃炸鸡吃得很香。她突然有点羡慕，决定今年初雪也要试试。

结果 S 城下初雪时正是她个展开展的 opening night②，她倒是记得要吃炸鸡的事，但作为主角一整晚都很忙碌，到最后一拨客人离开、她终于闲下来时已经 11 点半，也没有心情再叫外卖了。

吃不了炸鸡应景，是有点遗憾，不过，还可以说一个无伤大雅的小谎。从蕙美术馆出来，站在玻璃门外望着漫天大雪时聂非非这么想着。于是她拿出了手机，点开了和聂亦的聊天窗口，搓了搓被雪风吹得僵硬的手指，一字一字地输入："学长，我的个展今晚开展，人来得挺多，还蛮热闹的，真想你也能在现场啊。"她读了一遍，觉得这是一句妥帖的、没有任何风险的、很规矩的话，然后发送了过去。

但这其实是一句半真半假的谎言，聂非非很清楚。

"个展开展""人很多""热闹"，这些是真的，不过她无所谓聂亦在不在现场，所以最后那句"真想你也能在现场"是假的，然而也有三个字是真的，"真想你"，是真的。二十九个字的长句，她其实真正想说的只有五个字罢了。"学长，真想你。"

在初雪这天，聂非非用了一句半真半假的谎言，来掩饰了她对聂亦已经无法克制的思念。

聂非非等了很久，没有等到聂亦的回复。这是意料之中的事，因为聂亦说过这段时间他们会无法联系。她没有觉得多遗憾。

她深吸了一口气，雪风入口，直抵肺腑，就觉得有点冷。下台阶时不小心跌了一下，一只手扶住了她。聂非非转头去看，见是今晚刚认识的青年。

---

① 引自韩剧《来自星星的你》。
② 首展之夜。

青年叫许书然，也是位摄影师，二十出头，在业内已有些名气；巧的是曾和她就读同一所高中，如今又读同一所大学。

许书然笑着调侃她："聂师妹，走路看手机不是个好习惯。"

她对对方说了谢谢。

因为两人都住在红叶会馆，所以一同步行了回去。

16.

2014 年 1 月 6 日，星期一，小雪

红叶会馆坐落在月桂湖的湖心小岛上。雪下了一夜，积了厚厚一层，似一床暄软的被，覆盖住整座岛屿。

天与地与这座岛，一切都是白色的，有一种奇特的纯净。

吃过早饭后，聂非非打算出去走一圈，因雪已经很小了，所以她没有带伞。

岛的南面是私人别墅区，湖岸被封了起来，因此聂非非只在北岸转了一会儿，拍了几张石桥、孤舟、雪柳的照片就折返了。结果折回的路上竟碰到了许书然。许书然也要回酒店，两人再度同行，一路聊着摄影的话题和有关这场大雪的话题。许书然也拍了一些雪景的照片，主动调出来给她看。

这座岛唯有一条湖中路通向外面。许书然给聂非非看照片时，他们正要从湖岸的栈道走上湖中路。两人站立在岔道口处，倚着湖边的汉白玉石栏。一辆黑色的幻影忽然从他们旁边开过，驶向不远处的私家车道。

聂非非其时正低头看许书然拍的照片，眼角余光觑见了一点车缘，心跳突然失速，像有某种感应，不禁抬头怔怔地望向那远去的车影。

看她突然抬头看向那车，目光怔然，许书然愣了一下，也望向那车，便看到车竟减速停了下来，随后，后座的车门被推开了。

许书然回头看向聂非非，问她："是认识的人吗？"

聂非非的声音有些飘："嗯，是。"她回答他。

许书然其实很早就认识聂非非。他喜欢她的摄影风格，从她刚出道时便注意到了她。他们读同一所中学，同一所大学，他在很多地方见过聂非非，只不过在昨晚之前，他没有试图，或者说他没有得到过什么好的机会去结识她。在许书然眼中，聂非非像是为摄影而生，面对摄影时，她有让人惊叹的丰沛情感，这些情感成就她的摄影，也成就她；而其他时候，她则是孤独的、冷淡的，像是一朵不应开在尘世的冰雪做的花，明丽的，却是缺乏温度的、有距离感的。

就在刚才，和他交谈的聂非非还保持着那种缺乏温度的距离感。

但此时，面前的女孩眼中却亮起了晨星一样的光，唇角微微抿起，就像是一座美丽的、只能供人欣赏的雕塑突然活了过来，融入了这尘世之中。

她将相机递还给他，礼貌地低声对他说抱歉，说有点事要先走一步。

许书然有轻微的恍神，但也礼貌地回了她："好的，你有事先忙，我们下次再聊。"

女孩对他说了再见，而后便利落地转身向那辆车走去，或者说，向站在车旁的高大青年走去，走到半途，像是不满意自己居然走得那么慢，干脆跑了起来，向那男人飞奔而去。

那背影如此生动，生动得就像是以她的镜头拍摄下的一幅关于她的作品，有立刻使人心动的力量。

许书然说不上来自己在想什么，他的心底突然涌起了一阵失落，而在很久之后回忆此刻，他觉得那大概是一种类似怅惘的情绪。

聂非非在聂亦身前两步远停了下来，两人相距大概四十厘米，比正常的朋友间的社交距离稍近一些，却也不显得过分。

青年穿着黑色的羊绒大衣，右手里握着一束绯红的玫瑰，身后是黑色的车和铺天盖地的雪景。

这一帧画面里，景色、道具、人物，都那么好看，以至于聂非非要很努力才能压制住过快的心跳，装作平静地抬头看他，唤出"学长"二字。

聂亦将手中的玫瑰递给她，说了祝贺，又看向她身后，视线落在远处，顿了几秒后，收回视线问她："那是谁？"

聂非非觉得聂亦看到她，不如她看到他那么高兴，但聂非非也没有感到不满意，因为聂亦一向就是很冷静很理智的人。她的好心情没有因此而折扣掉一分，依然很开心地和他说话。

"那是许书然，"她解释，"是个摄影师，昨天 opening night 上认识的人。对了，"她有些神秘地和他分享，"学长知道吗？许书然原来和我们同一所中学，也是 S 中的，现在还在 S 大念研三。"

"是吗。"聂亦很随意似的问她，"那他也是你的学长了？"

聂非非才反应过来："唔，这么说的话，好像也是。"

聂亦依然很随意似的："那你也要叫他学长？"

聂非非愣住："不了吧？又不太熟。"

聂亦点了点头："不太熟吗？"提醒她，"可我怎么记得你第一次见我时就开始叫我学长？"

"呃……"聂非非哑了，不知该如何回答这题，呆呆地站在那里。

但聂亦的心情却好像突然变好了，主动转换了一个话题："这些天有没有好好做题？"

聂非非松了口气："有，还积累了好多错题等学长回来讲。"

"看来是很想我回来了。"聂亦打趣似的说。

聂非非低着头，玫瑰花挡住了她的视线，她很轻地回了句："嗯，是啊。"

聂亦没有说话，两人之间出现了片刻静默，在聂非非有点不安，准备抬头的时候，聂亦突然开口打断了这片静默："不过，非非，你不是只想我回来给你讲题吧？"

聂非非没有立刻理解这个问句的意思，有些疑惑地抬头看聂亦。

聂亦也看着她，神色很平静，问她："你说你忘了那天晚上发生的事，后来想起来了没有？"

聂非非一凛。那天晚上是哪天晚上，他们彼此都心知肚明。这一题的出现，像漫天花雨里突然射来一支冷箭，令聂非非猝不及防。

她当然明白聂亦迟早会同她谈这件事，她也对如何应对这场谈话做了很多次预演。在预演中，聂亦会先告诉她她那晚到底干了什么。其实聂非非已经不再纠结失忆那晚她究竟干了什么，结合聂亦的反应，她能够想到，多半是她对他说了什么逾越的话或者做出了什么过界的亲密行为。

她预想，在让她充分了解了自己所犯的过错后，聂亦会直截了当地询问她是什么意思，然后给她留下足够的时间，让她作答。

聂非非想了很多种答案，最后觉得说自己"一旦喝多对谁都会那样"是最安全的回答，过关的可能性最大。

此时这个开场，虽然是不曾预料到的开场，且这开场令她有一瞬间的失措，但毕竟备考良久，聂非非很快便从失措的状态中调整回来，进入了预演的步调，还算冷静地回答："对不起，学长，我没有能想起来。"

"真的没有？"聂亦问她。

"真的没有。"她摇头。

聂亦看了她一会儿："你喝醉了，给我在顶层开了间房，自告奋勇送我回去，以为我睡着了，然后……"聂亦停下了。

聂非非忍不住问："然后什么？"

聂亦静了一会儿，说："然后，你偷亲了我。"

聂非非蒙了。

她所猜测的她那晚对聂亦做出的最过界的亲密行为，不过就是她可能牵了聂亦的手，不止一次拥抱了聂亦。她没想到她居然敢偷亲聂亦，她怎么这么能？

关于这场谈话，她是准备了答案，但因为押题错误，导致所有答案都是

369

错误的。她要告诉聂亦自己喝醉了就会去无差别亲任何人吗？要让聂亦认为她是这样放纵的人吗？她不能。

"我怎么会……"她本能地、自保地嗫嚅出这几个字，"我，我不是故意的。"

"但我是故意的。"聂亦说。

聂非非觉得自己应该是出现了幻听，她不明所以地看着聂亦："什么？"

聂亦垂眸看着她，眼睛里有一些很深的，她看不明白的东西："我回吻了你，我是故意的。"他说。

聂非非当机了。雪早已停了，但从湖面上吹来的风还是很刺骨。可聂非非完全感觉不到冷，她的心跳得厉害，让她整个人都有点发晕。在玫瑰花的遮挡之下，她抬起左手捂住了胸口，声音轻颤地开口："学长，你是什么意思？"她舔了舔嘴唇，鼓起勇气，"你……是我想的那个意思吗？"

聂亦看了她片刻，笑了，他伸手搭住了她的肩，问她："你想了什么？"

她整个人都有些恍惚，良久才开口，声音发着飘："我想，学长是不是有点喜欢我。"

聂亦摇头："不是有点喜欢你。"

聂非非立刻道："啊，本来就该这样，是我……"

聂亦看着她，在她无措、局促又尴尬地僵笑着试图解释时，突然走近一步，将她一把拥入了怀中，没办法地揉了揉她的头："不是有点喜欢你，是很喜欢你，我话还没说完，你着急什么？"

他拥着她，而她抱着一束玫瑰，这导致这个拥抱并不那么紧密。她低着头，他只能看到她的发顶。她异常地安静。聂亦捏了下她的耳朵，问她："怎么不说话？"

"我，"聂非非终于动了，她在他怀中调整了一下姿势，用一只手抱着玫瑰花，另一只手牵住聂亦的大衣衣角，声音发着颤，说了一句很无厘头的话，"我想抱一抱学长，可是又怕弄坏你送我的花。"

即使是这样无厘头的话，聂亦也像立刻就懂了似的，他放开了她，从她怀中取过那束玫瑰花，打开车门，将它放进了后座，然后重新关上车门面对她，张开了手臂，笑着看她："抱吧。"

聂非非立刻踮脚搂住了聂亦，将脸贴在他的胸口，整个身体都紧紧地挨住他，像怕惊碎什么似的轻声喃喃："学长，我真的不是在做梦吗？"

他耐心地回答她："不是。"

她抬头看他，没有哭，但眼睛和鼻尖都有点红："可是一点都不像真的。"

他屈起手指碰了碰她的脸："为什么不像真的？"

"因为学长对我来说是一个遥不可及的梦。"她红着眼圈，低声回答，想了想，又喃喃地说，"她们都觉得你不会喜欢我，劝我不要犯傻。可是已经喜欢上了，能怎么办呢。"说到这里，她轻轻呼了一口气，"所以我原本是想，学长不喜欢我也没有关系，只要能待在你身边就可以，无论你给我什么位置，我都没问题的。你要一个懂事的学妹，我可以当一个懂事的学妹；你要一个很乖的病人，我可以当一个很乖的病人；你觉得一个不成熟的小孩最无害，那我也可以当一个不成熟的无害的小孩。"她停了一下，努力地扯出了一个笑，眼睫却忽然湿了，"我没有想过学长会喜欢我。"

聂亦怔住了，有很长的一段时间，他无法出声。

但聂非非并不在意他有没有回应，她像是只能感觉到幸福，低下头，用脸颊很亲密地贴着他的胸腔。

聂亦看着聂非非。他到此时才明白，无论是梦中还是现实，聂非非给他的喜欢和爱意，从来都是这么深刻、磅礴而又无私。即使是现实的十九岁，在一个青涩的年纪，但是她喜欢他的心意，已在日复一日的精心浇灌中，长成了成熟的、甜蜜的果子；因为太在乎他，怕他不接受这枚果子，因此她用了很大的力气去隐藏和掩饰，却反而让他误以为她不成熟、天真。

聂亦的心像是被一只很温柔的手握住，酸软之余，有一点轻微的疼。

他低头吻了聂非非，是很珍惜，又很珍重的吻。

在聂亦的吻中，聂非非像一只久飞的鸟，终于落了地，像一个总在跋涉的旅人，终于找到了栖息之所。

他们在初雪中相拥，接很长的、很缠绵的吻。

近处有一位司机，不远处有园丁和散步的路人。

但他们不在乎。

17.

2014 年 4 月 22 日，星期二，晴

聂非非在 2014 年的 4 月拿到了 Y 校的 offer[1]，同月她还拿到了基因复查的报告，确定了她的病终于痊愈。

在那个夏天，聂非非和聂亦订了婚，然后在她毕业那年，她同聂亦结了婚。

婚后他们有两个孩子，一儿一女。

聂亦很珍爱她，一直珍爱她。

一家人过着非常幸福的生活。

这是一个真实存在的童话故事。

（END）

---

① 录取通知书。